A.
I.
닥
터
V

한산이가(이낙준)

이비인후과 전문의, 136만 구독자를 보유한 채널 〈닥터프렌즈〉의 멤버이자 '한산이가'라는 필명으로 활발하게 작품을 연재 중인 웹소설 작가다. 대표작 『중증외상센터 : 골든 아워』가 넷플릭스 드라마로 제작되어 흥행에 성공했다. 웹소설 『군의관, 이계가다』 『열혈 닥터, 명의를 향해!』 『의술의 탑』 『닥터, 조선 가다』 『의느님을 믿습니까』 『중증외상센터 : 골든 아워』 『A.I. 닥터』 『포스트 팬데믹』 『검은 머리 영국 의사』 『중증외상센터 : 외과의사 백강혁』, 글쓰기책 『웹소설의 신』 교양서 『닥터프렌즈의 오마이갓 세계사』를 썼으며, 어린이책 『AI 닥터 스쿨』의 감수를 맡았다.

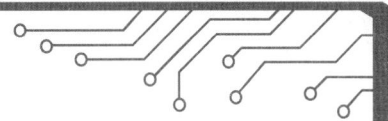

A.I. 닥터

한산이가 지음

V

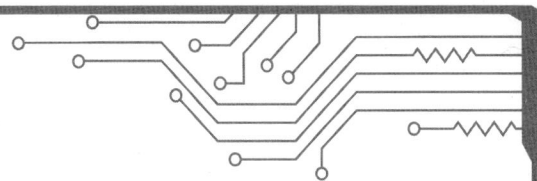

차례

슬슬	6
우리 편	37
원인이 뭔데?	58
누가 같이 있느냐에 따라	101
만들어 봅시다	133
열이 난다고	165
역시 네가 의국장이다	218
원인이 없어? 배에 물이 차는데?	249
혈종	291
뭐여 이게	344
본격적으로	383
쉽게 확신하지 마	404

슬슬

 수혁은 근본적인 치료를 하지 못해 낙담했지만, 그렇다고 해서 환자의 증상이 호전되지 않은 건 아니었다.
 "배가 하나도 안 아파요. 설사도 없고……. 혈변도 없어요."
 어찌 되었건 크론에 대한 치료와 비타민K 결핍에 대한 치료는 효과를 보이고 있었기 때문이었다. 비록 외적인 변화는 없었지만, 안으로는 치료가 되고 있는 셈이었다.
 "아, 다행이네요. 약 바꾼 게 좀 더 효과가 있는 거 같아요."
 수혁은 덕분에 비로소 웃는 낯이 되어 고개를 끄덕였다. 요새 계속 얼굴 한구석이 어두웠던 터라, 다른 이도 아닌 바루다가 반가워했다.
 [그래, 할 수 있는 걸 하면 되지. 왜 못 하는 걸 가지고 시무룩

합니까.]

'넌 기계라 몰라서 그래. 환자한테 공감할 줄도 알아야 좋은 의사가 되지.'

[공감만 하는 것보단 저처럼 그냥 치료하는 게 환자한테는 더 좋은 의사일걸요?]

'넌 꼭 그렇게 싸가지 없게 답하더라?'

[누누이 말하지만 제 유일한 입출력자는 수혁…….]

'아, 됐어. 시끄러워.'

티격태격하기는 했지만, 덕분에 아까보다 좀 더 기운을 차린 수혁은 고개를 가로저으면서도 환자의 치료 계획을 떠올렸다.

'이제 CDAI는 40점대로 내려왔어.'

CDAI. Crohn's Disease Activity Index. 크론병을 치료하는 데 있어 상당히 중요한 지침이 되어 주는 지표라고 보면 되었다. 이게 40점이라는 건 비활동성 중에서도 꽤 좋은 상태라는 뜻이었다. 때문에 바루다도 상당히 만족스러운 얼굴이었다.

[약은 Pentasa 1g tid(메살라진 1g씩 하루 3회)로 유지해야겠군요.]

'다른 약은 추가할 필요 없을까?'

[다른 약이요?]

'뭐 많잖아. 스테로이드나 아자티오프린(면역 억제제) 같은 것들.'

[아, 고려해 볼 수 있죠. 그래도 일단은 지금 이 약만으로도 잘 유지되고 있으니 지켜보는 게 어떨까요?]

수혁은 바루다의 의견에 잠시 더 고민을 이어 나가다 이내 고개를 끄덕였다. 어차피 크론은 완치가 가능한, 그러니까 여기서 끝낼 수 있는 질환이 아니지 않은가. 크론병 치료는 마라톤과 같아서 꾸준히 관리하는 것이 제일 중요했다. 급하게 마음먹을 필요는 없다는 뜻이었다.

"아, 그리고……. 안과랑 순환기내과 협진 결과는 혹시 들으셨나요?"

머릿속으로 치료 계획을 얼추 잡은 수혁은 만들어진, 그러나 환자를 안심시키기에는 충분한 미소를 지어 가며 환자에게 물었다. 혹시나 서효석이 다녀갔을 수도 있지 않은가.

"아뇨."

하지만 역시나 서효석은 환자가 입원해 있는 이 5일 동안 단 한 번도 들러 보지 않았다.

'진짜 미친놈이라니까.'

[표정 관리는 하시고요. 환자 앞이에요.]

'아, 참 그렇지. 하, 이 새끼 이거…….'

[뭐, 곧 걸려들겠죠.]

바루다는 잠시 일정을 셈해 보았다. 태화는 대기업치고 일이 빨리빨리 돌아가는 기업이었다. 현임 회장이 취임하면서 조직을 잘게 쪼개 둔 덕이었는데, 그걸 감안해서 생각해 보면 지금쯤 연구 자금 승인이 나야만 했다. 바루다는 그게 오늘 아니면 내일이 될 거라고 확신했다. 아무튼, 이건 바루다의 얘기였고 수혁은 환자에게 집중하고 있었다.

"다행히 아직 눈도 괜찮으시고. 심장도 문제없으세요. 미리 치료하거나 할 필요는 없고……. 정기적으로 검진만 받으시면 됩니다. 내일 퇴원하실 때 같은 날짜로 저희 외래랑 환기내과, 안과 외래도 잡아 드릴게요."

"아, 정말 감사합니다. 덕분에……. 그래도 병명이 뭔지도 알게 되고, 치료도 받을 수 있게 되었습니다."

수혁의 말에 옆에 잠자코 있던 어머니가 고개를 숙였다. 눈가에 그렁그렁 맺힌 눈물이 그간 겪었던 속앓이를 대변하는 듯했다. 어머니도 이럴 정도니, 환자 본인이야 말할 것도 없었다. 그녀는 벌써 한참 전부터 울고 있었다.

"감사합니다……. 저는……. 제가 뭘 잘못 먹거나, 뭘 잘못해서 피부가 이렇게 된 줄 알았어요. 그런 게 아니라……. 그냥 유전자 변이 때문이라니까, 기분이 훨씬…… 나은 거 같아요."

환자의 말을 들은 수혁은 착잡한 마음을 숨기지 못했다. 환자 중에 지금 이 환자처럼 말하는 사람들이 적지 않았기 때문이었다. 이상하게도, 사람들은 어떤 커다란 병에 걸리게 되면 그 잘못을 자신에게서 찾으려는 경향이 있었다. 물론 환자의 잘못 때문에 병에 걸릴 수도 있었다. 가령 흡연은 폐암을 일으키고, 음주는 간암을 일으키기도 하니까. 하지만 그건 의학적으로 중요한 문제지, 이미 발병한 환자에게까지 자꾸 주지시킬 문제는 아니었다. 적어도 환자는 그저 위로받고 치료받는 데 전념해야 한다고, 수혁은 그렇게 생각했다.

"네, 환자분 잘못이 아니에요. 그냥 병이 나쁜 거죠. 일단 치료할 수 있는 병에 집중하겠습니다. 예방 가능한 합병증 또한 최선을 다해서 예방하고요."

"네. 선생님. 감사합니다."

수혁은 연신 고개를 숙여 대는 환자의 어깨를 두드려 준 후, 병실에서 빠져나왔다. 아직 얼굴은 앳되기 그지없는 20대 후반의 레지던트였지만, 방금 그 모습은 여느 교수 못지않은 관록이 느껴졌다. 특히 그가 뭘 해도 꺄륵거리는 대훈과 하윤에게는 더더욱 그러했다.

"진짜 멋지네요, 선생님."

"사진기 들고 다닐걸. 아깝다."

대훈과 하윤은 복도에서 수혁을 향해 엄지를 휘둘러 댔다. 누가 봐도 주접이었지만, 기분은 썩 좋았다.

"그, 그랬어?"

"네, 선배. 진짜 멋졌어요. 환자분 잘못이 아닙니다. 캬, 저도 그런 말 한 번만 해 볼 수 있으면 좋겠어요."

특히 하윤이 이럴 때면 광대가 쭉쭉 승천하는 기분이었다.

[휴, 제발 체통 좀…….]

바루다가 쉬지 않고 타박을 해 댔지만, 별 소용이 있거나 하진 않았다. 기분이 좋아진다는데 뭘 어쩌겠는가. 뭔가 다른 일이라도 벌어지지 않는 한에는 모든 것이 무효했다.

우웅.

우우웅.

한동안 더 광대를 올리고 있으니, 가운 호주머니 안에 집어넣고 있던 핸드폰이 울려 댔다.

[전화 옵니다.]

바루다야 그 즉시 수혁에게 알려 주었지만, 수혁은 한창 하윤과 웃고 떠드느라 바로 받질 못했다.

[전화 온다고.]

[야, 전화.]

[안 받냐?]

[전화 왔다고. 귀에 뭘 처박…….]

물론 바루다의 입에서 별별 소리가 다 나왔을 땐 수혁도 어쩔 수 없었다.

"어, 미안. 잠깐만."

수혁은 우선 하윤과의 대화를 멈추고 전화를 받았다.

"어, 수혁이니?"

수화기 너머 전화를 건 인물은 다름 아닌 신현태 과장이었다. 늘 그렇듯 지나치다 싶을 정도로 다정했는데, 평소보다는 말이 좀 빨랐다.

"네, 교수님. 무슨……?"

"어. 우리 그때 연구비 신청했던 거, 인가됐어."

"아, 어떻게 됐어요?"

"보통은 이게 이메일이 우리한테 연구비를 인가해 준 곳에서 오거든? 이번 같으면 당연히 태화전자겠지?"

"아, 네."

수혁이 제아무리 바루다를 데리고 있다 한들, 아예 겪어 보지 못한 일까지 알 수는 없는 노릇 아니겠는가. 이건 아예 다른 세상의 일이었기에 수혁도 바루다도 귀를 기울였다.

"근데 생명에서 왔어. 포워드 형식으로."

"아……. 발신인은……."

"서중길 이사. 서효석 교수 아버지지."

"입금은요?"

"입금이야 제대로 들어오긴 했지. 우리가 올렸던 금액 그대로."

그 말인즉슨 2억이 들어왔다는 얘기였다. 이제 원래 태화전자에서 집행한 금액이 얼마인지만 알아내면 될 일이었다.

"일단 방으로 올래? 현종이 형도 와 있어."

"아, 네. 교수님. 방금 회진 끝나서 바로 가면 됩니다."

"그래, 기다릴게."

아무튼, 이렇게 복도에서 막 처리할 만한 일은 아니었다. 물론 여기 있는 이 둘이야 뭔 얘기를 들어도 절대 누설하지 않을 것이다. 심지어 하윤은 어느 정도 관여가 되어 있기까지 했지만, 그래도 복도는 좀 아니지 않은가.

"교수님이 불러서, 나는 먼저 갈게. 아마 서 교수님 회진은 없을 테니까……. 대강 정리하고 마쳐. 하윤이는 내가 제1 처방 더 정리해 놨으니까 6시 반쯤에 나오면 될 거야."

"아, 감사합니다."

"감사합니다, 선배님!"

이런 식이니, 둘이 수혁을 좋아하지 않을 수가 없는 일이었다. 대체 어느 아래 연차가 일 줄여 주는 위 연차를 미워할 수 있단 말인가. 게다가 수혁은 일만 줄여 주는 게 아니라 그 일을 보람 있게 만들어 주기까지 하고 있었다. 아무튼 현대 의학의 한계에 부딪힌 경우 말고는, 수혁의 손을 탄 환자 중에 수혁을 좋아하지 않은 사람이 없었다. 심지어 한계가 명확한 사람들마저도 일정 부분은 좋아진 채로 퇴원 결정이 나고 있었다.

"역시 이수혁 선생님은……. 멋있어."

때문에 대훈은 수혁이 사라져 간 곳을 보며 이렇게 중얼거릴 수밖에 없었다.

"네, 저도 그렇게 생각해요."

비록 대훈처럼 완전히 뿅 간 얼굴은 아니었지만, 하윤 또한 마찬가지였다.

슬슬

////

타닥.

타닥.

수혁은 그런 둘을 뒤로한 채 과장실로 향하고 있었다. 예전 같았으면 거의 20분은 더 걸렸을 길을 10분도 채 안 걸려서 가고 있었다. 그만큼 지팡이가 익숙해졌다는 뜻인데, 이걸 상기할 때마다 잘된 일이라고 해야 할지, 아니면 안된 일이라고 해야 할지 헷갈렸다.

[잘된 일이죠. 어차피 아직 치료 방법도 없는데요.]

바루다야 늘 그렇듯 딱 잘라 말할 수 있었지만, 수혁은 인간이었다. 게다가 본인 일이기도 하지 않은가.

'그렇게 말하지 마, 인마. 희망은 가져야지.'

[의사가 그런 말을 해도 되나?]

'난 환자이기도 해!'

[아, 뭐······. 그래도 이해는 안 갑니다.]

'어차피 나도 깡통이 이해할 수 있을 거란 생각은 안 했어.'

수혁과 바루다는 이 주제가 나올 때마다 티격태격하게 되었다. 물론 그 티격태격이 매번 오래가지는 않았다. 어차피 무용한 싸움이라는 걸 수혁도 바루다도 잘 알고 있는 데다가, 늘 뭔가 다른 할 일이 생겼기 때문이었다.

똑똑.

이번에도 그러했다. 어느새 과장실에 도착한 수혁은 문을 콩콩 두드렸다. 그러자 안에 있던 사람이 문을 열어 주었는데, 의외로 비서가 아니라 이현종이었다.

"잉."

"아, 비서분은 가셨어. 오늘 조퇴."

"아……. 그렇다고 원장님이 문을 열어요?"

"저놈이 자기 방이라고 유세 부려서. 너도 알잖아, 저놈이 겉으로만 그러지 나랑 있을 땐 제일 나쁜 놈인 거."

이현종은 고개를 절레절레 흔들며 신현태를 가리켰다. 그러자 신현태가 세상 억울하다는 얼굴로 몸을 일으켰다.

"와, 와! 말을 그렇게 해요? 똥 싸고 방금 들어와서 거기 있다가 열어 준 주제에?"

"야, 뭔 말을 그렇게 상스럽게 하냐. 똥이 뭐야, 똥이. 과장이라는 놈이."

"구라를 치니까 그렇지?"

"구라는 또 뭐야. 어휴……. 하여간 수혁아, 내가 이러고 산다. 원장한테 이렇게 바락바락 대들고. 어, 앉아. 거기. 편히 앉아."

"자기 사무실처럼 쓰지 말라고요. 아니, 대체 왜 원장실 놔두고 맨날 여기서 보는 거야?"

신현태는 정말이지 이해가 안 간다는 얼굴이었다. 다른 병원처럼 어디 지하 구석에 숨은 것도 아니고, 경치도 좋은 데 있지 않은가. 하지만 이현종은 아주 당당했다. 뭔가 아주 합리적인 이유라도 있는 사람처럼.

"지금은 못 가."

"지금은……. 형 설마……. 오늘 회의 또 빠졌어요? 땡땡이 치느라 못 가는 거야?"

"땡땡이라니……. 별로 중요한 회의도 아닌데 자꾸 오라니까 그렇지."

"아니, 병원장 회의 중에 안 중요한 회의가 어디 있어? 이러니까 요새 우리가 다른 병원에 밀리는 거지."

"야, 말은 바로 하자. 돈 때문에 밀리는 거야."

"말이나 못하면……."

신현태는 한숨을 푹 쉬다가, 이내 수혁이 앉아 있음을 확인했다. 보통 이런 일에 있어서는 교수들이 할 일이 있어야 정상이겠지만, 수혁은 일반적인 레지던트가 아니지 않은가. 오늘도 마찬가지였다. 키는 수혁이 쥐고 있었다.

"아, 맞아. 수혁아. 너 김다현 이사님 전화 되지?"

"아, 네. 김다현 이사님……. 전화 되죠."

수혁은 자신의 핸드폰을 슬쩍 내려다보며 답했다. 아주 긴밀한 사이라고 말하기는 좀 어려웠지만, 그래도 전화를 씹지는 않을 거란 확신은 가질 수 있었다. 김다현 이사는 감사를 잊지 않는 사람이었으니까.

[제 분석 결과 100% 확실합니다.]

'제발 그러길 빈다.'

물론 그 근거 중 하나가 바루다의 분석이라는 건 좀 문제였지만, 그래도 최근 바루다의 사람 자체에 대한 분석이 꽤 빛을 발하고 있었다. 거기에 더해, 수혁은 김다현 이사에게 감사 편지까지 받은 몸이었다. 그냥 편지였다면 또 모르겠지만, 안에는 상당한 재화가 들어 있었다. 정확한 액수는 아무에게도 밝힐 수 없으나 모르는 사람에게라도 신뢰감이 팍팍 쌓이는 정도라고 보면 되었다.

"그래, 그럼 해 보자."

수혁의 자신 넘치는 얼굴을 보며 신현태가 허허 웃었다. 뒤에 있던 이현종도 마찬가지였다.

"부탁 좀 하자, 수혁아. 언제까지 서효석 새끼를 밑에 두고 있어야겠냐. 우리 병원 망신이야, 망신. 그래, 우리 병원이 요새 밀리는 게 다 그놈 때문이라니까."

"아니, 형. 그건 아니지……. 서효석이 뭐라고 병원 전체가 흔들려요."

"너 지금 그 새끼 편드냐? 편들어? 뒷구멍으로 뭐 받아먹은 거 아니야, 이거?"

"뭐 말을 못 해. 나도 서효석 마음에 안 들고, 자르고 싶지. 근데 형이 너무 비약하니까……."

"에에이. 됐어. 됐어. 최근에 그거 때문에 회의도 늘어 가지고 가뜩이나 열 뻗치는구만."

이현종은 생각만 해도 지긋지긋하다는 얼굴로 손을 휘이휘이 저어 댔다. 신현태는 그런 이현종을 보면서 이럴 때야말로 원장이 회의에 들어가고 좀 해야 하는 시기가 아닌가 하는 생각이 들었지만, 굳이 그런 걸 입 밖으로 내지는 않았다. 이현종은 경영가라기보다는 전형적인 의사라는 걸 너무도 잘 알고 있었기 때문이었다. 솔직히 원장도 어쩌다 보니 된 거지, 이 인간은 단 한 번도 보직 욕심을 내 본 적이 없었다. 이현종이 병원에서 부린 욕심이란 그저 환자 욕심뿐이었다.

"아무튼……. 수혁아 미안하다. 우리가 체통을 못 지켜서."

신현태는 이현종과 쓸데없이 다툼을 이어 나가는 대신 다시 한번 수혁에게 부탁하는 것으로 대화를 마무리 지었다. 이현종이야 혼자 열 뻗쳐서 소리 지르고 난리도 아니었지만, 수혁은 이미 그런 이현종에게 익숙해진 지 오래라 전혀 신경을 쓰지 않았다. 그저 아까부터 대기하고 있던 손가락을 놀려 김다현 이사에게 전화를 걸 뿐이었다.

"어, 안녕하세요. 이수혁 선생님."

따로 뿌리는 명함에는 없는 개인 번호라더니. 비서에게 연결

되는 게 아니라 바로 김다현 이사에게 연결되었다. 수화기 너머 들려오는 목소리에는 생기가 가득했다. 건강히 잘 지내는 모양이었다.

[분석 결과, 입원해 있을 때보다 확실히 목소리에 힘이 들어가 있습니다.]

바루다도 그렇게 판단한 거 같기는 한데, 사실 이럴 때마다 수혁은 이놈이 정말 분석이라는 걸 하고 있는 건지, 아니면 약을 파는 건지 좀 의심스러웠다.

[약이라뇨? 저 바루다입니다. 세계 최고의 진단 및 치료 목적 A.I. 근거 중심 의학의 화신이라고요.]

'그 근거라는 게 좀……. 뇌피셜 아냐?'

[무슨 그런? 지금까지 수혁이 마주친 수백 명의 인물들을 대상으로 수집한 데이터를 근거로 말하고 있는 거라고요.]

'그……. 그래 뭐. 일단 좀 조용히 해 줄래? 난 슬슬 바쁠 예정이거든.'

사실 의학 연구에서 수백 명은 그리 많은 수는 아니었다. 연구 계획이 정말 잘 짜여 있다면야 한 자리 숫자로도 의미 있는 결과가 나오기도 하는 게 논문이었지만, 지금 바루다가 하는 방식의 연구에서는 글쎄 싶은 숫자였다. 수혁은 애써 전에 받았던 감사 편지를 떠올리면서 입을 열었다.

"네, 잘 지내고 계시죠?"

"네네. 약 먹으면서는 정말 아무 문제도 없어요. 제 동생도 괜찮아졌고요. 정말 감사합니다."

"아뇨, 아뇨. 의사로서 해야 할 일을 했을 뿐입니다."

상당히 가증스럽게 들릴 수도 있겠지만, 실제 수혁은 자신이 의사로서 마땅히 해야 할 일을 했다고 생각하고 있었다. 다만 그렇지 못한 의사들도 있으니, 자신이 상당히 대단한 의사라고도 생각하고 있기는 했다. 물론 그걸 입 밖에 내놓지는 않았다.

"어……. 근데 무슨 일……. 아, 혹시 그때 그 연구 건 때문인가요? 제가 일단 빨리 처리하라고 말은 해 두었거든요."

김다현 이사는 갑작스러운 전화에도 마냥 반가워하고 있지만은 않았다. 입사 처음에만 해도 낙하산이다 뭐다 하는 말이 많았으나 그 모든 논란을 실력 하나로 잠재운 사람답게, 얼마 전 있었던 수혁의 부탁을 용케 기억해 냈다. 거의 일의 해일 속에 있다는 걸 감안하면 이것만으로도 충분히 대단한 것이었다.

"네, 이사님. 맞아요. 그거 승인되었습니다."

"아하."

다현은 다소 비스듬히 앉아 있던 자세까지 고치면서, 자신이 입원해 있던 당시 지정의로 되어 있던 서효석을 떠올리며 눈을 빛냈다. 원래 전자 사람으로서, 프로젝트 바루다가 엎어진 이후 그룹의 서자 취급도 못 받게 된 병원에는 딱히 관심이 없었지만, 막상 입원하고 보니 병원 이거 우습게 볼 일이 아니었다.

사람 생명과 인생에 관여하는 곳이 아니던가.

'그 인간……. 진짜 별로라지?'

비단 수혁에게 전해 들은 바로만 판단한 것은 아니었다. 일 잘하는 사람답게 따로 뒷조사까지 시켰는데, 평판이 그야말로 개판이었다. 대체 어떻게 하면 이런 사람이 교수가 되고 또 자리를 유지할 수 있는지가 의문이었다.

'정말 본사에서 병원에 신경을 안 쓰고 있긴 해…….'

아마 전자였다면, 절대 부장이나 이사 평판이 그 모양이 되도록 두고 보지 않았을 터였다.

"얼마로 메일이 갔죠? 입금은 됐나요? 연구 계좌에?"

다현은 절로 찌푸려진 인상을 애써 펴며 말을 이었다. 손가락으로 책상을 톡톡 치면서였는데, 책상 위에는 수혁이 부탁한 일과 관련한 서류가 놓여 있었다. 딱히 업무적으로 볼 때는 책상 위에 놓아둘 만큼 중요한 일은 아니었으나, 사적인 의리로 따져 보면 이것보다 중요한 일도 당장은 없었다.

'서류상으로는 5억이고……. 생명에서 기안해서 올렸어.'

기안자는 연구자도 아니고, 연구 책임자도 아니고, 심지어 심사자도 아닌 서효석의 아버지였다.

"네, 저희가 원래 올렸던 대로 2억 들어왔습니다. 승인 메일도 2억으로 왔고요."

"그래요? 2억이에요? 확실하죠?"

"네."

"승인 메일은 그럼 혹시 어디서 보냈죠?"

김다현은 손가락으로 두드려 대던 것을 멈추고, 서류를 뒤로 넘겼다. 메일 발신자 이름이 나와 있었는데, 김다현의 심복이라 할 수 있는 남지연 부장이었다. 김다현이 들어오기 전부터 태화전자의 모바일 쪽을 담당하고 있던 인물인데 아버지 쪽 사람이기도 했다.

"태화생명 우자원 부장입니다."

"우자원이면, 서 이사 쪽 사람이네요. 이것 봐라……? 진짜로 횡령을 했네?"

"아, 그런가요? 이것만 들어도 아실 수 있나요?"

"물론 정황 증거일 뿐, 물증은 없습니다만……."

워낙에 조심성이 있는 성격이라 말을 아끼고 있는 것일 뿐 이만하면 사실 물증도 있다고 봐도 무방했다.

"감사팀을 보내 보면 모두 확실해지겠죠."

감사팀이라. 수혁은 잘못한 것도 없으면서 어쩐지 오금이 저린 듯한 기분이 들었다. 병원 내에도 자체 감사팀이 있지 않은가. 다른 회사들과는 달리 대개 병원 내 감사팀이 하는 일은 의료 사고 관련한 일이라, 이름을 듣기만 해도 가슴이 답답해져 오는 효과가 있었다. 때문에 수혁은 자신도 모르게 살짝 목소리를 떨었다.

"아……. 그럼 어떻게 일이 진행되나요?"

"선생님께서는 신경 안 쓰셔도 됩니다. 제가 알아서 할게요."

하지만 들려오는 대답은 그야말로 확실하기 그지없었다. 최근 들어 이토록 신뢰감이 확 드는 말을 들어 본 적이 있었을까?

[왜 자꾸 절 잊으세요? 제가 조언할 때 신뢰 팍 들지 않습니까?]

'어, 그래. 그렇다고 치자.'

그래, 바루다의 말마따나 환자를 진단할 때 말고는 남의 말에 이토록 신뢰감이 들었던 적이 단연코 없었던 거 같았다. 그리고 요새 수혁과 바루다 콤비의 진단 성공률은 100%였다.

[그렇다고 둘을 연결 지을 근거는 없는 거 같은데.]

'초 치지 마, 자꾸.'

[언제는 근거가 중요하다고 하더니?]

'사람 기분이라는 게 또 다른 거야.'

[누가 보면 이현종 친아들인 줄 알겠어요. 어쩜 이렇게 성격이 닮아 간담?]

'뭐 인마?'

아무리 그래도, 사람한테 이현종 닮았다는 말은 좀 실례이지 않은가. 의술이라면 또 몰라도, 인성은 안 될 일이었다. 마음 같아서는 더더욱 화를 내고 싶었는데, 아쉽게도 다현의 말이 계속 이어졌다.

"감사팀 업무는 사람 살리는 일하고는 무관하거든요. 환자 보시느라 바쁘실 테니, 저는 결과만 통보해 드리겠습니다."

"제가 뭐……. 걱정할 일은 안 생기겠죠?"

"바라시던 대로 될 겁니다. 아, 연구비가 늘어날 수도 있겠네요. 일단 집행한 건 처리하는 게 보통이거든요."

"네? 정말요? 이거 연구비가 5억이 된다고요?"

"그럴 수도 있다는 말이지, 아직 확정은 아닙니다. 그럼, 저는 이제 제가 할 수 있는 일을 해 보겠습니다."

다현은 딱 거기까지 말하곤 전화를 끊었다. 인사도 못 하고 끊어진 바람에 다시 걸까 하는 생각이 치밀어 올랐으나, 바루다가 분석 운운하면서 말려 대는 통에 관두었다.

"뭐, 뭐래?"

"나 대강 들었는데. 감사팀? 감사팀 얘기한 거 아냐?"

게다가 다시 전화를 걸 틈도 없었다. 신현태는 물론이고 딴청 피우는 것 같던 이현종까지 얼굴을 들이밀고 있었다.

"잠시만요. 천천히 말씀드릴게요."

정리를 좀 하려 했으나 그것도 별 소용이 없었다. 신현태보다는 역시 이현종 때문이었다.

"천천히는 지랄. 빨리 말해."

"형, 제자한테 지랄이라뇨……. 우리 수혁이 상처받아요."

"아들인데 뭐 어때."

"아니, 누가 보면 진짜 아들인 줄 알겠어."

"그렇게 알아야지, 그럼. 어? 진실이 밝혀져야 속이 시원하냐?"

"그건······. 그건 아니긴 하죠."

희한하게 내가 맞는 거 같은데 이현종하고 대화하다 보면 납득이 되고 마는 신현태였다. 아무튼, 그렇게 하도 재촉을 해 대는 바람에 수혁도 서둘러 말을 옮겨 주었다.

"그러니까······. 일단 김다현 이사가 알아서 하겠다고 했다고? 감사팀 얘기도 했고?"

"네. 정황 증거로 볼 때 횡령이 확실하다고도 했어요."

"좋아. 근데······. 그 서효석도 그렇지만 우자원? 그놈도 능구렁이거든. 지금도 봐. 서 이사 모르게 아들내미 똥 닦아 주잖아. 감사 시작되면 어디서든 3억 구해다가 일단 메워 놓을 수도 있어."

"아······."

"그래도 김다현 이사가 알아서 한다고 했으면 뭐 알아서 하겠지. 몇 번 회의하면서 봤는데, 그래도 김 이사가 하는 말은 영양가가 있더라고."

모르는 사람은 별 느낌이 없겠지만, 이현종을 잘 아는 사람이라면 방금 이 말이 얼마나 대단한 칭찬인지 딱 알 수 있을 것이었다. 영양가라니. 그 말은 곧, 이현종이 그 사람이 말할 때 졸지 않았다는 뜻이지 않은가. 그것도 무려 회의실에서. 이것만 봐도 김다현 이사가 얼마나 대단한지 알 수 있었다.

"어, 지금 생명에 있지?"

한편, 수혁과의 통화를 마친 김다현 이사는 어디론가 전화를 걸었다. 상대는 긴장한 기색도 없이 그 전화를 받았다.

"네, 이사님."

"병원도 가 있고?"

"네. 팀 나눠서 왔습니다."

"그럼 자네가 우 부장 맡아. 병원 측은 서효석 맡고. 서 이사가 눈치채기 전에."

"네, 이사님."

"이번 일 잘되면 알지? 서 이사 나가리 되면 이제 생명도 내 입김이 좀 닿을 거야."

"물론입니다. 최선을 다하겠습니다."

#####

'시발……. 시발…….'

서효석은 고개를 푹 숙인 채 욕만 되뇌고 있었다. 위기를 맞은 사람이 할 수 있는 가장 비생산적인 활동이었지만, 그렇다고 딱히 뭐 달리 할 수 있는 게 있는 것도 아니었다.

"아주 재미난 일을 벌이셨던데."

그를 불러 놓고는 한참이나 세워 두기만 했던 김다현 이사가 마침내 입을 열었다. 다현의 사무실이 아닌, 통창을 통해 광화문이 내려다보이는 회의실이었다. 상당히 규모가 있는 회의실이니만큼 이 안에는 단지 그 둘만 있는 건 아니었다. 서효석의 아버지도 와 있을 뿐만 아니라 우자원 부장까지 끌려와 있었다. 물론 전자 측에서도 김다현 외에 다른 인물들이 나와 있었다. 구석진 곳에는 무려 이현종과 신현태도 있었다.

"그……."

말하자면 이번 일과 관련된 모든 이들이 참석한 자리란 뜻이었다. 상황이 이렇다 보니 천하의 말종 서효석이라고 해도 함부로 말하기가 어려웠다. 아니, 지금 김다현 하나만 있다 해도 크게 다르진 않았을 터였다. 강자에게 약하고 약한 자에게 강한, 전형적인 소인배이지 않은가.

"할 말이 별로 없으신가 본데, 그럼."

김다현은 차마 말을 잇지 못하는 서효석을 그대로 세워 둔 채, 자신의 심복이자 이제 곧 서 이사의 자리를 꿰차게 될 남지연 부장을 바라보았다. 남 부장은 그것을 신호 삼아 PPT를 띄웠다. 태화전자 본사 건물답게 모든 것이 최신식인지라 화면도 큰데 화질도 좋았다.

"보시면, 이게 태화생명 우자원 부장 이름으로 올라온 연구 기안입니다. 분명히 필요 연구비에 5억이라고 적혀 있는 것을 확인할 수 있습니다. 맞습니까, 서 이사님?"

남지연 부장은 노안이 온 눈이라고 해도 다 보일 만큼이나 선명한 화면을 가리켰다. 레이저 포인터마저도 최고급이었기에 도무지 안 보인다고 하는 건 무리였다. 물론 서 이사는 무척 억울한 상황이었다.

"맞기는…… 하지만, 나는 진짜 이 건과는 무관하네. 모르는 일이야."

"모른다고요?"

"정말이네."

"그런데 왜 이 기안서에 서 이사님 직인이 찍혀 있습니까?"

"그건……."

서 이사는 자신도 모르게 한숨을 쉬고는 우 부장을 바라보았다. 남들이 보기엔 그저 시선을 옮긴 것처럼 느껴지겠지만, 둘 다 그게 아니란 것을 아주 잘 알고 있었다. 아니, 사실 우 부장은 정신이 반쯤 나가 있어서 서 이사가 자신을 바라보는 줄도 모르고 있었.

'어쩌다……. 어쩌다 일이 이렇게…….'

아무도 모르게, 정말이지 아무도 모르게 처리했던 일이었다. 방금 서 이사가 말한 것처럼 서 이사도 모르게 진행되지 않았던가. 관련자라고 해 봐야 우자원 부장 본인과 서효석 둘뿐이었다.

"설마 서 이사님쯤 되시는 분이 직인을 우 부장에게 맡기고 있다, 뭐 이런 말씀을 하려는 건 아니겠죠?"

"아니, 아니지. 그럴 리가 있나."

"그럼 잘 모르는 사안에 대해서 직인을 찍은 겁니까?"

"그건……."

"모두 녹화되고 있습니다. 제대로 답변하시는 게 좋겠습니다, 서 이사님."

"너……."

서 이사는 붉게 충혈된 눈으로 남 부장을 노려보았다. 말이 좋아 이사지, 그룹 서열로 따지면 어지간한 계열사 사장보다도 위인 게 서 이사 아니던가. 그런 사람이 노려보면 쫄 법도 하건만, 남 부장은 그저 담담히 마주할 따름이었다. 그도 그럴 것이 이번 건수는 커도 너무 큰 건수였고, 뒷배도 든든했다.

"석연치 않은 구석이 있지만 일단 넘어가죠."

그 뒷배 중 하나라 할 수 있는 김다현 이사가 입을 열었다. 서 이사야 당연히 그걸 원하지 않았지만, 남 부장은 마치 김다현 이사의 목소리만 들리는 사람인 듯 명을 받았다.

"네. 다음은 우리 전자 측 R&D 부서에서 받은 기안 문서입니다. 보시다시피 생명에서 올린 문서와 동일합니다. 검토 결과 해당 연구 계획서의 완성도는 훌륭했으며, 충분히 상품성과 공익성이 있다고 판단하여 요청한 5억에 대해 승인한 바 있습니다. 이는 R&D 부서 김승욱 부장 및 황윤석 이사의 직인입니다."

남 부장은 예의 그 또박또박한 발음과 말투로 발표를 이어 나갔다. 다음으로 뜬 화면은 이체 목록이었는데, 그중 하나가 전자 R&D 부서에서 생명 R&D 부서로 이체한 기록이었다. 한 번에 5억. 대기업답게, 돈을 쓰기로 한 이상에야 별 망설임이 없었다. 여기까지만 보면 사실 딱히 별문제가 없어 보이는 사안이기도 했다.

"근데…… 이 사안에 정확히 무슨 문제가 있는 거죠?"

그리고 그건 현 전자 사장이자 태화그룹의 실무적인 회장이기도 한 이유원이 부사장 김범준을 돌아보았다. 김범준 부사장이 비록 이 사안과 직접적인 연관이 있어 보이진 않았지만, 김다현 이사의 아버지 아닌가. 뭐라도 알고 있을 것 같았다. 게다가 이 정도 사안에 굳이 오라고 부른 것 역시 김범준 부사장이었다. 하지만 김범준은 일흔이 넘은 나이에도 여전히 현역으로 뛰는 사람답게 의뭉스러운 면이 있었다. 그는 본인이 직접 나서는 것보다는 딸을 띄워 주기를 더 원하고 있었다.

"그건……. 김 전무에게 묻는 게 나을 거 같습니다. 사장님."

얼핏 듣기에 따라서는 사장이 좀 기분 나빠할 만한 답변이기도 했지만, 적어도 기업의 처음과 함께 여기까지 달려온 김범준에게는 사장의 말에 감히 토를 달 자격이 차고 넘쳤다. 이유원 사장도 그러한 사실을 잘 알고 있었기에 의견을 받아들였다. 이유원 사장은 김다현을 바라보았다.

"네, 사장님. 말씀해 주신 대로 지금 이 과정에는 문제가 없습니다. 즉 생명 R&D 부서와 전자 R&D 부서 사이의 의사소통에는 문제가 없다는 뜻입니다."

"그런데?"

"문제는 생명 R&D와 태화의료원 사이에서 발생했습니다. 우선 이 자료를 보시죠. 이게 원래 의료원에서 올린 기안입니다."

김다현 이사의 말에 남 부장이 즉시 화면을 바꾸었다. 한 치의 오차도 없이 신현태, 이수혁, 그리고 나머지 교수들이 올린 기안서였다. 신현태와 이현종의 직인도 찍혀 있었다.

"보시면……. 이 연구 계획서에서 요청한 금액은 2억입니다."

"5억이 아니라?"

"네. 틀림없는 2억입니다."

"연구 계획서를 올리고 자금 조달 계획이 바뀐 건가?"

이유원 사장의 눈이 이현종과 신현태를 향해 돌아갔다. 목소리야 부드럽지만, 실상은 그런 인간은 아니지 않던가. 이유원이라고 하면 지금의 태화를 만들었다 해도 과언이 아닌 사람이었다. 조직 개편 당시 대들다가 목 날아간 사람이 한둘이 아니란 소문이 있었다. 아니, 적어도 이현종과 신현태는 그 현장을 옆에서나마 지켜본 바 있었다.

"힉."

상대적으로 심약한 신현태는 자신도 모르게 이상한 소리를 내고 말았다.

"아뇨, 사장님. 그런 적 없습니다."

그에 반해 딱히 권력에 굴종하고픈 마음이 없는 이현종은 딱 잘라 말할 수 있었다. 말하는 동시에 신현태의 옆구리를 쿡 하고 찔렀는데, 상당히 아팠지만 신현태는 감히 신음도 내지 못했다.

"그럼 이게 어찌 된 거지?"

3억이 비었다. 이 사실을 알게 된 이유원 사장의 목소리가 높아졌다. 연간 100조가 넘는 매출을 기록하는 기업에서 3억이면 뭐 작은 거 아니겠나 할 수도 있겠지만, 그런 생각을 해서는 절대 이만한 기업을 굴릴 수 없을 터였다.

"다음 자료를 보여 드리면서 설명해 드리겠습니다."

남 부장은 애써 이유원의 눈빛을 피해 가며 입을 열었다. 제아무리 떳떳한 상황이라 해도 사장의 화난 눈을 쳐다보는 건 부담스러운 일이었다. 서효석이나 우자원 부장, 그리고 서 이사가 고개를 더더욱 푹 숙이게 된 것은 당연한 일이었다.

"이게 실제 생명 R&D에서 의료원 기안자인 신현태 내과 과장 연구 계좌로 들어간 금액입니다."

"2억이네. 여전히 3억이 비는데. 다른 계좌로 들어간 돈은 없나?"

"나머지 3억은…… 이 계좌로 들어갔습니다."

기업이라는 게 그렇게 널널하게 돌아갈 수는 없는 노릇 아니겠는가. 한두 푼도 아니고 억 단위의 돈이 넘나드는데 기록이 아예 안 남기는 어려웠다. 물론 감사에만 걸리지 않았다면야 아무도 모르게 넘어갈 수도 있었겠지만, 일단 흘러 나간 돈을 추적하는 건 쉬운 일이었다.

"예금주가 우자원. 우자원 부장이라고 했었나? 아까?"

이유원은 해당 계좌의 주인을 향해 시선을 돌렸다. 우자원은 감히 그와 눈을 마주칠 수 없어 정수리만 보이고 있었다. 기나긴 사회생활 탓에 비어 버린 정수리가 애처로움을 자극하긴 했지만, 그렇다고 빈 금액에 대한 분노가 잠잠해질 정도는 아니었다.

"자네가 빼돌린 건가? 고개 들고 대답해."

이건 부탁이나 회유가 아니라 그저 명령이었다. 우자원으로서는 고개를 들 수밖에 없었다. 그렇게 마주하게 된 이유원은 그야말로 호랑이나 다름없는 얼굴을 하고 있었다. 아예 비화를 모른다면야 다른 동물을 떠올릴 수도 있었겠지만, 지금껏 이유원이 그룹을 키워 온 방식을 알고 있는 사람으로서는 호랑이 말고 다른 동물을 생각하기가 어려웠다.

"그……."

하지만 그런데도 선뜻 답을 하지 못한 건, 이 회의실에 들어오기 전 서 이사와 서효석에게 들은 말 때문이었다.

―뒤집어쓰면, 자리부터 네 앞으로 생활까지 다 책임져 줄게.
 감방에 들어갈 수도 있는 사안이었지만, 그것도 다 책임져 준다는 말을 들은 참이었다. 우자원은 그간 뒤치다꺼리하면서 서 이사의 재산이 적지 않다는 걸 알고 있었기에 고민이 되긴 했다.
 '역시 내가 뒤집어쓰는 게…… 낫겠지?'
 그럼 어찌 되었건 뒷배만큼은 살려 두게 되지 않겠는가. 난파선이라고 다 같이 가라앉는 것보다는 그게 나을 거 같았다. 어차피 개인 계좌 송금 내역도 가지고 있겠다, 협박할 거리도 있었다. 뒤집어쓰는 방향으로 가닥이 잡혀 나가려는데, 이유원이 재차 입을 열었다.
 "똑바로 대답해. 3억 횡령도 중죄지만, 나한테 거짓말하는 건 더 큰 죄야. 법이 그렇든 그렇지 않든, 나는 그렇게 판단해."
 "아."
 하지만 이 말을 듣고 나서부터는 도무지 뒤집어쓸 수가 없게 되었다.
 '그래……. 법이 다 무슨 소용이야…….'
 저 사람이 마음먹고 인생 조지려고 한다면 정말 큰일이었다. 적어도 이 대한민국에서는 발붙이고 살지 못하게 될 터였다. 아니, 외국으로 간다 해도 마찬가지였다. 이유원이 키워 낸 태화는 세계적인 기업이었으니까.
 "죄송합니다."

결국, 우자원 부장은 서 이사와 서효석을 한 번씩 바라본 후 입을 열었다.

"아, 안 돼!"

그 표정을 본 서 이사가 급히 말리려 했으나, 별다른 소용은 없었다.

"거기, 조용히 해."

이유원이 으르렁거리듯 서 이사의 입을 닥치게 만들었기 때문이었다. 천하의 서 이사도 감히 이유원에게 정면으로 맞설 수는 없었기에 우자원은 마음속으로 정해 놨던 얘기를 털어놓을 수 있었다.

"3억은······. 서효석 교수에게 보냈습니다. 나중에 채워 놓으면 아무도 모를 거라고 해서······. 정말 횡령할 생각이 있었던 건 아닙니다. 정말입니다."

"서효석이라."

이유원은 아직도 서 있는 서효석을 돌아보았다. 교수라고 해 봐야 병원에서나 잘났지, 그룹 차원에서 보자면 티끌이었으니 솔직히 말하면 처음 보는 얼굴이었다. 서 이사라면야 얘기가 조금 달라지긴 하겠지만, 그렇다고 해도 조무래기에서 벗어나긴 어려웠다. 그런 놈이 감히 자신의 그룹을 가지고 놀려고 하다니.

"그래, 어디······. 왜 그랬는지 들어나 볼까."

이유원은 물어뜯기 전에 자비나 베풀 요량으로 미소를 지어 보였다. 그게 그의 오랜 버릇이란 걸 잘 알고 있는 김범준 부사장은 차마 그 모습을 보기가 두려워 고개를 창밖으로 돌렸다. 시원한 광화문 광장이 보기 좋았다.

"네, 네. 사장님."

그에 반해 이유원에 관해 별로 아는 게 없는 서효석은 이것이 동아줄이라 여긴 후 부지런히 혀를 놀려 대기 시작했다.

우리 편

"그래, 그래서 그렇게 했다?"

이유원 사장은 서효석의 말을 듣고는 즐거운 듯 고개를 끄덕였다. 서 이사는 차마 더는 못 보겠다는 듯 다른 곳으로 시선을 돌리고 있었다. 사태의 심각성을 전혀 깨닫지 못한 것은 오직 한 명, 서효석뿐이었다.

"네, 사장님. 채, 채워 넣으려고 했습니다. 정말입니다."

"뭐, 그 말은 지금 들어 봐야 별 의미 없겠지. 나가 보게."

"네?"

"나가라고."

이유원의 목소리에 짜증이 뒤섞이자, 대기하고 있던 보안 요원들이 서효석을 끌고 나갔다. 고개를 돌리고 있던 서 이사와 우자원 부장 또한 마찬가지였다. 이유원은 쾅 하는 소리가 들려오기가 무섭게 김다현 이사를 바라보았다.

"그런데, 김 이사는 이걸 어떻게 안 거지? 저만한 인력이 붙으면……. 알아채기 쉽지 않았을 텐데."

최초 기안자가 병원 사람이 아니라 다른 계열사 사람이라면 얘기가 좀 달라질 수도 있었다. 하지만 병원 사람들은, 그중에서도 특히 교수들은 세상 물정을 몰라도 너무 모르는 사람들이었다. 아마 누군가 언질을 주지 않았다면 무슨 일이 벌어졌는지 영영 몰랐을 게 뻔했다. 아예 애초에 들어오기로 했던 금액의 절반만 들어왔다고 해도 납득했을 가능성이 있었다. 이유원이 관심을 가지고 진행했던 프로젝트 바루다에 참여했던 의대 교수들은 그런 사람들이었다.

"제보가 있었습니다."

그렇기에 이건 병원 측에서 알아서 한 일이 아니라 김다현이 애초부터 관여한 일일 거라고, 이유원은 확신을 가지고 있었다. 이유원의 속내는 김다현 또한 눈치채고 있었기에 거짓말을 늘어놓진 않았다. 이리나 승냥이를 대할 때는 거짓을 고해도 좋을 테지만, 호랑이를 앞에 두었을 때는 주의에 주의를 거듭하는 게 좋았다. 당장 급한 불은 끌 수 있을지 몰라도 결국에는 목을 물릴 테니까.

"제보라. 누구로부터?"

김다현은 잠시 고민하다가, 이내 수혁의 이름을 털어놓았다. 어차피 지금 나간 저 셋은 나가리될 것이 뻔한 상황 아니겠는가. 이 자리에서 제보자의 신상을 밝히는 것은 도리어 그 제보자에게 득이 되면 됐지, 해가 되진 않을 터였다.

'혹 누가 건들면, 내가 보호해 주면 돼.'

이런 생각까지 하면서였는데, 당연하게도 이유원은 레지던트 이수혁에게 관심을 표했다.

"레지던트 2년 차? 내가 익숙지가 않아서 그런데……. 교수는 아니지?"

"네. 전공의입니다. 3년을 마치고 나면 전문의가 됩니다."

"전문의도 아니야?"

이유원의 질문에 옆에 있던 비서가 재빠르게 병원 직위에 관해 설명했다. 간결하게 요약을 하자면 2년 차 전공의 이수혁은 28살이고, 회사 직급으로 하자면 이제 막 신입 사원을 벗어난 수준이었다.

"네."

"근데 어떻게 이런 제보를 했지? 아니지. 왜 했지?"

"연구 계획서 기안자 중 하나입니다. 아마 이 연구의 아이디어를 이수혁 선생이 냈을 겁니다."

"제대로 심사했을 때 5억 인가를 받을 연구 계획서를 28살짜리가 냈어?"

"네."

"이전에도 연구를 좀 해 봤던 친구인가?"

이제 이유원의 시선은 김다현 이사가 아닌 이현종과 신현태를 향하고 있었다. 사실 수혁에 관해 좀 더 자세히 아는 건 과장 신현태였지만, 그는 눈빛을 받자마자 숨이 넘어갈 것 같은 모양새가 되고야 말았다. 이현종은 아끼는 동생의 한심한 모습에 나지막이 한숨을 쉬고는 입을 열었다.

"아뇨, 처음입니다. 논문을 쓴 적은 있어도……. 연구에 참여한 적은 없습니다."

"흐음……. 그런데, 5억을 승인받았다라."

이유원은 의학에 관해서는 문외한이었다. 아니, 사실 전자에 관해서도 그렇게까지 잘 알진 못했다. 아마 그보다는 김다현 이사가 훨씬 잘 알고 있을 터였다. 하지만 경영자로서의 감은 있었다.

'전자 계열이 아니라……. 병원 계열에서 올라온 연구 계획서에 5억이 떨어진다. 음.'

불과 한 3년 전까지만 하더라도 꽤 흔한 일이었다. 미래 먹거리가 바이오에 있다고 봤으니까. 하지만 프로젝트 바루다가 실패로 돌아가면서 이제 병원 쪽 연구는 거의 외주로 돌려진 상황이었다. 그걸 뚫고 5억이 떨어졌다는 건, 그만큼 연구 계획서가 상당히 치밀하고 또 실용화될 가능성이 있다는 뜻이었다.

"재밌을 거 같은데. 그거 사본 있으면 나한테 좀 보내 줄 수 있나?"

"네?"

천하의 이현종마저 당황시키기에 충분한 제안이었다. 대체 이유원이 누구란 말인가. 태화를 세계 재계 서열 10위권에 안착시킨 괴물이었다. 그런 사람 입에서 고작해야 레지던트가 낸 연구 계획서에 재밌겠다는 말이 나올 줄이야.

"보내 줄 수 있나?"

"아……. 네. 물론입니다. 제가 비서 통해서 전달하도록 하겠습니다."

물론 이현종도 만만한 사람은 아닌지라 금세 제정신을 차릴 수 있었다.

"어버버."

가뜩이나 긴장하고 있던 신현태가 딸꾹질을 하게 된 것은 난데없는 부작용이긴 했지만, 다행히 이유원은 그것을 끝으로 시선을 거두었다. 그는 김다현 이사를 정면으로 바라보면서 재차 입을 열었다.

"아무튼, 저런 인간들을 남겨 둘 수는 없지. 싹 다 자르고……."

"고소도 진행할까요?"

"고소? 아니. 소란이 일어나면 태화 신뢰도만 깎이지. 자르기만 해, 관련 업계에 경고는 하고. 어떤 식으로든, 태화랑 업무적이든 뭐로든 엮이는 일 없도록."

이 말은 곧 재취업의 길을 가로막겠다는 뜻이었다. 설마하니 이유원쯤이나 되는 사람이 저런 잔챙이들의 앞길을 더 두고 보지는 않겠지만, 이런 말 한마디가 나왔다는 것만으로도 치명적이었다. 현시점에서 태화와 굳이 척을 질 만한 기업은 국내외 어디에도 없었으니. 게다가 서 이사를 제외하면 그렇게까지 유능한 인간들도 아니지 않은가.

"네, 사장님. 그렇게 전달하겠습니다."

"좋아. 이걸로 끝인가?"

"아……. 감사 건은 끝입니다만, 따로 발표할 내용이 있습니다."

"응? 아, 그거. 그거 여기서 바로 하나?"

"네. 병원 측 인사가 자리를 비우면 바로 시작하겠습니다."

"그러지, 그럼. 시간이……. 조금 오버된 거 같은데."

그 말에 이현종과 신현태는 썰물처럼 회의실을 빠져나왔다. 신현태는 몰라도 이현종은 세계적인 의사인데 대접이 좀 박한 거 아닌가 하는 생각이 들긴 했지만, 뭐 어쩌겠는가. 여긴 병원이 아니라 기업인데. 사람 살리는 게 아니라, 돈 많이 버는 부서가 최고였다. 게다가 여전히 태화의료원이 사람 살리느라 발생하는 적자를 태화그룹이 지탱해 주고 있지 않은가. 이현종은 딱히 불만 같은 게 있지는 않았다.

"어휴. 어휴휴. 어유유유."

신현태는 불만이고 자시고 내뱉을 정신도 없는 상황이었다. 그는 이현종이 운전석에 앉혀 줄 때까지 내내 이상한 말만 하고 있었다.

"자, 안전벨트 매고. 아, 이거······. 내가 할까 그냥."

심지어 그 이현종이 운전을 대신할까 하는 생각이 들 정도로 제정신이 아니었다.

"어, 나 언제 여기 왔어요?"

"언제 오긴. 노인네가 돼 가지고 너 끌고 왔어, 인마."

"아······."

"너 그래 가지고 원장 할 수 있겠냐? 그래도 매달 이유원 사장 아니면 김범준 부사장 봐야 되는데."

"안 할래요."

"어휴, 이 새끼 이거."

"왜요. 언제는 자리 욕심내지 말고 환자나 보래 놓고선?"

"네가 지금. 어? 네가 지금 그럴 처지냐?"

이현종은 운전도 안 하고 뒷좌석까지 젖혀서 누운 주제에 있는 성질 없는 성질 다 내기 시작했다. 신현태는 얼떨결에 액셀을 밟아 주차장을 나온 와중이었기에 그런 이현종을 향해 적극적으로 화를 내진 못했다. 그냥 이 인간이 또 왜 이 지랄인가 싶을 뿐이었다.

"처지? 뭔 처지요. 과장 잘하고 있구만."

"넌 애가 왜 이렇게 이기적이냐."

"와……. 지금 그게 옆 좌석에 누워서 할 말이요? 형이 돼 가지고 못 하는 말이 없네."

이현종이 경우 없는 편이긴 하지만, 오늘은 좀 심하단 생각에 신현태도 소리를 빽 질렀다. 그러면서도 안전 운전은 하고 있었는데, 그의 인격이 대체 어느 정도인지 짐작할 수 있는 대목이었다. 물론 이현종은 그런 모습에 전혀 감화되지 않았다.

"인마, 네가 그래도 어? 원장 해야 수혁이 뒤 봐줄 거 아냐. 오늘도 봐라. 걔 연구 계획서를 사장이 가지고 갔어."

말이 좋아 사장이지, 회장은 대외 활동을 하지 않은 지 10년이 더 넘었으니 사실상 회장이나 다름없는 사람이었다.

"아……."

"원래 모난 돌이 정 맞는 법이야. 너무 뛰어나, 수혁이는. 알아서 잘할 것 같아도 도와줘야 해."

"그거……."

이현종의 입에서 이렇게 사려 깊은 말이 흘러나올 줄이야. 운전 때문에 정면을 주시하느라 고개를 돌리진 않았지만, 신현태는 진심으로 놀란 표정이 되었다.

"그니까 원장 하려면 담력 좀 키워. 애도 아니고, 가서 벌벌 떨고 뭐 하는 거야. 누가 보면 네가 감사 대상인 줄 알겠어."

"그런 자리는 처음이니까 그렇죠."

"모르긴 해도……. 이수혁이가 왔으면 너보단 태연했을 거다."

"그……."

신현태는 습관적으로 아닐 거라고 하려다 입을 다물었다. 생각해 보니 수혁은 어찌 된 놈이 1년 차 때부터 당당했기 때문이었다.

'그게 나나 현종이 형한테는 장점이었지.'

둘은 천생 학자이면서 동시에 스승 아니던가. 우수한 제자를 보면 질투심이 난다기보다는 기특할 따름이었다. 하지만 다른 사람들은 어떨까. 수혁의 잘남을 시기하는 사람들이 분명 있을 터였다.

'사실 지금도 많지.'

감히 원장과 과장이 싸고도는 사람을 앞에서 까는 놈은 없었지만, 레지던트들만 해도 뒤에서 수군대는 사람이 한둘이 아니긴 했다. 그게 비단 병원 안에서가 아니라, 병원 밖까지 번진다면 어찌 될까. 제아무리 수혁이 뛰어난 녀석이라 해도 견디기 어려울 수도 있었다.

"알았어요. 알았어. 원장 할게."

"누가 시켜 준대?"

"무슨 장단에 춤춰야 해? 아까는 원장 하려면 잘하라며?"

"그건 되고 나서 일이지. 그래도 뭐……."

이현종은 여기 오기 전 김다현 이사와 나누었던 대화를 떠올렸다.

―차기 원장은 신현태 과장으로 하죠. 잘하시겠죠?

모르긴 몰라도 서 이사를 내치면서 자기 사람을 꽂을 생각인 것은 분명해 보였다. 태화의료원 내 인사는 태화그룹 전체의 일이라기보다는 태화생명에서 주관하지 않던가. 그 말은 곧 생명을 장악하게 되는 사람이 의료원에도 영향력을 미칠 수 있다는 얘기였다.

―제 생각에는 바루다 프로젝트 후유증, 오래 안 가요. 아마 곧 병원이 주요 사업 중 하나로 다시 부상할 겁니다. 제가 이 연구 계획서 보니까 딱 그런 느낌이 들어요.

김다현은 바로 그 자리를 원했고, 수혁에게 은혜 갚는 겸 해서 바로 치고 들어온 참이었다. 죽 쒀서 김다현에게 다 준 느낌이 들긴 했지만, 그래도 그걸로 수혁을 보호하고 또 키워 줄 수 있는 사람이 차기 원장이 될 수 있다면, 그럼 된 거 아닐까. 이현종은 그런 생각을 하며 신현태를 돌아보았다. 여전히 전방 주시 중이었다.

"준비는 해. 원장 이거 아무나 하는 거 아니야."

"형은 대강 하잖아요."

"너가 이렇게 하면, 다른 애들 가만히 있겠냐?"

"그건 아니죠."

"그러니까, 보고 배워. 나도 이제 회의 슬슬 챙겨 들어갈게. 근데……. 수혁이는 오늘 왜 못 온 거야?"

"당직이죠, 뭐. 3년제 되면서 사람 많이 부족하잖아요. 잘하고 있으려나? 아니지, 잘하고 있겠지."

"들어가서 잠깐 얼굴이나 보지, 뭐."

/////

"환자 뭔데?"

수혁은 대훈의 뒤를 따라 걸으며 물었다. 어쩌나 소란을 피워 대는지, 이미 환자가 죽었나 싶을 지경이었다.

"36살 남자고……. 은행원이에요."

"음."

36살 남자. 어지간히 나쁜 생활 습관을 가지지 않고서야 죽을 위험에 빠지긴 어려운 나이라고 보면 되었다. 물론 외상을 입었다면 얘기가 상당히 달라지겠지만, 수혁은 내과 아니던가. 선천성 질환이 있거나 혈액종양내과 환자일 수도 있었다. 다만 이곳은 태화의료원이었다. 슬슬 제왕적 위치를 후발 주자들에게 내어 주고 있기는 해도, 여전히 대한민국에서 중증도가 제일 높은 병원이라는 뜻이었다.

'그렇긴 하네.'

그 때문에 나이만 가지고 함부로 판단할 수는 없었다. 당장 저번만 하더라도 20대 초반 여성 환자가 죽을 뻔하지 않았던가.

"4일 전부터 기침과 인후통이 있어서 약국에서 산 약을 복용하다가 2일 전부터 오한, 발열 및 두통이 심해져 2차 병원 응급실에 내원하였습니다."

그냥 들으면 열이 나고 머리가 아팠구나 싶을 수도 있을 터였다. 하지만 우수한 의사가 되려면 행간의 의미를 아주 잘 짚어 내야 했다. 다행히 수혁은 바루다의 도움을 받을 수 있었다.

[30대 직장인······. 그것도 약국 약으로 버티려고 했던 사람이 응급실로 갔다면, 예사 두통은 아니었을 겁니다.]

'아, 그렇지. 그래. 생전 처음 겪어 보는 두통이었으려나?'

[그랬을 가능성이 큽니다.]

두통은 현대인에게 있어 매우 흔한 증상이지만, 그렇다고 해서 과소평가될 만한 증상은 결코 아니었다. 특히 그 두통의 정도가 생애 처음 겪어 보는 것이라면, 뇌출혈 가능성이 있었기에 주의에 주의를 거듭해야만 했다.

"당시 시행한 브레인 CT에서는 이상이 없었다고 하는데, 금일 무단으로 결석해서 동료가 찾아갔고, 의식이 저하된 환자를 발견해서 본원 응급실로 왔습니다."

2차 병원 응급실 담당의라면 정말 산전수전 다 겪은 의사였을 테니, 당연히 그날 환자를 본 의사도 비슷한 생각을 했을 터였다.

[CT에서 이상이 없었다면……. 상당히 많은 질환이 배제되는군요.]

우선 뇌출혈을 빼놓을 수 있을 터였다. 또 뇌수막염이나 두개 내 농양 등의 심각한 감염 질환들도 빼놓을 수 있었다. 뇌경색도 그럴 수 있으면 좋겠지만, 사실 CT로 경색 유무를 확인하는 건 어려웠다.

'그때 너무 빨리 찍어서 그랬을 수도 있어. 출혈은 아니겠지만……. 감염 여부는 몰라.'

[하긴. 그건 그렇습니다.]

게다가 수혁의 말처럼 시기의 문제일 수도 있었다. 그렇다면 아까 빼놓으려 했던 감염 질환들도 다시 염두에 두어야만 했다.

"환자분이……. 아마……."

수혁이 바루다와 이러쿵저러쿵 대화를 나누는 동안 앞장서던 대훈은 잠시 발걸음을 멈추고 까치발을 했다. 눈에 띄지 않으려고 해도 그러기가 무척 어려운 조합이라고 할 수 있었다. 대머리와 지팡이 콤비는 이미 유명하지 않은가.

"아, 선생님! 이쪽입니다!"

게다가 둘을 콜한 인턴이 하윤이었다. 어느새 내과를 다 돌고 또다시 응급실로 내려간 것이었다. 처음 응급실 돌 때까지만 해도 영 정신이 없어 보이더니, 지금은 그래도 제법 괜찮아졌는지 크록스가 아닌 운동화에 가운 안에도 수술복이 아닌 셔츠를 입을 정도였다. 상당히 적응이 빠른 모양이었다.

"아, 어. 저기 저 치료실에 계시나 봅니다."

"응, 가자. 응급실에서는 뭐 안 해 줬나?"

"일단 38.2도로 발열이 있어서 오자마자 혈액 검사 나가는 동시에……. 블러드 컬처(blood culture, 혈액 배양 검사) 나갔습니다."

"안티는?"

안티란 곧 항생제를 의미했다. 수혁의 말에 대훈 대신 제일 앞장서서 씩씩하게 걷던 하윤이 답했다.

"당시 브레인 CT에서는 이상이 없었지만, 두통에 발열까지 있어서 세프트리악손(항생제) 주었습니다. 아, 혈액 배양 검사 나간 후에 달았습니다."

근거부터 결론까지 어느 것 하나 부족함 없는 답변이었다. 설령 이 결정이 틀렸다고 해도, 아마 이걸 가지고 혼낼 만한 교수는 없을 터였다. 내과 의사는 늘 주어진 단서를 가지고 최선의 추론을 하는 의사이니까. 그럴싸한 근거를 가지고 있다면 합격이었다.

[괜찮은 선택입니다. 저라도 세프트리악손을 첫 항생제로 선택했을 겁니다.]

게다가 세프트리악손은 현 상황에서 객관적으로도 썩 좋은 선택이었다. 이 3세대 세파 계통 항생제는 혈액 뇌 장벽(blood-brain barrier)을 통과하는 녀석이기 때문이었다. 어떤 식으로든 뇌 쪽 감염을 의심했다면, 이 약을 우선으로 고려하는 것이 좋았다.

"좋아. 혈압이랑 심장 박동수는?"

수혁은 이만하면 대강의 문진 정도는 신뢰할 수 있을 거란 생각이 들어, 계속 하윤에게 물었다. 그간 관찰한 하윤의 능력만 생각해 봐도 그렇긴 했다.

"혈압이 90에 42고, 심장 박동수는 120회입니다."

과연 하윤은 일말의 망설임도 없이 탁탁 답변을 해 주었다. 자기 환자의 활력 징후도 기억 못 하는 의사가 어디 있겠냐고 할 수도 있겠지만, 인턴들은 간혹 상상을 초월하는 실수를 하기도 하지 않던가. 이만하면 가히 칭찬을 받을 만한 일이었다.

"허……. 안 좋네? 심전도 어때?"

"심전도는 타키카디아(tachycardia, 빈맥) 소견인데……. 이게 다른 문제가 없는지는 잘 모르겠습니다. 찍은 거 환자 옆에다 두었습니다."

"아, 그래. 일단……. 여기지?"

"네."

수혁은 고개를 끄덕이며 환자에게로 다가갔다.

"으, 으……."

환자는 신음을 흘려 대는 와중이었다.

[대화는 불가능해 보입니다. 의식이 혼미합니다. 거의 혼수상태라고 봐야 할 것 같은데요?]

바루다는 수혁이 주먹으로 가슴골을 눌렀음에도 딱히 적절한 반응을 보이지 않자 이런 결론을 내렸다. 수혁 또한 바루다의 의견에 동의했다. 수혁은 옆에 같은 나이 또래로 보이는 보호자를 향해 고개를 돌렸다. 닮은 구석이 하나도 없는 것으로 볼 때, 가족은 아닐 가능성이 커 보였다.

"혹시 관계가 어찌 되시나요?"

"아, 회사 동료입니다."

수혁은 역시라는 얼굴로 고개를 끄덕이고는 말을 이었다.

"집에서 발견했을 땐, 의식 상태가 어땠나요? 대화를 할 수 있었나요?"

"아뇨, 아뇨……. 처음부터 이랬습니다."

"아."

그렇다는 건 언제부터 이 상황이었는지 알 수 없다는 뜻이었다. 당연하게도 수혁의 미간에 주름이 짙게 파였다.

[이틀 전에 브레인 CT를 찍었지만, 일단 이거부터 확인해 보는 게 좋겠습니다.]

머리 쪽 문제일 가능성이 매우 큰데, 그 시점을 알 수 없지 않은가. 어쩌면 이미 상황이 끝났을 수도 있는 일이었다. 잔혹하게 들리겠지만, 머리는 원래 그랬다. 괜히 골든아워를 강조하는 게 아니었다.

"대훈아, 일단 CT 찍자. 연락되는 대로 바로."

"아, 네. 선생님."

수혁은 처방을 내린 후에야 다시 보호자를 바라보았다.

"혹시 친하신가요? 환자분이랑?"

워낙에 놀란 얼굴을 하고 있어서 조금은 다른 얘기를 꺼냈다. 다행히 그게 잘 먹혀들어 간 건지, 아니면 원래 침착한 편인지는 몰라도 보호자와 대화는 끊임없이 이어 나갈 수 있었다.

"아, 네. 뭐……. 제일 친합니다."

"다행이네요. 지병이 있거나 하진 않았나요?"

"지병……?"

"지금 보니까, 가슴에 흉터가 있거든요? 수술받거나 다친 적이 있다는 얘기, 들어 본 적 없습니까?"

수혁은 심전도를 찍기 위해 풀어 헤쳐 둔 환자의 가슴을 가리키며 물었다. 상당히 왜소한 편이었는데, 가슴 한가운데에 일직선으로 흉터가 나 있었다.

"아……. 죄송합니다, 이건 모르겠습니다."

"그럼 가족 번호 혹시 아시는 분이 있나요?"

"얘가 혼자 올라와서 지내는 거라. 시골에 어머니가 계시긴 하지만……. 지금 막 올라오고 계실 겁니다."

"음."

수혁은 신음을 흘리며 환자의 가슴 쪽을 다시 바라보았다.

[다친 거라기보다는……. 수술 소견 같습니다.]

'어린 시절에 받은 거 같지? 흉터가.'

[네. 아마도 선천성 심기형(태어날 때부터 심장에 기형 및 기능장애를 나타내는 질환)이 있었을 거 같습니다.]

'이거 안 좋은데.'

대다수의 선천성 심기형은 이제 수술로 어지간하면 완치가 되긴 하지만, 환자의 나이가 30대이지 않은가. 선천성 심질환으로 수술을 받았다면 적어도 20년은 족히 지났을 터. 현대 의학이 하루가 다르게 발전하고 있는 만큼, 당시에 한 수술에는 어떤 결함이 있을지 알 수 없었다.

"선생님, CT 찍는답니다!"

"아, 그래? 그럼 바로 가자. 호흡, 호흡 잘 봐. 알았지?"

"네! 제가 하윤이랑 찍고 오겠습니다."

"어, 그래."

인상을 쓰고 있던 수혁은 CT가 잡혔다는 말에 자리를 비켜주었다. 생각 같아서는 같이 따라가고 싶었지만, 다리가 불편해 그건 불가했다.

"아, 보호자분."

"네, 선생님."

그렇다고 시간을 하릴없이 죽일 생각은 없었다. 수혁은 보호자를 불렀다.

"환자분이 어제까지는 출근한 거죠?"

"아, 네. 출근했습니다."

"그때 어땠나요?"

"음……."

수혁은 열린 질문을 던졌다가, 이내 질문 방식을 바꾸기로 했다. 바루다 또는 다른 의료진에게는 오히려 열린 방식이 더 좋겠지만, 비의료인에게는 적절치 못한 경우가 더 많았기 때문이었다.

"두통을 심하게 호소했나요?"

"아, 네. 약을 먹어도 아프다고 했어요."

"점점 심해지는 거 같았나요?"

"그건……. 정확히는 모르겠는데, 아마 그랬던 거 같습니다."

비의료인에게는 하나하나 따져 가듯 물어보는 것이 좋았다. 비록 환자 본인이 아니라 제한적이긴 했지만, 그래야 정보를 흘리지 않고 다 담아 갈 수 있었다.

"'점점 더 심해졌다.'라. 역시 진행됐다는 소리인데…… 이게 환자분 집에서 챙겨 온 건가요?"

수혁은 고개를 갸웃거리며 몸을 일으켰다. 그러곤 환자 침대 옆에 있던 작은 가방을 가리켰다. 가방까지는 아니고 비닐봉지란 표현이 더 어울렸는데, 이것저것 무언가가 많이 담겨 있었다.

"아, 네. 제가 그냥……. 옷이랑 해서."

"약도 있었나요? 응급실에서 약도 받았을 것 같은데."

"아, 네. 여기. 약봉지요."

"감사합니다. 보호자분께서 진료에 큰 도움이 되네요."

"아뇨……. 아뇨. 이렇게 아픈 줄 알았으면 더 신경을 썼어야 하는 건데."

아무래도 보호자는 그저 직장 동료라기보다는 진짜 친구인 듯했다. 진심으로 걱정하는 것이 느껴져 수혁도 더욱 막중한 책임감이 일 지경이었다.

[항생제는 메이액트를 썼군요.]

'뭐……. 먹는 항생제로 이만하면 나쁘지 않은 선택이지.'

나쁘지 않은 선택이어서 얼굴이 더 어두워졌다. 이 항생제가 전혀 듣지 않았다는 건, 세균이 그만큼 내성균을 가지고 있다는 뜻일 테니까.

"선생님! 찍고 나왔습니다!"

그때 CT실 쪽에서 외침이 들려왔다. 대훈이었다.

"아, 영상 확인할게."

예전 같았으면 좀 더 기다려야겠지만, 이제는 4G를 넘어 5G 시대가 오지 않았던가. 브레인 CT 정도의 볼륨 작은 영상은 거의 실시간으로 확인할 수 있었다.

드륵.

수혁은 바로 옆의 컴퓨터를 이용해 환자의 영상을 확인했다.

"에고."

그러곤 탄식을 내뱉었다. 우측에 하얗게 보이는 부분이 있었기 때문이었다. 아무 조영제도 쓰지 않은 CT 영상에서 이런 소견이라니. 이게 의미하는 건 단 하나였다.

"뇌출혈, 환자 뇌출혈이야!"

원인이 뭔데?

"신경외과 콜하겠습니다!"

뇌출혈이라는 말에 안대훈이 곧장 전화기를 집어 들었다. 동시에 주변에 있던 간호사들이 우르르 몰려들었다. 뇌출혈이라니. 골든아워가 중요한 질환이지 않은가. 재빨리 치료하지 않으면 영영 돌아오지 못할 강을 건너게 될 공산이 컸다.

"어, 그래. 음. 이거 시간이……."

수혁은 안대훈이 전화하고, 또 간호사들이 적절한 처치를 시작한 것을 보고는 다시 영상을 향해 고개를 돌렸다. 우측 두개내 출혈이 너무도 선명하게 보였다.

[이미 혈종이 있어요. 시간이…… 꽤 지난 모양입니다.]

'수술은 가능한가?'

[이 정도로 크면 수술하는 게 보통은 맞지만…….]

바루다는 쉬이 결론을 내지 못했다. 오히려 아는 게 적당히 많아졌을 땐 딱딱 치료 계획을 세우더니, 이제 워낙에 아는 게 많아지니까 도리어 망설임을 보일 때가 있었다.

'왜?'

[환자의 기저 질환을 생각해 보세요. 이 사람 당뇨도 없고, 고혈압도 없습니다. 근데 뇌출혈이에요. 고작 36살인데요.]

'아……. 하긴 그렇네? BMI(체질량 지수)도 정상 같은데. 음.'

물론 망설임에 대한 근거는 더 확실해져 있었다. 듣고 보니 확실히 이상했다. 이 환자에게서 외상도 없이 뇌출혈이 나타나기엔 기저 질환이 없었다.

[다만 환자는 4일 전부터 감염 증세가 있었습니다. 증세만 보면 단순 감기와 크게 차이는 없지만, 발열 및 조절되지 않는 두통으로 미루어 볼 때 뭔가 심각한 감염 질환이 있었을 가능성이 있죠.]

'그 감염 질환이 뇌출혈의 원인이다?'

[그렇죠. 가설이지만, 가능성이 큽니다.]

그렇다면 수술보다는 오히려 원인 질환을 컨트롤하는 것이 더 나을 수도 있었다. 원인이 그대로 남은 상황에서 수술에 돌입하는 건 굉장히 위험할 수 있었으니까. 물론 태화의료원에는 내과만 있는 건 아니었기에 홀로 결단을 내릴 필요는 없었다.

곧 콜을 받은 신경외과와 함께 신경과도 내려왔다.

"아……. 이수혁 선생님이 계시는구나."

특히 신경과는 최준용 교수가 내려온 참이었다. 워낙 환자를 열심히 보는 사람이다 보니, 다른 응급 환자 볼 겸 해서 내려온 모양이었다.

"안녕하세요."

반면 신경외과는 3년 차 당직인 김현철이 내려왔다. 다른 과들처럼 1년 차가 내려오지 못한 것은 역시나 신경외과이기 때문이었다. 질환의 중증도나 급한 정도가 다르기 때문에 조금이라도 더 배운 의사가 오는 게 맞았다.

"네, 이수혁입니다. 환자분은 이분이신데……. 의식은 혼미(약간의 의식이 있는 상태)에서 혼수(의식 불명) 사이입니다. 척수 반사는 있으나, 통증에 대한 반응은 거의 없습니다. 대화는 불가하고요. 증상 발현 시점은 알 수 없습니다. 집에 혼자 있다가 직장 동료분에게 발견되어 응급실로 왔습니다."

"아."

"음."

최준용과 김현철 모두 안대훈에게 상황을 대강이나마 들은 참이었다. 하지만 아무래도 안대훈보다는 수혁의 설명이 훨씬 직관적이었다. 안대훈이 전해 들은 소리를 읊어 대는 느낌이었다면, 이쪽은 상황을 정확하게 아는 전문가를 통해 듣는 느낌이었다.

"영상은······."

"여기 있습니다, 교수님."

"음."

일단 먼저 나선 것은 최준용이었다. 흔히 뇌출혈이 있으면 무조건 신경외과로 가는 줄 알겠지만, 사실 수술이 필요치 않은 뇌출혈도 대단히 많았기 때문이었다. 게다가 증상 발현 시점을 모르고 있다면, 이미 수술이 의미가 없는 상황일 수도 있었다.

"출혈이 작지 않네······. 혈종도 있고. 근처로 뇌가 좀 부었는데."

"네. 스테로이드와 만니톨(이뇨제, 뇌압을 감소시키는 역할) 정주(정량 주사)했습니다."

뇌압 상승에 스테로이드와 만니톨이라. 내과적인 처치로는 상당히 적절하다고 할 수 있었다. 최준용은 역시 내과 에이스답다는 얼굴로 고개를 끄덕이는 동시에 환자에 대한 질문을 이어 나가며 영상을 계속 살폈다.

"아, 그래. 혹시 척수 천자는 안 했죠?"

"네, 교수님. 뇌압이 올라간 상황에서 함부로 하면 뇌간 탈출이 일어날 가능성이 있다고 판단했습니다."

"오."

언제나 그러하듯 수혁의 답변은 딱 부러졌고 근거도 명확했다. 최준용 교수는 왜 우리 과에는 이런 인재가 없을까 한탄하면서 고개를 끄덕였다.

"옳은 판단이라고 생각해요. 하지만……. 뇌압이 또 막 감압술을 할 정도로 높아 보이진 않는데?"

최준용은 시선을 김현철에게 옮겼다. 김현철 또한 영상을 보면서 비슷한 생각을 하고 있던 참이었다.

"네. 아직은 감압술을 시행할 이유는 없을 거 같습니다. 다만 제 의견은……. 그래도 척수 천자 정도는 하는 게 좋을 것 같습니다."

"왜 그렇게 생각하지?"

"환자 히스토리를 보면 감염 질환 말고는 이렇다 할 기저 질환이 없지 않습니까? 뇌수막염이나 기타 심각한 염증에 의해 발생한 출혈일 가능성이 있을 것 같습니다. 그렇다면……."

뇌와 척수 내의 감염을 확인하려면 아무래도 피 검사로는 조금 불편했다. 뇌 쪽은 혈액 뇌 장벽으로 인해, 어지간한 것들은 아예 통과하지도 못하게 되어 있기 때문이었다. 직접적인 정보를 얻으려면 역시 뇌척수액을 직접 봐야 했고, 그러려면 척수 천자를 해야만 했다.

[오, 이 친구 똑똑하네.]

바루다는 합리적인 의견을 내놓는 김현철을 보며 감탄했다.

최낙필 때문에 생긴 신경외과에 대한 편견을 박살 내 주는 듯한 느낌이었다.

[할 수만 있으면 하는 게 좋긴 하죠. 감압술 준비해 놓고, 조심스럽게 시행하면 좋을 것 같습니다.]

심지어 그의 의견에 동조하기까지 했다. 듣고 보니 수혁이 보기에도 상당히 그럴싸한 데다가, 그것 말고는 딱히 원인을 밝힐 만한 수단도 없었다. 수혁은 고개를 끄덕이며 입을 열었다.

"교수님, 제 생각에도……. 조심스럽게 시행하는 게 어떨까 싶습니다. 마침 신경외과 선생님도 내려왔으니까, 감압술 수술방에 준비만 해 두라고 하고 시행하는 것이 어떨까요?"

"음……. 하긴. 그래요. 그럼 조심스럽게 해 봅시다. 우리 레지던트 부를까요?"

"아뇨. 제가 하겠습니다."

"이수혁 선생이?"

술기는 많이 해 보는 놈이 장땡이라는 말이 공공연히 도는 곳이 바로 병원이었다. 실제로 막 교수 임용될 때는 똥손이었던 외과계 교수가 몇 년 뒤에는 금손이 되기도 한다, 이 말이었다. 최준용 교수의 눈에 의심이 깃드는 것도 무리는 아니었다. 아무래도 수혁보다는 신경과 레지던트들이 해당 술기는 훨씬 더 많이 할 테니.

"아……. 이수혁 선생이 손 좋다는 얘기는 많이 들었습니다."

그때, 의외로 신경외과 레지던트 김현철이 수혁을 거들고 나섰다.

[뭐지? 잠깐만요.]

이를 기이하게 여긴 바루다가 즉시 인물 관계도 데이터베이스를 뒤적거렸다. 기껏해야 수혁의 개인적인 경험과 신현태, 이현종의 잡담을 수집, 정리한 데이터이긴 했지만, 한 명은 원장이고 또 한 명은 과장이다 보니 제법 데이터양이 많았다. 덕분에 태화의료원 신경외과는 척추파와 뇌파 두 개로 갈려서 허구한 날 싸우고 있었는데, 김현철은 최낙필이라면 이를 가는 교수의 라인이라는 것까지 저장되어 있었다.

'아, 그렇구만. 최낙필보다는 내가 나은가 보다.'

게다가 최준용은 뭐가 어찌 되었건 수혁을 신뢰하는 편이었다. 신경과랑 겹쳤던 환자 중에 진짜 어려웠던 환자들을 꼬박꼬박 치료한 덕이었다. 거기에 더해 손 좋다는 말을 그 자존심 강하기로 소문난 신경외과 입을 통해 들었으니 뭐 어쩌겠는가.

"그래요? 그럼 해 보죠."

"네, 교수님. 아, 그 전에 일단 삽관은 하는 게 좋겠죠? 뇌출혈이 이게……."

원인이 해결되지 않은 뇌출혈은 더 커질 수도 있었고, 게다가 이 출혈로 인한 뇌부종도 심해질 가능성도 있었다. 그냥 이렇게 두다가 덜컥 호흡이라도 날아가면 큰일이었다. 지금 괜찮다고 마냥 안심하기엔 환자 상태가 너무 좋지 못했다.

"아, 그렇지. 그래요. 할 수 있는 준비는 다 합시다."

"네. 교수님."

최준용 교수는 수혁의 손을 한번 직접 보기라도 하자는 심정으로 고개를 끄덕였다. 그러자마자 수혁은 아까 간호사들이 미리 꺼내다 준 플라스틱 튜브와 후두경을 들고는 정말이지 부드럽게 기도 삽관을 시도했다. 원체 해부학적인 지식이 뛰어난 데다가, 바루다의 전폭적인 서포트까지 있던 덕분이었다.

[옳지, 아니. 2mm만 좌측. 그래요. 환자 쪽 말고 수혁 기준으로요.]

"오."

"들어갔습니다. 일단 앰부 좀 짜 줄래?"

"네, 선생님."

수혁은 튜브를 넣자마자 옆에 있던 하윤에게 넘겨주었다. 그러곤 하윤이 인공적으로 공기를 주입하는 앰부를 짜는 데 방해가 안 되도록 천천히 환자를 옆으로 뉘었다.

[생각해 보니까 기도 삽관도 안 하고 옆으로 뉘었다가 기도 막혔으면 대형 사고가 날 뻔했네요.]

'아, 그렇네.'

[데이터베이스화하겠습니다.]

'좋아.'

사소한 일이라고 생각할 수도 있겠지만, 그래서 오히려 이 둘에게는 더 중요하고 또 도움이 되었다. 이 정도로 사소한 일은 케이스 리포트에 자세히 적혀 있진 않지 않은가. 간접 경험은 바루다의 도움으로 아주 빠르게 습득할 수 있지만, 이런 건 온전히 경험을 통해서만 습득할 수 있는 생활 지식이었다.

"소독할 거…… 아, 네. 감사합니다."

아무튼, 수혁은 환자를 새우등처럼 휜 형태로 눕히고는 담당 간호사를 돌아보았다. 뇌출혈 환자를 두고 다른 곳으로 갈 담당 간호사는 없었기에 곧장 보조를 받을 수 있었다.

꾹.

수혁은 건네받은 베타딘 거즈로 등을 닦기 전에 먼저 손톱으로 찌를 곳을 표시해 두었다. 척추뼈 사이를 뚫고 들어가야 하는 만큼, 위치가 거의 전부라고 보면 되었다.

[좋아요. 거깁니다.]

물론 이것도 바루다의 도움을 받을 수 있었기에 별 어려움은 없었다. 수혁은 그 위를 베타딘으로 소독하고는 긴 스파이날 니들(척수액을 뽑을 때 사용하는 바늘)을 찔러 넣었다. 뇌압이 올라가 있는 상황이라 그런지 딱 찌르자마자 무언가 맥동하는 것이 느껴졌다.

[위험할 정도는 아니라고 판단됩니다.]

'이거……. 이 느낌만으로 판단할 정도로 데이터가 있어?'

[아뇨. 이게 한 가지 레퍼런스가 되겠죠.]

'근데 왜 확신을 가지고 말해.'

[아무튼, 동맥압하고는 비교도 안 될 정도로 낮거든요. 평소 척수 천자보다 아주 살짝 높은 수준?]

'음.'

영 믿음이 안 가는 마무리이긴 하지만, 그래도 근거가 아예 없는 주장 같지는 않았다. 수혁은 천천히, 그러나 확실하게 뇌척수액을 뽑아내기 시작했다.

"음."

"으음."

당연히 나머지 의료진들도 초긴장 상태였다. 다들 수혁의 손과 환자의 등, 그리고 활력 징후가 나타나는 모니터만 죽어라 쳐다보고 있었다. 이러다 혹 뇌간 탈출이라도 발생하면 재앙이었기 때문이었다. 그대로 환자를 잃을 수도 있었다.

"휴."

다행히 수혁이 충분한 양의 뇌척수액을 뽑을 때까지 환자의 활력 징후는 크게 이상을 보이지 않았다.

"이거 검사 나가 주세요."

수혁은 그렇게 뽑아낸, 조금은 탁해 보이는 액을 간호사에게 건네주었다. 색만 봐도 정상은 아니겠구나 싶은 상황이었다. 아마 감염이 베이스로 깔린 모양이었다.

"그럼……. 삽관도 했겠다, MRI도 찍어 보지. 저거 양만 봐도 염증 같은데, MRI까지 찍어 봐야겠어."

최준용 또한 액을 보며 같은 결론을 내렸다. 수혁보다 훨씬 더 뇌수막염과 같은 감염 질환을 본 경험이 많으니 당연한 일이었다.

"네. MRI실 혹시 준비됐나?"

"네, 선생님. 아까 CT실 예약하면서 같이 말해 뒀습니다. 한 15분 정도 여유 있다고 했으니까 아직 비어 있을 겁니다."

"그래? 그럼 바로 가자."

"네."

대훈은 최준용 교수와 수혁의 명을 받들어 침대를 끌었다. MRI가 촬영되는 동안 앰부를 짜야만 하는 하윤 또한 마찬가지였다. 수혁도 CT 때처럼 남는 대신 부지런히 따라갔다. MRI는 촬영 자체가 오래 걸리기 때문이었다.

*****

"음."

"아직까지는 그냥 출혈만…… 음?"

촬영과 동시에 전송되어 오기 시작한 영상에는 뭔가 이상한 게 있었다. 그걸 제일 먼저 발견한 건 역시나 바루다였다.

[뇌경색이 두 군데나 있어요. 작지만, 경색입니다.]

뇌출혈이 있는데, 경색도 있다. 그야말로 미치고 팔짝 뛸 만한 상황이라고 할 수 있었다. 적어도 의료진들의 입장으로서는 그럴 수밖에 없었다. 출혈과 경색은 정반대되는 기전으로 발생하는 질환이었으니까.

"이런 망할."

당연하게도, 신경과 최준용 교수의 입에서는 욕설이 튀어나왔다. 물론 방금까지도 계속 어려운 상황이기는 했지만, 그래도 뇌출혈 하나라고 생각하면 뭔가 길이 보이지 않는가. 한데 그 길이 일순간에 지워진 느낌이 들었으니 당연한 일이었다.

"어, 뭐지."

신경외과 레지던트 역시 '이게 뭐야?'라는 표정을 지으며 탄식을 흘렸다.

"음."

반면 수혁은 눈을 감았다. 이 초유의 사태에 대해 바루다와 대화를 나누기 위함이었다.

'뇌출혈과 동시에 경색이라?'

[거기에 발열 및 혼탁한 뇌척수액도 고려해야 합니다.]

발열과 혼탁한 뇌척수액은 두말할 것 없이 감염 소견이라 할 수 있었다. 그것도 다른 부위가 아닌, 머리 부위의 감염, 즉 뇌수막염의 가능성을 시사했다. 그렇다면 뇌수막염이 있다고 해서 뇌출혈과 경색이 동시에 생길 수 있을까? 출혈이라면 가능한 얘기였으나 경색은 드문 일이었다.

'뇌출혈도 경색도……. 혼탁한 뇌척수액까지 다 결과일 수도 있어.'

그렇다는 건, 뭔가 다른 이유가 있다고 봐야 한다는 뜻이었다. 그리고 그 이유는 아마도 한 가지 질환일 가능성이 컸다. 젊은 성인 남성에서 갑자기 이런 중차대한 질환을 일으킬 만한 원인 질환 여러 개가 동시다발적으로 생기는 건 확률상 0에 가까운 일이었다.

[제 의견도 그렇습니다만, 아직은 잘 모르겠습니다.]

바루다는 솔직하게 모르겠다는 말을 꺼냈다. 이런 말을 한다고 해도 상대가 자신을 무능하게 여기지 않을 거란 자신이 있어서였다. 원래 빈 수레가 요란하다고, 개뿔도 모르는 사람이 모른다는 말을 못 하는 법 아니던가. 수혁도 바루다의 능력을 십분 인정하고 있었기에, 굳이 비난을 하진 않았다. 다만 표정을 굳힐 따름이었다.

'아예 모르겠어?'

[단서가 부족합니다만. 한 가지 걸리는 게 있기는 합니다.]

'뭐?'

[환자 가슴의 흉터요.]

'아.'

바루다의 말에 수혁은 저도 모르게 환자를 향해 고개를 돌렸다. 환자는 아직 MRI 촬영 중이었기에 딱히 가슴이 보이지는 않았지만 수혁에게는 바루다가 매번 데이터베이스화해 두는 자료가 있지 않은가. 눈을 감지 않아도 환자의 모습만은 선명하게 볼 수 있었다.

'암만 봐도 이건 개흉술 흔적이야.'

[봉합 부위가 좌우로 또 상하로 당겨진 것으로 보아, 성장기 전에 이루어진 수술일 가능성이 큽니다.]

어린 시절 개흉술까지 해야 할 만한 질환이 뭐가 있겠는가. 둘의 머릿속에는 선천성 심질환이 떠올랐다. 정확히 뭔지는 알 수 없었으나, 어떤 식으로든 심장 수술을 했다는 거 정도는 알 수 있었단 얘기였다.

'그럼 이거······. 심내막염일 가능성이 제일 크겠는데?'

심내막염. 말 그대로 심장 내막, 즉 안쪽 벽에 생기는 염증을 의미했다. 정상 심장 조직을 가진 사람에게는 극히 드문 질환이라 할 수 있었다. 심장은 피가 어마어마한 기세로 흘러들어 오고 또 흘러 나가는 곳이라 균이 붙어 있기 매우 어려운 곳이었기 때문이었다.

[네, 수술 이력이 있다면 가능한 얘기입니다.]

하지만 흉터가 있거나 심장의 입구라 할 수 있는 판막 수술을 했다면 얘기가 조금 달라질 수 있었다. 제아무리 수술이 잘

되었더라도 원래 심장과는 다를 수밖에 없지 않겠는가. 약간의 저류가 발생할 수 있을 테고, 또 균이 들러붙을 수 있는 공간도 있을 터였다.

'감기 증상이 있었으니…… 가능해. 가능한 얘기야.'

수혁의 얼굴이 조금씩 밝아졌다. 내과 의사로서 제일 기쁠 때가 언제겠는가. 바로 환자를 괴롭히던 증상의 원인을 밝혀 나갈 때였다. 지금이 바로 그 순간이었으니 미소가 지어지는 건 당연한 일이었다.

[하지만 지금은 원인 질환만 바라보기가 어렵습니다.]

'그건……. 그건 그래.'

그러나 완전히 밝게 웃지는 못했다. 딱 증상이 생겼을 때 의심했더라면 그럴 수 있었겠지만, 지금은 심내막염으로 인한 합병증이 어마어마하게 발생해 버린 상황이었다.

"최준용 교수님, 어떻게 할까요?"

수혁은 우선 이 자리에서 제일 높은 사람, 즉 결정권자라 할 수 있는 최준용 교수에게 치료 의견부터 물었다. 다행히 최준용은 태화의료원 교수를 하고 있는 만큼 상당히 우수한 사람이었다.

"일단 응급 수술이 필요한 상황은 아니야. 오히려 뇌압 관리를 위해서 약 쓰는 게 더 중요할 거 같고. 물론 신경외과에서 이 상황에 대해 인지하고 있어는 줘야 해. 혹시 모르니까."

"네, 교수님, 노티하겠습니다. 언제든 필요하면 감압술 시행할 수 있도록 조치하겠습니다."

"그래."

최준용은 일단 신경외과 레지던트와 간단한 의견 교환부터 했다. 뭐가 어찌 되었건 약으로 안 되면 열어야 하지 않겠는가. 그러기 위해서는 신경외과의 도움이 절대적으로 필요했다.

"뭐……. 사실 경색은 작아서 지금 그렇게까지 문제가 될 정도는 아니거든?"

"네, 교수님."

그다음으로는 역시나 수혁이었다. 애초에 노티했던 사람이 수혁이지 않은가. 그 말은 아직 이 환자를 맡아보고 있는 주치의가 수혁이라는 뜻이었다.

"뇌압이야 중환자실 가서 관리하면 되고……. 문제는 이게 원인이 뭔지 불명확하다는 거야."

최준용은 향후 플랜에 관해 수혁과 상의하기 시작했다. 단순히 주치의기 때문인 것만은 아니었다. 수혁의 실력은 다른 과 교수라도 인정할 만한 수준이었다.

"아……. 저는 환자 흉부에 있는 수술흔을 근거로 심내막염이 원인 질환이 아닌가 합니다."

"아……. 수술흔이 있었나?"

"네. 가슴골을 따라서 일직선으로 그은 흔적이 있습니다."

"아하."

이게 일직선이 아니라 방향이 좀 달랐다면, 가슴골이 아니라 다른 곳에 흉터가 남았더라면 수술흔이 아니라고 여길 수도 있었을 터였다. 하지만 우연히 가슴골을 따라 일직선으로 그은 흉터가 남는 건 거의 불가능했다.

"그럼 가능성이 있겠는데……. 그래도 다른 원인을 워크업하긴 해야지."

"네. 그 외에 방금 뜬 혈액 검사 보면 혈소판이 떨어져 있습니다. 이것도 심내막염에 의해 발생할 수도 있지만, 일단 혈액 질환도 감별하려고 합니다."

"음, 그래. 좋아. 근데 혈소판이 몇인데?"

"5만 4천(정상 수치 15~40만)입니다."

"어? 그래? 너무 낮은데? 출혈이 더 일어날 수도 있겠어. 혈소판 수혈해야겠는데."

"아, 네. 교수님. 처방하겠습니다."

철과 철이 만나면 서로 날카로워진단 말이 있지 않은가. 우수한 의사들이 만나자 환자 진단 및 치료 계획이 팍팍팍 진행되었다.

'야, 이거 재밌다.'

[새롭네요.]

이건 수혁이나 바루다에게도 신선한 경험이었다. 거의 둘이

서만 토론해 봤지, 다른 의사랑 그것도 다른 과 의사랑 토의해 보는 건 퍽 오랜만의 일이었기 때문이었다. 최준용 교수는 자신이 수혁에게 새로운 자극을, 즉 성장할 만한 거리를 제공하고 있다는 것은 꿈에도 모른 채 대화를 이어 나갔다.

"아니, 잠깐만. 근데 혈소판이 떨어졌다는 건……."

"파종성 혈관 내 응고(disseminated intravascular coagulation, 감염 등으로 인해 혈관 내에서 피가 응고되는 현상) 여부를 확인하기 위해 처방 냈습니다."

"오. 역시. 신현태 교수님이 부럽네."

최준용은 앞서가는 레지던트를 보다가 현타라도 왔는지 잠시 헛웃음을 터뜨렸지만, 이내 진중한 얼굴로 돌아왔다.

땅땅땅땅땅.

여전히 환자는 MRI를 촬영하는 중이었다. MRI는 CT와 달리 촬영에 시간이 좀 걸리는 검사였다. 하지만 가치는 충분히 있었다. 콩알만 한 경색들을 잡아냈고, 덕분에 가장 유력한 원인 질환을 떠올릴 수 있었으니까. 거기까지 생각이 미친 최준용이 입을 열었다.

"심장 관련 워크업은 어떻게 할 생각이지?"

토의가 아니라 질문이었다. 아무래도 전문 분야는 아니다 보니, 조심스러웠기 때문이었다. 게다가 눈앞에 있는 게 보통 레지던트가 아니지 않은가. 헛소리했다간 난리 날 것 같은 느낌이 들었다.

"아……. 네. 일단 심장 초음파 해 보고요. 정상으로 나오긴 했지만, 아마 변할 테니 심전도 팔로업하고. 아까 심장 효소 검사는 처방 내 놨습니다."

"음. 좋아. 좋네."

딱히 흠잡을 거 없어 보이는 답변이었다. 최 교수는 연신 고개를 끄덕이다가 말고 재차 입을 열었다.

"아, 근데 그럼 환자는 내과 쪽에서 볼 건가?"

제일 중요한 말이 남아 있었기 때문이었다. 물론 어느 과로 가든지 간에 당연히 최선을 다해 진료를 돕겠지만, 진료를 직접 보고 그 책임을 오롯이 지는 사람과 옆에서 돕는 사람의 입장은 천지 차이였다. 지금 이 환자처럼 사정이 너무 안 좋은 환자 같은 경우엔, 아무래도 직접 보는 건 조금 부담이지 않겠는가.

'뭐……. 좀 미안한 말이긴 하지만…….'

중환자 의학은 위험하고 돈은 안 되는, 그야말로 과 입장에서만 보면 도움 될 것이 없는 분야이기도 했다.

"아, 감염내과에서 봐야 할 것 같습니다."

최준용과는 달리, 수혁은 잠시간의 고민도 없었다. 의학 지식이야 여느 교수 못지않은 그였으나, 아직 경험은 적지 않은가. 이 경험이라는 게 비단 환자 보는 경험만 말하는 건 아니었다. 병원 회의에 들어가고, 또 회계 상황을 보는 것도 경험이었다.

"음, 그래."

물론 최준용 교수는 수혁이 과 돌아가는 걸 하나도 모른다는 사실을 전혀 알지 못했다. 대외적으로 원장 아들로 알려져 있는 데다가, 노상 내과 과장 신현태와 돌아다니는 녀석 아니던가. 이미 어떻게든 교수로 키워 낼 것이고 이를 위한 조기 교육에 들어갔다는 말이 파다했다.

'나도……. 이럴 때가 있었던 거 같은데.'

때문에 최준용 교수는 의도치 않은 부끄러움을 느끼며 자리를 피했다.

"아무튼, 혹시 이상하면 연락해. 뇌압 조절 관련해서는 중환자실 알려 주면 바로 레지던트 보낼게."

"네, 교수님. 감사합니다."

"어……. 그래."

최 교수가 가자 신경외과 레지던트도 부리나케 응급실을 떠났다. 그사이에 또 어디서 콜이라도 온 건지 발걸음이 아주 급해 보였다.

[확실히 신경외과도 빡세군요.]

'당연하지. 한 명이 중환자실 베드 몇 개를 보는데.'

[저쪽 지식도 흥미로운 게 많던데…….]

'나 더블 보드(전문의 자격 2개 취득) 하라고?'

[가능하면 요구했을 테지만. 안 되죠, 지금 상황으로서는.]

바루다는 수혁의 다리를 상기시켰다.

'음.'

수혁으로서는 이게 다행인지 아니면 불행인지 헷갈리는 순간이라 할 수 있었다.

"검사 다 끝났습니다, 선생님."

그렇게 잠시 고민에 빠져 있는 사이에 검사가 끝났는지, 방사선사가 수혁을 불렀다. 수혁은 감사의 의미로 고개를 꾸벅 숙인 후, 밖에서 대기 중이던 안대훈과 함께 검사실로 향했다.

"야, 고생했다."

안으로 들어가자마자 우선 MRI실에 같이 들어가 앰부를 짜고 있던 하윤의 어깨를 두드려 주었다. 하윤은 귀에 넣어 두었던 귀마개를 빼며 미소로 답해 주었다.

"괜찮아요. 이거 끼면. 다행히 안에 있는 동안 사고가 안 나서요."

"응, 아직은 활력 징후가 안정적인 거 같아. 아직은. 일단 저기서 영상 다 봤거든? 경색 두 군데가 더 있어서 심내막염으로 인한 뇌수막염 및 색전증이 의심돼. 다른 질환일 수도 있겠지만……. 아무튼, 그래서 우리가 보기로 했어. 그, 신현태 교수님께는 내가 노티할게."

수혁은 대강의 소견을 일러 준 후, 환자와 함께 처치실로 돌아오며 신현태에게 전화를 걸었다.

"어, 뇌출혈에 뇌경색. 열나더라도 신경…… 어? 우리가 받았어? 아, 왜."

"심내막염 오리진이 의심된다고 판단했습니다."

"아……. 알았다. 나 아직 연구실이었거든. 내려갈게."

노티를 받은 신현태는 어쩐지 기운이 없어 보였다. 심지어 전화를 끊은 후에는 대상이 최준용인지 수혁인지 모를 욕설까지 내뱉었다.

////

"이런 망할 놈……."

졸지에 빡센 환자를 맡게 된 신현태가 힘없이 중얼거렸다. 병원에서 자는 한이 있더라도 늘 깔끔한 모습을 유지하던 그였거늘, 지금은 수염도 까슬까슬하게 자라 있었고, 무엇보다 머리가 사정없이 헝클어져 있었다.

[오, 보기보다 신현태 교수의 머리숱이 적었군요?]

'그딴 소리가 나오냐, 너는.'

수혁은 형편없어진 신현태의 몰골을 보고 일침만 날리는 바루다를 조용히 시켰다. 당연한 건지 뭔지는 몰라도, 수혁의 몰골 또한 그리 좋아 보이진 않았다. 아니, 오히려 신현태보다 더 안 좋아 보였다. 아무래도 응급실부터 중환자실까지 계속 환자를 따라다닌 탓이었다. 하지만 쉴 수는 없었다. 환자의 상태가 점점 더 안 좋아지고만 있었다.

"방금……. 아까 팔로업 검사로 나갔던 심장 효소 검사 나왔는데……."

수혁은 억지로 몸을 일으킨 채, 환자 침대와 바로 붙어 있는 컴퓨터를 두들겼다. 어차피 내내 눈앞에 있는 이 환자의 차트만 띄워 놓고 있었기 때문에, 결과는 바로 볼 수 있었다.

"어, 어떠냐?"

환자의 혈압과 심장 박동수가 요동치고 있어서 단 한시도 쉬지 못했던 신현태였다. 원래는 '그래, 어려운 환자를 받긴 했지만 그래도 우리 수혁이가 받았으니까 알아서 잘하겠지?'라는 마음으로 내려왔었다. 그래서 얼굴 보고 내일 보자고 하고 집에 가려고 했는데. 환자분이 신현태의 등장을 무슨 신호라고 받아들인 건지 뭔지, 그때부터 활력 징후가 급작스럽게 나빠졌다. 때문에 밤을 새우다시피 돌본 참이었다.

'제발, 제발 좋아져라…….'

이미 가슴 한편에서는 알고 있었다. 좋아졌을 리가 없다는 걸. 그렇지 않고서는 대략 30분 상관의 난리 블루스를 설명할 수 없었다. 하지만 신현태는 긍정적인 사람이기도 했고, 이제 그만 자고 싶은 마음도 강했기에 아주 간절하게 기도를 드렸다.

"어……. CK-MB(심장 손상 시 상승, 5 이상이면 심근경색 의심) 마지막 검사가 18.3에서."

"어, 어! 어떻게 됐어?"

"55.0로……."

"뭐? 다, 다시 말해 봐."

"55……."

"하."

하지만 현실은 냉엄한 법이었다. CK-MB만 올랐으면 검사 결과 탓이라도 좀 해 볼 텐데.

"트로포닌(심장 손상 시 상승, 정상 수치 0~0.3)도 2.831에서 9.112로 올랐습니다. 이거……. 심장이……."

"이런 망할……. 망할."

다른 것들까지 쫙쫙 오른 마당이었다. 도저히 변명의 여지가 없었다. 환자의 심장은 시시각각 망가져 가고 있었다.

"현종이 새끼는 왜 안 와, 이거."

초조해진 신현태는 결국, 하늘 같은 원장에 대고 욕설을 내뱉었다. 뭐 어차피 없는 자리이니 무슨 말이든 가능하다고 볼 수도 있겠지만, 아쉽게도 그렇지가 않았다.

"새끼 왔다, 이 새꺄."

"어."

"이 새끼 이거 나 없는 자리에서는 새끼, 새끼 했나?"

"아, 아니. 형. 오늘 진짜 처음이야."

"그런 것치곤 너 지금 욕이 너무 능숙했어?"

"힘들어서 그래. 진짜 힘들어서. 나 힘들었다, 형."

신현태는 연신 굽신거리며 손바닥을 휘저어 댔다. 그런다고 참을 이현종이 아니었지만, 의외로 더 화를 내거나 하진 않았다.

[아마도 두 가지 원인 때문일 겁니다.]

그 이유에 관해서는 뜬금없이 바루다가 분석해서 털어놓았다.

'뭔데?'

듣고 보니 또 궁금해지는 게 사람이지 않은가. 수혁은 본능에 따라 물었다. 환자가 안 좋아지고 있는 상황에서 이래도 되나 싶기도 했지만, 어차피 이현종이 온 상황 아니던가. 아주 조금은 마음을 놓아도 될 터였다.

[지금 신현태 교수님의 머리는 평소처럼 탈모를 가리고 있지 못합니다. 아시는지 모르겠지만, 이현종은 단 한 번도 안대훈에게 화를 낸 적이 없습니다.]

'오?'

[대머리에게 약한 것이 아닌가……. 뭐 이런 생각이 드는군요.]

이상한 논리지만 이해가 가기는 갔다. 남자라면 누구나 한 번쯤은 탈모에 대한 공포를 느껴 본 적이 있지 않겠는가. 오늘 깔깔대며 놀렸다가, 내일 당장 머리맡에 수북이 쌓인 자신의 머리카락을 마주해야 할 수도 있기 때문이었다.

[그리고……. 환자가 워낙 좋지 않습니다. 특히 심장이요.]

'아, 뭐. 그렇지. 원장님, 좋은 의사지.'

이현종이 말도 많고 탈도 많은 사람이기는 했다. 그가 원장이 되고 나서 바루다도 터지고, 태화그룹 본사 차원의 지원도 줄어 병원 순위가 내려가고 있기도 했지만, 실제 진료 일선에선 교수들에게 지지를 받을 수 있는 이유가 과연 무엇이겠는가. 의사로서 같은 의사인 이현종을 존경할 수밖에 없었기 때문이었다.

"효소······. 추이 올랐고. 아, 이거. 초음파 좀 보자. 경식도(내시경)로. 이런 거 밖에서 봐도 소용없어."

지금도 그렇지 않은가. 새벽 4시에 무려 원장이 다른 이의 환자를 보기 위해 나온 마당이었다.

"아, 네. 교수님 여기."

이에 수혁은 미리 준비해 두었던 초음파 기기를 건네주었다. 그냥 가슴을 통해서 보는 초음파야 수혁도 충분히 볼 수 있겠지만, 이런 상황에서는 방금 이현종이 말한 것처럼 경식도 초음파로 봐야 정확한 판단이 가능했다. 경식도 초음파는 내과 전문의를 따고도 순환기내과 분과 전문의까지 해야 배울 수 있는, 아주 고난도의 술기였다. 그 말은 곧 수혁에게도 아직은 무리란 뜻이었다.

"잘 보고 배워라. 너라면 어쩐지 한 번 보고 얼추 할 수 있을 것도 같아."

이현종은 스스로 생각하기에도 개소리란 생각이 드는 말을 하면서 초음파를 시작했다. 과연 괜히 정치질 없이 순수 의료 실력으로 교수가 된 게 아니라는 듯, 이현종의 술기는 실로 정확하고 신속했다.

"야, 이거……. 흉부외과는 스탠바이했나?"

불과 1분이 채 지나기도 전에 환자 곁에 있던 의료진 전원이 초음파 기기에 뜬 선명한 심장 윈도우를 마주할 수 있을 지경이었다. 그렇게 마주한 심장 윈도우는 정말이지 깔끔했지만, 희망적이지는 않았다.

"여, 역류죠. 이거?"

피가 절대로 흘러서는 안 될 방향으로 흐르고 있었다. 이현종은 보자마자 정답을 외치는 수혁을 보고서도 차마 칭찬 한마디 하지 못했다. 상황이 너무 좋지 못했다.

"어. 어휴……. 이거 좌심실에서 나가는데 거의 되돌아와. 전에 이거 수술했던 건……. 그럼 그렇지. 심실중격 결손증(ventricular septal defect, 우심실과 좌심실 사이에 구멍이 생기는 것)이었네. 패치 댄 거 같은데……. 감염 생겼어. 대동맥 판막…… 녹은 거 같은데."

대동맥 판막이 녹았다. 단 한 문장이지만, 이게 의미하는 건 결코 가볍지 않았다. 가슴을 다시 열어야 할 가능성이 컸다.

"일단……. 제가 흉부외과 부르겠습니다. 아까 상황 설명은 해 두어서 당직의랑 백 보는 교수님까지 다 알고 있는 상황입니다."

"어, 빨리 오라고 해. 야……. 이거……. 이렇게까지 되는 건 진짜 오랜만에 보네."

이현종은 놀랍다는 얼굴을 하고서 부리나케 윈도우 창을 캡처한 후, 초음파 기기를 제거했다. 방금 말처럼 정말 오랜만에 본 모양이었다.

[사실 처음 방문했던 그 2차 병원에서 수술 이력을 물었다면, 이거까지 의심해야 했습니다.]

'그건…… 그래. 거기서 놓친 감이 있어.'

어느 분야나 그렇겠지만, 의학에서 타이밍의 중요성은 아무리 강조해도 부족할 지경이었다. 정말 호미로 막을 것을 가래로도 못 막게 되는 경우가 허다했다. 안타까운 일이지만, 뭐 어쩌겠는가. 일단은 지금 눈앞의 환자 상태에 집중해야만 했다.

"지금 온다고 합니다."

"어, 그래. 와야지. 아……. 근데 이거……. 지금 수술 가능하려나? 머리는 어때? 아까 뭐 많이 날아갔다며. 이거 날아갈 거 같은데."

이현종은 고개를 끄덕이다가 말고 아까 자신이 찍어 둔 초음파 사진과 영상을 가리켰다. 대동맥 판막에 무언가 덕지덕지 붙어 있는 것이 보였다. 싹 다 균 덩어리라고 보면 되었다. 저게 대동맥을 타고 횡 날아서 어디라도 막으면 경색이 되는 것이고, 어디에 들러붙으면 감염을 일으키는 주범이 되었다.

"아……. 네. 지금 우측 전두엽 부근에 두개 내 출혈이 있고, 이쪽으로 해서는 경색이 있습니다."

"이봐 이거. 이런데…… 수술할 수 있으려나? 뇌출혈 더 터질 거 같은데……."

대동맥 판막이 녹은 상황에서는 당연히 대동맥 판막 치환술을 해야만 했다. 딱 봐도 쉽지 않은 수술명인데, 실제로도 그러했다. 지금 이 상황에서 제일 큰 문제가 되는 건 체외 순환기를 돌려야 한다는 것이었다.

"아, 왔습니다."

이현종이 걱정을 늘어놓는 사이, 흉부외과 당직의가 달려왔다. 어딘가에서 계속 환자를 보다 온 건지 머리가 눌려 있지는 않았다. 어찌 보면 당연한 일이었다. 흉부외과는 돈 안 되는 과라 사람이 늘 부족했으니까.

"어, 대강 얘기는 들어서 알고 있지?"

이현종은 비록 타 과고, 또 흉부외과는 사이가 좋지 못한 과이긴 하지만, 잠 못 자는 어린 후배를 안쓰러운 눈빛으로 바라보며 입을 열었다.

"아, 네. 원장님."

"이게 이제 이 환자 초음파 본 건데. 보면 대동맥에 역류. 이거 보여?"

"아……."

당직의는 3년 차였다. 그 말은 곧, 알 만큼 아는 연차라는 뜻이었다. 눈앞에 벌써 피투성이 수술실이 딱 떠올랐다. 아마 원장만 없었어도 시발이니 뭐니 하는 욕을 내뱉었을 터였다.

"치환술이 필요할 것 같은데……."

"네."

"근데 이 환자가 또 뇌출혈이 있거든? 너네 체외 순환기 써야 되지?"

"아, 네. 그때 헤파린을 많이 써야 합니다."

헤파린은 아주 대표적인 혈액 응고 억제제였다. 피를 몸 밖으로 꺼내어 기계를 통해 심장 대신 펌프질을 해서 돌려보내려면, 피가 응고되면 안 되지 않겠는가. 어쩔 수 없이 써야 하는 약인데, 지금 상황에서 이 약을 썼다간 환자 뇌출혈이 악화할 가능성이 아주 컸다.

"이거……. 내가 판단해 주긴 좀 어렵고. 흉부외과 교수님하고 상의해야 될 거 같은데. 여기 보호자도 그렇고. 아, 보호자 왔어?"

이현종은 이왕 온 김에 보호자 얼굴도 봐야겠다는 생각으로 수혁을 향해 물었다.

"아직입니다. 시골에서 올라오느라……. 아마 오전은 돼야

올 거 같습니다."

 하지만 아직 보호자는 오지 못한 상황이었다. 이현종의 얼굴에 아까보다 더한 안타까움이 묻어 나왔다. 이미 아버지는 돌아가셨고, 어머니 한 사람만 남았다는 건 아까 신현태와의 통화를 통해 전해 들었기 때문이었다.

 '이거……. 보호자 오기 전에 익스파이어(expire, 사망)하면 어쩌지…….'

 그나마 여기 와서 수혁의 빠른 진단 능력으로 진료가 착착 진행되어 왔는데도 상황이 이 모양이었다. 이현종이 아랫입술을 쥐어뜯는 사이, 흉부외과 당직의는 교수와 통화를 마쳤다.

 "사진 보시고 했는데, 지금 수술 들어가는 건 너무 위험할 거 같습니다. 우선은……. 항생제 쓰면서 지켜보는 게 어떻겠냐고 하십니다. 물론, 내과에서 필요하다고 하면 들어갈 겁니다."

 이 말은 곧 내과에서 수술 위험을 보증해 달라는 뜻이었다. 이현종과 신현태 그리고 수혁 모두 입을 다물었다.

 [일단 뇌척수액 배양 검사 결과를 보면서 항생제 투여를 해 보는 것이 좋겠습니다. 흉부외과 말대로, 너무 위험해요. 테이블 데스 가능성도 있습니다.]

 '아, 근데 이거 사지 말단 동맥으로 가기 시작하면 진짜 큰일인데.'

 [안 그러길 바라야죠.]

'하아…….'

이현종, 신현태, 수혁에 바루다까지 있는 자리였다. 다시 말하면 세계적인 순환기내과 전문의, 국내 제일의 감염내과 전문의, 그리고 유망주 수혁과 세계 유일의 완성형 의료 인공지능이 있단 얘기였다. 그런데도 지금은 답이 없었다. 우선은 기다려야 했다.

"그럼……. 항생제 쓰면서 보지……."

거의 반쯤은 기적을 바라는 마음으로.

/////

"MRSA(Methicillin-Resistant Staphylococcus Aureus, 메티실린 내성 황색 포도알균)네, 역시."

MRSA. 한때는 슈퍼 박테리아 취급을 받은 적도 있었지만, 이젠 그냥 지역 사회 감염을 통해서도 전염 가능한 내성균이었다. 상대적으로 흔해진 셈인데, 그렇다고 약하다는 건 절대로 아니었다. 적어도 어지간한 항생제는 거의 듣지 않는다고 판단하는 게 옳았다.

"반코로 바꿨나?"

불과 이틀 새에 수척해진 신현태 과장이 물었다. 그 말에 역시나 마찬가지로 얼굴이 상한 수혁이 고개를 끄덕였다.

"네. 그……. 뇌척수액에서 그람 양성 알균(반코마이신에 반응하는 세균) 나왔다고 했을 때부터 임의대로 바꾸어서 들어갔습니다."

"아."

배양 결과가 나오기 전에 반코마이신 같은 항생제를 쓰면 사실 삭감(잘못 사용한 것으로 판정되어 약제비를 병원이 부담하는 것)이었다. 아무래도 과장이다 보니 다른 교수들보다도 이런 것에 예민할 수밖에 없었지만, 신현태는 자신이 환자의 생명이 아니라 삭감이 먼저 떠올랐다는 게 부끄럽다고 느껴졌다.

'아니……. 아냐. 어차피 이 환자 받아 왔을 때부터 삭감은 각오했어…….'

중환자 의학을 하면서 어찌 돈을 벌 생각을 한단 말인가. 돈 없이는 아무것도 할 수 없는 자본주의 사회에서 하기엔 정말이지 이상한 말이긴 했지만, 적어도 중환자 의학에서는 진리에 가까운 명제였다. 아니, 거의 대부분의 케이스에서 적자를 본다고 보면 되었다. 신현태 과장은 가까스로 평정을 되찾은 채, 원래 이럴 때 교수로서 해야 할 법한 말을 꺼냈다.

"잘했어. 근데……."

"네, 감염 증상은 딱히 호전을 보이고 있지 않습니다."

"호전을 보이지 않는 거야? 내가 보기엔……."

활력 징후 자체는 괜찮았다. 절대적으로 좋지는 않았지만, 그렇다고 흔들리지는 않고 있다는 뜻이었다.

"네, 그…… 우선 오늘 팔로업 CT상에서 출혈은 흡수되는 것으로 보입니다. 뇌압도 잘 컨트롤되고 있어서 신경외과에서는 열 필요가 없다고 합니다."

"그래? 그럼 흉부외과는 뭐래?"

신현태는 그나마 다행이라고 중얼거리면서 환자의 가슴을 내려다보았다. 그런다고 뭐가 더 보이는 건 아니었지만, 어쩐지 매일 아침 이현종이 와서 해 주는 경식도 초음파 소견이 훤히 들여다보이는 기분이었다.

"아, 네."

실제로 수혁은 바루다가 저장해 둔 초음파 소견을 보고 있는 중이었다. 동시에 오전에 흉부외과 3년 차와 나누었던 대화를 떠올렸다. 위험도 컨펌만 해 주면 언제든 수술에 들어가겠다고 했다.

"일단 대동맥 치환술이 무조건 필요한 상황이라고 합니다. 더 두고 볼 수도 있겠지만…… 제 생각에는 혈소판을 수혈하면서 수치도 좋아졌고, 출혈도 줄어들었으니, 수술해 보는 것이 어떨까 싶습니다."

"수술이라…… 버틸 수 있을까?"

신현태는 혀를 쯧쯧 차면서 환자의 어깨를 붙잡았다. 그나마 반코마이신이 들어가면서 열이 좀 내리긴 했지만, 여전히 뜨끈했다. 고열이 없을 뿐이지 37.8도가량의 열은 지속되고 있었기 때문이었다.

"그건 알 수 없지만, 이대로 두면 반드시 죽을 겁니다."

수혁 또한 환자의 손가락을 붙잡았다. 일반인들이라면 아니, 의사들이라고 해도 의심하지 않고 본다면 결코 눈치챌 수 없을 만한 변화가 있는 손가락이었다.

'이제 사지 말단 혈관으로도 알갱이가 튀어 들어가고 있어.'

[네, 아직 범위가 넓지는 않지만 이대로 두면 손가락 발가락 다 잘라야 할 겁니다.]

엔드 아터리(end artery), 일명 끝 동맥이라고 불리는 동맥들은 막히는 순간 그걸로 끝이었다. 다른 혈관이 우회해서 들어가지 않기 때문이었다. 그러한 혈관들에 의해 영양을 공급받는 조직들에는 방금 언급한 손가락과 발가락도 있지만, 눈이나 코끝, 그리고 뇌도 들어갔다. 그중 이미 뇌는 어느 정도 손상을 입은 상황이었으니, 다른 곳들도 언제까지 안전할 수 있을지 장담할 수는 없었다.

"교수님, 여기 보시면……."

수혁은 환자 손가락 끝의 아주 작은, 그야말로 좁쌀만 한 새까만 지점을 신현태에게 보여 주었다.

"이런 젠장."

최근 들어 입이 부쩍 거칠어진 신현태는 그게 뭘 의미하는지 대번에 알아들었다. 생긴 지점만 다를 뿐 뇌경색이랑 다를 게 없는 소견이었다. 출혈은 잡히고 있지만 결국, 판막에 붙은 덩어리들은 단 하나도 해결된 것이 없다는 소리이기도 했다.

"더 미루면 코, 눈 다 문제 생길 수도 있습니다. 그때 가서는 살려도……."

"너무 큰 후유 장애가 남겠지."

간혹 이런 종류의 다발성 색전증 때문에 코끝과 사지를 절단하는 경우가 발생하곤 하지 않던가. 수혁은 그저 케이스 리포트에서 읽어 봤을 따름이지만, 신현태 과장은 회상할 수 있었다. 오래전 일이었지만 아직도 눈을 감으면 눈에 선했다. 자신이 맡았던 환자가 수술 후 오열하던 모습이. 그 아내가 허물어지던 모습이. 감염내과 의사로 살아오면서 가장 힘들었던 날 중 하나였다.

"그럼……. 수술하자."

"네, 교수님. 진행하겠습니다."

"그래. 그…… 나 오늘도 병원에서 잘 거니까 수술 끝나면 알려 줘, 어찌 됐는지."

"네, 교수님."

결국, 신현태는 수술 컨펌을 내리고야 말았다. 이 결정으로 인해 환자가 수술대 위에서 죽을 수도 있음에도 불구하고 내린 것이었다.

'적어도 기다린 보람은 있잖아?'

신현태는 중환자실을 떠나며, 그러니까 환자를 애써 떠나며 위로를 해 댔다. 실제 그렇기도 하지 않은가. 첫날 여기 왔을 때보다는 그래도 수술하기에 조금 나은 상황이었다.

'진짜 수술해도 되겠어?'

수혁은 곧장 흉부외과에 전화를 하는 대신, 환자 침대에 걸터앉았다. 환자의 체온이 그대로 전달되어 왔는데 아이러니하게도 따뜻하다는 느낌이 일었다. 얄궂은 일이었다. 환자는 이놈의 열을 일으키고 있는 감염 질환 때문에 죽어 가고 있었으니까.

[수술해도 되냐는 질문은 이 상황에서 적절치 않아 보입니다.]

그런 생각 때문에 조금은 센티멘털해져 있었는데, 바루다는 역시 그런 것 따위 없는 녀석이었다. 그저 사무적인 대꾸만 해 올 따름이었다. 수혁도 딱히 바루다에게 철학적 사유를 기대하는 건 아니었기에 그리 실망하거나 화를 내지는 않았다. 다만 대체 왜 적절치 않다는 말을 했는지는 궁금했다.

'뭔 소리야? 그건?'

[환자는 무조건 수술을 받아야 하는 상황이니까요. 해도 되냐는 말은 수술이 선택 사항일 때나 가능한 말 아닐까요?]

'아……. 하긴. 음. 네 판단도 그런 거지?'

[네. 시기의 문제일 뿐, 환자는 무조건 수술을 받아야 합니다. 치료가 좀 더 빠르게 들어갔다면 모르겠지만 태화의료원으로 왔을 땐 이미 대동맥 뿌리 구조물이 망가져 있었습니다. 그

때부터 수술은 선택이 아닌 필수였습니다.]

 수술이 선택이 아닌 필수라. 보통 이런 말이 나오기 시작하면 환자 예후가 좋지 못하다는 것이나 다름없기 마련이었다. 수혁은 한숨과 함께 환자를 돌아보았다.

 "저, 선생님. 전화…… 제가 할까요?"

 그때 옆에 있던 안대훈이 입을 열었다. 녀석도 얼굴이 그리 좋지 못했다. 당연한 일이었다. 자신이 맡은 환자 코스가 극악을 달리고 있었으니까. 계속 밤새 진료하느라 심적으로 힘든 와중에 체력적으로도 지쳐 있었다.

 "아니, 아냐. 내가 할게. 넌…… 일단 보호자분 찾아봐. 설명드려야지."

 "아…… 네."

 안대훈의 얼굴이 좀 더 어두워졌다. 환자가 좋아지고 있는 상황이라면 보호자를 만나는 일도 부담스러울 게 없겠지만, 지금은 아예 정반대의 상황이지 않은가. 이런 경우에는 보호자를 만날 때마다 한숨이 절로 나왔다.

 "너무 세게 말하지는 말고. 설명은 내가 할게. 대강…… 수술 얘기만 운 띄워 놔."

 "네, 선생님."

 그나마 다행인 건 수혁이 개차반인 위 연차가 아니란 점이었다. 만약 그랬다면 지금쯤 흉부외과 전화는 물론이거니와, 보호자 설명도 오롯이 안대훈의 몫이 되었을 터였다.

'이러니까 내가 이수혁 쌤을 존경하지······.'

이게 일정 부분 다 명성 관리의 일환이라는 건 꿈에도 모를 안대훈으로서는 존경심과 충성심을 한층 공고히 할 수밖에 없었다.

'어휴. 머리 더 빈 거 봐라, 저거.'

그의 생각과는 달리 정수리만 쳐다보고 있던 수혁은 고개를 절레절레 젓다가 이내 핸드폰을 집어 들었다. 아까부터 눌러 두었던 흉부외과 측 전화번호가 떠 있었다. 통화 버튼을 누르자 얼마 지나지 않아 상대가 전화를 받았다. 어차피 들어갈 수술이라고 생각하고 있어서 그런지 속도가 엄청 빨랐다.

"네, 이수혁 선생님."

"네. 선생님. 그······ 남윤석 환자 때문에 전화드렸습니다."

"수술······ 컨펌인가요?"

"네. 저희 쪽에서 보호자에게 설명드리겠습니다. 그리고 제가 수술방에 같이 들어가서 환자 상태를 함께 보도록 하겠습니다. 뭐 별로 큰 도움이 되진 못하겠지만요."

"아뇨, 아뇨. 주치의 선생님이 계시면 저희도 훨씬 마음이 놓이겠습니다."

주치의와 협진의는 아무래도 좀 다를 수밖에 없었다. 협진을 볼 때는 딱 자기 과와 관련된 문제만 보게 된다면, 주치의는 그 환자 전체를 본다는 것이 차이였다. 수술 중에 어떤 문제가 생길 때 환자 히스토리 및 랩을 다 알고 있는 사람이 있다면 당연히 좋지 않겠는가. 흉부외과 쪽에서는 수혁의 제안이 반가울 수밖에 없었다.

"네. 그럼……. 수술방 잡히면 연락 주세요. 그리로 가겠습니다."

"네. 감사합니다. 이수혁 선생님."

수혁은 무려 협진 수술을 부탁하는 입장임에도 불구하고 감사 인사까지 받은 채 전화를 끊었다. 그러곤 아까 안대훈이 나섰던 문을 통해 중환자실을 빠져나갔다.

'어디…… 아.'

녀석을 찾기 위해서는 두리번거릴 필요도 없었다. 우선 보호자 대기실이 아니라 중환자실 입구 근처에 있기도 했거니와, 보호자가 울고 있었기 때문이었다.

"저, 어머님……."

안대훈은 더없이 난처하다는 얼굴로 보호자의 어깨를 쓸어주고 있었다. 평상시 안대훈의 성정을 생각해 볼 때 이상한 말을 꺼냈을 리는 없었다. 그저 수술 얘기를 꺼내자마자 왈칵 눈물이 쏟아진 것일 터였다. 아들을 생각하는 어머님의 마음은 으레 그러했으니.

"어유……. 어유 우리……. 우리 윤석이……."

안대훈은 어머니를 위로하느라 여념이 없었고, 보호자는 아예 안대훈에게 폭 안기다시피 해서 눈물을 흘리고 있었다.

"어머님…… 그, 근데 그…… 어, 선생님."

"괜찮아, 내가 설명할게."

"아, 네. 보호자분, 이수혁 선생님 오셨어요."

이수혁이라는 말에 보호자는 일단 눈물을 애써 멈추었다. 어찌 된 영문인지는 몰라도, 젊은 의사가 늘 말을 똑 부러지게 해 주지 않았던가. 이수혁에 대해 좀 물어보니, 물어봤던 의료진들마다 천재라고 엄지를 내둘렀다. 심지어 회진 때 만난 담당 교수도 그랬어서 수혁에 대한 보호자의 신뢰도는 가히 최상이었다.

"아유, 선생님……."

"보호자분. 대강 들으셨겠지만……. 남윤석 환자분은 이제 수술을 받으셔야 합니다."

"아유……. 그 어린것이…… 또……."

"마음은 아프시겠지만, 수술을 더 미룰 수는 없어요. 다행히 처음 왔을 때보다는 수술하기에 사정이 더 나아졌습니다."

"그, 그럼…… 수술만 하면 살아요?"

하지만 늘 똑 부러지던 수혁도 이 질문에 관해서만큼은 답하기가 좀 어려웠다.

[태화의료원 흉부외과 데이터와 환자 상태를 종합해 보면,

생존 확률은 60% 정도 됩니다.]

 거의 반반이란 소리 아닌가. 이런 소리를 방금까지 울고 있던, 지금도 눈물이 그렁그렁한 보호자에게 하는 건 좀 무리였다.

 '내가 들어가서 바이털 봐주면?'

 [딱히 변하는 거 없죠. 수혁 혼자 들어가면.]

 '알았어, 알았어, 인마. 너랑 같이.'

 [그럼 80%까지는 올라갈 겁니다.]

 80%. 여전히 5분지 1은 죽는다는 소리였지만, 그래도 반반보다는 훨씬 낫지 않은가. 거기에 더해 바루다는 자신의 소견을 하나 더 보탰다.

 [제 추천은 같이 들어가는 것입니다.]

 '환자 살리러?'

 [그것도 있겠지만, 흉부외과 교수와 친분을 트기 위해서도 있습니다.]

 '그건 왜?'

 [현재 개발 예정인 진단 보조용 A.I.를 위해선 흉부외과 중환자실 데이터도 필요하니까요.]

 '그거······. 그거 너무 속물적인 이유 아니야?'

 [하지만 실용적이죠.]

 맞는 말이었다. 실제로 개발되면 더 많은 사람을 살릴 수 있을 터였다.

[돈도 벌게 됩니다.]

기왕이면 돈도……. 아무튼, 수혁은 보호자를 마주 본 채 고개를 끄덕였다.

"네, 최선을 다하겠습니다. 저도 수술방 들어갈게요. 반드시 살리겠습니다."

누가 같이 있느냐에 따라

드르륵.

수술이 결정되고 얼마 안 있어 환자는 중환자실에서 수술실로 옮겨졌다. 당연히 표면적 주치의를 맡고 있는 안대훈과 수혁도 마찬가지였다.

"미안."

"네? 아뇨, 아뇨. 선생님. 이건 제 일이죠, 당연히."

몸이 불편한 수혁으로서는 아무래도 침대를 끌기가 어려웠다. 또한 이동하는 환자의 앰부를 짜는 것도 불가능했다. 그야말로 제 몸 하나 챙기기도 바쁘단 얘기였다. 수혁은 그냥 지팡이만 짚은 채 뒤따르고 있었다. 나머지 업무는 안대훈과 이송요원의 몫이었다.

"아, 왔다."

그렇게 수술실 안으로 들어가자마자, 준비하고 있던 마취과 의사가 다가왔다. 수술모는 썼지만, 마스크는 턱 아래로 내리고 있었다. 어차피 수술실 들어간 것도 아니었으니, 당연한 일이긴 했다. 아무튼, 덕분에 표정이 훤히 들여다보였다. 당연하게도 바루다의 분석이 뒤따랐다.

[레지던트가 왔군요.]

'레지던트야? 나이가 꽤 있어 보이시는데?'

[액면가로 치면 안대훈이 더 위로 보입니다만.]

'아.'

수혁은 아주 빠르게 바루다의 의견을 수용했다. 바로 옆에 있는 안대훈만 해도 얼굴만 보면 30대 끝자락처럼 보이지 않는가. 아직 서른도 채 안 된 아니, 현역 1년 차라는 얘기를 들을 때마다 깜짝깜짝 놀랄 지경이었다. 그러니 눈앞에 있는 마취과 의사도 얼굴로는 관록 있는 마취과 교수가 떠오르지만, 실은 레지던트일 수 있다는 얘기였다.

[질문 리스트 보니까, 딱 바로 전에 인수·인계받고 온 것 같은데요? 적어도 흉부외과 마취 경험이 많은 것 같지는 않습니다.]

'그럼 나가리인데.'

일반인들이야 마취과가 그냥 마취만 거는 줄 알 터였다. 아니, 마취과 전문의가 있다는 것조차 모르는 사람들도 많을 게 분명했다. 어느 매체에서도 마취 자체를 비중 있게 다루진 않으니까. 하지만 집도를 한 번이라도 해 본 사람이라면, 특히 그 집도가 바이털이 흔들리는 종류의 수술이라면, 마취과 의사의 역량이 얼마나 중요한지 대번에 알 수 있었다. 이번 수술은 그 난도가 거의 극악에 가까웠다. 당연히 마취과 의사의 중요성도 확 올라간 상황이었다.

[뭐, 그걸 보조하려고 들어온 거 아니겠습니까?]

'막상 진짜 해야 된다고 생각하니까 떨리는데.'

수술실이라는 공간 자체가 낯선 곳이지 않은가. 적어도 인턴을 끝마친 이후로는 단 한 번도 수술실에 와 본 적이 없었으니, 단지 그 안에 들어간다는 것만으로도 가슴이 콩닥거릴 지경이었다. 그런데 마취하고 수술하는 동안에 환자 바이털까지 책임져야 한다니.

[걱정 마십시오. 제가 누굽니까, 수혁. 찬찬히 떠올려 보세요. 쉬지 않고 공부해 온 지가 벌써 2년째입니다.]

바루다와 함께한 지난 2년이라. 찬찬히 떠올리고 자시고 할 것도 없는 일이었다. 당장 어젯밤도 공부하다 잠이 들었으니까. 솔직히 레지던트 하면서 밤잠 아껴 가며 공부하는 의사는 거의 드라마에나 나올 법한 얘기였다. 주에 하루이틀이야 다들 할 수 있는 일이긴 하겠지만, 수혁처럼 매일같이, 그것도 하루 2시간 가까이 공부하는 건 정말 말도 안 되는 일이란 얘기였다.

다들 일하다 죽게 생겼는데 공부는 무슨 놈의 공부란 말인가. 하지만 수혁은 그걸 기어코 해내고 있었다.

'하. 시발.'

[왜 욕을 하고 그러세요?]

'아니, 절로 욕이 나왔어.'

정말이지 욕이 저절로 나올 만한 상황이었다.

[아무튼, 제가 공부시킨 것 중에는 마취에 관한 것도 있긴 합니다. 데이터 불러오겠습니다.]

그렇게 잠시 마음속으로 욕을 더 뱉고 있으니, 바루다가 제멋대로 수혁의 머릿속을 헤집고는 해묵은 기억을 끄집어 올렸다.

'억……. 나 이거 언제 공부한 거야.'

[이현종 논문을 같이 쓰면서요. 아무래도 심혈관을 다루려면 흉부외과 내용이 들어가야 하는데.]

'아, 이현종 교수님이 흉부외과랑 사이가 나빠서 나보고 알아서 서론 쓰라고 했지.'

보통 해당 과 내용은 해당 과 교수님한테 부탁드리는 것이 일반적인 법이었다. 흉부외과가 없는 병원도 아닌데 뭐 하러 사서 고생을 한단 말인가. 이쪽은 양이 많든 적든 공부를 해야 하고, 저쪽은 툭 치면 자판기처럼 지식이 튀어나올 텐데. 하지만 이현종은 내과계 의사들에게는 무한한 존경을 받고 있는 반면에 흉부외과 쪽과는 거의 담을 쌓고 지내고 있었다. 그 때문에 관련 논문 쓰는 데 상당한 애로 사항이 있었는데, 그걸 수혁이 해결한 적이 있었다.

[네, 그게 어떻게든 또 도움이 되긴 하네요.]

'레퍼런스로 읽은 것도 이렇게 기억이 또렷이 나다니. 역시 난 천재……'

[그게 아니라 그냥 제가 데이터베이스화해 둔 덕입니다.]

'그걸 견디는 거 아니야, 내 머리가.'

[음.]

바루다는 덮어놓고 아니라고 하려다 입을 다물었다. 생각해 보니 사람 뇌에 인공지능이 자리 잡은 사례가 딱 바루다 하나뿐이지 않은가. 다른 사례를 보거나 혹은 다른 사람 뇌에 들어가 보면 원래 뇌 용적이 어떤지 딱 나올 텐데, 현시점에서 그 일은 거의 불가능하다고 보면 되었다.

"오케이……. 들어갑시다."

그사이 환자 차트 및 활력 징후 점검을 마지막으로 하고, 주치의인 대훈에게 이것저것을 캐묻은 마취과 의사가 고개를 끄덕였다. 표정에 거의 절망이라는 두 글자가 쓰여 있는 듯한 기분이었다.

"야, 너무 걱정 마. 교수님 곧 오신다며. 인덕션(마취 유도)만 제대로 해. 우리가 나머지는 알아서 할게."

그런 마취과 의사의 옆구리를 누군가 푹 하고 찔렀다. 전에 수혁과 얘기 나눈 바 있던 흉부외과 3년 차였다. 어마어마한 수술을 앞두고 있음에도 불구하고 꽤 여유가 있어 보였다. 아무래도 태화의료원에서 수련을 받고 있기 때문일 터였다. 다른 병원이라면 1년에 한 번 할까 말까 한 수술이 여긴 매주 있다시피 하지 않던가. 큰 수술을 앞뒀다고 벌벌 떨고 있으면 그게 오히려 더 이상한 일이었다.

"교수님은 지금 수술 들어갔는데 언제 올지 어떻게 알아."

"뭐……. 어차피…… 체외 순환기만 달면 어떻게든 되지 않을까?"

"이, 인마……. 일이 그렇게 간단하면……."

"아무튼, 수술하는 동안에만 좀 살려 줘. 환자 너무 어리잖아."

"하."

위로랍시고 건네는 말이 어째 부담감만 팍팍 주는 느낌이었다. 한숨을 푹 쉬고 있으니, 또 다른 이가 다가와 어깨를 두드렸다. 뒤를 돌아보니 웬 지팡이를 짚고 있는 어린 의사가 눈에 들어왔다.

"안녕하세요, 선생님. 내과 2년 차 이수혁입니다."

"아, 아."

지팡이를 짚은 내과 의사 이수혁. 지금 태화의료원에 다니면서 이 이름을 모르면 간첩이라고 할 수 있었다. 아니, 아마 간첩도 이수혁 정도는 알고 있을 터였다. 섭외 또는 납치 순위 1순위일 테니까.

"근데 어쩐 일로……. 전 수술 들어가 봐야 해서 바쁜데요."

"아, 네. 저도 그 수술 들어갑니다. 제가 백 봐주고 있는 환자라서요."

"아……. 그거, 그거 잘됐네요."

집도의 측에선 주치의의 존재는 큰 도움일 테니, 당연히 마취과 쪽에서도 환영할 만한 일이었다. 갑자기 활력 징후가 흔들릴 때 주치의가 있으면, 적어도 지금 쓰던 약이나 기저 질환 등을 지체 없이 들을 수 있을 테니까.

'얘……. 실력 좋다던데.'

게다가 내과 의사 아닌가. 활력 징후 다루는 데는 도가 튼 사람들이란 뜻이었다. 물론 2년 차라 중환자 의학에 얼마나 조예가 깊을지는 알 수 없긴 했지만 이수혁에 관한 소문은 워낙에 무성한지라 기대를 안 하는 게 더 어려웠다.

"그럼 방에서 뵙겠습니다."

수혁은 마취과 의사가 머릿속으로 이것저것을 셈해 보는 동안 고개를 숙인 후, 탈의실로 향했다. 아무리 주치의 자격으로 수술실에 들어가는 것이라 해도 수술복은 입어야 하지 않겠는가. 지금 들어가면 대체 언제 나올 수 있을지 알 수 없는 상황이었으니까.

"대훈아, 넌 나가 있어. 오늘 백당 누구냐?"

옷을 갈아입던 수혁은 여기까지 와 있는 대훈을 향해 물었다.

"아……. 네. 유지상 선생님입니다."

"아, 지상이구나."

솔직히 말하면, 소문이 그렇게까지 좋지는 못한 녀석이었다. 개판 친다는 정도까지는 아니겠지만, 그렇다고 성심성의껏 환자를 보는 녀석은 아니라는 얘기였다. 그나마 다행인 건 프라이머리(1차 진료를 맡는 의사)가 안대훈이라는 점이었다. 매일같이 공부하고 있지는 않지만, 그래도 매주 하는 콘퍼런스에는 빠지지 않고 오고 있었다.

"일단 꼼꼼히 봐. 꼼꼼히 보고 노티 잘하고."

"네, 선생님."

"도저히 환자 진행 안 되면 전화하고. 내가 여기 한…… 8시간은 있을 거 같거든? 직접은 못 가도 전화는 받을게."

"아, 네! 선생님! 감사합니다!"

안대훈은 이 말이 제일 반가웠는지 고개를 푹 하고 숙였다. 그러곤 수혁이 옷을 다 갈아입고 수술실 쪽 입구로 나갈 때까지 기다렸다가 밖으로 나갔다.

[하여간 쟤는 예의가 발라서 좋습니다.]

'어, 애 괜찮지.'

[환자만 더 잘 보면 좋겠는데요.]

'쟤 정도면 지금 1년 차 중에서는 발군이지, 뭐.'

[아무튼, 수술방으로 갑시다. 이미 삽관이 되어 있어서 아마 인덕션은 거의 바로 될 거예요. 서둘러요. 빨리!]

'알았어, 알았어!'

비행기가 언제 제일 위험할까. 바로 이착륙 때 아니던가. 마취도 비슷해서 대개 사고가 난다면 마취를 시작하는 시점, 즉 인덕션에서 나기 마련이었다. 갑자기 혈압이 떨어진다든지, 그로 인한 쇼크가 발생한다든지 하는 사고는 대개 그러했다. 수혁은 지팡이를 짚은 채 부지런히 움직였다. 기껏 여기까지 왔는데 몸놀림 좀 느리게 했다가 환자를 잃고 싶지는 않았기 때문이었다.

/////

"모니터 다 옮겼어?"

"네!"

"그럼 셋에 옮긴다. 하나, 둘, 셋!"

"셋!"

그렇게 도달한 수술실에서는 한창 환자를 수술대 위로 옮기는 와중이었다. 워낙에 상태가 안 좋았었기에 이것저것 몸에 달고 있는 게 많았다. 그 때문에 시간이 좀 걸린 모양이었다.

[다행이군요. 아직 인덕션 전입니다.]

'약간 부정맥이 있는데…….'

[흔들려서…… 아니, 진짜 좀 있네요. 뭐, 심장이 망가지고 있으니 어쩔 수 없는 일이죠.]

바루다는 수혁의 말에 고개를 가로저으려다가 말고 동의했다. 처음에는 그저 환자 옮기느라 흔들려서 생긴 노이즈라고 생각했는데, 자세히 보니 정말 리듬이 뒤섞여 있었기 때문이었다. 아주 치명적인 부정맥은 아니었지만, 부정맥만 있는 게 아니라 문제였다. 그렇지 않아도 역류가 왈칵왈칵 있는 상황 아니던가.

'진짜 수술 결정이 조금만 늦었어도…….'

[심장 문제로 사망했을지도 모르겠습니다.]

나름 내과 의사라 감염 질환에 관해 경각심을 가지고 있다고 여겼거늘, 이제 보니 여전히 얕잡아 보고 있던 모양이었다. 심장이 실시간으로 녹고 있다는 생각이 들자마자 소름이 오스스 돋아나는 기분이었다.

"자, 그럼……. 마취 시작하겠습니다."

마취과 의사는 옮겨진 환자를 잠시 내려다보다가 입을 열었다. 바루다의 말대로 이미 삽관되어 있었기 때문에 곧장 인덕션 시작이었다.

"잠깐! 잠깐만요!"

그리고 수혁은 그 시작을 바로 말려야만 했다. 가뜩이나 큰 수술을 앞두고 있던 터라 신경이 예민해진 흉부외과 측 의사들이 수혁을 돌아보았다.

"뭐야?"

그중 몇몇은 눈을 부라리기까지 했다. 하지만 수혁은 이미 이보다 더한 눈총도 받아 본 몸 아니던가. 게다가 지금은 환자의 목숨이 걸려 있었다. 수혁은 꺼내려던 말을 그대로 읊어 댔다.

"지금 그대로 인덕션 걸면…… 환자 혈압 떨어져서 죽어요. 지금 심방에 부하가 너무 심한데…… 부정맥까지 있잖아요. 일단 부정맥부터 잡고. 잡은 다음에 인덕션 걸겠습니다."

"아."

마취과 의사는 그제야 환자의 활력 징후를 다시 한번 유심히 바라보았다. 혈압이고 심장 박동수고 제대로 된 것이 거의 없었다. 어차피 전신 상태가 좋지 못한 상황 아니던가. 때문에 최대한 빨리, 신속하게 끝내는 게 좋다고 판단했는데, 수혁의 말을 듣고 보니 심장 박동수가 지나치게 빠른 상황이었다. 가뜩이나 역류 때문에 심장에 부하가 실리고 있었는데, 여기서 인덕션이 걸리면 어찌 될까.

'혈압까지 더 떨어지는데…… 그럼 사망할 수도 있어.'

심장에 부담을 더더욱 싣게 될 터였다.

"잠시……. 제가 약 좀 처방할게요."

그가 그렇게 얼어붙은 사이, 수혁이 따라붙었다. 마취과 테이블에 준비되어 있는, 수많은 약물 중 하나를 뽑아 들고 있었다. 아미오다론(부정맥을 치료하기 위한 약물). 약물 자체는 특별할 것도 없는 약이었다. 하지만 원래 내과적 치료라는 게 그렇지 않던가. 같은 약이라도 언제 어떻게 쓰느냐에 따라 그 효과는 천차만별이었다.

"좋아. 줄어듭니다. 뭐……. 완전히 잡히는 건 아니지만."

전신이, 그중에서도 특히 심장이 망가진 상황 아니던가. 약 하나 썼다고 확 좋아질 리는 만무했다. 지금 상황에서는 어떤 약도 그저 시간을 벌어 주는 정도에 그쳤다. 중요한 것은 수술이 어떻게 되느냐였다. 수혁은 흉부외과 쪽으로 고개를 돌렸다.

"어차피 이따가 체외 순환기 달아 주실 거죠?"

"어…… 그래. 달아야지."

대답한 이는 펠로우였다. 수혁보다 훨씬 연차가 위였으나, 언젠가 한번 도움 아닌 도움을 받은 적 있는 그 펠로우였다.

"네, 그럼 인덕션하겠습니다. 마취과 선생님, 이제 해 주시죠."

"어……. 네. 네. 알겠습니다."

체외 순환기만 달면 그래도 괜찮을 터였다. 체외 순환기란, 말 그대로 인공 심장이었으니까. 요는 그걸 달 때까지 버틸 수 있느냐였는데 그 시간은 수혁이 방금 벌어 준 셈이었다.

"마취……. 네, 됐습니다."

인덕션은 다행히 성공적이었다. 예상대로 혈압이 조금 출렁이기는 했지만, 다행히 환자의 심장이 버텨 준 덕이었다.

"오케이. 그럼 바로 소독하고, 개흉 들어간다."

마취가 되자마자 흉부외과 의사들과 수술실 간호사들의 움직임이 분주해졌다. 누군가는 가슴을 베타딘으로 닦았고 누군가는 미리 손을 닦으러 밖으로 나갔다.

[음.]

바루다는 그 광경을 보며 신음을 내뱉었다. 어딘지 모르게 아쉬움이 묻어나는 말투였다. 예전 같았으면야 결코 눈치채지 못했겠지만, 이제 함께한 세월이 적지 않지 않은가.

'왜. 나도 수술했으면 좋겠냐?'

[최종 치료 옵션이 수술인 경우가 꽤 많으니까요. 이번에도 그렇지 않습니까?]

'하긴, 그건……. 그건 그렇지.'

생각보다도 많은 질환에서 수술이 최종 옵션이 되는 경우가 많았다. 바루다가 언급한 지금 이 수술 외에도 지금까지 수혁이 최종까지 관여하지 못한 환자들의 수가 적지 않았다. 만약 수혁의 몸이 성했다면 담당 과와 관계없이 어떻게든 끼어들려고 노력했을 터였다. 하지만 수혁은 다리가 불편한 몸이었다.

솔직히 말하면, 지금 이 자리에 서 있는 것도 퍽 힘들 지경이었다.

'안 되는 건 안 되는 거야. 무리야, 수술은.'

[현재로서는 그렇죠.]

'그렇게 말하니까 꼭 나중에는 될 것 같은데. 신경 다친 건…… 안 돼. 된다고 해도 난 늦었어.'

[알겠습니다. 수술은 포기하죠.]

다행히 바루다 또한 무작정 욕심만 부리는 녀석은 아니었다. 오히려 수혁의 몸 상태를 아주 잘 알고 있었기 때문에 냉정해질 수 있었다.

[대신 마취 보조는 확실히 합시다. 인덕선이 끝났으니까 뭐 크게 문제는 없을 테지만…….]

'그래도 체외 순환기 달기 전에는 안심할 수 없어. 아니…….'

[체외 순환기를 단다고 해도 심장 외에는 신경을 써야 합니다. 환자의 전신 상태는 사실…….]

원래 험한 환자 수술하겠다고 하면 제일 싫어하는 곳이 마취과였다. 환자의 전신 상태에 따라 난도가 급변하는 술기가 바로 마취였기 때문이었다. 그런데 이 환자는 마취과는 물론이고 내과, 심지어 집도 과도 고개를 절레절레 저어 댔던 환자였다. 아마 환자 나이가 좀만 더 많았다면 안 들어왔을 가능성이 컸을 터였다.

'응. 그래, 긴장하자고.'

[좋은 경험이 될 겁니다.]

'아니, 환자를 위해서 긴장하자고.'

[앞으로의 환자를 위해서요.]

'아니……. 그……. 아니다, 됐다. 그래. 그러자.'

수혁은 바루다의 삭막한 언동에 뭐라 하려다 말고 이내 활력 징후가 뜨는 모니터를 향해 고개를 돌렸다. 지금은 그냥 소독 다 하고 드랩만 하고 있는 상황이었기에 별다른 변화는 없었다. 물론 그걸 지켜보고 있는 마취과 의사의 표정은 어둡기 그지없었다.

'시작하자마자 골로 보낼 뻔했어…….'

바로 아까 환자가 죽을 뻔한 상황 아니던가. 이수혁이 아니었으면 아마도 그렇게 됐을 가능성이 컸다. 그는 부리나케 전화기를 집어 들었다. 원래 흉부외과 마취를 담당하는 교수를 부르기 위해서였다.

"뭐? 야! 여기가 더 급해! 외상 환자라고!"

"아…….."

"가뜩이나 지금 혈압 흔들려서 죽겠는데, 뭐? 오라고? 정신 나갔어?"

"죄, 죄송합니다."

하지만 돌아온 건 욕뿐이었다.

'저쪽이 더 급한가 본데…….'

마취과 의사도 레지던트 3년 차이지 않은가. 이런 수술 아니면 짬밥이 꽤나 찬 상황이라는 뜻이었다. 그랬기에 외상이라는 말을 딱 듣자마자 느낌이 왔다.

'하긴……. 외상인데 심장 다쳤으면 말 다 했지.'

설마 거기만 다쳤을까? 중증 외상 환자 특성상 아마도 몇 군데 더 다쳤을 터였다. 수술 부위가 여러 군데라는 뜻이었고, 마취과 의사가 신경 써야 하는 게 몇 배가 된다는 뜻이었다.

'그럼 진짜 나 혼자…….'

절로 한숨이 새어 나오는 순간이었다. 그때 수혁이 지팡이를 짚은 채 그에게로 다가갔다.

"선생님."

"아, 이수혁 선생. 아깐 고마웠어요."

"일단 바이털은……. 저도 도울게요. 제 환자니까 아마 도움이 될 겁니다."

"고마워요."

"혹시 교수님은 언제 오시는지 말씀 있으신가요?"

"아까 119 통해서 온 환자가……. 상태가 많이 안 좋나 봐요. 아마 이 수술 끝날 때까지는 못 나올 겁니다."

"아."

마취과 의사에 비해 수혁은 사실 중증 외상 환자를 보아 온 경험이 많거나 하지는 않았다. 다만 중환자실이 부족할 때 가끔 외상외과 병실을 빌릴 때가 있었는데, 그때 곁눈질했던 것이 다였다.

[뭐, 장난 아닐 겁니다. 그쪽도.]

물론 그것만으로도 중증외상센터가 험악한 곳이라는 걸 깨닫기에는 충분했다.

'천생 여기는 둘이 해야겠네.'

[네, 긴장하죠. 라이브 수술은 처음이니까. 모두 데이터베이스화해 두겠습니다.]

'그래, 다 담아 놔.'

둘이 심기일전하는 동안 드랩이 끝나고 흉부외과 교수가 메스를 쥔 채 환자에게 다가갔다. 따로 국소 마취제를 찔러 넣거나 하진 않았다. 어차피 혈압이 낮기도 하거니와, 지금은 그럴 시간이 없었다. 최대한 빨리 체외 순환기를 연결해야 안심이 되는 건 마취과뿐만은 아니지 않겠는가. 오히려 칼을 직접 대야만 하는 흉부외과 쪽이 더더욱 그러했다.

지이익.

교수는 곧장 메스로 가슴골을 수직으로 그어 내려갔다. 새빨간 피가 주르륵 흘러나왔지만, 곧 보조로 나선 펠로우가 석션으로 제거해 냈다. 수술실에 들어온 지 벌써 2년 가까이 되어 가는, 그리고 아마 앞으로도 이럴 기회가 거의 없을 수혁에게는 흥미롭기 그지없는 광경이었지만, 안타깝게도 수혁은 거기에만 시선을 둘 여유가 없는 상황이었다.

"혈압 어때요?"

"유지됩니다. 문제는…… 심장 박동수인데. 다시 빨라지고 있어요."

환자의 활력 징후 때문이었다. 설마하니 고작해야 저만한 출혈 때문에 이상이 생겼을 리는 없었다. 지금까지 쌓여 온 문제가 이제 터지기 시작한 것이라고 봐야 했다.

"다시 약 쓰기는 어려운데."

"네, 지금 쓰면 아마 혈압이…… 떨어질 겁니다."

심장 박동수는 너무 빨라도 문제가 되지만, 너무 느려도 문제가 되는 법이었다. 애초에 사람이 죽을 때 심장이 멈춰서 죽지 않던가. 다시 빨라지는 추세에 있다고 하더라도, 아직 범위가 정상일 때 약을 썼다간 큰일 날 터였다.

"어쩌죠?"

수혁이 묻자, 마취과 의사는 어깨를 으쓱해 보였다. 그러곤 흉부외과 쪽을 향해 입을 열었다.

"환자 심장 박동수 다시 불안정해집니다! 속도 좀 올려 주세요!"

"이런 젠장. 알았어!"

해결책은 흉부외과를 닦달하는 것이었다. 흉부외과 교수 또한 그러한 의견에 동의하는지 손에 속도를 붙여 나갔다. 그래 봐야 제삼자가 보기엔 천천히 하는 것처럼만 보일 따름이었지만.

[쉽지 않군요. 쓸 수 있는 약이 제한되는데…… 가능한 방법이 닦달이라니.]

'기도라도 해야 하나.'

[누구한테요?]

'글쎄.'

신이 있다면 아마 바루다를 머리에 박은 존재가 아닐까. 수혁은 그 존재에 대고 기도를 하기 시작했다. 적어도 지금 순간에서는 기도 말고 그가 할 수 있는 게 없었다.

"쏘우(saw, 톱) 줘!"

그사이 환자 가슴골 절개가 완료되었는지, 교수가 톱을 찾았다. 그 말에 수술실 간호사가 미리 준비해 두었던 톱을 건네주었고, 곧 수술실 안은 뼈 갈려 나가는 요란한 소리로 가득 찼다.

위이이잉.

까가가각.

처음 듣는 사람에게는 다소 버거운 소음이었다. 세상에 뼈가 갈려 나가는 소리라니.

[음, 피치(톱이 요동치는 정도)가 조금씩 변하는군요.]

물론 사람이 아닌 존재에게는 그저 분석의 대상이 될 뿐이었다. 수혁은 기가 찼지만, 한편으로는 도움이 되기도 했다. 워낙 객관적으로 보는 녀석이 있으니, 어쩐지 수혁의 마음도 차분해

졌기 때문이었다.

'피치가 변해?'

[네, 아무래도 뼈의 성분 차 같은데. 그 왜 있잖아요.]

'아……. 단단한 곳에서 피치가 높나?'

[네. 흥미롭네요.]

'그……. 뭐, 그래.'

수혁은 바루다의 관점에 고개를 절레절레 흔들어 대다가 이내 모니터로 고개를 돌렸다. 아까보다 혈압이 좀 더 떨어져 있었다. 뼈를 갈라 들어가는 과정에서 어딘가가 눌리는 모양이었다.

'이거 괜찮은 건가? 물리적인 압력이 가해지는 거 같은데, 심장에.'

[안 되죠. 지금보다 더 눌리면…… 위험합니다.]

'어쩌지?'

[아까 봤잖아요? 직접 할 수 있는 건 없습니다.]

'에이.'

수혁은 내키지 않는 얼굴이었지만, 뭐 어쩌겠는가. 바루다의 말이 사실인데. 껄끄러워도 해야 할 말은 해야 했다.

"저……."

"또 왜?"

당연히 반응은 차갑기 그지없었다. 이미 대외적으로 수혁은 이현종의 아들로 너무 유명했다. 이현종에게 감정이 좋지 못한 흉부외과 의사들이 수혁에게 친절하길 바라는 건 지나친 기대라 할 수 있었다.

"지금 그…… 종격동(양측 폐 사이의 공간)에 들어간 철판 말입니다."

"어?"

"그게 너무 밑을 누르는 거 같아서요. 혈압이 점점 떨어지는데, 심전도 모양까지 감안해서 볼 때 심장에 직접 압력이 가해지는 거 같습니다."

"잠깐만, 어디 봐 봐."

하지만 감정이 안 좋다고 해서 환자에게 막 대할 의사는 어디에도 없었다. 게다가 지금 집도를 담당하고 있는 건 흉부외과 아니던가. 소위 돈 안 되는 과인 데다가 힘들기까지 한 과를 하는 사람들이니만큼, 사명감이 다들 투철했다.

"야, 야! 너 인마, 네가 누르고 있잖아!"

그 결과, 교수는 철판이 평소보다 미묘하게 더 아래를 향하고 있다는 것을 발견했다.

'이걸 어떻게 안 거야.'

보지도 않고 알아맞힌 수혁이 신기하긴 했지만, 굳이 칭찬을 늘어놓진 않았다. 다만 레지던트 1년 차를 죽도록 태울 뿐이었다. 과정이야 어찌 되었건 결과는 좋았다.

"네, 혈압 돌아옵니다. 계속하시면 되겠습니다."

가가각.

과도하게 눌러 대던 것을 관두자, 곧 혈압이 돌아왔다. 거칠 게 없어진 흉부외과 교수는 전기톱으로 가슴뼈를 완전히 갈라냈다. 숙달된 펠로우와 레지던트는 곧장 그 가슴골을 좌우로 벌려 놓음으로써 교수가 심장을 똑바로 볼 수 있도록 도왔다.

"음."

적어도 겉으로 보았을 때는 큰 이상이 없어 보여야 했다. 하지만 지금 눈앞에 모습을 드러낸 심장은, 아니 대동맥의 뿌리는 한없이 늘어져 있었다. 안쪽 벽이 녹아 버리면서 외형까지 변화된 탓이었다.

"이거……."

펠로우의 입에서는 탄식마저 튀어나왔다. 정말이지 조금만 더 늦었으면 대동맥이 터져서 죽을 뻔하지 않았는가. 자연히 이 판단을 내린 수혁에게 고개가 돌아갈 수밖에 없었다.

'미친.'

[실제로 보면 저렇게 되는군요.]

수혁 또한 눈이 휘둥그레져 있었다. 초음파로 계속 살펴보긴 했지만, 역시 두 눈으로 직접 보는 것과는 달랐다.

'진짜 죽을 뻔했구나.'

[아직 안심하기는 이릅니다. 쉬운 수술이 아니에요.]

'하긴. 그건 그래.'

건드리는 수술마다 다 성공시키는 외과 의사는 존재할 수 없는 법이었다. 만화나 소설에서나 나올 만한 이야기라는 뜻이었다. 객관적으로 눈앞에 있는 흉부외과 교수도 물론 훌륭한 외과 의사였지만, 그렇다고 해서 이 수술을 반드시 성공적으로 끝내리라는 보장은 없었다. 그래서일까.

"후. 기계 준비됐어?"

"네, 교수님."

"연결한다."

"네."

교수는 물론이거니와 다른 이들의 얼굴 또한 긴장감이 그득했다. 자칫하면 환자가 사망할 수 있기에 당연한 일이었다.

"괜찮을까요?"

마취과 의사 또한 덩달아 긴장해 있었다. 수술이 제법 많이 진행되었고, 실제로도 시간이 꽤 흘렀지만 아직 초입이었다. 그런데도 벌써 두 번이나 활력 징후가 크게 흔들리거나, 또는 흔들릴 뻔한 이벤트가 있지 않았는가. 마취과 의사로서 진땀이 흐르지 않으면 그게 더 이상한 일이었다.

"일단…… 리듬하고 혈압 추이는 괜찮아요."

하지만 수혁의 눈은 차갑게 내려앉아 있었다. 그가 수술에 익숙해서는 결코 아니었다. 오히려 지금 흉부외과 교수의 손놀림이 무엇을 의미하는지 전혀 알지 못했다. 다만 그로 인해 어떤 활력 징후가 어떻게 변할지는 대강이나마 알아차릴 수 있었다.

[출혈이 예상됩니다.]

'양은?'

[역량에 따라 100mL에서 200mL까지 추정합니다.]

'그럼 수액으로 커버하자.'

[그게 좋겠습니다.]

바루다의 예상 시스템 덕이었다.

[이번 이벤트로 인한 정확한 출혈량은 142mL 정도로 보입니다. 수액 300mL 풀 드립을 추천합니다.]

심지어 바루다는 실제 출혈량까지 확인할 수 있었다.

[우징(oozing, 새는 출혈)양은 분당 3mL가량으로 추정됩니다. 현재 기저로 들어가고 있는 수액 및 수혈만으로도 커버 가능합니다.]

거기에 더해 새는 양까지 대강 추정하고 있었다.

'정확도는 얼마나 돼?'

[82% 정도 됩니다.]

'그럼……'

[완전히 신뢰할 수는 없습니다만, 판단의 근거로 삼아 주시

기 바랍니다.]

'알았어.'

물론 수혁의 시력 및 시야, 그리고 애초에 모습을 드러낸 수술 부위의 한계 때문에 백 퍼센트 확실하다고 보는 건 어려웠다.

"와……. 혈압 안정적이네요."

그러나 그것만으로도 일단 환자의 활력 징후를 유지하는 것 정도는 가능했다.

"일단 체외 순환기 돌아가고 있으니까요."

"아니, 그래도…… 이 정도로 하는 건……."

마취과 의사는 쉬지 않고 움직이는 수혁의 눈동자와 손을 번갈아 바라보았다. 수술 부위를 내려다보면서 실시간으로 환자의 전신 상황을 업데이트하는 듯했다.

'이게 가능한가?'

그 또한 마취과 수련을 받으면서 많은 것을 배워 온 몸이었다. 어디 작은 병원도 아니고, 태화의료원 마취과 아니던가. 수술이 험한 만큼 그 수술을 인도해야 하는 마취과 또한 험하기 짝이 없었다. 그걸 해내는 교수님들을 보면서 정말 많이 배워 왔다고 생각했는데, 하늘에 맹세코 이런 식으로 활력 징후를 잡아내는 사람은 단 한 명도 없었.

[이제 대체 들어가는군요. 지금부터는 더 흔들릴 겁니다. 약을 쓰는 게 좋겠습니다.]

'어떤 거?'

[체외 순환기를 사용 중이니 심장에 작용하는 건 별 의미가 없겠죠.]

'오케이. 그럼······.'

[수축제를 추천합니다.]

바루다는 약의 종류뿐 아니라 용량도 정확히 계산해 내었다. 수혁은 그것을 마취과 의사에게 물어 확인한 후, 정주하도록 지시했다. 바루다의 말만 따르는 것보다는 아무래도 현장에 계속 있어 온 사람의 말도 들어 보는 게 낫겠다는 판단에서였다.

"아······. 그······ 약용량을 좀 더 줄이고. 지금 들어가고 있는 진정제 용량도 줄이는 게 어떨까요? 환자가 패혈증 쇼크 상태라, 아무래도 부담스러워서요."

"오. 그게 더 낫겠습니다."

"네, 그럼 그렇게 하겠습니다."

확실히 훨씬 나은 판단이라고 할 수 있었다. 물론, 바루다나 수혁이 활력 징후를 잡아내는 데 도가 튼 존재들이긴 했지만, 마취된 상황에서는 얘기가 좀 다르지 않겠는가.

[오호······. 진정제를 줄여서 혈압을 높인다······.]

'외줄타기 같은 방법이기는 한데, 생각지도 못했어.'

[지금 심도가 깊으니까요, 어차피 진통제가 들어가고 있으니

깨어날 일은 없겠죠. 수술도 장기 쪽에서 이루어지고 있고.]

'응. 영리하네.'

[마취도 재밌네요.]

'그렇다고 마취까지 공부할 생각은 없으니까, 눈 빛내지는 마.'

마취과 의사와 함께 수술방에 들어와 있기도 하고, 실제로 도움이 되고 있기도 했지만 내과는 지금 이 순간에도 점점 더 복잡해지고 있는, 정말이지 방대한 학문이었다. 그거 하나만 공부하기도 벅차다는 말이었다.

[안 돼요?]

바루다는 동의하지 않는 듯했지만, 수혁의 뜻은 아주 확고했다.

'내과 의사야, 나는. 마취과 의사가 아니라…….'

[알겠습니다, 뭐.]

바루다는 더 수혁을 밀어붙이지 못했다. 사실 그렇지 않았다 해도 그럴 만한 시간이나 여유는 없었을 터였다.

"이제……. 밸브(valve, 판막) 치환한다."

수술이 점점 더 복잡하고 또 위험한 쪽으로 나아가고 있었기 때문이었다. 그나마 다행인 것은 지금까지 술기들이 차례차례 잘 마무리되었다는 점 정도였다. 그럼에도 흉부외과 교수는 긴장을 늦추지 못했다.

"지금 수혈 몇 팩 들어갔지?"

"8팩입니다."

마취과 의사의 말마따나 벌써 너무 많은 피가 들어간 참이지 않은가. 거기에 더해 체외 순환기도 돌아가고 있었다. 삭감이니 뭐니 하는 문제를 떠나서, 이렇게 되면 환자 생명이 위험할 수 있었다. 대량 출혈 및 수혈이 이루어지는 상황에서는 언제나 파종성 혈관 내 응고를 주의해야 했다.

"하아……."

"일단 30분 전에 나간 피 검사는 괜찮습니다."

두려움이 몰려오려는 순간, 수혁이 입을 열었다. 수혁은 놀란 흉부외과 교수가 고개를 돌리는 동안 말을 계속해서 이어 나갔다.

"이미 중환자실에서도 수혈한 기록이 있고, 이미 패혈증이 온 상태인 데다가 신장 기능이 조금 불안한 상태라서 팔로업하고 있습니다. 아직은 괜찮으니, 일단은 걱정 안 하셔도 됩니다."

"음, 으음."

흉부외과 교수는 잘했다는 말을 간신히 입 밖에 내지 않았다.

'어우, 감동했잖아? 이현종이 아들한테?'

이렇게까지 세심하게 환자를 보는 사람은 흔치 않지 않은가. 사실 주치의가 수술실 안까지 따라 들어왔다는 거 자체도 감동할 만한 일인데, 와서도 한시도 쉬지 않고 환자 상태를 돌보고 있다니. 이런 친구를 최근 본 적이 있던가.

'아니, 그래도 안 돼. 싫어.'

하지만 이현종의 아들이었다. 적어도 지금 교수 나이 또래의 흉부외과 교수라면 이현종을 좋아할 수가 없었다. 아니, 이현종과 관련된 모든 것을 좋아할 수가 없었다.

'아직도 그놈 PPT가 눈에 선해.'

아직도 하고 있는 콘퍼런스이긴 하지만, 한때는 지금처럼 험악하지 않고 화기애애했던 흉부외과 X 순환기내과 콘퍼런스 시간에 벌어진 일이었다. 당시 이제 막 마흔이 될락 말락 하던 이현종이 PPT를 들고 와서 발표랍시고 할 때, 몇몇 고령의 교수님들은 뒷목을 잡고 쓰러지고야 말지 않았던가. 세상에, 흉부외과 의사들이 칼 들고 뛰어가는 그림 뒤에 자신의 얼굴을 합성한 로빈 후드가 화살을 쏴서 치료라는 과녁을 먼저 맞히는 그림을 쓸 줄이야. 내과끼리 하는 콘퍼런스에서 썼다면 그래도 참을 수 있었을 텐데, 빌어먹을 놈이 흉부외과와 함께 있는 발표에서 그걸 써 버린 것이었다.

"교수님, 일단 활력 징후는 저희에게 맡겨 주세요. 주치의로서 마취과 선생님을 성심성의껏 돕겠습니다."

수혁 또한 그 얘기를 전해 들은 바 있었다. 당연히 이현종을 통해서는 아니었고, 신현태를 통해서였다.

[미친 사람이죠. 이현종은.]

'너무 혈기 왕성해서 그랬다잖아.'

[20대도 아니고, 불혹 아닙니까?]

'뭐……. 지금은 그래도 그때보단 나으니까.'

[아무튼, 잘하고 있습니다. 현재 개발 예정 중인 진단 보조형 A.I.의 데이터 습득을 보다 빨리하려면, 흉부외과의 협조가 필요합니다.]

물론 수혁이 교수에게 잘하는 건 그 일이 미안해서는 아니었다. 그저 교수의 협조가 필요할 뿐이었다. 아무래도 심장이 흔들리는 흉부외과 중환자실의 데이터가 훨씬 더 드라마틱할 수밖에 없었으니까. 그 데이터로 보조 A.I.를 훈련시킨다면 개발 시간을 거의 절반 가까이 줄일 수도 있을 터였다.

'알았어, 알았어. 웃고 있잖아. 나 잘해, 이런 거.'

[너무 잘하고 있습니다. 소름이 돋아요, 네.]

'비꼬지는 말고.'

[아뇨, 진심입니다. 제 분석조차 수혁의 현재 표정을 호의 100%로 분석하고 있으니까요.]

바루다는 정말로 소름이 돋는 듯한 기분이 들었다. A.I. 주제에 기분이 든다는 표현을 쓰는 게 좀 이상하게 들리겠지만, 어쩌겠는가. 실제로 그러한데. 그만큼 수혁의 연기는 완벽했다.

"어, 그래……. 그, 그래."

바루다의 분석 시스템조차 못 잡아낼 정도인데 어찌 교수가 속아 넘어가지 않을 수 있을까.

'근데 저놈은 사람이 썩 괜찮네……. 어떻게 저런 아들을 낳

았지?'

 심지어 속으로 이런 생각을 하게 될 지경이었다. 흐뭇하고 또 안심이 돼서 그랬을까? 갑자기 수술이 일사천리로 이루어지기 시작했다.

 "랩 괜찮고 활력 징후 괜찮습니다. 걱정 안 하셔도 됩니다."
 "오케이."

 수혁은 수술 중간중간 일부러 보고를 해 주었다. 게다가 그냥 중간이 아니라 꽤 절묘한 타이밍이었기에, 교수에게는 상당한 도움이 되었다. 예를 들면 어딘가 중요한 곳을 쨌거나, 또는 째야 하기 직전에 괜찮다는 말이 날아오는 식이었다.

 '이 자식은 마음에 드는데?'

 덕분에 교수는 불과 수 시간에 불과한 수술 시간 동안 수혁에게 홀라당 마음을 빼앗기고야 말았다.

 "교수님."
 "어. 말해 봐."

 교수는 수혁과 조금 더 길게 말을 섞게 되었는데, 그게 패착이었다.

 "아무래도 수술이 어려워서 그냥 내과 중환자실로 가면 관리가 어려울 거 같습니다. 교수님 도움도 계속 받아야 하는데 그것도 어렵고……."

 "어, 그렇겠지. 그래."

"그래서 과는 내과로 그대로 두고, 병실은 흉부외과 중환자실로 하면 어떨까 싶은데, 교수님 생각은 어떠신지요?"

"좋지. 좋아. 그렇게 해. 자주 보겠네."

"네, 교수님. 자주 뵙겠습니다!"

만들어 봅시다

드르륵.

환자는 곧 흉부외과 중환자실로 옮겨졌다.

"수술은 대동맥 치환술, 판막 치환술 했으니까 상처 잘 봐 줘."

"네, 교수님."

아무래도 이러한 수술에 관한 경험치가 쌓인 병실이다 보니 교수도 간호사도 의사소통이 아주 빠르고 효율적이었다. 쓸데없이 '약은 뭐 써라.', '얼마마다 바이털을 재라.'와 같은 말은 없었다. 그냥 수술명만 말해 주니 알아서 착착착이었다.

[데이터를 얻는 것과 별개로, 여기로 오길 잘했네요.]

바루다의 말대로였다. 아마 내과 중환자실로 되돌아갔다면 시행착오가 있었을 터였다. 중환자실이라고 해서 다 같은 중환자실은 아니었으니까.

'그러게. 뭔가 안심이 딱 되네.'

확실히 외과계는 외과계에서 봐야 되는구나 하는 생각이 들게 만드는 광경이었다. 그렇게 대략 5분여가 지나자 환자는 완전히 정리되어 중환자실 자리 하나를 차지하고 들어갈 수 있었다. 교수는 잠시 마취과 쪽에서 먼저 세팅해 준 벤틸레이터를 들여다보고는 담당 간호사를 찾았다.

"아, 얘기 들었겠지만 담당은 우리가 아니라 내과야. 그······ 신현태 알지? 과장."

"네, 알죠. 신현태 교수님. 그럼 연락은 신현태 교수님 주치의 분한테 하면 될까요?"

"아, 왔어. 같이. 저기."

"같이요? 아, 아."

담당 간호사는 수혁을 딱 보자마자 누군지 알아보았다. 지팡이 짚은 내과 의사라고 하면, 적어도 이 병원에서는 딱 한 명뿐이지 않은가.

'별일이네.'

그 때문에 간호사는 좀 이상하다는 생각이 들었다. 수간호사급은 아니더라도 시니어였기 때문이었다. 짬이 찬 만큼 흉부외과에 관해서는 빠삭했고, 다른 과들 간의 관계에 관해서도 어느 정도는 잘 알았다.

'이현종 교수님 아들인데…… 이렇게 친근하게 대한다고?'

이현종이라고 하면 자다가도 벌떡 깨는 게 태화의료원 흉부외과 아니던가.

"어. 주치의인데, 야……. 수술방 와서 처음부터 끝까지 있었어. 이 친구 아니었으면 오늘 사고 났을 수도 있어. 덕분에 편하게 수술했지."

"와……. 정말요? 처음부터 끝까지?"

"그렇다니까."

하지만 교수의 말을 끝까지 듣고 보니 그 이유를 아주 잘 알 수 있었다.

'처음 아닌가?'

흉부외과 수술이 10분, 20분 안에 끝나는 것도 아닌데 처음부터 끝까지 있었다니. 게다가 교수 얼굴을 보니 정말로 결정적인 도움이 된 모양이었다. 성격이 절대 더러운 사람은 아니었지만, 억지로 칭찬할 만큼 호인은 또 아니었으니까.

"알겠습니다. 이수혁 선생님. 혹시 무슨 일 있으면 바로 연락드리겠습니다."

"네, 감사합니다. 일단…… 처방 챙기고 갈게요."

"네. 선생님."

원래 중환자실 간호사들은 엄밀히 말하면 한 과에 소속되어 있는 존재는 아니라 할 수 있었다. 하지만 흉부외과 중환자실처럼 주로 한 과를 중점적으로 받는 병실은 어느 정도 소속감을 가지고 있을 수밖에 없었다. 게다가 흉부외과는 외과 중에서도 호탕한 편에 속하는 곳이라 항상 과 행사가 있으면 안면 트고 지내는 사람들은 죄다 부르는 과였다.

[그러니 간호사들에게 잘하면 자연히 말이 흘러 들어가게 되어 있습니다.]

적어도 바루다가 판단하기론 그러했다.

'내 생각도 그래. 게다가……. 원래 교수님들이 간호사들 사이에서 도는 평판을 중요시하기도 하고.'

수혁 또한 동의하는 바였다. 왜 그런지 모르겠는데, 개차반인 놈들일수록 간호사에게 함부로 하는 편이지 않던가. 아마 의사와 간호사의 관계를 평등하다기보다는 수직적인 관계라 생각해서이긴 할 텐데, 도리어 연차가 낮을수록 그렇게 생각하는 편이었다. 전문의만 따도 내 위에 있는 사람은 교수고, 밑에 있는 사람은 전공의라는 걸, 즉 간호사는 그 관계에서 좀 비껴나 있다는 걸 알아차리겠지만 레지던트 아래 연차들은 그러기가 어려웠다. 워낙에 일이 몰려서 그런가, 시야가 좁아져 있기 마련이었.

[네. 내과도 펠로우 뽑기 전에 항상 간호사들 의견도 참고하죠.]

그 말은 반대로 생각하면, 간호사에게 잘하는 사람치고 이상한 놈은 없을 거란 얘기도 되었다. 시야가 넓어서 잘해 줬든, 아니면 인성이 좋아서 잘해 줬든, 둘 중 하나는 된다는 뜻이었으니까.

'오케이. 여기 지금 몇 명이지?'

[6명입니다. 교대 올 사람까지 생각하면 최대 12명이겠네요.]

'중환자실 인턴까지 해서 넉넉하게 15명이라고 생각하면 되려나.'

[뭐……. 어차피 돈 쓸 일도 없는 사람이니까, 넉넉하게 생각해도 되겠지요.]

환심을 사는 건 여러 방법이 있겠지만, 단기간에 확실하게 친해지는 데에는 역시 먹을 거 쏘는 게 제일이었다. 수혁은 벌써 여러 병동에서 이 방법을 써먹은 적이 있었기에 매우 능숙했다.

'돈 쓸 일이 왜 없어.'

[없죠. 까놓고 연애를 합니까, 뭘 합니까.]

'하…… 하윤이 있잖아…….'

[같은 과 돌 때나 인사하고 밥 같이 먹는 걸 연애라고 하나요?]

'그……. 아니지.'

수혁은 금세 뼈 맞은 얼굴이 되었다. 솔직히 억지로 말이나 꺼낸 것이지, 하윤과는 절대 연애하는 관계가 아니라는 걸 그도 아주 잘 알고 있었다. 수혁은 그저 존경하는 선배가 되었을 따름이었다. 수혁 입장에서는 좀 더 발전하고 싶지만, 이전에 크게 덴 것 때문에 여의치 않은 상황이었다.

[그런 표정 짓지 마십시오. 저는 수혁이 이래서 좋습니다.]

'모쏠이라 좋다고?'

[모름지기 학문하는 사람이라면 그래야죠. 어디 학문하는 사람이, 어? 연애하고 그런답니까? 이현종 보십시오. 결혼 안 하니까 위대한 의사가 되었지 않습니까?]

'행복한 건 신현태 과장님이 더…… 행복해 보이던데.'

[어차피 수혁에게는 없는 미래입니다. 수혁은 모쏠이 어울려요.]

'이 새꺄……. 무슨 말을 그렇게…….'

[잘된 적이 있나요? 그럼 제 판단을 유보하겠습니다.]

'그……. 아니다…….'

어째 말을 이어 나가면 이어 나갈수록 비참하고 한쪽 가슴이 아려 오는 느낌이었다. 수혁은 고개를 절레절레 흔든 후, 분연히 자리에서 박차고 일어서 편의점으로 향했다.

"2만 원입니다."

"여기요."

그렇게 15개의 음료를 사고 나니 조금은 기분이 풀리는 느낌이 들었다.

[그겁니다. 돈 쓰는 재미, 그거 하나만 느끼고 사세요. 나머지는 학문에 몰두합시다.]

'시끄러워, 이 새꺄…….'

[왜요? 돈 싫어요?]

'그건……. 그건 아니지.'

[돈이라도 많이 법시다. 우리.]

'알았다…….'

그러려면 진료만 잘할 게 아니라 연구도 잘해야만 했다. 사실 진료로 돈 벌겠다고 생각하는 건 좀 그렇지 않은가. 환자를 돈으로 보는 건 의사로서 가져야 할 마음가짐과는 너무도 먼 것이었으니까.

"자, 이것 좀 드시고 하세요."

"와, 주치의 선생님 센스."

"이거 남은 건 다음번 선생님들 오시면 드시라고 해 주세요."

"네, 전해 드릴게요. 감사합니다!"

그 첫걸음에 데이터 수집이 있었다. 수집을 위해서는 간호사들의 환심을 사고 평판을 공고히 하는 것이 필요했다. 물론 굳이 그렇게 하지 않아도 저절로 데이터가 모이는 곳이 있기는 했다. 바로 내과계 중환자실 및 감염내과 병동이었다.

"어제 수술까지 들어갔다고?"

신현태는 본격적인 얘기를 꺼내기 전에 수혁을 바라보았다.

수혁은 언제나 그렇듯 예의 바른 미소를 지어 보였다.

"네. 그편이 환자를 위하는 길이라고 생각해서요."

"역시. 역시 우리 수혁이는 참의사다."

신현태는 그런 수혁을 보며 인자한 미소를 지어 보였다. 어떻게 실력에 인성까지 두루 갖출 수 있단 말인가. 아무리 생각해도 이런 인재가 들어온 것은 태화의료원 내과의 홍복이었다.

"뭘 그렇게까지 하냐. 흉부외과 맨날 바이털 잘 본다고 자랑하는데. 알아서 하라고 하지."

반면 이현종은 비아냥거릴 따름이었다. 소싯적에 거 좀 잘못했다고 아직까지 꽁해 있나, 뭐 이런 생각을 하고 있었기 때문이었다. 피차 어른스럽지 못한 것은 마찬가지였지만, 여기서는 이현종 편을 들어야 했다.

"그건 그런데……. 그래도 불안하니까요. 내과가 역시 중심을 딱 잡아 줘야……."

"그렇지. 그렇네. 그 환자는 네가 살렸네. 흉부외과가 아니라."

"네, 뭐……. 내과 의사가 최고죠."

"그렇지! 최고지!"

아니나 다를까 이현종은 내과 최고라는 말에 흥분한 채 두 주먹을 불끈 쥐었다. 어떻게 사람이 60 넘어서도 저렇게 순수할 수 있을까. 그런 생각을 하고 있으니 바루다가 끼어들었다.

[학문만 파서 그렇습니다. 수혁이 지향해야 할 모습이죠.]

'지양해야 할 모습 아니고?'

[지금……. 지금은 좀 그렇긴 하네요. 술 드셨나.]

'그래……. 나는 적당히 하고 싶다…….'

이제 이현종은 두 주먹만 쥔 게 아니라 아예 몸을 일으킨 채 흉부외과 병동이 있음 직한 곳을 향해서 손가락 욕까지 날리고 있었다.

"혀, 형. 앉아요……. 앉아."

보다 못한 신현태가 말리고 나서야 정신을 차렸는지 흠흠 헛기침을 하며 앉을 수 있었다. 신현태는 그러고 나서도 잠시 이현종의 어깨를 두드려 흥분을 가라앉혀 주고는 말을 이었다.

"아무튼, 오늘 이렇게 모이라고 한 건……. 일단 돈이 들어왔어요. 원래 예상했던 게 2억인데 5억이나 들어왔어요."

"오."

"와우."

"역시 태화."

그 말에 나머지 교수들, 그러니까 혈액종양내과 조태진, 호흡기내과 김원규 등등이 환호성을 질렀다. 세상에 5억이라니. 국책 과제 아니고서야 절대 따 올 수 없는 액수 아니던가. 아니, 국책 과제라 해도 5억짜리 단일 프로젝트는 흔치 않았다.

"원래 개발 부서는 태화가 아니라 하청을 주려고 했는데, 이번에 이유원 사장님 결정으로 태화전자 부서가 나서기로 했다고 합니다. 그래서 연구비 용역은 거기로 들어가야 해요. 단가가 좀 셉니다, 중소기업들보다는."

"아……."

태화전자가 어디 구멍가게는 아니지 않은가. 인원이 두셋 정도 되는 부서 하나라도 단가가 훨씬 센 건 어쩔 수 없는 일이었다.

"그래서 우리 쪽 인건비에 한 1억 정도만 배당하고, 나머지는 죄다 태화에 줘야 합니다. 기간은 1년이에요. 그쪽에서 대는 인력은 세 명입니다."

"세 명에 4억이요? 비싼데……?"

김원규는 4억이나 준다는 말을 듣곤 대번에 손을 들어 불만을 표했다. 정확히 신현태가 전자 사람들 앞에서 지었던 그 표정이었다.

"그……. 세 명 모두 태화 모바일 인앱 만드는 사람들이에요. 그 알죠? 태화 헬스? 그거 만든 사람들이에요."

"아……. 그럼 싸네."

그리고 신현태의 말을 듣자마자, 신현태가 아까 그랬던 것처럼 곧장 납득할 수 있었다. 조금 비싸면 어떻단 말인가. 실력이 확실한데.

"그래서 말인데, 최대한 빨리 데이터를 모아서 줘야 해요. 그래야 러닝시키고 하지. 데이터 좀 있습니까?"

단가 문제에 대한 합의는 번갯불에 콩 구워 먹듯 해결한 교수들은 바로 다음 안건, 데이터 수집으로 넘어갔다. 물론 이것도 그렇게 녹록지는 않은 문제였다. 이번에 손을 들고 나선 것은 조태진이었다.

"근데 문제가……. 이게 레트로스펙티브(retrospective, 과거 데이터를 확인하며 적용하는 것)하게 하기가 어려워요. 실시간으로 모니터링했다고 해도 그걸 다 기록으로 남겨 두지는 않아서."

"음……. 나도 그런데. 현종이 형은 어때요?"

"나도 그렇지. 그걸……. 그걸 남겨 두진 않지."

활력 징후를 모니터링한 게, 지나고 나서 무슨 필요가 있단 말인가. 당연히 그 어떤 기기도 자동으로 저장하는 기능을 달고 있지 않았다. 애초에 이런 연구를 할 거라고는 아무도 생각하지 못했기 때문이었다.

"그럼 지금부터 쌓아야 한다는 건데……. 그쪽 얘기로는 적어도 1,000례는 있어야 신뢰할 수 있는 러닝이 될 거라고 하거든요? 이거 우리만으로 되려나……."

신현태는 자기도 모르게 이현종의 눈치를 보았다. 만약 이현종이 지금이라도 흉부외과에 가서 사과하고 석고대죄한다면 대번에 데이터를 받을 수 있을 터였다.

'이 인간이 그럴 수 있을 리가 없지…….'

그런 정치적인 인간이었으면 원장이 아니라 장관도 해 먹을 스펙 아닌가.

'수혁이가 해결할 수 있을까?'

신현태는 차라리 수혁을 바라보았다. 물론 그도 말도 안 되는 얘기라는 걸 알고 있었다. 교수도 못 하는 걸 어찌 레지던트가 할 수 있을까. 하지만 지금껏 수혁은 늘 그래 왔으니, 기대감이 드는 것도 사실이었다.

"저, 수혁아."

신현태는 조금은 겸연쩍은 얼굴로 수혁을 불렀다.

'네 말대로네.'

[방법이 없을 테니까요. 외주 줬으면 반의반으로 후려쳤을 테지만.]

'후려치긴 뭘 후려쳐.'

[다들 그렇게 말하던데요?]

'거……'

수혁은 바루다의 거친 어휘에 관해 뭐라 하려다 말았다. 어차피 그런 말을 해 봐야 수혁 얼굴에 침 뱉기 그 이상이 되기는 어려울 테니까.

[일단 답변하시죠. 준비 중이라고.]

'알았어, 알았어.'

게다가 지금 수혁을 향한 눈은 한두 쌍이 아니었다. 질문을 던진 신현태는 물론이거니와 조태진, 김원규도 수혁만 보고 있었다. 조태진이야 워낙에 수혁의 덕을 많이 보아 온 참이었지만, 김원규는 그렇지도 않은 주제에 이러고 있었다.

"네, 교수님."

"일단 내과 중환자실 쪽 자료야 우리가 프로스펙티브 (prospective, 현재 및 추후 데이터를 확인하며 적용하는 것)하게 다 잡긴 할 거야. 그건 뭐……. 어렵지 않지."

신현태 혼자 한다 해도 크게 문제가 없을 터였다. 그가 내과 과장인데, 과장이 모니터링 자료 좀 달라고 하는데 누가 뭐라고 하겠는가. 게다가 이 자리에 있는 사람 중엔 원장도 있었고, 중환자실 단골이라 할 수 있는 호흡기내과 교수와 혈액종양내과 교수까지 있었다.

"그리고 일반 외과계 중환자실하고 신경외과 측하고도 대강 얘기는 됐거든? 근데 뭐 너도 알다시피 사실……. 외과계 쪽은 수술 후 관리 때문에 있는 거라 우리랑은 좀 핀트가 달라."

"네, 알고 있습니다. 출혈이나…… 수술 후 감염 등을 주로 보겠죠. 아니면 수술 상처 자체라거나."

"그렇지. 그래서 이번 A.I. 개발에 쓸 자료가 아주 많이 확보되지는 못할 거야. 그…….."

신현태는 그 말을 하다 말고 이현종을 돌아보았다. 이 사태의 원흉이라고까지 할 수 있는 이현종은 뚱한 얼굴을 하고 있었다.

"내가 뭐."

"아니, 아뇨. 뭐. 형보고 뭐라 하는 게 아니라."

"그놈들이 좀생이인 거야."

"그……."

도발한 놈이 잘못 아닌가 하는 말이 입안에서 맴돌았다. 하지만 신현태는 벌써 이 주제로 지난 수십 년간 이현종과 왈가왈부해 온 몸이었다. 그 결과, 이현종은 절대로 변할 놈이 아니란 것을 깨달았기 때문에 굳이 입 밖으로 내진 않았다. 대신 이쁜 수혁만을 바라보기로 했다.

"수혁아. 혹시 흉부외과 쪽이랑 사이 어떠니? 어제 그…… 뭐야. 수술방도 들어갔다고 하던데."

신현태는 이 말을 하면서 스스로 부끄러움을 느껴야만 했다. 이현종 하나 때문에 흉부외과라는 주요 과와 원수처럼 지낸 게 벌써 몇 년째란 말인가. 그래도 신현태가 성격도 서글서글해서 여기저기 친한 사람들이 많은데, 유독 흉부외과만 없지 않은가.

'이현종파로 소문이 나서 그렇지…….'

어떻게 보면 또 맞는 말이긴 했다. 사실 신현태가 논문 쓰는 법이니 뭐니 배운 게 다 이현종 덕이지 않은가. 아무튼, 이런저런 이유로 흉부외과 쪽과는 아예 연이 없었다. 아마 수혁도 그렇지 않을까 하는 생각이 지배적이기도 했다. 이 녀석은 아예 이현종파가 아니라, 아들이었으니까.

"사이가 나쁘지는 않습니다."

"그래, 뭐. 할 수 없…… 응? 나쁘지가 않아?"

"네. 뭐 큰 자료를 달라는 것도 아니고……. 앞으로 입원하는 환자 데이터 정도는 충분히 받을 수 있을 거 같은데요? 대신 그쪽 교수님 이름 하나쯤은 넣어 드려야 도리일 것 같긴 한데……."

수혁의 말에 뚱한 얼굴로 있던 이현종이 발작하듯 몸을 일으켰다.

"이름을 넣는 건 안 되지!"

"형, 앉아요! 앉아! 형 이름 뺀다?"

"음."

하지만 신현태에게 금세 제압되었다. 뭐가 되었건 간에 지금 수혁이 기안한 이 연구는 될 것 같았으니까. 일단 저 까다로운 태화전자에서도 딴 데 주지 말고 자기네들이랑 같이하자고 하지 않았는가. 그 말은 곧 이 연구는 논문으로 이어짐은 물론이오, 상용화까지도 가능할 수 있단 얘기였다. 이현종은 불편한 기색을 감추지 않으면서도 자리에 앉기는 했다.

"형은 좀 가만히 있어요. 애가 어? 해 보겠다는데 응원은 못 할망정 초를 치려고."

"끄응……."

"아무튼, 수혁아. 되겠어? 이게?"

"네. 뭐……. 지금 당장 확답을 드릴 수는 없는데. 그래도 첫

단추는 꽤 잘 끼웠다고 생각합니다."

"오……."

수혁이 어디 허튼소리 하는 녀석이란 말인가. 이 녀석이 그렇다고 하면 그런 거라고 봐야 했다.

"그럼 그렇게 알고……. 일단 우리 데이터 수집부터 해야겠네. 조 교수, 김 교수."

"네. 오늘부터 싹 모아 보겠습니다."

"일단 목표는 패혈증 감지이긴 한데……. 그렇다고 딱 그 데이터만 넣으면 선별이 안 된다고 하니까. 그냥 모든 중환자 데이터는 다 넣어 달라고 하더라고. 거기선 기준에 맞춰서 프로그래밍하겠다고 하니까. 그건 뭐, 그렇게 어려운 일은 아니라고 하더라고."

"아, 그렇군요."

의사들이 사실 프로그래밍에 관해 알면 뭐 얼마나 알겠는가. 전문가가 그렇다고 하면 그냥 그런가 보다 하는 것이지.

"아, 저 잠깐 흉부외과 중환자실 가 봐도 될까요?"

그렇게 다들 고개를 끄덕이고 있으니, 수혁이 울리는 자신의 핸드폰을 가리키며 손을 들었다.

"어? 어. 환자 안 좋나?"

"아뇨. 교수님 오는 시간에 전화 달라고 해 놨거든요. 병동에."

"병동……? 간호사들이 보통 그런 것도 해 주나?"

"어제 제가 커피 쏘면서 부탁했죠."

"이야······. 수혁이 대단하다."

신현태는 진심으로 감명받았다는 눈으로 수혁을 바라보았다. 어쩜 커피까지 쏴 가면서 병동 간호사들의 환심을 살 생각을 했을까.

"그럼 다녀오겠습니다."

"어, 어. 그래. 갔다 올 필요 없어. 회의 끝이지 뭐. 파이팅이다, 우리 수혁이."

"네, 교수님."

수혁은 그렇게 내과 과장실을 빠져나온 후, 사실 전화가 아니라 그냥 알람이었던 핸드폰을 갈무리하며 흉부외과 중환자실로 향했다.

[어째 나날이 연기가 늡니다?]

'뭐······. 반쯤은 사실이잖아?'

[그건 그렇죠.]

커피 사다 주면서 물어봤더니, 외래 있는 날엔 늘 시간을 정해 놓고 회진 온다는 사실을 전해 들었다. 그래서 그 15분 전에 알람을 맞춰 놓았는데, 회의가 길어지는 바람에 아까 안에서

울리고 말았던 것이었다. 그걸 좀 더 어필하는 방향으로 포장했더니 신현태를 비롯한 다른 내과 교수들은 다들 수혁이 이뻐 어쩔 줄을 몰라 하는 중이었다.

'아무튼……. 환자는 괜찮겠지?'

[아까 새벽에 봤을 땐 안정적이었습니다. 확실히 주요 감염원이 사라져서 그런가……. 발열도 없어졌고요.]

'아직 의식이 없는 게 좀 걸리긴 하는데……. 뭐 어차피 재워 두고 있으니까 기다려 볼 수 있겠지.'

[네. 약 들어가고 있어서 그럴 수 있습니다. 아예 후유증이 없지는 않겠지만……. 심내막염에 의한 다발성 색전증이라는 걸 감안할 때 이만하면 대단히 예후가 좋은 편입니다.]

수혁은 바루다와 환자에 관한 토론을 하면서 중환자실에 도달했다. 중환자실 풍경은 어제와 조금 달라져 있었다. 거의 일주일이 지나도 그대로 있을 때가 있는 내과 중환자실과는 확실히 다른 곳이었다.

"어? 여기 옆자리 빠졌네요?"

"아……. 일반 병실로 올라가셨어요."

"저긴요?"

"저긴 어제 어레스트 나서…….'

"아."

아무래도 심장을 다루는 곳 중에서도 수술이 필요할 정도로 드라마틱한 환자들이 입원해 있는 곳이라 상황이 변화무쌍한 모양이었다. 수혁의 환자 양옆으로 하나는 호전되어 일반 병실로 갔고, 다른 하나는 돌아가시지 않았는가. 확실히 흉부외과는 만만한 과가 아니었다.

드르륵.

그런 생각이 들 때쯤, 방금 열고 들어왔던 중환자실 문이 다시금 열리는 소리가 들려왔다. 그와 동시에 여러 개의 발걸음 소리 또한 들려왔는데 주인공은 뻔할 뻔 자였다.

'왔구나.'

[이제 입 터세요.]

'오케이.'

수혁은 그 발걸음 소리가 좀 더 가까이 오기를 기다렸다가 목을 가다듬고 환자 앞에 놓인 중환자 전용 차트를 두드렸다. 혈압, 심장 박동수, 호흡수, 체온과 같은 활력 징후를 15분마다 기록해서 적어 둔 차트였다.

"이거……. 정상 범위에서 비정상 범위로 넘어가고 있을 때 그거 따로 캐치할 수 있는 인공지능이 있으면 참 좋을 거 같은데."

수혁은 상당히 큰 목소리로 혼잣말을 중얼거리기 시작했다. 당연히 어제 수술한 환자에게로 직행하던 흉부외과 교수 귀에 들리지 않을 리가 없었다.

"그거 앱이랑 연동시켜 두면……. 내가 어디 있든지 간에 환자 상태 대강 알 수도 있을 거고. 알람은 걸러서 오게 만들면 딱 딱 감지할 수 있어서 정말 좋을 텐데……. 그나마 이 환자야 간밤에 괜찮았다지만……."

누가 봐도 혼잣말로 중얼거리기에는 목적의식이 다분히 섞인 발언이었다.

'뭐야, 그런 게 있으면 진짜 좋을 것 같잖아.'

하지만 그러한 수상한 정황들과는 별개로 확실히 혹하는 것이 있었다. 특히 흉부외과와 같은 외과계 의사들에게는 어디에 있든 상관없이 환자 상태를 대강이나마 알 수 있다는 게 매력적이었다. 아무래도 내과 의사들보다는 수술실이니 뭐니 여기저기 돌아다닐 일이 많지 않은가. 그러다 보면 환자 곁에 있는 시간이 절대적으로 부족해질 수밖에 없었다.

"이번에 개발비는 많는데……. 흉부외과 쪽 환자처럼 액티브하게 변하는 자료가 부족…… 어? 교수님! 오셨습니까! 안녕하세요!"

수혁은 거의 흉부외과 교수 입김이 닿을 정도가 돼서야, 지나친 게 아닌가 싶을 정도로 허리를 숙이며 아는 척을 했다. 어제부터 수혁이 보여 준 모습이 거의 완벽했던 덕에, 흉부외과 교수 기분이 좋아지는 건 당연지사였다. 어쩜 이렇게 깍듯하면서 또 성실할 수 있단 말인가. 일단 지금도 환자 곁에 있지 않은가. 이현종 아들이라는 게 도무지 믿기지가 않을 지경이었다.

그런 생각이 들다 보니, 방금 수혁의 말도 더 좋게만 여겨졌다.

"어어. 그래. 그…… 근데 말이야."

"네, 교수님."

"방금 내가 우연치 않게 들었는데……. 그 환자 상태를 뭐 앱으로? 그거 뭔 소리지?"

"아……. 그거…….."

수혁은 부끄럽다는 듯 뒤통수를 긁었다. 슬며시 얼굴까지 붉혔는데, 바루다의 감탄을 이끌어 낼 정도로 절묘했다.

[진짜 미쳤네. 나는 아는데도 무슨 얘기 할지 궁금해지잖아요.]

기계도 이러는데 사람은 오죽하겠는가.

"뭔데. 뭐야."

"아……. 이번에 제가 태화전자 쪽에서 펀딩받은 연구가 있습니다. 한 5억."

"5억? 본사에서?"

"네."

"와……."

이건 정말이지 놀랄 만한 일이었다. 태화전자 본사 펀딩은 교수도 아닌 레지던트가 그렇게 쉽게 받을 수 있는 게 아니었다.

"그렇게 대단한 건 아니고……. 그냥 중환자실 모니터링이랑 연동해서 환자 상태를 좀 더 잘 파악할 수 있는 인공지능 개발에 관한 건입니다."

"인공지능?"

거기에 더해 인공지능 얘기까지 나오니 흉부외과 교수는 거의 껌뻑 죽을 지경이었다. 뭐가 뭔지 정확히는 알지 못하지만, 아무튼 최근 제일 핫한 주제가 인공지능 아니던가. 그렇지 않아도 흉부외과는 뭔가 다른 거 해 볼 거 없나 하던 참이었는데 그 말이 딱 나올 줄이야.

"네. 뭐……. 패혈증 예측 인자도 있을 거고. 심장을 예로 들면 심장 박동수나 혈압의 추이가 있지 않습니까?"

"그렇지."

"그걸 인공지능이 계산한 다음 알람을 주는 거죠. 원할 때는 앱으로 환자의 데이터를 그냥 볼 수도 있고요."

"오……."

"근데 문제가 있어서요."

"뭔데, 뭔데."

바루다는 이제 다 왔다고 성화였다. 수혁이 생각하기에도 그러했다. 수혁은 승부수를 획 하고 날렸다.

"데이터가 부족해요. 아시다시피 내과 쪽은 좀 드라마틱하지 못해서. 흉부외과 데이터가 있으면 훨씬 빨리 만들어지긴 할 텐데."

"그래? 흉부외과 자료만 있으면 된다고?"

"네, 교수님. 흉부외과만큼 환자 징후가 들쑥날쑥한 곳은 없으니까요."

"그렇지, 그렇지."

흉부외과 교수는 금세 들뜬 얼굴이 되었다.

'그래, 이현종 그 자식은 우리를 죽어도 인정 안 하지만.'

아들내미는 이렇게 훌륭하지 않은가. 뭔가 대신 사과라도 받는 듯한 느낌이었다.

"데이터 주는 거야 그렇게 어려운 일은 아니지."

게다가 아까 간호사들 통해 들었는데, 이 친구가 평소에도 아주 싹수가 있는 친구라 했었다. 심지어 다리만 괜찮았으면 아마 흉부외과를 지원했을 거란 얘기도 했다고 들었다. 어제 수혁이 약 쳐 놓은 게 효과를 보이고 있는 셈인데, 워낙에 레지던트들이 바쁘고 지쳐 있다 보니 이만한 약도 치는 사람이 없었다. 그래서 그런지 효과는 어마어마했다.

'호탕한 과라 좋다고 했던가.'

심지어 수혁이 지나가듯, 하지만 다분히 의도를 가지고 해 놓은 얘기도 죄다 털어놓을 정도였다.

'호탕…….'

호탕하다라. 과 내에서 잘 쓰지 않는 말이기는 하지만, 돌이켜 보니 흉부외과에 가장 어울리는 말이 바로 호탕하다는 말인 것 같았다. 그런 말을 바깥 놈이 해 주고 있는데, 정말 그런 모습을 보여야 하지 않을까? 솔직히 데이터 주는 거야 어려운 것도 아니고, 거기에 밥숟가락 하나 얹을 수 있다면 최고 아니겠는가. 물론 그 전에 하나 확인해 봐야 할 건 있었다.

"그런데 그 연구 주체가 혹시 누구지?"

"제가 우선…… 계획서를 썼고요."

"어? 레지던트가?"

"네."

"허."

똑똑한 놈이란 얘기는 익히 들어 알고 있었다. 그게 이현종 아들이다 보니 무시하고 있었을 뿐이었는데, 이런 신박한 연구 계획서를 낼 정도일 줄이야.

"그, 그럼 책임 교수는?"

"신현태 과장님입니다. 아무래도 이런 종류의 연구는 과장님하고 해야 맞을 거 같아서요."

"아……. 혹시 이현종…… 교수는 연관 없나?"

내과 출신의 원장인데 연관이 없을 리가 있을까? 흉부외과 교수도 물으면서 조금은 민망한 기분이었다.

[진짜 미워하나 보네요.]

그럼에도 바루다나 수혁이 예상했던 질문이기는 했다.

'당연하지. 나 같아도 그러겠지.'

이현종은 그야말로 원수 중의 원수였으니까. 그냥 기분만 나쁘게 한 게 아니라, 실제로 심혈관 중재 시술이 보편화되면서 흉부외과 입지가 쪼그라들게 되지 않았던가.

"아······. 이현종 교수님이요? 뭐······. 사실 공유할 데이터가 많지도 않으시고, 요새는 연구를 그렇게 열심히 하진 않으셔서. 이름만 올리는 수준입니다."

수혁은 속으로 죄송하다는 말을 되뇌면서 이현종에 대해 상당히 박하게 평가했다. 아마 이현종이 이 말을 듣는다면 길길이 날뛰거나 상처받고 울부짖을 게 분명했다. 그러나 다행히 이곳은 적진이었다. 절대 흉부외과에서 마주칠 일은 없을 테니 적어도 여기서 나누는 말이 이현종에게 들어갈 가능성은 없었다.

"그래? 이름만 올리는 수준?"

"네. 근데 교수님께서 흉부외과 데이터를 주시면, 이건 꽤 크리티컬하거든요. 2저자 정도는 제가 과장님께 말씀드려 볼 수 있을 것 같습니다."

"데이터만 줘도?"

"물론이죠. 이게 얼마나 귀한 자료인데요."

"오······. 그래? 알았어. 그럼. 수간호사 통해서 받아. 내 이름으로 얘기해 놓을 테니까."

"네, 감사합니다!"

흡족해진 흉부외과 교수의 통 큰 수락에 의해 수혁은 흉부외과 자료도 받을 수 있게 되었다. 그 말은 곧 개발에 박차를 가하게 되었다는 뜻이었다. 사실 간단한 인공지능 프로그램 제작에 있어 제일 중요한 건 머신 러닝(경험 데이터를 기반으로 예측·결정하게 만드는 것)이었고, 그 머신 러닝을 위해서 필요한 것이 기초 데이터이지 않은가. 그게 단박에 해결이 된 이상 딱히 걱정할 필요는 없었다.

'뭐……. 설마 태화전자 인재들이라는데 개발을 못 하진 않겠지.'

[이 바루다를 만들어 낸 사람들입니다. 보조 A.I. 정도야 뚝딱이죠.]

'그건…….'

수혁은 사실 바루다는 실패한 프로젝트가 되지 않았냐는 말을 하려다 말았다. 뭐가 되었건 간에 머릿속에 들어온 바루다는 우수했으니까. 뭔가 머릿속에 들어와서 더 완벽해진 것 같긴 한데, 그 조건을 밖에서도 행할 수 있을지는 의문이었다. 만약 그렇게 할 수 있다면 세상은 정말 놀라게 될 터였다.

[왜 말을 하다 맙니까?]

'아니, 아냐. 아무것도.'

[음…….]

'아무튼, 이제 대강 처리된 건가? 딱히 내가 더 할 일은 없겠지?'

[데이터 넘겨주고, 거기서 피드백 보내올 때까지는 그렇겠죠.]

달리 말하면 차분히 기다리라는 뜻이었다. 대부분의 경우 그렇지만 이번에도 바루다의 말에는 일리가 있었다. 때론 기다리는 게 제일 중요한 일일 때도 있는 법 아니겠는가. 괜히 조급해져서 안달복달하다간 될 일도 못 하게 될 가능성이 있었다. 게다가 수혁은 지금 연구만 할 수 있는 상황도 아니었다.

[이제 슬슬 3년 차들 공부하러 나갈 시기입니다.]

시간은 쉬지 않고 흐르고 있었다. 어느새 수혁도 2년 차 중반에 다다랐다는 뜻이었다. 곧 절반이 남았다는 뜻이기도 했지만, 1년 차와 2년 차는 상황이 많이 달랐다. 중간에 지금 3년 차들이 전문의 시험 공부를 위해 병원 일에서 손을 떼기 때문이었다. 그 말은 곧, 아직 3년 차는 아니지만 3년 차 일을 해야 한다는 뜻이었다. 그중엔 일반 외래도 있었는데, 갑자기 일손도 부족해지는 와중에 외래가 덜컥 열리면 황당하니 보통은 미리 여는 경우가 많았다. 그래야 혹 잘 모르겠는 환자가 왔을 때 위에 물어볼 수 있을 테니까.

'아……. 나 외래 시작인가?'

[네. 내일부터요.]

'음…….'

[떨려요?]

'외래는 처음이니까.'

[흐으음.]

처음이라 떨린다는 건 지극히 정상적인 반응 아니겠는가. 바루다는 그런 것 따위는 전혀 모르겠다는 듯 아주 불만족스러운 얼굴이 되었다. 그래 봐야 홀로그램 같은 형상이었지만, 그걸 알고 봐도 움찔할 정도로 이제는 그 완성도가 아주 대단했다. 솔직히 수혁은 이제 가끔은 바루다가 기계란 사실을 까먹을 지경이었다.

'왜, 왜 인마.'

[불안하다는 건 자신이 없다는 뜻이죠.]

'그……. 그렇다고 볼 수 있지.'

[이거야 원. 이게 다 제 불찰입니다.]

슬금슬금 불안해지기 시작했다. 바루다가 자책할 때 정작 괴로워지는 건 대부분 수혁이었으니까. 이번에도 그 예상은 크게 빗나가지 않았다.

[뒈지게 노력했으면 도저히 자신이 없을 수가 없을 텐데…….]

'뭐, 뭔 개소리야 인마. 나 뒈지게 노력했어.'

[아니죠. 아닙니다. 지금 멀쩡히 살아 있잖아요?]

'당연히 살아 있어야지!'

[아무튼, 내일까지 공부합시다. 불안감이 사라질 때까지.]

불안감이 사라질 때까지 공부라. 이 무슨 끔찍한 말이란 말인가. 그나마 최근엔 일 끝난 후 열 시부터 열두 시까지 딱 공부하고 자는 게 익숙해져서 살 만했는데, 거기서 공부를 더 하라는 건 잠을 줄이라는 얘기밖에 더 되겠는가. 수혁은 이미 충분히 적게 자고 있었다.

'사라졌어. 나 하나도 안 불안해.'

[아뇨. 제가 계산해 보니까 지금 심장 박동수가 105회. 긴장했어요.]

'이 새꺄, 그건 네가 이따위 소리를 하니까!'

[어어, 더 올라간다. 더 올라가.]

'이, 이…….'

[졸도하겠네, 이러다. 운동도 좀 합시다. 제 숙주…… 아니, 유일한 입출력자가 죽으면 안 되죠.]

그 후로도 수혁은 몇 번인가 더 항변의 말을 외쳐 봤지만, 별 소용이 없었다. 바루다는 이런 종류의 논쟁에 있어서 지치는 법이 없었다. 홀로그램 형식으로 기가 막히게 사람 표정을 지어 댈 때와는 달리, 이럴 땐 정말이지 기계 그 자체가 되었다.

[위이이이잉.]

거기에 더해 이제 바루다는 수혁이 제일 싫어하는 소리를 완벽하게 구현할 수 있는 몸이 되어 있었다. 제 딴에는 더더욱 수혁을 잘 이해할 수 있게 되어 그렇다고, 그러니 오히려 좋아해야 한다고 개소리를 늘어놓기도 했지만, 당하는 입장에서는 정말 X같기만 할 뿐이었다.

"으아, 으아."

[입으로 소리 내지 마세요. 요새 겨우 잠잠해졌는데. 또 원장

님 아들 미쳤다는 소문 돕니다.]

'이, 이 자식아 그럼 그런 소리를 내지 마.'

[공부를 안 하겠다고 하는데 어쩌겠어요. 무식해지는 것보다는 미치고 똑똑하단 소문이 나는 게 낫습니다.]

'이…….'

화는 나는데, 쉬이 반박할 말이 떠오르지는 않았다. 지금껏 수혁이 레지던트인 주제에 승승장구할 수 있었던 건 오로지 똑똑해서였으니까. 그리고 그를 그렇게 만들어 준 게 바루다인 것 또한 부정할 수 없는 사실이었다.

[자, 그럼 똑똑해지러 갑시다.]

'하…….'

[또 또 한숨 쉬시네. 공부시켜 주는데 그게 그렇게 싫습니까? 의사가 똑똑해지면 그만큼 사람을 살릴 수 있는데. 이거 사람 살리기 싫다는 뜻으로 받아들여도 무방하겠죠?]

'그렇게 말하지 말고…….'

[그럼 입 다물고 갑시다.]

'후…….'

수혁은 끌려가듯 의국으로 터덜터덜 걸어갔다.

"아, 안녕하십니까!"

"안녕하세요! 선배!"

안으로 들어서자 눈이 마주친 1년 차들이 각 잡힌 태도로 인사를 건네 왔다. 딱히 수혁이 그들을 괴롭히거나 해서는 아니었다. 도리어 잘해 주면 잘해 줬지, 못해 주는 편은 아니었으니까. 그런데도 1년 차들이 수혁을 어려워하는 건 그의 압도적인 실력과 원장 아들이라는 뒷배경 때문이었다.

"어, 그래. 나 공부하다 갈 거니까 신경 쓰지 말고 하던 거 해."

"아, 네."

반면 위 연차들은 사정이 좀 달랐다. 그들에게도 수혁은 껄끄러운 존재였으나, 그렇다고 1년 차들처럼 냅다 굽신거릴 수는 없는 노릇 아닌가. 실력이나 뭐나 더 위인 건 없어도 연차는 위였으니. 그들은 아예 마주치지 않는 방법을 택했다.

후다닥.

다른 3년 차들은 수혁이 들어서자마자 바퀴벌레처럼 구석으로 사라지곤 했다 오늘도 그리 사정이 크게 다르지는 않았다.

'왜 저러는 거야, 대체.'

[수혁도 수혁보다 너무 뛰어난 아래 연차가 들어오게 되면 이해할 수 있을 겁니다.]

'넌 그걸 어떻게 짐작하는데?'

[이전에 수혁이 보다가 질질 짰던, 모차르트와 살리에리의 이야기에서 착안했습니다. 왜인지는 몰라도 당시 수혁은 모차르트보다는 살리에리에 공감했던 것 같더군요.]

'어휴. 말을 말아야지…….'

어쩜 말을 해도 이렇게 싸가지 없게 할까. 그렇다고 싸가지 없단 말을 할 수 있는 것도 아니었다. 그랬다간 유일한 입출력자가 누구니 하면서 또 속을 뒤집어 놓을 테니까.

[그래도 걱정 마십시오. 제가 이 머릿속에 있는 이상 수혁이 다시 살리에리가 되는 일은 없을 테니까.]

'다시?'

[솔직히 모차르트는 아니었잖아요.]

'음. 그건 인정.'

[자, 그럼 공부합시다.]

'알았다……'

수혁은 본전도 못 찾은 채 고개를 절레절레 흔들어 댄 후 책을 집어 들었다. 워낙 내과학이 방대하다 보니 아직도 안 본 책이 있었다. 앞으로 평생 그럴 테니, 놀랄 일은 아니었다. 현대의학이 발전하는 속도가 너무 가속화된 탓이었다. 한 가지 다행한 점이 있다면, 오직 수혁만이 그 속도를 어느 정도 전방위적으로 따라갈 수 있다는 점이었다.

열이 난다고

"안녕하세요."

"아, 안녕하세요. 이수혁 선생님."

수혁은 외래에서 마주친 직원을 향해 반갑게 인사했다. 그사이 바루다는 수혁의 망막을 통해 직원 뒤에 붙은 스케줄 표를 인식했다.

[유지상도 오늘 외래군요.]

'지상이?'

[성을 빼고 부를 만큼 친하게 지냈나요?]

'그건……'

바루다와의 관계가 비록 지속적으로 발전해 나가고 있다고는 하지만, 이 녀석은 언제나 그렇듯 뼈 때리는 말을 아무렇지도 않게 던지곤 했다. 아무튼, 덕분에 수혁은 자신의 인간관계에 관해서, 특히 동기들 사이의 관계에 관해 고민하게 되었다.

'그러고 보니까 같이 밥 먹는 애도 없네.'

[뭐가 문제가 되겠어요. 안대훈하고 우하윤이랑 먹으면 되지. 아니면 나랑만 먹어도 되고.]

'그, 그런가. 아니, 아니지. 너랑만 먹는 건 그냥 혼자 먹는 거잖아.'

[남들이 볼 때나 그렇죠. 그게 중요한가요?]

'때론 중요해, 그런 것도…….'

이렇게 말하는 것치고는 여태 혼자 잘 먹지 않았나 하는 생각이 들었다. 바루다가 막 자신의 생각을 객관적으로 검증하고 오류가 없다는 것을 확인한 후 전달하려는 찰나, 누군가 수혁의 어깨를 두드렸다. 고개를 돌려 보니 방금 얘기가 나왔던 지상이 서 있었다. 처음 같이 들어올 땐 어리바리하게만 보였는데, 이제 나름 2년 차 말이라고 가운이 꽤 잘 어울렸다.

"뭔 생각 하냐? 천하의 이수혁도 첫 외래는 떨려?"

하지만 입을 열자마자 미숙함이 곧장 탄로 났다. 수혁에게 떨리냐고 묻고 있었지만, 실제로 떠는 건 지상이었다.

[해당 발화에 담긴 감정은 불안, 초조가 대부분이군요. 교감신경 톤도 올라가 있는 것으로 보입니다.]

만약 수혁이 아니라 다른 사람이었다면 눈치채지 못했을 수도 있었겠지만, 지상에게는 불행하게도 수혁은 늘 바루다와 함께였다. 그리고 바루다는 수혁이 깨어 있는 한 쉬지 않았다.

'쫄았구나.'

[아…… 네, 뭐. 저렴한 표현을 굳이 쓰시겠다면.]

수혁은 바루다의 비아냥거림을 가볍게 무시하고는 입을 열었다.

"아, 어. 떨리지, 당연히. 뭐…… 펠로우 선생님들 외래도 같이 열리긴 하는데……."

"아무래도 물어보긴 좀 또 그렇잖냐. 당일 환자들이 태반이라 중증도는 떨어진다고 듣긴 들었는데, 그래도 불안하네."

"아, 당일 환자들이 많대?"

"응? 너 못 들었…… 아, 아니다. 응, 그렇대."

지상은 수혁을 기꺼워하는 위 연차가 거의 없음을 떠올리고는 황급히 화제를 돌렸다. 예전에는 위 연차들이 대체 왜 그렇게까지 수혁을 경원시할까 했었는데, 최근 안대훈이라는 녀석이 수혁에게 배웠는지 어쨌는지, 연차 대비 잘하는 모습을 어필하는 걸 보고 나서는 바로 이해할 수 있었다.

'싫어할 거까지는 없어도…….'

본인보다 잘하는 아래 연차를 어찌 이뻐할 수 있겠는가. 그나마 김인수 선배는 수혁을 이뻐하는 편이긴 했지만 그 사람은 또 너무 욕심이 컸다. 수혁에게 이런저런 조언 따위를 해 줄 여유는 없을 거란 얘기였다.

"아, 그렇구나……. 음……."

지상의 걱정과는 달리, 수혁은 선배들에게 아무 언질도 못 들었다는 것에 대해 별생각이 없었다.

[아쉽군요, 중증도가 떨어진다니. 설마 감기 환자만 오진 않겠죠?]

'나 그럼 좀 억울해지는데…… 어제 2시까지 공부하다 잤다고…….'

[기도할까요? 많이 아픈 사람 오라고.]

'응? 아니, 그건 또 좀 인간적으로 그런데?'

수혁이나 바루다나 당장 외래만 생각하고 있었기 때문이었다. 물론 지상도 비슷한 상황이긴 하겠지만, 그 생각이 지향하고 있는 바는 많이 달랐다.

"아무튼, 이따 보자. 점심이나 같이 먹자. 오랜만에. 너나 나나 하도 바빠서, 어? 인사만 하고 지나친 거 같아."

"그래, 좋지. 이따 봐. 파이팅 하고."

"어, 너도. 파이팅!"

어차피 둘 사이가 그렇게 친한 것도 아니지 않았던가. 만약 그랬다면 제아무리 바빴다 하더라도 어떻게든 밥은 먹었을 터였다. 수혁은 별 의미도 없는 인사를 나눈 후, 방으로 들어왔다.

[엄청 작네요.]

'교수님 진료실하고 같을 수는 없지.'

[아무리 그래도 그렇지. 최고 에이스 외래를 이런 창고 같은 데서 보라고 한다고요?]

솔직히 별생각 없었는데, 창고라는 말을 듣고 보니 진짜 그렇게 보이긴 했다. 아마 실제로도 그랬을 터였다. 여긴 환자가 늘면서 확장 개념으로 만든 진료실이라고 들었으니까. 그러고 보니 수혁도 병원 내에 일어나는 일들을 제법 잘 듣고 다니긴 했다. 차이가 있다면 남들은 위 연차한테 듣는 걸 원장이나 과장한테 듣는다는 점일까? 아무튼, 수혁은 그나마 바루다보다는 자기 객관화가 되는 편이었다.

'에이스고 나발이고 아직 레지던트야. 그리고…….'

[그리고 뭐요.]

'이제 곧 시작이야. 협조해. 쓸데없는 데 내 뇌랑 포도당 허비하지 말고.'

[오……. 포도당 드립 좋은데. 그건 어디서 배웠지? 이따 데이터 뒤져 봐야겠네. 센스 좋았어요.]

'시끄러워…….'

수혁이 바루다와의 머리 아픈 대화에 인상을 쓰자, 같이 들어와 있던 직원이 고개를 갸웃거렸다. 소문에 따르면 원장 아들에 과장 최애에 거의 무슨 셀럽 같은 사람임에도 불구하고 인격은 꽤 훌륭하다던데, 들어오자마자 인상을 쓰고 있으니 어리

둥절했기 때문이었다. 이상한 낌새를 눈치챈 것은 바루다였다.

[친절하게 웃으면서 환자 보자고 해요. 혼자 그러고 있으면 어디 아픈 줄 알겠네.]

'아, 혼자 있는 게 아니구나. 참.'

덕분에 수혁은 직원이 인성을 의심하는 단계에서 다른 것을 의심하는 단계로 넘어가기 전에 수습에 나설 수 있었다.

"아, 죄송해요. 좀 떨려서."

"괜찮으세요? 일부러 커피도 안 갖다드렸는데."

"아…… 네. 이제 괜찮습니다. 환자 볼까요?"

"네. 당일 환자들 받는 거라서 좀 불편하실 거예요. 미리 환자 보기가 어려워서. 괜찮으니까 천천히 보세요."

"네, 그럴게요."

수혁이 고개를 끄덕이는 사이, 직원은 문을 열어 밖에서 대기 중이던 환자를 들여보냈다.

[걸음걸이 정정하시고, 비틀거리는 것도 없고. 통증도 없어 보이는데…….]

그와 동시에 바루다는 일단 스캔한 결과를 알려 주었다. 아주 사소한 단서뿐이었지만, 처음 진료하는 입장에서는 커다란 도움이 되었다.

"환자분, 어디가 불편해서 오셨어요?"

"아, 원래 약 타던 날이 어제인데. 까먹고 못 왔어. 오늘 타려고."

"아…… 잠시만요. 차트 좀 볼게요."

"어, 근데 좀 빨리해 주면 안 되나. 약속 있어서."

"네, 빨리할게요."

"응, 그래. 근데 의사 양반이 되게 어리네."

앉는 폼부터가 좀 범상치 않다 싶더니, 수혁보다도 이 병원 다닌 지가 오래된 사람이었다. 그래서 그런가, 의사 대하는 태도가 능숙하기 이를 데 없었다. 아니, 능숙하다 못해 무례할 지경이었다.

"아, 네. 이제 28살이라서요."

"이야, 공부 잘했나 보다. 그 어린 나이에 의사여?"

"네, 환자분. 음, 약 확인했습니다. 검사 결과 지금 잘 조절 중이시거든요? 근데 마지막으로 안저(안구 속의 뒷부분) 검사한 게 좀 돼서 이번에 따로 예약 잡고 가시는 게 좋겠어요."

"아…… 안저 검사. 그거 눈알 넓혀서 하는 거 말하는 건가? 영 어지럽던데."

"그래도 하시는 게 좋아요. 때 놓치면 실명돼요."

당뇨가 증상이 없으니 당장은 별거 아닌 것처럼 느껴질 수도 있겠지만, 합병증 발견이 늦거나 치료를 제때 하지 않으면 정말 큰 고생 하는 수가 있었다. 실제로 그리 머지않은 과거만 하더라도 당뇨 때문에 발을 자르거나 실명하거나 신부전으로 가는 비율이 대단히 높았었다.

"아이고, 어린 의사가 겁은 잘 주네."

"필요하니까 이렇게 말씀드리죠. 아무튼, 예약해 둘게요. 꼭 받으세요."

"알았어, 시간 되면."

"아……."

"알았다고."

보통 이런 식으로 겁을 줘서라도 검사를 시키기 마련이었다. 그나마 좀 젊은 사람들은 당뇨나 고혈압 같은 만성 질환에 경각심을 갖고 있지만, 보다 나이가 많은 분들은 오히려 별 신경을 쓰지 않기 때문이었다. 바루다는 환자가 완전히 나갈 때까지 기다리고는 의문에 찬 표정으로 말을 걸어왔다. 뭔가 로직에서 벗어난 것이 있는 모양이었다.

[반말하는데 화 안 나요?]

'응? 화? 나이 많잖아, 나보다.'

[수혁은 본인보다 어린 환자한테도 존대하지 않나요?]

'그거야 뭐…… 세대가 바뀌어서 그래. 옛날 교수님들은 진료실에서 담배도 피웠잖아. 지금 그래 봐라, 당장 신문 나지. 아니, 유튜브에 뜨려나.'

[음……. 이건 또 새롭네. 데이터화시켜 둘게요.]

'이런 걸 굳이?'

[저는 그래야 해요. 납득이 안 되면 회로에 박아 두기라도 해

야죠. 로직에서 벗어나 있습니다.]

'뭐, 좋을 대로 해.'

그 후의 외래도 매끄러웠다. 경중 환자들이나 만성 질환자들만 와서 바루다는 툴툴거렸지만, 환자가 데이터가 아닌 사람으로 보이는 수혁에게는 다행으로 여겨졌다. 한때는 공부하겠다는 미명하에 어려운 환자만 찾아다니기도 했지만, 아무리 공부해도 눈앞에서 죽는 환자가 있을 수밖에 없다는 것을 알게 된 후로는 그저 아프지 않기를 바랄 뿐이었다.

[아, 아쉽다.]

'아니, 뭐가 아쉬워. 사고 하나 없이 잘 끝났는데.'

[시작하기 전에는 어려운 환자 왔으면 좋겠다고 하지 않았나요?]

'그런 환자가 있으면 내가 보는 게 좋지만 없는데 뭘 봐. 없으면 좋은 거지.'

[그래도 공부한 게 얼만데. 써먹으면 좋지.]

'아니, 나도 그게 싫다는 게 아니라…….'

수혁은 바루다의 툴툴거림을 애써 달래 주며, 뭔가 위로가 될 만한 말을 하면서 방을 나섰다.

끼익.

그렇게 나서자마자 또 한 번 지상을 마주할 수 있었다. 어떻게 된 놈이 외래 시작하기 전보다도 더 떨고 있었다.

[사고 쳤나? 뉴스에 보면 얼굴 가리고 나오는 애들이 이러고 있던데.]

'그 짧은 사이에 사고를 어떻게 쳐. 응급실도 아니고, 외래인데.'

바루다의 말에 수혁은 사고는 아닐 거라 확신했다. 시간이 너무 짧기도 하거니와, 방금 말했던 것처럼 여긴 응급실도 아니지 않은가. 게다가 태화의료원 2년 차가 무슨 야바위 따위로 따는 것도 아니었다. 열심히 했든 그렇지 않든 실력이 늘 수밖에 없는 시스템이었다. 서효석 같은 쓰레기 같은 교수도 있지만, 신현태나 이현종 같은 교수들이 더 많기 때문이었다.

"어, 수혁아."

"외래 빨리 끝났네?"

"아니, 아냐. 중간에 끊었어. 환자 하나 입원시켰는데…… 아무래도 좀 이상해서."

"이상해?"

"어, 그……."

지상은 저도 모르게 펠로우 진료실 쪽을 바라보았다. 순리대로라면 어려운 환자가 있으면 그쪽에 물어보는 게 맞았고, 뭐라고 하지도 않을 터였다. 하지만 이렇게 생각할 게 뻔했다.

[아, 얘는 공부 열심히 안 했네?]

이제 막 3년 차가 되어야 하는 입장에서 그런 평가를 받고 시작하기는 싫었다.

"발열인데…… 이, 일단 가면서 얘기하자."

"그럴까? 지금 당장 넘어가는 환자는 아닌가 봐?"

"어? 아…… 그건 아니야. 그건 아닌데…… 들고 온 검사가 이상해. 뭔가…… 그냥 발열이 아닌 거 같기도 하고."

*****

유지상은 부리나케 지하 1층으로 향했다. 이제 3년 차가 될 몸이라 느긋해도 될 것처럼 보일 수도 있겠지만, 그건 정말 옛날얘기였다. 내과가 3년제가 되면서 만성적인 인력 부족에 시달리게 되었기 때문이었다. 실제로 유지상이나 수혁 모두 주치의 잠을 여전히 하고 있었다.

"내가 너무 빨리 걷나? 부축해 줄까?"

하지만 지상은 그런 와중에도 수혁을 챙겼다. 평소에도 이랬다면 퍽 고마웠을 테지만, 아쉽게도 그런 기억은 없었다.

[가식적이네요. 궁금한 거 있으니까 바로 친절해지네?]

심지어 수혁은 날이 갈수록 희미해지는 인간의 기억뿐만 아니라, 언제나 선명한 바루다의 데이터도 가지고 있지 않은가. 바루다는 이런 종류의 데이터는 또 아낌없이 풀어 재끼는 녀석이라 고마움이 느껴질 겨를도 없었다.

"아, 아냐. 괜찮아. 이제 나도 익숙해져서."

수혁은 쓴웃음을 지어 가며 지상의 뒤를 따랐다. 방금 말한 것처럼 지팡이를 짚으면 되니 힘들진 않았다.

"오. 오늘 밥 수육이다."

"진짜? 괜찮네."

지상은 직원 식당으로 들어가면서 콧노래를 불렀다. 수혁 또한 마찬가지였다. 의사씩이나 돼서 무슨 수육에 그리 기뻐하나 하는 생각이 들 수도 있겠지만, 의사라고 해 봐야 레지던트 월급은 뻔하지 않겠는가. 게다가 나가 먹을 수 있는 시간도 거의 없었다. 병원 밥만 먹고 산다고 해도 과언이 아니니, 맛있는 메뉴는 삶의 낙이었다.

"아……. 너는 아주머니가 그래도 따로 배식을 해 주는구나?"

"응? 아, 응. 이게……. 처음에는 혼자 해 봤는데. 힘들더라. 지팡이 짚고 한 손으로 들고 오다가 엎은 후로는 늘 부탁해."

"그래…… 그게, 그게 낫겠다."

지상이나 수혁이나 좀 민망한 상황이었다. 명색이 그래도 동기인데 제대로 밥 먹는 게 거의 처음인 듯한 기분이 들었기 때문이다. 심지어 회식 때도 가까이 앉은 기억이 없었다.

'왜 그렇지?'

[1년 차 때는 맨날 교수님들한테 둘러싸여 있었고, 이젠 1년 차들한테 둘러싸이니까 그렇죠.]

'아…….'

수혁은 늘 신현태 아니면 이현종, 그것도 아니면 조태진과 같이 앉았다는 것을 그제야 상기했다. 교수님들이 잘해 주니까 마냥 좋다고 생각했는데, 돌이켜 보니 조금 외로운 의국 생활이었나 하는 생각도 들었다.

[제가 있는데 외로워요?]

물론 바루다는 인정하지 않았다. 수혁은 그런 바루다를 가볍게 무시하며 입을 열었다.

"야, 근데 아까 환자는 뭔데?"

"아…… 응. 일단 입원장은 날렸는데."

"누구한테 노티드리고?"

"우선 일반으로."

"네 앞으로 입원시켰다고?"

"그게…… 아, 진짜 모르겠더라고. 이게 그냥 보내도 되는 건지…….."

수석 전공의, 그러니까 내과에서는 3년 차가 되면 입원장을 날릴 수 있는 권한이 주어지긴 했다. 하지만 지정의가 될 권한은 사실상 없다고 보면 되었다. 누군가에게 노티를 하거나, 그게 여의치 않다면 선조치 후보고 형식의 입원을 시키는 것이 최선이었다. 그런데 지상은 여력이 있었는데도 선조치 후보고 격의 입원을 시킨 것이었다. 이건 그냥 자신이 잘 모른다는 말을 하기 싫었다는 것으로밖에는 해석이 안 됐다.

[자존심이 세네요?]

'원래 이런 애는 아니었는데.'

[가르쳐 주면 왠지 다 그냥 자기 공으로 돌릴 것 같은데.]

'일단 들어나 보자. 나도 모를 수도 있잖아.'

[얘가 모른다고 그럴까요? 수혁이야 충분히 그럴 수도 있지만 저는 좀…….]

'아, 시끄러워……. 그냥 좀 듣자.'

[뭐, 알겠습니다. 존중합니다.]

수혁이 바루다와 더불어 지상의 선택을 두고 이러쿵저러쿵하는 사이, 지상은 계속 말을 이었다. 이제 수혁도 바루다와 대화하는 게 능숙해질 대로 능숙해진 참이라 지상은 전혀 어색함을 느끼지 못하고 있었다. 그저 '얘가 그래도 내 말을 잘 들어주긴 하는구나.' 생각하고 있을 뿐이었다.

"사실 보내도 될 거 같거든? 근데 촉이라고 하나? 가슴이 너무 불안한 거야. 그냥 보내면 사고 날 것 같은 그런 느낌."

"흐음……."

"네가 볼 때는 우습겠지만, 이게 진짜 이렇네."

"아니, 아냐. 촉이라고 했지?"

"응."

"흐음."

촉이 좋다거나 감이 좋다거나 하는 식으로, 병원마다 부르는 말은 다를 수도 있을 터였다. 아무튼, 충분히 교육을 받은 내과 의사의 촉이라는 건 무시해도 좋을 만한 것은 아니었다. 만약 그랬다면 구전처럼 촉이 좋은 사람에 대한 전설이 내려왔겠는가.

[데이터로 증명되지도 않은 걸 뭐 그렇게 높이 평가합니까?]

물론 바루다는 볼멘소리를 해 왔다. 수혁피셜 깡통에 불과한 녀석에게는 촉 같은 건 한낱 인간의 미신 같은 것일 터였다. 수혁은 딱히 바루다와 이런 내용으로 입씨름하고 싶지는 않았기에 무시하기로 했다.

[어어, 나는 개무시하고 어? 평소에는 거들떠보지도 않던 놈이랑 얘기하네? 이런 게 바람인가?]

바루다도 만만치는 않았지만, 수혁은 이제 이런 잡담 정도엔 넘어가지 않았다.

"어떤데? 열 양상이."

"음……. 우선 일주일 정도 됐어."

"일주일?"

"길지? 일주일은?"

"응, 긴데? 뭐 따로 치료를 아예 안 받았나?"

"아니. 동네 의원에서 진통 소염제 받아서 먹었대."

진통 소염제라. 아픈 것도 아닌데 그걸 왜 먹나 싶을 수도 있겠지만 사실 진통 소염제는 기본적으로 열도 내린다고 보면 되었다. 그리고 대부분의 바이러스에 의한 가벼운 감염은 일주일 동안 무리 안 하고 쉬면 낫는 경우가 많았다. 그런데도 열이 난다는 건 이상한 일이었다.

"나이가 많나? 아니면 지병이 있거나."

"아니, 30살이야. 여환이고, 지병도 없대."

"진단이 안 된 건 아니고?"

"직장인 검진을 계속 받고 있대. 경고가 뜬 적도 없다고 했어."

"으음."

생각보다 검진의 유용성은 컸다. 거기서 뭔가 아예 없다면 진짜로 없다고 봐도 무방할 정도였다. 게다가 30살이라면 사실 검진을 안 했어도 병이 없는 쪽으로 의심하는 게 옳았다. 의학적인 측면에서는 그야말로 나이가 깡패였으니까.

[나이도 어리고, 지병도 없는데 발열이 일주일간 지속됐군요.]

이쯤 되니 꽤 흥미롭게 느껴졌는지 바루다 또한 딴소리 대신 케이스를 정리하기 시작했다.

[감염 또는 급성 백혈병 가능성이 있겠습니다.]

'아…… 급성 백혈병…….'

너무 젊은 나이에 발생한 비특이적인 발열은 간혹 급성 백혈병을 시사하기도 했다. 뜬금없다고 생각될 수도 있겠지만, 수혁은 마침 얼마 전 이 비슷한 환자를 본 기억도 있었다. 지상도 그랬는지 대번에 표정을 굳혔다.

"그래서 이게 혹시 백혈병은 아닌가 싶은데…… 랩(피 검사)도 이렇거든?"

"랩이 있어?"

"어, 그 동네 의원에서 간단하게 CBC(기본적인 혈액 검사) 정도만 했나 봐."

"아……. 봐 봐."

"여기."

수혁은 지상이 쓱 하고 전해 준 종이를 내려다보았다. 개발새발 쓴 걸 보니 그야말로 악필 그 자체였다. 다행히 숫자는 명확해서 수치 알아보는 건 그리 어렵지 않았다.

[WBC 3,300(백혈구, 정상 수치 4,000~10,000), Hb 12.8(헤모글로빈, 정상 수치 12~16), platelet 161,000(혈소판, 정상 수치 150,000~450,000). 백혈구, 적혈구, 혈소판 모두 적군요.]

'팬사이터피니어(pancytopenia, 범혈구 감소증)가 있어. 근데…… 그렇게 수치가 나쁘진 않은데?'

[그래도 급성 백혈병 가능성이 올라가긴 하네요. 영 맹탕인 줄 알았는데, 그래도 3년 차 된다고 여기까진 생각할 줄 아네요.]

바루다는 수치를 다시 한번 입력하고는 지상에 대한 평가를 새로이 내렸다. 이까짓 거 가지고 수정할 정도라면 원래는 진짜 개판으로 생각했던 모양이었다.

"어때?"

"확실히 워크업해 볼 필요는 있겠는데? 어, 너 전화 온다."

"어…… 병동이네."

"받아. 난 괜찮아."

"어, 고마워."

지상은 전화를 받고는 곧장 수혁을 향해 입을 열었다.

"입원했나 보다. 혹시 바쁘지 않으면……."

"같이 가 달라고?"

"어."

"음……."

수혁은 잠시 스케줄을 떠올렸다.

[병동에 있는 환자들은 다 스테이블(안정적)합니다.]

'연구는?'

[그거야 뭐 데이터가 쌓여야 하죠. 그리고 어차피 만드는 건 공학도느님들이 하실 거 아닌가요?]

'공학도느님은 뭐야.'

[이 바루다를 만드신 분들이니 일종의 신이죠.]

'거…….'

이 자식은 어떻게 된 게, 프로그램 주제에 자기애가 이렇게 강할까. 정말 나중에 기회가 되면 개발에 관여했던 사람들 얼굴이라도 보고 싶어지는 순간이었다.

[아무튼, 특별한 일정은 없습니다.]

'알았어.'

 하지만 이렇게 유용한 정보를 재깍재깍 제공해 주니 바루다를 미워할 수는 없었다. 수혁은 어깨를 으쓱해 보이며, 그리 길지 않은 시간 내에 답을 줄 수 있었다.

"그럴까? 지금 가 보지, 뭐."

"다 먹은 거야?"

"응."

"고마워. 내가 커피 살게."

"좋지. 콜드브루로 부탁해."

"응, 고맙다 진짜. 네가 봐준다고 생각하니까 든든해지네."

 지상은 진심이었다. 그 증거로 얼굴에 안도의 빛이 확 피어났다. 바루다가 눈치챌 정도로 극명한 변화였다.

[이 새끼 좀 얄미운데요?]

'그래도 동기잖아.'

[어차피 군대 가잖아요. 거기 다녀오면 수혁보다 3년 아래 되는데.]

'아.'

 동기면 그래도 교수 될 때 깽판 놓을 수도 있어서 조심하고 있었는데, 군대를 생각하지 못했다. 수혁의 당황한 얼굴을 보며 바루다는 껄껄 웃었다. 분명 어디선가 들어 본 웃음소리를 출력하고 있었는데, 누군지는 몰라도 눈앞에 있으면 한 대 후려갈기고 싶을 정도로 얄미운 웃음소리였다.

[역시 속이 시커멓군요, 수혁. 한결같아서 좋습니다.]

'시커멓다니.'

[어쩐지 받을 것도 없는데 잘해 준다 싶었습니다.]

'시끄러워⋯⋯. 환자나 보러 갈 거야.'

뭐가 어찌 됐건 보기로 한 환자 아닌가. 게다가 이미 흥미가 돌기도 한 참이었다. 수혁은 지상이 커피를 사러 간 사이에 병동으로 향했다.

*****

"방금 올라온 환자분 혹시 병실에 계시나요?"

그러곤 평소 알고 지내던 간호사에게 물었다. 간호사는 이 양반이 뭘 묻는 건가 하다가 고개를 갸웃거렸다.

"그⋯⋯ 유지상 선생님 환자요?"

"아, 네. 맞아요. 그 환자분."

"음⋯⋯. 계실 거예요. 방금 올라오셨어요."

"옷은 갈아입으셨을까요?"

"아⋯⋯. 확인할게요. 잠깐만 계세요."

"네, 감사합니다."

수혁은 담당 간호사가 환자 확인하러 간 사이 컴퓨터 앞에 앉아 차트를 열었다. 아까 지상에게 이것저것 듣기는 했지만 혹 놓친 게 있을까 점검을 하기 위해서였다.

'음, 외래 차트가…… 여기 있네.'

[해외여행력도 없군요. 생각보다 꼼꼼한데, 그 친구?]

'여기 태화야. 여기서 2년 하면 싫어도 잘하게 되지.'

[그런가…….]

수혁은 그 외에 또 다른 정보가 없는지 확인했지만, 아쉽게도 그게 다였다. 다른 병원에서 하고 왔다는 검사는 정말 CBC가 다였던 탓이었다. 그 흔한 흉부 엑스레이도 찍지 않은 상황. 이래서야 문진 말고는 달리 할 수 있는 게 없어 보였다.

"선생님, 환자분 나오셨어요. 저희도 환자 사정해야 해서요, 어차피."

"아…… 네, 감사합니다. 그럼 제가 먼저 몇 가지 물어봐도 괜찮을까요?"

"네, 물론이죠. 이번에도 한 방에 딱 진단해 주세요. 환자도 저희도 편하게."

"노력해 볼게요."

수혁은 멀리서 다가오는 환자를 우선 바라보았다. 이런저런 질문을 던지는 대신, 정말로 바라만 보았다.

[키는 대략 160에 55kg. 정상 체중이군요.]

'걸음걸이만 보면 힘이 엄청 없어 보이는데…… 그렇다고

딱히.'

[네, 황달이 있거나 다른 이상 소견이 보이진 않습니다.]

수혁은 바루다와 대화를 나누고 있었다. 남들에게는 넋 놓고 있는 것으로만 보이는 이 시간이 수혁에게는 거의 비밀 병기와도 같았다.

'발열 말고는 특이 사항이 없다, 이건가?'

[네, 팔꿈치에도 멍이 있지는 않습니다. 무릎은 이따 한번 봐야겠군요.]

'멍이라.'

혈소판이 감소되어 있긴 했지만, 그게 딱히 멍으로 이어질 만한 수치로 보이진 않았다. 하지만 멍이 들거나 피 나는 시간이 늘어나는 데 작용하는 게 혈소판만 있는 건 아니지 않은가. 아직 검사해 보지 않은 요소들로도 충분히 증상은 나타날 수 있었다. 그리고 그게 증상으로 나타났다면 좀 더 급성 백혈병 쪽으로 기울 수도 있었으니, 쉽게 확인할 수 있는 걸 조금 성가시다는 이유로 안 할 수는 없단 얘기였다.

"선생님, 먼저 얘기 나누시겠어요? 저희가 하면 오래 걸려서요."

그 후로도 바루다와 이런저런 토론을 나누고 있으니, 담당 간호사가 어느새 눈앞에 선 환자를 가리키며 말을 걸어왔다. 환자는 서 있기도 힘든지 바로 의자에 앉아 버렸다.

"아, 네. 그…… 바이털만 한번 체크해 주실 수 있나요?"

"물론이죠."

담당 간호사는 환자에게 즉시 양해를 구하고 혈압, 심장 박동수, 호흡수, 그리고 열을 쟀다. 결과는 거의 동시에 수혁에게 전달되었다.

[혈압은 115/78. 심장 박동수 83, 호흡수 17, 열은…… 38.3도로군요.]

발열 말고 다른 수치는 그리 심각한 상황은 아니었다. 괜히 지상이 밥 먹으면서 얘기하자고 했던 게 아니라는 뜻이었다.

'당장 넘어가진 않겠네, 걔 말대로.'

[네, 하지만 진술에 따르면 열이 벌써 일주일이나 지속됐어요. 눈에 보이진 않을 테지만, 패혈증으로 진행하고 있을 가능성도 있습니다.]

'그렇지, 방심하면 안 되지.'

플레밍이 페니실린을 발견했을 때만 해도 이제 인류는 감염병으로부터 자유로워질 수 있을 거라 여겼다. 실제로 수많은 감염병을 치료하기 시작했으니, 그때는 그게 당연한 생각이었을 터였다. 하지만 시간이 지나면서 균들이 점차 내성을 획득했고, 또 페니실린이 아예 듣지 않는 균주들도 속속 발견되었다. 결국, 여전히 대학 병원 환자들의 주요 사망 원인 중 하나는 감염이었다.

"환자분. 김현주 님 맞으신가요?"

수혁은 다시 한번 마음을 다잡고는 입을 열었다. 김현주, 그러니까 환자는 조금 얼떨떨한 얼굴이었다. 아까 외래에서 봤던 사람이 아니지 않은가. 입원까지 했으니 이제 교수님을 만나나 했는데, 수혁은 도리어 지상보다도 더 어려 보였다.

"김현주 님 맞으세요?"

"아…… 네."

하지만 이곳은 다른 병원도 아니고 태화의료원이었다. 적어도 대한민국 내에서는 아직 최고 중 하나라는 명성을 지키고 있는 병원이라는 뜻이었다. 때문에 눈앞에 있는 게 아무리 애송이 의사 같아 보이더라도 일단 환자는 묻는 말에 고개를 끄덕였다.

"나이는…… 서른이시네요?"

"네."

"공무원이시고……."

"네."

"발열이 있었던 건 일주일 전, 맞나요?"

"네, 일주일…… 정도 된 거 같아요."

수혁은 이미 차트에 적혀 있는 질문부터 재차 던졌다. 이 무슨 쓸데없는 일인가 싶을 수도 있겠지만, 이런 게 또 문진의 기술이기도 했다. 환자는 의사와는 달리 의학적 질문이나 사고에 익숙하지 않기 때문에, 같은 질문을 반복해서 들을수록 더욱 체계적인 답을 하게 되었다. 또 처음엔 미처 생각지 못했던 것을 말해 주기도 했다.

"최근에 해외를 다녀오신 적은 없으시고요?"

"네. 없습니다."

"발열 말고 다른 증상은 없으세요?"

"다른 증상이요?"

"기침이나, 가래요."

"아, 그런 것은 없어요."

호흡기 증상이 없다니. 수혁뿐 아니라, 바루다 또한 고개를 갸웃거렸다. 그 이후로도 몇 가지 질문을 던졌지만, 환자가 호소하는 증상은 발열과 그로 인한 두통 정도밖에 없었기 때문이었다. 뭔가 특징적인 증상이 있으면 아무래도 진단이 쉬워지는 법인데, 아쉽게도 이번 경우에는 그렇지 못했다.

'어렵겠는데, 이거.'

[그러니까요. 우선은 문진만으로는 좀 부족하겠어요. 청진이라도 해 보죠.]

'오케이.'

[무릎도 좀 보고요.]

수혁은 아쉬움을 뒤로한 채, 문진을 끝내고 청진기를 집어 들었다.

"환자분 등으로 할게요. 숨 크게 쉬고 내쉬면 됩니다."

"아…… 네. 아까 했는데, 또 하나요?"

"아마 계속 이럴 거예요. 아직 진단명이 안 나왔거든요."

"아…… 네."

환자는 조금 떨떠름한 얼굴이었지만 이내 뒤로 돌아앉았다.

'미안한 얘기지만, 지상이 청진이랑 제 청진은 비교가 안 돼요.'

수혁은 도저히 입 밖에 낼 수 없는 생각을 하면서 청진기를 들이댔다.

[흠.]

'정상 같은데. 이상한 점 없어?'

[우하엽 한 번만 더요. 아, 아니네. 정상이네. 정확한 건 엑스레이 찍어 봐야 하겠지만, 증상도 없고 청진도 정상이고. 폐 쪽 문제는 아닐 가능성이 90% 이상입니다.]

왜 100% 확신하지 못하냐는 무식한 말은 하지 않았다. 원래 폐 병변은 엑스레이에서도 안 보이는 경우가 왕왕 있었기 때문이었다. 이만큼이라도 확신할 수 있는 게 다행인 수준이라고 보면 되었다.

"무릎도 좀 볼까요?"

"네?"

"혈소판이 좀 떨어져 있어서요. 멍이 들어 있을 수 있습니다."

"아…… 기억엔 없는데."

"다친 기억이 없는데 멍이 있으면 의미가 있죠."

"아, 그렇군요. 음."

뭔가 있어 보이는 말에 환자는 옅은 한숨과 함께 바지를 걷어 올렸다.

[입냄새가 심하네요.]

'말라서 그럴 텐데. 확실히 아픈 지 일주일 이상은 된 거야, 그럼.'

구취는 생각보다 여러 가지 단서를 주기도 했다. 아주 역한 고름 냄새를 풍기는 경우엔 정말 결정적인 단서가 되기도 했는데, 아쉽게도 이번엔 아니었다. 그저 환자의 몸이 안 좋고, 약간의 탈수가 동반되어 있을 거란 예상만이 가능할 뿐이었다. 거기에 더해 무릎에도 아무 병변이 없었다. 딱히 얻어 낸 게 없었기에 여러모로 아쉬운 상황이었다.

[이현종 원장님의 말을 되새기세요. 아무것도 없는 것도 하나의 단서입니다.]

'아…… 그래, 그렇지, 참.'

하지만 바루다 덕에 아쉬운 마음을 조금은 덜어 낼 수 있었다.

"다 된 건가요?"

환자는 지루한 얼굴을 한 채 바지를 내렸다. 수혁은 그런 환자를 마주하고 고개를 끄덕였다.

"네. 몇 가지 검사를 해 봐야 할 거 같습니다."

"검사라면……."

"뭐, 기본적인 피 검사랑 엑스레이 같은 거죠."

"아, 네."

"그럼 담당 간호사님하고 얘기 나누세요. 전 처방을 좀 내겠습니다."

"네……."

아무래도 환자는 기운이 없어서 그런지 목소리가 기어들어 갔다. 수혁은 그런 환자와 일별한 후 모니터를 마주했다.

'일단 컬처(blood culture, 혈액 배양 검사) 넣고.'

[기본 검사 넣고, CBC도 따라가 보죠. 변화가 있으면 또 이게 의미가 있습니다.]

'하긴, 오케이. 흉부 엑스레이도 넣고.'

[네. 지금으로선 이게 최선입니다. 더 뭘 할 필요도 없어요.]

바이털이 막 흔들리는 상황도 아니고, 이게 세균 감염인지 바이러스 감염인지도 불명확한 상황 아니던가. 의학에서 모든 치료나 검사는 부작용 대비 효과를 따져 가면서 해야 했으니, 무리해서 치료를 선제적으로 할 필요는 없다는 뜻이었다.

딸깍.

마침 처방을 다 내린 후 지상이 나타났다. 아까 수혁이 주문했던 커피를 들고 있었다.

"어, 환자 본 거야?"

녀석은 수혁이 띄워 놓은 처방 창을 보고는 반색했다. 입원한 날 내리는 처방이 제일 골 아픈데, 그걸 다 해 놨으니 당연한 얘기였다. 같은 연차끼리 남의 환자 건드리네 뭐네 할 것도 없었다. 이미 지상을 비롯한 현 태화의료원 내과 2년 차에게 수혁은 천재 그 이상의 무엇이었다.

"어. 뭐……. 문진이나 검진에서 특별한 게 있진 않더라. 일단 기본 검사 따라갔어."

"아…… 그래, 그렇구나."

"나도 여기 환자 한 분 계시거든. 보러 오는 김에 매일 볼게."

"아……. 그래 주면 너무 고맙지."

"근데 너 진짜 노티는 안 하려고? 불명열은 신현태 과장님이 알고 계시는 게 좋을 거 같은데."

"그렇긴 한데…… 일단 암인지 아닌지만 확인되면."

"음…… 그래, 뭐. 알았다. 커피 잘 마실게."

수혁은 알아서 하라는 투로 어깨를 두드려 주고는 커피를 홀짝거렸다. 그렇게 대략 20분이 지나자 수혁이나 지상을 찾는 전화가 여기저기서 오기 시작했다. 수혁이 제아무리 완벽하게 환자를 보고 있다고 해도, 사소한 문제까지 다 아침에 내린 오더만으로 해결되는 건 아니기 때문이었다. 지상이야 당연히 그 정도가 더했다. 둘은 자연스럽게 찢어져 각자 환자에게로 향했다. 그렇지 않아도 연차 하나가 줄어서 사람이 적은 내과인데, 3년 차들은 공부하러 나간 터라 스케줄이 정말 만만치가 않았다.

결국, 수혁이 다시 김현주 환자가 입원한 병동에 온 것은 다음 날 아침이었다.

"별일…… 없었죠?"

수혁은 어딘지 모르게 지쳐 보이는 나이트 번 간호사들을 향해 물었다. 그중 하나가 뒤를 돌아보았는데, 눈 밑이 시커멨다. 이름은 몰라도 얼굴은 아는 사이였다. 그렇다는 건 베테랑이라는 건데 왜 이렇게 힘들어 보일까.

'설마, 어제 그 환자가 어떻게 됐나?'

[노티했겠죠, 그럼.]

'엄밀히 말하면 내 환자는 아니잖아. 지상이가 받았겠지.'

[아…… 그럼 또 그럴 수도 있겠네요?]

설마 하는 생각에 수혁은 조금 급하게 말을 이었다.

"간밤에 무슨 일 있었어요?"

"일 있었죠. 오랜만에 일반 병실에서……. 어휴, 난리도 아니었어요. DNR(심폐소생술 거부) 받은 환자도 아니라……."

간호사는 수혁의 말에 고개를 절레절레 저어 대며 치료실을 가리켰다.

그제야 수혁은 치료실에 보호자들을 비롯해 꽤 많은 사람이 모여 있다는 것을 알 수 있었다.

"어제 그 환자는 아니죠?"

"아……. 그 환자분이요? 아니에요. 저분은 외과 환자예요. 수술받고 퇴원했다가 응급실로 왔는데, 병실 없어서 이쪽으로 왔거든요? 와, 근데 이게 터진 건지 뭔지……. 갑자기 혈압이."

"아……. 외과구나."

내과 병동 간호사들은 내과 의사들이 그러한 것처럼 내과 질환에는 달인이 되지만, 그만큼 또 외과 환자들에 대한 처치는 잊어버릴 수밖에 없었다. 그제야 수혁은 간호사들이 유독 힘들어 보이는 이유를 알 수 있었다. 평소 보지 않던 종류의 환자를, 그것도 중환자를 일반 병실에서 보게 된 탓일 터였다.

"지금은 그럼 좀 어때요?"

"익스파이어(사망)…… 하셨어요. 손도 못 써 보고……"

"아……."

거기에 결과도 좋지 않았으니 병동 분위기가 이 모양인 것도 당연했다. 하지만 수혁까지 상념에 빠질 수는 없는 노릇이었다. 맡은 환자가 있지 않은가.

"어제 입원한 분은 괜찮은 거죠? 그럼?"

"아…… 네. 근데 혈압이 조금 내려갔어요. 유지상 선생님한테 노티했는데, 아직 어세스(assessment, 진단명 감별)는 안 됐고요."

"혈압이?"

"네."

"검사 어제 나간 건 나온 거죠?"

"아마…… 네, 그럴 거예요."

"알겠습니다."

혈압이 내려갔다는 건 병이 어떻게든 진행하고 있다는 뜻이었다. 방금 누군가의 죽음을 전해 들은 참이기도 해서 수혁의 미간에 주름이 패었다.

'일단 결과 좀 보자.'

[네.]

검사 결과를 보는 심정은 마치 택배 받으러 가는 그 기분과도 비견될 정도라고 보면 되었다. 모르는 사람이 보면 정말 이상하게 생각되겠지만, 적어도 수혁은 늘 그랬다.

[두근두근하지 말고요. 아니, 이게 뭐라고 매번 심장 박동수가 올라?]

'설레지 않냐?'

[제가 설레기 시작하면 진짜 이상한 일이죠.]

'아, 하긴. 깡통이지.'

수혁은 고개를 절레절레 흔들며 마우스를 두드렸다. 혼자 종알거리면서 고개도 흔드는 모습이 이상했지만, 다행히 이제 내과 병동에서 수혁의 이러한 행동을 이상하게 생각하는 사람은 없었다. 그냥 또 원장네 아들이 별난 짓 하는구나, 이러고 말 뿐이었다. 덕분에 수혁은 어떠한 방해도 없이 창을 띄울 수 있었다.

'AST/ALT(간 수치)가 올랐네.'

[50/57. 아주 높은 편은 아니지만, 무시할 수는 없겠군요.]

사실 저 정도 수치는 그 흔한 지방간에서도 발생할 수 있었다. 증상이 없는 상태라면 무시해도 좋을 만한 수준이라는 뜻이었지만, 환자는 열이 나고 있었기 때문에 지금은 절대 그러면 안 되었다. 이게 소스(문제점)일 수도 있지 않은가. 바루다는 빨간색으로 표시된 수치를 데이터에 정리해 두었다.

'감염병은 어떤가…….'

데이터 등록이야 뭐 바루다가 다 알아서 할 테니, 수혁은 가볍게 넘어가기로 작정했다.

'음?'

하지만 내내 속 시원한 표정을 짓고 있을 수는 없었다.

'다 음성인데?'

[B형 간염, C형 간염, A형 간염 모두 음성이군요. PCR 나간 것도……. 이거 호흡기 감염 바이러스였죠?]

'응. 그것도 음성이야.'

[HIV나 매독도 음성이고.]

이를테면 흔한 감염 질환은 싹 다 음성이 나왔다고 보면 되었다. 세균 감염일 가능성이 커지는 순간인데, 혈액 배양 검사 결과를 보기엔 너무 일렀다. 이제 겨우 검사 나간 지 만 하루도 안 되었을 무렵이었으니까. 이때 뭐가 나온다면, 그건 환자의 피에서 자랐다고 보기보단 검사 과정에서 오염된 것으로 보는 것이 옳았다.

'감염이 아닐 수도 있겠는데?'

예전의 수혁이었다면 이 결과에 크게 당황하거나 기다릴 생각만 했을 터였다. 그야말로 애송이 시절이었다면 그랬을 것이 분명했다. 하지만 지금의 수혁은 애송이라고 하기엔 제법 관록이 있는 편이라고 해도 좋았다. 허세가 아니라 진짜 실력이 생겼기 때문이다.

[뭘 의심합니까?]

때문에 바루다 또한 밑도 끝도 없이 비아냥대기보다는 우선 질문을 던졌다. 이러다가 가끔 대박 치는 게 수혁이라는 것을 잘 알고 있기 때문이기도 했다.

'루푸스(염증성 자가 면역 질환) 아닐까? 환자 나이도 그렇고……. 원인 없는 열도 그렇고. 멍은 없지만…….'

[흠……. 나비 반점도 없는데요? 의심해 볼 만한 가치는 있지만, 확신은 위험해 보입니다. 가능성이 적어요.]

'그럼…….'

[우선 음성 데이터보다는 양성 데이터에 좀 더 집중해 보도록 하죠.]

'무슨 뜻이야?'

[간 수치가 오르지 않았습니까?]

'아.'

[하지만 여전히 발열의 원인 감별은 안 되고 있는 상황이니…… CT를 찍어 보도록 하죠.]

'CT라.'

암도 아니고 감염 질환에서 CT를 찍는다는 의문을 품을 수도 있겠지만, 실제 현장에선 CT만큼 감염 질환을 감별하는 데 도움이 되는 녀석도 드물었다. 특히 조영제를 쓰면 염증이 있는 부분에 조영 증강이 발생하기 때문이었다. 문제는 환자를 설득하는 것인데, 다행히 이곳은 개인 의원이 아니라 태화의료원이었다.

"그런고로…… CT 촬영이 필요합니다. 마침 예약 환자 한 분이 부도를 내서 바로 볼 수 있다고 하네요."

"아……. 필요……한 거죠?"

"네."

"위험하지는 않고요?"

CT 자체는 위험할 것이 하나 없는 물건이었다. 노상 노출이 되면 방사선 피폭이 될 수도 있겠지만, 적어도 일회성 촬영에 있어서는 안전하다고 할 수 있었다. 하지만 조영제는 얘기가 좀 달랐다. 아주 적은 확률이지만, 그로 인해 사망하는 경우도 있었다.

"10만 명 중의 1명? 내지 3명꼴로 치명적인 부작용이 발생하는 경우도 있어요. 혹 전에 검사해 보신 적이 있나요? 그때 괜찮았으면 괜찮습니다."

"아뇨, 처음이에요."

"앞서 통계를 말씀드렸다시피 정말 드문 부작용이에요. 게다가 태화의료원은 응급 의료진이 24시간 대기 중이라서 혹 부작용이 발생해도 바로 대처가 가능합니다."

그 외에도 환자는 아직 젊고 기저 질환이 적어 치명적인 합병증으로 이어질 가능성이 적다는 말도 덧붙였다. 환자도 차일피일 원인도 모르는 열에 시달리고 싶지는 않았던 터라 더 이상의 설득은 필요 없었다. 다만 아주 약간의 불만은 표했다.

"보니까……. 다른 환자들은 교수님들도 오고 하던데, 저는 선생님하고…… 어제 그 외래에서 본 선생님이 다인가요?"

밑도 끝도 없는 불만이 아니라, 아주 합당한 불만이었다. 대학 병원에 입원했으면 교수를 봐야지, 왜 레지던트만 보냐는 말이었다. 그것도 본인이 원한 것도 아니었으니 당연한 일이기도 했다.

"아……. 상의드리겠습니다. 그 점은 염려 놓으셔도 됩니다."

"그…… 네. 알겠어요."

수혁은 CT에서도 단서를 찾지 못하면 교수님께 가야겠다고 다짐하며 고개를 끄덕였다. 그렇게 환자를 밑으로 떠나보내고 난 후에야 지상이 나타났다. 밤새 콜에 시달렸는지 퍽 피곤해 보였다.

"어…… 어? 환자 없네?"

"CT 찍으러 보냈어. 발열 원인이 안 보여서."

"아……. CT? 폐?"

"아니, 복부랑 회음부. 여자분이라, 혹시 모르잖아."

"아……. 근데 너도 아직 모르겠어?"

"내가 무슨 요술 방망이냐? 보자마자 알게. 검사는 해 봐야지."

"그건……. 그렇긴 한데."

지상은 고개를 끄덕이면서도 완전히 납득하진 못한 얼굴이었다. 그도 그럴 것이 지난 2년간 수혁의 무용담이 얼마나 많았던가. 교수님도 못 찾은 걸 찾았다거나, 응급실에서 딱 보자마자 환자를 일으켰다거나, 장님도 눈을 뜨게 했다는 등등, 도무지 믿지 못할 만큼 대단한 일들이 많았다.

[뭔 생각을 하는지 모르겠는데, 말도 안 되는 생각일 가능성이 크군요.]

'그러니까. 왜 이렇게 눈알을 굴려?'

[예전에 수혁이 이랬죠.]

'하아……. 그건 너 때문이야…….'

[설마?]

'설마 뭐.'

[지상에게도 저 같은 것이 붙었을까요?]

'아……. 아니, 그럴 리가 없어.'

언젠가 수혁은 바루다와 같은 인공지능이 이식될 가능성에 대해 계산해 본 적이 있었다. 하필이면 인공지능이 시현 중에 터지고, 그게 머리에 박혔는데 안 죽고 오히려 이식이 될 가능성. 그건 그냥 기적이었다. 그런 일이 동시대에 두 번이나 벌어졌다? 차라리 신이 현신하는 게 훨씬 현실적이었다.

"어……. 벌써 영상 넘어오네?"

잠시 딴생각을 하고 있는 사이, 수혁의 말대로 환자 영상이 넘어오기 시작했다. 예약 환자가 한 명이 아니라 둘 정도는 부도가 난 모양이었다. 최근 저기 아선병원하고 칠성병원에서 미친 듯이 따라온다더니, 확실히 환자가 줄었나 싶었다. 뭐 그거야 경영진인 이현종이 걱정할 일 아니겠는가. 당장 환자를 봐야 하는 입장인 수혁에게는 잘된 일일 뿐이었다.

"음……. 나는 뭐가 이상한지 잘 모르겠는데."

지상은 수혁 앞에선 아무리 무식해 보여도 괜찮다고 여기는 건지, 뭔지 모른다는 말을 연신 해 댔다.

"아니, 잠깐만. 여기. 여기 이상한데."

수혁이야 이미 레지던트 레벨을 넘어선 지 오래였다. 지상에게는 다행히도, 수혁은 바로 그 이유 때문에 영상을 딱 트는 순간부터 지상에게 별다른 관심을 두지 않았다. 그저 영상에만 집중하고 있을 뿐이었다.

[음……. 림프절이 커져 있네요?]

'그냥 커져 있기만 한 게 아니라 조영 증강이 되어 있어.'

림프절의 비대 및 조영 증강. 이 말은 곧 림프절이 어떤 이유에서건 활동을 왕성하게 하고 있다는 얘기기도 했다. 잘 모르는 사람이 듣기에도 그다지 좋아 보이지 않는 말이었다. 수혁은 미간을 찌푸린 채, 지금까지 환자에 대해 알아냈던 정보를 정리했다.

'젊은 여자, 진통 소염제가 듣지 않는 불명열, 폐 깨끗했고……. 범혈구 감소증.'

[그리고 림프절 비대가 있군요.]

'이런 젠장, 백혈병인가?'

세상에 백혈병이라니. 열 좀 나서 왔다가 진단받기에는 너무 엄중한 병이었다. 비록 최근에 여러 항암제들의 개발로 인해 완치율이 높아졌다곤 해도, 환자 개인에 있어서는 여전히 비극이었다. 그리고 수혁은 아직도 그러한 비극을 좀체 잘 전달할 자신이 없었다. 운이 좋았건, 실력이 좋았건 지금까지 동년배 내과 의사들에 비해 현저히 적은 죽음을 겪어 왔기 때문이었다.

[현재로서는 가능성이 큽니다. 감염병을 의심할 증거는 없는 반면, 백혈병을 시사하는 지표는 많습니다.]

'근데 그런 것치고는 또 범혈구 감소증이 현저하게 관찰되진 않지 않아?'

[음⋯⋯. 뭐, 확실히 일리 있는 의견입니다. 하지만 백혈병이 아니라고 주장하려면 더 많은 논거가 필요합니다.]

논거가 필요하다. 너무 맞는 말이라서 마땅히 반박할 수도 없었다. 수혁은 의미 없는 입씨름에 나서는 대신, 그 논거를 찾아내는 데 집중하기로 했다. 이미 한차례 차트를 봤기에 소용없어 보이긴 했지만, 혹시 모르는 일 아니던가. 바둑 기사들이 복기할 때 비로소 실력이 는다는 말이 있듯 내과 의사도 차트 리뷰를 할 때 놓쳤던 부분을 확인하기도 하는 법이었다.

'아까 혈압이 떨어졌다고 했지?'

[네, 92에 57입니다.]

'확 떨어졌네. 그럼 심장 박동수는 떴나?'

[출력하겠습니다.]

보아하니 바루다도 영상 볼 생각에 바이털 사인은 입력만 하고 분석은 하지 않은 모양이었다. 예측을 벗어나진 않을 테니 당연한 일이라고 여길 만했다. 하지만 잠시 후 묘하게 변한 바루다의 얼굴을 보고 있자니 '혹시?' 하는 생각이 들었다.

'뭐야?'

[심장 박동수는⋯⋯ 58입니다.]

'잉? 어제 몇이었지?'

[입원 당시엔 84회였습니다. 오히려 느려졌군요.]

'혈압이 떨어지는데 서맥이 됐어? 이건 좀 이상한데?'

사실 이상하게 생각하지 않고 넘어갈 수도 있는 사안이었다. 실제 대부분의 레지던트들은 여기서 별다른 생각이 들진 않을 터였다. 하지만 수혁은 누차 말했듯 레지던트 수준을 아득히 넘어가 있었다. 어떤 면에 있어선 교수들조차 범접할 수 없지 않은가.

[감염 질환에서 상대적 서맥을 일으킬 수 있는 질환을 서치합니다.]

게다가 수혁에겐 바루다가 있었다. 단순히 '이상하다'에 그치지 않고, 그것을 데이터로 풀어낼 수 있단 말이었다.

'이 자식……. 아까부터 말없이 마우스만 돌리고 있네?'

머릿속에서는 치열한 진단 과정을 거치고 있었지만, 밖에서 볼 때는 그저 노는 것으로만 보일 따름이었다. 물론 그렇다고 해서 지상이 수혁의 어깨를 치거나 하는 등의 행위는 발생하지 않았다.

"어? 신…… 교수님?"

"얘기 들었어. 노티 없이 환자 보고 있다며?"

감히 수혁을 방해할 생각도 하지 못했거니와, 지상의 행태를 고해바친 펠로우를 대동한 채 신현태가 갑자기 나타났기 때문이었다.

"어……. 그게……."

지상도 자신의 잘못을 알고 있었기에 바짝 얼어 버렸다. 그러나 신현태는 지상의 예상과는 달리 그저 웃었다.

"괜찮아. 딱 보니까 수혁이랑 보고 있네. 그럼 됐지."

"어……"

'그럼 된 건가? 수혁은 같은 레지던트인데.' 뭐 이런 생각이 들었지만, 화를 안 내는데 거기다 대고 뭐라고 할 이유는 없지 않은가. 지상은 신현태 과장을 따라 수혁을 바라보았다.

[수혁의 뇌를 기반으로 한 서칭이라 시간이 걸리는 점 양해 바랍니다.]

'이미 알거든? 그걸 왜 상기시키는 거야?'

[설명할 수 없는 이유로 이렇게 하면 연산 능력이 12% 개선됩니다.]

'미친놈이?'

[아. 출력합니다.]

'뭔데.'

[오.]

'변죽만 울리지 말고 빨리 말해!'

[오.]

'너 한 번만 더 '오.' 이 지랄 하면 머리에서 뽑아 버린다?'

[하지도 못할 거면서 협박은.]

바루다는 마지막까지 속을 긁어 놓고는 서둘러 말을 이었다. 이러쿵저러쿵 개기긴 해도 진짜 떼면 어쩌나 하는 불안이 있긴 한 모양이었다. 수혁의 몸에 이식된 지금과 같은 상황이 기적이라는 말 외에는 달리 표현할 수 없을 만큼 드물다는 걸 다양한 데이터를 축적하며 완전히 인식한 덕이었다.

[발열에 비해 심장 박동수가 오르지 않는……. 상대적 서맥을 일으키는 감염병에는 레지오넬라, 황열, Q열, 앵무새병, 장티푸스, 뎅기열 등이 있군요.]

'음…….'

상대적 서맥을 일으키는 감염병이 있기는 하단 얘기였다. 그렇다면 아까보단 상황이 좋아졌다는 뜻인데, 그럼에도 수혁의 얼굴은 퍼지지 않았다.

'환자가 공무원이라고 했지?'

[네.]

'해외에 나간 적도 없고.'

[그렇죠.]

'그럼 지금 열거한 병 중에 걸릴 만한 가능성이 있는 게 있나?'

[쥐 털만큼도 없다고 사료됩니다.]

'넌 꼭 말을 해도…….'

수혁은 성질내면서도 쥐 털이라는 말이 꼭 어울린다는 생각이 들었다. 정말이지 그만큼이나 가능성이 적었다. 그리고 상대적 서맥은 감염병에서만 발생하는 건 아니지 않은가.

'림프암에서도……. 상대적 서맥이 발생할 수 있지?'

[네, 그렇습니다. 그 외에도 약에 의한 열이나 중추신경계 병변과 같은 비감염병 원인이 있습니다만 현재 가장 의심되는 건 림프암입니다.]

'이런 제기랄.'

수혁은 고개를 가로저으며 감았던 눈을 떴다. 그렇다고 신현태의 접근을 곧장 알아차리진 않았다. 일단 등을 지고 서 있는 데다가, 아직 수혁은 CT 영상을 다 본 게 아니었기 때문이었다. 수혁은 별말 없이 마우스 스크롤을 내려 영상을 훑었다.

"흐음……."

보다 못한 지상이 나서려 했지만, 신현태가 잡았다.

"쉬. 수혁이 진단하는 데 방해하지 마."

"그…… 네."

지상은 세상 어떤 교수가 레지던트 진단한다고 숨소리마저 죽이나 하는 생각이 들었다.

'세상에……. 원장의 숨겨 둔 아들이라더니 과장까지 눈치를 보네.'

눈치를 본다기보다는 그저 이뻐하는 것이었지만, 그간 수혁과 신현태 사이에 있던 일을 전혀 모르는 지상으로선 그저 삐딱한 상상만 이어 나갈 수밖에 없었다.

"어."

상념을 깨운 것은 다름 아닌 상념의 대상이었던 수혁이었다.

수혁은 별생각 없이 스크롤을 굴리나 싶더니만 어느 지점에선가 손을 멈추고 고개를 갸웃거리고 있었다.

[회맹판(ileocecal valve, 맹장과 회장의 경계)이 두꺼워져 있군요?]

'이건……. 장염을 시사하는 소견인데?'

[그러게요. 흐음……. 이상한데. 환자 병력상 그럴 만한 건덕지가 없지 않습니까?]

'아냐……. 아냐. 문진……. 우린 안 했어. 우린 그냥 차트에 적힌 것만 참고했다고.'

[음……. 돌이켜 보니 그렇군요.]

바루다는 축적한 데이터를 살피고는 고개를 끄덕였다. 확실히 다시 확인한 부분도 있긴 하지만, 적어도 환자의 행적 관련해서는 물어본 적이 없었다. 그저 지상이 적어 둔 것만 참고했을 뿐이었다. 그런데 과연 지상을 신뢰할 수 있을까?

'아까 영상 보자마자 이거 괜찮은 거 아니냐고 했지?'

[일반적인 레지던트 수준에서는 그럴 수 있죠.]

'하지만 내가 마냥 신뢰해서는 안 돼. 그렇지?'

[그렇습니다.]

바루다가 평하기에 이 병원에서 수혁이 일단 한 수 접어줘야 할 만한 사람은 이현종뿐이었다. 신뢰할 수 있는 사람까지 범위를 넓히자면야 그보다 수가 많아지긴 하겠지만, 그렇다고 지상이 들어갈 만큼 널널한 기준은 아니었다.

'그러니까 다시 한다고 해서 삽질은 아냐.'

[동의합니다. 김현주 환자의 문진을 재수행할 것을 요청합니다.]

'오케이.'

결론을 내린 수혁은 벌떡 일어났다. 그 어떤 징조도 없이 일어나는 바람에 뒤에 서 있던 신현태는 하마터면 코가 깨질 뻔했다.

"어."

"괜찮아, 괜찮아. 어디 가는지 몰라도 따라가자고."

그러나 신현태는 화를 내기는커녕 성큼성큼 걸어가고 있는 수혁의 뒤를 가만히 따랐다. 이쯤 되니 지상이나 펠로우나 불만이 생길 수밖에 없었다. 오히려 정도만 따지면 펠로우 쪽이 더했다.

'차트 봤는데……. 나도 잘 모르겠던데.'

방금 CT를 봐서 그런지 몰라도 더 헷갈렸다. 검사 결과들이 다 애매하지 않은가. 솔직히 말하면 아직 그 어떤 질환도 가리키고 있는 거 같지 않았다. 확실한 건 단 하나, 환자가 점점 더 안 좋아지고 있다는 사실이었다.

'그냥 교수님이 받아서 빨리 진단하고 치료를 해야지……. 이러다…….'

안 그래도 칠성병원은 하이푸네 뭐네 하면서 신의료 기술을 도입해서 쭉쭉 앞서 나가고 있고, 아선병원은 드디어 그룹 차원의 지원이 들어가면서 병상을 꽉꽉 늘려 나가고 있는 마당 아니던가. 벌써 아시아 최대 병원이라는 말까지 나돌고 있었다. 이러다가 태화는 '한때 1등이었는데 지금은 그냥 괜찮은 병원' 정도로 자리매김하게 될 수도 있었다.

'교수님들이 별것도 아닌 놈한테 푹 빠져 가지고 정신 못 차리고 있으니 이렇지.'

군대 갔다 왔더니 웬 듣보잡 한 놈이 이현종이고 뭐고 다 휘어잡고 있었다. 들리는 소문에 따르면 나름 한 끗은 있는 모양이지만, 의학이라는 게 어디 1, 2년 해 가지고 성과를 볼 수 있는 학문이던가. 10년간 한 우물을 파도 '아, 얘가 좀 이 분야에 관심이 있구나.' 하는 동네였다.

"거참."

그러니 펠로우가 불만 어린 얼굴을 하고 있는 것도 무리는 아니었다. 물론 신현태는 그와 거의 정반대라 할 수 있는 표정만 짓고 있었다.

'뭘 의심하고 있는 걸까?'

신현태는 거의 순수 100% 기대감만 품고 있었다. 수혁은 그렇게 뒤따르고 있는 혹들이 많은 줄은 꿈에도 모른 채 병실 문을 열었다.

"환자분, 계세요?"

"아……. 네."

"CT 찍고 오신 거 설명도 드리고, 몇 가지 질문도 드릴 겸 해서 찾아왔어요. 들어가도 되나요?"

"네, 선생님."

겁준 것에 비해 CT 촬영은 시간도 얼마 걸리지 않았고 딱히 불편하지도 않았다. 조영제가 들어갈 때 뜨끈하길래 이게 설마 부작용의 시작인가 했는데, 그게 그냥 시작과 끝이었다. 덕분에 환자는 내려갈 때보단 기분이 좋아져 있었다.

'뭐야?'

그 기분은 수혁이 들어서는 순간 황당함으로 바뀌었다. 웬 나이 지긋해 뵈는, 그러니까 입원하는 순간부터 보고 싶었던 양반이 들어오는 동시에 조용히 해 달라는 제스처를 취하고 있었기 때문이었다.

'뭔데, 이거?'

아마 환자가 조금이라도 수양이 부족했더라면, 그리고 수혁이 질문할 생각에 정신이 팔려 있지 않았다면 위화감을 느낄수 있었을 터였다. 하지만 공교롭게도 환자는 정신 수양이 꽤 잘된 사람이었고, 수혁은 정신이 없었다. 수혁은 아까부터 하려고 했던 말부터 꺼냈다.

"CT상에 조금 이상한 부분이 보여요. 아직 정확한 진단을 내릴 수준은 아니지만, 적어도 찍기 전보단 진단에 한발 다가섰습니다."

"음……."

"하지만 정보가 여전히 부족해서요. 몇 가지 질문을 드리려고 하는데, 괜찮을까요?"

동시에 뒤에 있던 신현태가 크게 고개를 끄덕였다. 여전히 손가락을 입에 붙인 채였다. '이 병원이 예전 같지 않다고 하더니, 이래서 그런가.' 하는 생각이 들었다. 하지만 이미 입원하고 검사까지 한 마당에 뭐 어쩌겠는가. 우선은 장단에 맞춰 주는 수밖에 다른 도리가 없었다.

"그…… 네."

"이전하고 중복된 질문일 수도 있어요. 그때랑 다른 게 생각나면 그걸 얘기해 주시면 됩니다."

"알겠어요."

"해외에 최근에 나간 적이 없다고 하셨죠?"

"네."

"한 달 이내에 아예 없나요?"

"그럼요. 없죠."

해외여행력이 있다고 하면 딱인데, 실망스러운 대답이었다. 하지만 여기까지 와서 이것만 묻고 돌아설 수는 없었다.

"해외여행 다녀온 사람하고…… 밀접한 접촉을 한 적은 없고요?"

"여행이요? 아뇨, 딱히."

"흠……. 공무원이라고 하셨죠?"

"네."

"주로 어떤 일을 하시나요? 공무원으로서."

"음."

뭔가 취조당하는 느낌이 들었다. 어떤 일을 하냐니, 감사 나왔나? 불만이 고개를 쳐들려는데, 더없이 인자한 미소와 함께 고개를 다시 한번 크게 끄덕이는 신현태가 눈에 떡하니 들어왔다. 복도가 밝아서 그런가 후광마저 비치고 있었다. 저 얼굴을 보고 고개를 흔들 수 있다면 그건 악마가 아닐까.

"그……."

"대답하기 곤란한가요? 국정원?"

"아, 아뇨. 그런 건 아닙니다."

그리고 국정원 같은 시답잖은 말을 듣고 있자니 마음이 좀 풀어졌다. 환자는 미소까지 띤 채 입을 열었다.

"그…… 보건소에 있어요."

"보건소? 여사님이세요?"

수혁은 군대를 다녀오지 않았기에 보건소에서 딱히 무슨 일을 하는지 잘 몰랐다. 그저 공보의 친구들에게 주워들은 게 다인데, 동료 얘기하면 보건직 여사님밖에 말이 안 나왔다.

"아, 아뇨."

그 말에 환자는 어깨를 으쓱해 보였다. 아무래도 열이 나서 좀 힘들어 보이긴 했지만, 그렇다고 말을 못 이어 나갈 정도는 아닌 듯했다.

"실험실에 있어요."

"실험실……이요?"

"네, 배지로 배양 실험하고, 뭐."

"배양이라."

배양. 무언가를 키운다는 뜻이었다. 보건소에서 배양 실험을 한다는 얘기는 또 처음 들었지만, 어쩐지 아무거나 막 키울 거 같진 않았다.

"혹시 최근엔 어떤 실험을 했죠?"

"식품 매개 전염 배지 실험이요."

"아하, 식품."

수혁은 반가운 나머지 손뼉까지 쳤다. 방금 장염을 시사하는 CT 소견을 확인한 덕이었다. 물론 그냥 부어 보일 뿐, 감염이 아닐 수도 있었지만, 식품 매개 전염 배지 실험을 했다면 가능성은 농후했다.

"혹시 어떤 걸 가지고 하셨나요?"

"전 테크니션이라서요. 정확히…… 무슨 균을 가지고 했는지는 몰라요."

"물어볼 수는 있으시죠?"

"그거야⋯⋯. 네."

"그럼 지금 바로 물어봐 주실 수 있나요?"

환자는 이제 저도 모르게 뭔가 새로운 요청이 나오면 뒤에 있는 신현태를 바라보았다. 신현태는 그럴 때마다 보살 같은 얼굴로 고개를 끄덕였다. 실제로 인자한 성격 덕에 별명이 보살이었던 적이 있었던 탓일까? 환자는 따지고 보면 기독교 신자라 불심이 있는 것도 아니었지만, 어쩐지 거부할 수 없는 미소였다.

"그, 네."

환자는 핸드폰을 집어 들고는 전화를 걸었다.

"어⋯⋯. 현주 씨. 몸은 좀 어때요? 입원했다더니."

"아⋯⋯. 아직 열나고, 그래요."

"무슨 병이래?"

"진단 중이에요."

"그래? 그⋯⋯ 요새는 칠성이 잘한다니까. 아선이랑."

"그게. 그."

환자는 슬며시 음량을 줄이며 말을 이었다.

"그런 게 아니라. 저 이번에 실험한 거 있잖아요?"

"어? 응, 그거. 결과 걱정돼서? 잘 자라고 있어."

"아뇨. 제가 실험했던 균이 정확히 뭐죠? 어렴풋이 기억은 나는데⋯⋯."

"아……. 잠깐만."

상대는 잠시 기다리라고 하더니, 무언가를 뒤적거렸다. 장부라도 보는 모양이었다.

"어, 여기 있다."

그렇게 오래 걸리지 않아 다시 통화가 이어졌다.

"그…… 이번에 식품 매개 전염 배양을 했네, 그치?"

"네."

"균은…… 살모넬라. 살모넬라 파라타이피 에이(salmonella paratyphi A)야."

"아……. 살모넬라 파라타이피 에이요."

"오."

그 말을 듣자마자 수혁은 다시 한번 손뼉을 쳤다. 살모넬라 파라타이피 에이는 그 이름도 유명한 장티푸스의 원인균이었기 때문이었다.

역시 네가 의국장이다

짝.

살모넬라 파라타이피 에이란 말을 듣고 손뼉을 친 것은 비단 수혁뿐만이 아니었다. 내내 뒤에 있던, 그러니까 인자한 미소를 지은 채 고개를 끄덕이던 신현태 또한 마찬가지였다.

"어?"

"어, 수혁아. 나다."

신현태 과장은 놀란 얼굴을 한 채 자신을 뚫어져라 바라보고 있는 수혁을 향해 손을 흔들어 보였다. 하늘에 맹세코 펠로우는 단 한 번도 보지 못한 광경이었다. 아마 진짜 자식 정도는 돼야 이런 반응을 보여 주지 않을까. 제아무리 신현태가 인격자로 유명하다고 해도, 모든 제자에게 이럴 수는 없는 법이었으니까.

'소 뒷걸음질 치다 잡은 주제에.'

펠로우는 저절로 이가 갈렸다. 주변에서, 심지어 신현태에게마저 펠로우 지원을 받을 때 자리는 보장해 주지 못한단 말을 듣고 들어온 참 아니던가. 그래도 군의관 가서도 논문을 쓸 정도로 열의도 있었기에 자신은 있었다. 또 레지던트 때도 나름 훌륭한 편에 속했기 때문에 동기 중 교수가 하나 나온다면 그건 자신이 되어야 한다고 굳게 믿었다. 그런데 고작 3년 동안 의국을 비운 사이에 듣도 보도 못한 놈이 교수들 마음을 꽉 잡고 있을 줄이야.

"환자분, 방금 들은 대로……. 식품 매개 전염 배양 실험을 했다면 그 과정에서 감염이 되었을 가능성이 있어요. 장티푸스는 일반적인 해열제가 잘 듣지 않거든요."

"아……."

신현태는 실로 복잡한 얼굴로 우두커니 선 펠로우에게 시선도 주지 않은 채 환자에게 향했다. 인자한 미소 못지않게 목소리도 중후한 신현태이지 않은가. 환자는 그냥 말만 들었음에도 불구하고 어딘가 낫는 기분마저 들었다. 그리고 보니 그 유명한 '닥터프렌즈'에서 본 것도 같았다.

'거기 나오는 선생님들은 다 명의이긴 하지.'

이런 생각과 함께 고개를 끄덕이고 있으니, 신현태가 계속 말을 이었다.

"경험적으로 들어간 세파 계열 항생제가 잘 듣지 않았던 것도 설명이 됩니다. 우선 이쪽으로 초점을 맞춰서 치료해 보면 좋을 것 같군요."

"아……. 감사합니다."

"하지만 아직 확진이 된 건 아니라서, 몇 가지 검사가 더 필요할 수는 있겠습니다."

"네네."

"우선은 여기 이수혁 선생이 백을 보고……. 다른 주치의 선생님 붙여 드리겠습니다. 보셔서 아시겠지만, 우리 내과 의국이 자랑하는 인재예요. 좀 어려 보여도 어지간한 교수 뺨 때리게 실력이 좋으니까 믿어도 좋습니다."

만약 이런 말을 수혁이 직접 했다면 참 그랬을 터였다. 원래 유명하다는 말도 '저 유명한 사람이에요.' 이렇게 말하면 그것만큼 볼품없는 일도 없지 않은가. 하지만 이게 신현태 입에서 나오니 느낌이 달랐다. 환자로서는 수혁에 대해 없던 존경심마저 스멀스멀 피어오르는 것이 느껴질 지경이었다.

"아, 네. 감사합니다."

"자, 그건 그렇고."

신현태는 그렇게 환자에게 대강의 설명을 해 줌으로써 안심을 시켜 놓고 나서야 다시 수혁을 바라보았다.

[또 이러네, 이 양반.]

이 표정을 뭐라고 해야 할까. 이뻐 죽겠다? 최고다? 적당한 표현을 찾을 수는 없었지만, 뭔가 기대를 품고 있다는 건 알 수 있었다. 이번이 처음이 아닌 정도가 아니라, 아예 한두 번이 아닌 지경이니 당연한 일이었다.

"수혁아. 너 왜 다시 문진한 거야? 뭘 어떻게 의심한 거지?"

아마 다른 레지던트 녀석이 이랬다면 그냥 운이 좋았다고 치부하고 넘어갔을 터였다. 뭐 나름 근거야 있겠지만, 신현태가 듣고 싶어 할 정도로 그럴싸하진 않을 게 분명할 테니까. 그런 걸 굳이 물어볼 이유가 전혀 없다 이 말이었다. 하지만 수혁이지 않은가. 이놈 얘기는 들어 봐야 했다. 모르긴 해도 펠로우에게도 들려줄 가치가 있을 것이었다.

"아……. 우선 환자분 검사 결과 중에 특이했던 것부터 말씀드릴까요?"

"어, 그래 봐."

반면, 펠로우는 이 상황이 아주 마음에 들지 않았다. 편애도 이런 편애가 없었다.

'이제 2년 차 아니야?'

펠로우 때까지만 해도 내과는 3년제가 아니라 4년제였다. 고작해야 3년 차가 치프랍시고 거들먹거리는 것도 꼴같잖은데. 뭐? 2년 차가 환자도 있고, 펠로우도 있는 자리에서 즉석으로 프레젠테이션을 해?

'하아.'

한숨이 절로 나왔지만, 그렇다고 또 대놓고 한숨 쉴 수도 없는 상황이었다. 이래저래 마음에 들지 않아 인상을 찌푸리고 있으니, 수혁이 더없이 여유로운 얼굴로 말을 이었다.

"우선 일주일 넘게 지속된 발열이 있고, 범혈구 감소증이 있었습니다. 그 외에는 적어도 입원 당시엔 별거 없었습니다. 간 수치가 조금 떠 있는 거 정도?"

"응, 그래. 어세스를 준다면…… 나 같으면 일단 음."

신현태는 백혈병을 얘기하려다 환자 눈치를 살폈다. 괜히 불안하게 할 필요는 없지 않은가. 하지만 아예 입을 다물 필요도 없었다. 다 방법이 있었다.

"태진이네 분과 질환을 1번에 둘 거 같은데."

조태진이 혈액종양내과 중에서도 혈액암을 주로 보지 않는가. 적어도 내과 사람 중 그걸 모르는 사람은 없었기에 대화는 아주 자연스럽게 이어졌다.

"네. 게다가 CT에서도 림프절 비대가 있어서……. 저도 그걸 1번에 두고 있었습니다."

"근데 왜 생각을 바꿨지?"

"활력 징후 때문입니다. 범혈구 감소증도 사실 좀 애매했고요."

"활력 징후?"

범혈구 감소증이 애매하다는 거야 뭐, 수치를 한 번만 들여다본 사람이라면 누구라도 떠올릴 수 있는 생각이었다. 실제로 감염내과 교수인 신현태가 이 환자에 관심을 둔 것도 그 때문이기도 했다. 수혁이 보고 있다는 것이 더 큰 이유이기는 했지만, 후자는 별 의미 없는 얘기란 뜻이었다. 하지만 활력 징후는 조금 생소했다.

"네. 오늘 환자분 활력 징후를 보면 혈압이 92에 57로 떨어졌습니다. 실제로 환자분도 좀 어지럼증을 호소했고요."

간호 기록을 보면 정확히 침대에서 일어날 때 핑 돌았다는 문장이 적혀 있었다. 혈압이 저하되어 기립성 저혈압 증세가 발생한 셈이었다. 원래 있던 게 심해진 것일 수도 있었지만, 중요한 건 이 환자에게 익숙한 혈압은 아니란 것이었다.

"으음……."

하지만 그게 뭐 특별해 보이진 않았다. 원래 열나고 아프면 혈압이 떨어지기도 하니까. 그게 감염 때문이건, 악성 질환 때문이건 마찬가지였다.

[대강 봤구만, 이 양반.]

여기까지 말했는데도 별반 반응을 보이지 않는 신현태를 보며 바루다가 낄낄거렸다. 녀석이 인정하는 몇 안 되는 의사가 이러고 있으니 그럴 만도 했다. 자기 환자가 아니었으니, 아마 바루다의 말대로 대강 봤을 가능성이 클 터였다.

"그런데 심장 박동수는 오히려 입원 당시보다 떨어졌습니다. 다른 기저 질환……. 즉 환자의 심장 박동수에 영향을 미칠 만한 것은 없으니, 상대적 서맥이 발생한 겁니다."

"아……. 상대적 서맥! 그렇구나. 그걸 캐치했어?"

한때는 이런 게 기본이었던 시절도 있었다. 하지만 엑스레이를 기본으로 깔고, 그것도 모자라 초음파에 CT, MRI, 심지어 PET 같은 진단 기기들이 나오면서부터는 아무래도 관심이 크게 떨어질 수밖에 없었다. 신현태 본인만 하더라도 활력 징후는 딱히 위험한 거 아니면 신경을 끄고 사니 말 다 한 셈이었다. 그런데 이 와중에 그걸 잡아내는 놈이 있을 줄이야. 역시 수혁은 알면 알수록 대단한 놈이었다.

"네. 상대적 서맥의 원인 중엔…… 장티푸스나 말라리아, Q열, 뎅기열, 황열과 같은 해외 유래 감염병들이 있지 않습니까? 그런데 보니까, 여행력과 직업만 물어보고 실제로 그 직업상 어떤 일을 하는지는 묻지 않았더라고요. 그래서 왔습니다. 마침 CT에서 회맹판의 팽만도 관찰됐고요."

"그거야 비특이적인 소견이잖아?"

"하지만 장염의 원인이기도 하죠. 마침 장티푸스 같은 건 장염을 일으키기도 하고. 또 간 수치도 올릴 수 있으니까……. 아무래도 조태진 교수님 분과 질환보단 이게 맞겠다 싶어서 왔습니다."

"다행히 그게 맞았고? 그렇지?"

"네, 교수님."

"거참."

신현태는 어이가 없다는 듯 고개를 가로젓다가, 이내 웃었다.

'내 제자……라고 해도 되는 거겠지?'

뭔가 많이 가르치기는 했다. 가르치기는 했는데, 솔직히 가르친 거에 비해 너무 우수하지 않은가. 이래 가지고서야 어디 가서 '내 제자요.' 하고 떳떳하게 웃기도 어려울 거 같았다. 그래서 그런가 표정이 좀 복잡해져 있었는데, 그래 봐야 뒤에 있던 펠로우에 비할 바는 아니었다.

'운이…… 운이 아니었구나.'

짤막한 프레젠테이션이었다. 다 합쳐 봐야 한 5분이나 될까? 하지만 여운은 며칠 갈 것 같은 기분이었다. 레지던트가 아니라 어떤 대가의 얘기를 듣는 듯한 느낌이었으니까.

"뭐…… 나중에 따로 얘기해야 할 텐데."

신현태는 펠로우의 기이한 표정에는 신경 쓰지 못한 채 고개를 주억거리며 입을 열었다. 시선은 온전히 수혁의 얼굴에 머물러 있었다.

"아무리 봐도 너 말고는 이번에 의국장 할 사람이 없어."

"네? 의국장이요?"

"그렇잖아. 제일 성적 좋고 평판 좋은 애가 하는 게 의국장인데. 너 말고 더 있어?"

"그……."

영광이기는 했다. 방금 신현태가 말해 준 것처럼 의국장은 보통 그 연차에서 제일 잘하는 사람이 맡았으니까. 심지어 역대 교수들 중에서도 의국장 출신이 압도적으로 많았다. 아무래도 교수들과 접촉이 많기 때문에 논문도 상대적으로 더 많이 쓰게 되고, 또 능력을 보이기도 좋았기 때문이었다. 그러나 수혁은 웃기가 어려웠다.

[오, 아싸 그 자체인 수혁에게는 좀 가혹한 형벌인데요?]

'아, 아싸 아니야.'

[연락하고 지내는 동기 몇 명?]

'0명……. 아, 지상이?'

[최근 일주일 말고.]

'0명.'

마치 저 혼자 군대라도 간 듯, 외딴섬처럼 지내고 있지 않은가. 근데 매번 당직 회의를 비롯해 거의 내과 의국 내에서 벌어지는 모든 일을 주최해야 하는 의국장을 맡아야 한다고? 바루다 말마따나 상이 아니라 형벌이었다.

"뭐, 알아서 잘하겠지. 하하. 나는 우리 수혁이 믿어요."

하지만 어떻게 이 얼굴을 하고 이런 어조로 말을 하는데 못하겠다고 한단 말인가. 설마 의국장 안 한다고 교수 자리 안 줄 양반은 아니겠지만, 그래도 여기다 대고 'No'는 좀 아니었다.

"그럼 갈까?"

게다가 뭔 바쁜 일이라도 있는지 펠로우를 대동하고는 휭 사라졌다. 그렇게 환자와 지상 이렇게 둘과 함께 남게 된 수혁은 '후.' 하고 한숨을 쉬었다.

"의국장을…… 하라고?"

[어, 지금 혼잣말 아니고 진짜 말하는데? 그렇게 멘털이 바사삭 될 일인가, 이게?]

"막말로 애들 전화번호도 없는데 뭔 의국장을 해……. 안 돼……. 못 해, 나는……."

[어어, 수혁. 지금 다들 미친놈 보듯 하거든요? 아니지, 미친 건가? 그런 건가? 안 되는데.]

어지간히 충격이긴 한 모양이었다. 바루다는 수혁이 혼잣말로 해야 적절할 만한 발화를 입으로 하는 걸 정확히 421일 11시간 만에 보고 있었다.

[삐삐삐삐삐.]

급한 마음에 제일 싫어하는 경보음까지 내 보았지만 별 소용이 없었다.

"으아, 시끄러워."

오히려 역효과만 날 뿐이었다.

"야, 수혁아."

그런 수혁을 진정시킨 건, 의외로 지상이었다. 바루다의 평가에 따르면 꿔다 놓은 보릿자루 내지는 잉여 정도나 되었을까 하는 인물이 도움이 되는 순간이었다.

"응?"

"뭐가 걱정이야. 의대도 같이 나온 사이인데. 말 나온 김에 자리 한번 만들까?"

"어?"

"만들게. 내가 원래도 총무 잘했잖아."

이렇게 갑자기? 수혁은 여기저기 전화를 돌리기 시작한 지상을 보며 멍한 표정을 지었다.

[지금 표정 좀 문제 있어 보이는데요. 정정할 것을 요구합니다.]

바루다가 몇 번인가 고치라고 했지만 별 소용이 없었다. 수혁은 이미 혼자만의 생각에 빠져 버렸기 때문이었다.

'나……. 내과 동기가 누구누구 있는지도 잘 모르겠어.'

그 이유는 자못 충격적이었다. 심지어 기계인 바루다가 듣기에도 그랬다. 이게 사람인가 싶을 지경이었지만, 바루다는 실로 드물게 참았다. 이미 멘털이 쿠크다스처럼 흔들리고 있지 않은가. 이러니저러니 해도 수혁은 바루다의 유일한 입출력자였으니, 괜히 더 건드려서 망가뜨릴 이유는 없었다.

[그, 그럴 수도 있죠. 워낙 바빴잖아요?]

바루다의 말은 사실이었다. 수혁은 그간 정말 바쁘게 살아온 몸이었다. '레지던트 그거 다 바쁜 거 아니냐?' 뭐 이런 말이 나올 수도 있겠지만, 다른 레지던트들과 수혁의 의국 생활은 궤를 달리하는 구석이 있었다.

'그래도 그렇지. 내가 진짜 너무 무심하긴 했네…….'

[알긴 아니 다행입니다만.]

'뭐라고?'

[저도 모르게 그만. 아무튼, 잘된 일 아닙니까? 동기들이랑 잘 지내서 나쁠 건 없으니까요.]

이번에도 맞는 말이었다. 워낙에 바루다가 하는 말이 다 그렇긴 했지만, 의학 외적인 부분에서도 이런 건 퍽 오랜만의 일이었다.

'음, 그렇긴 하지.'

수혁이 혼자 세상을 살아갈 생각을 하는 것은 아니었다. 혹 그렇게 생각한다 하더라도, 세상은 만만하지 않았다. 동기들과 원만한 관계를 유지하면 다 어디선가 도움이 되긴 할 터였다.

"야, 수혁아."

"어."

그렇게 마음을 가라앉히고 있으려니, 지상이 말을 걸어왔다. 불과 10여 분 사이에 전화를 거의 20통도 넘게 한 사람치고는 꽤나 편안해 보이는 얼굴이었다.

'맞아, 얜 그랬지.'

그러고 보니 학생 때도 이랬던 거 같았다. 어디서나 잘 어울리고, 또 구김살이 없었다. 그게 간혹 염치없음으로 이어지기도 했지만, 적어도 수혁은 그런 지상을 미워하진 않았다. 그저 어려운 가정 형편 때문에 자주 어울리지 못했을 뿐이었다.

"오늘 시간 되는 애 대강 한 대여섯은 된다. 나머지는 당직이네 뭐네 하면서 뭐가 많네."

"아……."

"멀리 가기는 좀 그러니까, 요 앞에 곱창집이나 갈까?"

"곱창? 그래, 좋지."

"어, 그래. 너 온다니까 야, 애들 다 좋아한다. 생각해 보니까 회식 때 말고는 별로 얼굴 본 적도 없는 거 같아."

"그러게나 말이야. 아무튼, 그럼 6시에 로비에서 만나서 갈까?"

"어. 그러자. 이따 봐."

"그래."

지상은 수혁의 어깨를 툭 치고는 스테이션 쪽으로 걸어갔다. 기분이 좋아 보였는데, 멍청하단 소리도 듣지 않은 채 환자를 해결했으니 그럴 만도 했다. 심경이 복잡해진 것은 수혁뿐이었다.

'아, 그냥 안 한다고 할까……. 귀찮을 것도 같은데.'

생각해 보면 동기들하고 서먹해진 거야 별문제도 아닌 거 같았다. 원래 그랬던 것도 아니고, 단지 상황이 그래서 그렇게 된 것뿐이지 않은가. 하지만 논문, 발표, 당직, 휴가 등등. 귀찮은 건 현실적인 문제였다. 당장 떠올릴 수 있는 해야 할 일들만 해도 이랬다.

[신현태 과장은 잔뜩 기대하고 있던데요.]

'그게 문제야.'

[데이터상 이현종 원장도 의국장 출신입니다.]

'보통은 그냥 나이 많은 사람 시키지 않았나?'

['그러지 않아서 태화의료원이 혁신적이란 소리를 들었다.'라는 기사가 있더군요. 적절한 사람을 골라내고 키우는 것이 발전의 원동력이라는 말을 음…… 이현종 원장이 했습니다. 과장 시절에.]

'이런 망할.'

그렇다면 이현종 또한 신현태처럼 의국장을 시키려 들 거란 얘기가 되었다. 그 양반이 정작 시키면 귀찮아하면서도 감투는 좋아하는 사람 아니던가.

[**수혁.**]

입을 샐쭉거리고 있으니 바루다가 또다시 이름을 불러 왔다. 글씨체로 묘사하자면 궁서체로 해야 될 만큼이나 진중한 목소리였다. 보통 이럴 땐 대답하는 것이 신상에 이로웠다.

'왜.'

[신현태, 이현종, 조태진 등이 수혁을 교수로 만들려고 하는 건 알고 있을 겁니다.]

'그야…….'

자기 입으로 시인하기엔 좀 부끄러운 일이었지만 사실이었다. 수혁은 고개를 주억거렸다.

[무슨 과를 해도 펠로우로 만들고 싶어 해요. 하지만 그걸 원하지 않는 사람도 엄청 많습니다.]

'음.'

[당장 아까……. 신현태 과장과 같이 온 감염내과 펠로우 강호영 선생만 해도 그렇습니다.]

'그랬어?'

[네. 수혁은 설명하느라 정신없었겠지만, 저는 늘 일하고 있으니까요. 분석 결과 수혁에 대한 호감도는 0%였습니다.]

'그럼 그냥 대놓고 싫어하는 거잖아?'

굳이 호감도라는 단어를 쓸 이유도 없는 거 같았다.

[그런 사람 꽤 많아요.]

'왜? 내가 뭘 잘못했다고?'

[하.]

바루다는 한숨 뒤에 시발 같은 욕설 하나 정도는 섞어야 되나 하고 고민했다. 수혁은 혼잣말로 욕설을 제법 하는 편이었으니, 그 외에도 욕설에 대한 데이터는 꽤 많았다.

[펠로우 하는 데 당연히 여러 가지 목적이 있겠지만, 제일 큰 목적이 뭡니까? 특히 내과에서요.]

'아.'

[누구는 교수 되려고 피똥 싸 가면서 몇 년을 굴러도 전임 보장은커녕 매년 계약이 갱신될지도 모르는데, 수혁은 아직 전문의도 아닌데 벌써 교수 얘기가 돌지 않습니까. 미워하는 게 당연하죠.]

'그럼……. 그 펠로우 선생님들 키우는 교수님들도 껄끄럽겠구나……. 내가.'

[그렇죠. 그래도 아주 멍청하진 않아서 다행입니다.]

'야, 인마.'

[솔직히 이번 일은 좀 멍청했죠? 인정?]

'인정…….'

수혁은 고개를 끄덕이면서 자신이 좀 오만했다는 것을 인정했다. 교수 되는 게 어디 쉬운 일이던가. 실력 있고 인성 좋은 선배 중에 상처받고 나간 사람만 세도 한둘이 아니었다. 아니, 병원 주차장 한 바퀴는 돌려 세울 수 있을 터였다. 오죽하면 교수는 하늘이 내는 거라는 말도 있을까.

'의국장이라도 해야 핑계가 더 생긴다 이거지?'

[네. 뭐 수혁이 논문도 좀 썼고, 케이스 리포트도 많이 썼죠. 연구도 지금 하는 거 완성만 되면 성과로 어지간한 펠로우 찜 쪄 먹을 수 있을 겁니다. 하지만.]

한국말은 끝까지 들어 봐야 한다는 말이 괜히 있겠는가. 아마도 하지만 뒤로 붙는 말이 진짜 하고 싶은 말일 터였다. 수혁은 계속해서 귀를 기울였다.

[역으로 말하면 그 정도 성과 낸 펠로우는 쌔고 쌨습니다. 국책 과제까지 따 온 사람도 많고요.]

그냥 하는 말이 아니라, 눈앞에 데이터를 들이밀어 주며 얘기를 하고 있으니 믿지 않고서는 다른 도리가 없었다.

'이렇게…… 그 선생님이 논문을 이렇게 많이 썼어?'

[별명이 논문 기계던데요. 뭐, 벌써 전임 발령 못 받은 지가 7년째니까 이럴 만도 하죠.]

'하.'

당장 전문의 따는 것만 생각하느라 주변을 살피지 못했는데, 그 선생님이 벌써 펠로우 시작한 지 7년째라니. 황당해서 한숨이 절로 나왔다. 그동안 놀아서 교수가 못 된 거라면 또 모르겠지만, 논문 수만 봐도 죽을 똥 싸 가면서 일했다는 걸 알 수 있었다. 게다가 수혁이 알기론, 그 선생님은 환자도 제법 열심히 보는 사람이었다. 주말에도 병원에 있는 시간이 밖에 있는 시간보다 길다고 하니 말 다 한 셈이었다.

[그런 사람들을 제치고 돼야 하는 겁니다, 수혁은. 당연히 넘어야 할 산이 많죠.]

'의국장이라도 해야 핑곗거리가 생기겠구나.'

[옹색하지만 그래도 명분이 되긴 하죠.]

'하.'

[그러니까 이건 선택이 아니라 필수입니다. 신현태 과장 입에서 나오지 않았더라도, 수혁이 의국장을 하겠다고 하기 위해 오늘 모임은 주선해야 했어요.]

'근데 왜 그런 말을 안 했어?'

[환자 보느라 저도 이런 쪽으로는 영 분석을 하지 못했으니까요.]

'당당한데?'

이 자식은 못 했다고 할 때나 다 했다고 할 때나 그저 당당했다.

[전 의료 목적 A.I.니까요. 원래의 용도 외의 것을 바라는 게 욕심이죠.]

언제나 다 이유가 있었기 때문이었다. 이번에도 본전도 못 건진 수혁은 한숨으로 감상을 대신했다.

"에이."

[목소리 내지 마시고.]

'짜증 나니까 그렇지. 얼마나 귀찮은 일인데…….'

[뭐, 그래도 그렇게 어렵진 않을걸요?]

'뭐가 안 어려워. 애들 당직에 휴가에 논문에 학회 발표에……. 이상하게 뽑기 전엔 다 똑똑한 애들인데 뽑아 놓으면 멍청해지잖아. 그런 애들 1년 동안 돌봐야 할 거 생각하면…….'

[오우.]

바루다는 아주 묘한 기분이었다. 기계 주제에 기분이라는 말을 쓰는 게 좀 이상했지만, 그렇다고 이걸 달리 표현할 수 있을 거 같지 않았다.

'왜?'

[방금 수혁이 한 말 있지 않습니까. 논문, 발표 등등.]

'그거 뭐.'

[그거 묘하게 제가 해 준 거 같지 않습니까? 제가 지난 2년간 수혁에게요.]

'음.'

듣고 보니 맞는 말 같긴 했다. 비단 저것뿐만 아니라 환자 진단하고 치료하는 데까지 다 관여하지 않았던가. 심지어 교수 대하고, 다른 사람들과 지내는 데 있어서도 일정 부분 조언을 들은 바 있었다.

[개구리 올챙이 적 생각하지 못한다. 이거 이럴 때 쓰는 말 맞습니까.]

'마, 맞아.'

[감사합니다. 덕분에 제 인공지능이 속담에까지 발을 뻗을 수 있게 됐군요.]

바루다는 진심으로 뿌듯했는지 껄껄 웃더니, 방금 웃은 놈이라고 하기에는 퍽 섬뜩한 얼굴을 하고서 말을 이었다. 어차피 이게 다 계산에 의한 출력에 불과한 것일 테지만, 점점 더 적절해지고 있어서 수혁도 소름이 끼쳤다. 요즘 들어 바루다가 기계가 아니라 인간같이 느껴질 때가 많아지고 있었다.

[업보라고 생각하십시오. 지금까지 제게 받았던 걸 갚는다고.]

'하아.'

[이러다 늦겠습니다. 밀린 일부터 하시죠. 환자도 좀 보고. 환자 안 보면 나쁜 의사 돼요. 그럼 제 존재 의의가 없어집니다.]

'알았다, 알았어.'

업보라. 인공지능이 꺼낸 말이라기엔 지나치게 딱 들어맞는 느낌이었다. 수혁은 자신도 모르게 여러 차례 업보라는 단어를 되뇌다가 일을 마쳤다. 언제나 그랬듯 시간은 좀 남았다. 각 잡고 일하면 일반 환자 보는 것 정도는 전혀 어려울 게 없었다. 하나 어려운 환자가 있긴 했지만, 이미 장티푸스로 진단하고 약도 들어가고 있지 않은가. 덕분에 로비에 나설 때 마음이 이보다 더 홀가분할 수 없었다.

'아, 애들 다 와 있네.'

이젠 낯설어진 동기들의 얼굴을 보자마자 다시 무거워지긴 했지만.

[분위기 망칠 생각 말고 웃어요.]

'알았어, 알았어. 하 근데…… 처음 보는 애들보다 어색하네.'

그렇다고 이제 와서 돌아갈 수도 없는 일 아닌가. 동기들이 보일 반응이 두렵기도 했지만, 수혁은 억지로 웃으며 동기들에게 다가갔다.

"안녕."

"오! 수혁이! 야, 같은 병원 같은 과인데 왜 이렇게 얼굴 보기가 힘들어!"

"새끼, 웬일이냐. 어? 밥을 다 같이 먹자고 하고."

"야, 그냥 단톡방 파자. 이수혁 방으로 해서."

그러나 반응은 의외로 아주 뜨겁다 못해 철철 끓어올랐다.

'응?'

황당한 마음에 바루다를 바라보니, 바루다는 예상했다는 얼굴을 하고 있었다.

[펠로우들한테나 경쟁자지. 동기들한테도 그렇겠어요? 이미 수혁은 넘사벽에 제일 출세할 동기죠. 원장 아들이기도 하고. 염려 붙들어 매라니까, 왜 내 말을 허투루 들어요.]

치이익.

정든 곱창. 아무것도 없는데 꾸덕거리는 식탁하며, 누릿하게 변해 버린 벽지까지, 이름처럼 이미 가게랑 정든 사람들만 올 것 같은 모양새를 하고 있었다. 레트로 감성이 유행이라곤 하지만, 이건 사실 레트로도 무엇도 아닌, 그저 허름한 가게일 따름이었다.

"언제 먹으면 돼요?"

"대충 익으면."

그렇다고 주인장이나 종업원이 친절한 것도 아니었다. 아니, 차라리 무례하다는 말이 더 어울릴 것 같았다. 다른 레지던트들처럼 병원 앞에서 식사한 경험이 별로 없는 수혁으로서는 퍽 당황스러울 정도의 응대였다.

['대충 익으면.'이라고 한 거 맞습니까?]

'어. 내 청각엔 이상 없는 듯.'

[허어……. 자신감 봐라. 대체 얼마나 맛있길래 이럴까요?]

'글쎄……. 나도 몇 번 먹어 봤는데 딱히……. 기억에 남질 않네.'

그럼 혹시 이 모든 것을 감수하고 먹을 만한 맛집이냐. 슬프게도 그것도 아니었다. 그저 병원 앞에 있는 가게라는 게 다였다. 무슨 이런 식당이 다 있냐는 말이 하고 싶을 수도 있겠지만, 막상 이 상권에 와 보면 아마 노력하고픈 생각이 싹 사라질 터였다. 대충 그냥 곱창 비슷하게 만들어 놓으면 가까운 시내마저 갈 시간이 없는 불쌍한 중생들이 와서 비싼 돈 주고 사 먹으니까.

"서비스 주실 거요?"

"고작 6인분 시켜 놓고. 사이다 줄게."

"네, 감사합니다."

퀄리티에 비해 비싸게 받으면서 막 해도 됐다. 심지어 고맙단 말까지 들을 수 있었다. 제대로 호구 인증을 해낸 지상이 방금 받은 사이다를 쓱 하고 밀어 두며 입을 열었다.

"야, 수혁아. 이렇게 보는 거 진짜 오랜만이다. 술 마시지?"

그러곤 소주를 수혁의 잔에 따라 주었다. 동기끼리 하기엔 좀 많이 예의 바른 모양새였다.

"어? 어어, 마시지. 땡큐."

수혁은 그게 좀 이상하다 여겼지만 일단 잔을 받았다.

"너무 누추한 데 모시는 거 같아서 미안하다, 야."

반대편에 앉은, 성이 김 씨였는지 이 씨였는지 헷갈리는 동기 녀석이 너스레를 떨었다.

"누추하긴, 이 근처 맨날 왔었는데."

"원장님 아들인 줄 알았으면 맛있는 거 사 달라고 할걸."

"난 너 진짜 가난한 줄 알았잖아. 옷도 같은 거 입고 일한다고 해서. 생각해 보니까 과외하면서 어떻게 4등 졸업을 했나 싶더라. 말도 안 되는 일이었어."

아무래도 오랜만에 보는 사이다 보니 대화 주제가 제한되었다. 이 둘뿐만 아니라 거의 대부분 한동안 원장 아들에 관한 얘기를 주야장천 해 댔다.

'나 진짜 과외하면서 4등 한 건데.'

[그게 그렇게 어려운 일인가요?]

'인마, 의대 공부가 만만하냐? 남 가르쳐 가면서 할 수 있는 게 아니라고.'

[흐음.]

수혁 입장에서는 별 소득 없는 얘기였는데, 그나마 하나 고르자면 방금 바루다가 보인 태도라 할 수 있었다. 지금까지 허구한 날 바루다 만나기 전, 그러니까 학생 때도 잘했다고 하면 맨날 콧방귀만 뀌더니, 동기들 얘기를 듣고는 아주 약간 평가를 수정한 모양이었다.

"그건 그렇고……."

그렇다고 계속 이 시간 낭비에 가까운 잡담을 이어 나갈 생각은 없었다.

[빨리빨리 좀 합시다. 이 자식들은 무식한 놈들이 공부 안 하고 술이나 처먹고, 어? 이러니까 태화의료원이 밀리지.]

'아니, 그 정도는 아니야. 레지던트들 잘못이겠냐, 설마.'

[기둥인 내과가 이러니까 밀리는 거죠. 지금 내과가 기둥이 아니라고 하는 겁니까?]

'논리 비약이 좀 심한데?'

[아무튼, 빨리 용건이나 말하고 일어납시다. 공부가 밀렸어, 지금.]

'언제는 가라고 가라고 난리를 피우더니.'

[의사라는 양반들이 이렇게까지 시간 낭비하는 줄은 몰랐지.]

시간 낭비라고 하기엔 불과 30분밖에 지나지 않았지만, 수혁이 바루다와 함께하게 된 지도 벌써 2년이 다 되어 가고 있지 않은가. 그냥 뭐 가까이 지낸 게 아니라 한 몸으로 지낸 게 그만큼이었다. 어느새 바루다가 수혁을 닮은 만큼이나 수혁도 바루다를 많이 닮아 있었다.

"오늘 지상이 통해서 만나자고 한 건……. 다름이 아니라 신현태 과장님이 의국장 어떻겠냐고 말을 하셔서."

"아……. 의국장."

"오."

"뭐, 사실 너밖에 할 사람이 없긴 하지."

몇몇은 그럴 줄 알았다는 듯 고개를 끄덕였고, 몇몇의 눈동자에는 아쉬움이 스쳐 지나갔다. 단지 교수의 길에 가까워서는 아닐 터였다. 수혁은 의국장이란 직함에서 귀찮음을 제일 먼저 떠올렸지만, 다른 이들은 직함에서 권력을 떠올리기 마련이기 때문이었다.

"과장님이 직접 말씀 주신 거라 거절하기는 좀 그렇고……. 너희들 의견을 들어 보려고."

수혁은 특히 바루다가 많이 아쉬워하고 있다던, 이 씨인지 김 씨인지 헷갈리는 녀석을 보며 말을 이었다. 말투는 부드럽기 그지없었지만, 해석해 보자면 '나는 할 건데 반대하는 사람 손 들어.' 정도였다.

'이걸 꼭 해야 된다 이거지?'

[빨리 교수가 하고 싶으면 합시다. 논문도 쫙쫙 뽑아 먹어야죠.]

'알았다…….'

비록 속으론 여전히 갈등하고 있었다 해도, 겉으로 드러난 수혁의 눈은 단호하기 이를 데 없었다. 그리고 이 자리에서 수혁에게 대놓고 대들 수 있는 사람은 없었다. 왕따라서 그동안 어울리지 않은 게 아니지 않은가. 수혁도 나름 어울리는 사람들이 꽤 있었으나, 그저 노는 물이 달랐을 따름이었다. 적어도 레지던트들 사이에서는 준교수급이었다.

"어? 네가 하면 좋지."

"그래, 네가 발표 준비 봐주고 하면 우리야 안심이지."

"논문 2저자 주면……. 좀 도와주고 할 거지? 그럼 난 무조건 찬성이야."

혓바닥이 좀 긴 친구가 있긴 해도 다들 찬성이었다.

"아, 당연하지. 논문 2저자면 통계도 돌리지."

수혁은 딱히 거기다 대고 산통을 깨진 않았다. 바루다의 조언도 필요 없었다. 그전에도 나름 원만하게 잘 지내는 편이었으니까. 인간관계에 서툰 편은 아니라는 뜻이었다.

[됐군요. 뭐……. 이 사람들이 설마하니 SCI 점수 높은 곳에

낼 리는 없겠지만, 그래도 2저자가 열 개 이상 쌓이면 교수 임용에 유리하긴 할 겁니다.]

'열 개면 당연하지. 근데 그게 되나?'

[다들 수혁에게 부탁 못 해서 안달일 텐데……. 의국장 달면 핑계가 생기는 셈이죠. 제가 도와주면 논문도 두어 시간 만에 뚝딱 아닙니까? 데이터만 있으면.]

'음.'

논문을 두어 시간 만에 쓴다. 아마 누가 들으면 '이런 싸가지 없는 새끼' 하고 후려칠 만한 발언일 터였다. 하지만 수혁은 가능했다. 바루다가 있으니까. 물론 좋은 논문을 쓰려면 아이디어와 연구 계획이 중요하니 얘기가 달라지겠지만, 그게 아니라면 이미 세워진 연구 계획에 따라 데이터까지 축적해서 가져오면 뚝딱이었다.

'좋네.'

[좋죠. 게다가 후배들한테 조금 더 잘해 줘 보세요. 이수혁 사단도 생길 겁니다. 보셨죠? 이현종 원장, 순환기내과에서의 입지를.]

'대단하긴 해.'

이현종은 순환기내과 내에서 학술적으로도 어마어마한 업적을 세운 사람이었다. 한때 흉부외과의 전유물로만 여겨졌던 심근경색에 대한 시술을 내과로 굉장히 많이 가져온 사람이었으니까. 하지만 그것만으로는 설명이 되지 않는 입지를 가지고 있었다. 그건 그가 의국장 시절 쥐어 패는 악습을 없애고, 자기 돈을 들여다 애들 밥 사 줘 가면서 만든 이현종 사단의 힘이라고 봐야 했다. 아무래도 태화의료원이다 보니 그 사단 대부분은 하다못해 지방 병원이라도 가서 교수를 하고 있었다. 전국 방방곡곡에 이현종이 뜨면 모실 사람이 있단 얘기이기도 했다.

'좋아……. 올해는 좀 더 바쁘겠네.'

[그렇다고 공부 소홀히 할 생각은 하지 마시고요.]

수혁이 바루다와 더불어 장밋빛 미래를 그리고 있을 때쯤, 나머지 인원들도 수혁과는 조금 다른 주제를 가지고 계속 떠들어 대고 있었다.

"근데 그럼 약국장은 누가 하지?"

"음……. 그러게. 누가 하려나."

바로 약국장은 누구냐에 대한 논의였다. 어찌 보면 이 자리를 탐내는 사람이 훨씬 많을 수도 있었다. 의국장은 사실 무형의 가치를 가진 자리지만, 약국장은 실질적 이득이 있는 자리기 때문이었다. 옛날 리베이트가 활성화되어 있을 땐 오히려 약국장이 의국장보다 위였을 때도 존재했을 지경이었다. 소위 알값 받아 그랜저 뽑는다는 말이 있었으니까.

"그건 의국장 권한 아니야?"

"하긴 의국장이 자기 도울 사람 뽑는 거지."

예전 같진 않지만, 지금도 이런저런 혜택들이 있었다. 제약 회사들이 호텔에서 여는 심포지엄에 가면 식사권을 준다든지, 숙박권을 준다든지, 또는 점심이나 저녁에 와서 자기 돈 주고 먹기엔 좀 부담스러운 음식을 사 준다든지 등등. 불법은 아닌데, 묘하게 불법스러운 혜택들이라고 보면 되었다. 심지어 여전히 인성에 따라 불법을 하는 놈도 있었다. 대표적인 예로, 이미 졸국하고 나간 지 1년 된 김진용이 있었다. 고급 승용차의 대명사인 제네시스를 샀다는데, 레지던트 월급으로는 턱도 없는 일이었다. 고작해야 레지던트에 불과한 약국장이 이럴 수 있는 이유는, 그리 중요치 않은 약이라 해도 그 약을 결정하는 권한이 있기 때문이었다.

"그래서 말인데……. 약국장은 의국장을 도와야 하잖아."

그때, 지상이 약간 불쾌해진 얼굴을 하고서 입을 열었다.

[분해 효소가 좀 부족한 모양입니다. 하긴, 동양인 중에서는 그런 경우가 많죠.]

바루다는 그런 지상을 보며 이러쿵저러쿵 의학적인 내용을 주워섬겼고, 수혁은 '이놈이 대체 무슨 말을 하려고 이러나.' 하는 얼굴로 잠자코 있었다.

"내가…… 그래도 이 중에서는 수혁이랑 제일 친하지 않나?"

그랬더니 아주 뻔한 소리를 늘어놓았다.

'오……. 왜 그렇게 모임 만드는 데 열성적이었나 했더니.'

[야심 있는 친구였네요.]

아무리 뻔한 소리라 해도 이만큼 뻔뻔하게 늘어놓기는 쉽지 않은 일이었다. 때문에 수혁이나 바루다 모두 감탄해 마지않았다.

"내가 약국장 하는 게 수혁이도 그렇고, 뭐 여러모로 편할 것 같은데. 수혁이 생각은 어때?"

다른 친구들도 감탄만 한 건 아니었다. 누군가는 아주 역한 것을 본 듯 눈살을 찌푸리기도 했다. 태화의료원 내과라고 해서 다 태화대학교 의과대학을 나온 건 아니었기 때문이었다. 아니, 오히려 너무 대형 병원이라 대학 동기가 아닌 애들이 더 많았다. 그렇다 보니 친구 사이라 하기도 좀 애매한 녀석들도 있기 마련이었다. 그런 사람일수록 지상의 이 속 보이는 쇼를 참지 못했다.

"음, 뭐. 난 괜찮을 거 같은데."

하지만 그런 이들의 의견이나 생각은 하나도 중요하지 않았다. 결정권을 가진 건 오직 하나 이수혁뿐이었으니까.

"그럼…… 내가 약국장 하는 거야?"

"어, 대신 진짜 많이 도와줘야 해."

수혁은 일부러 지상의 어깨 위에 손을 올리며 '진짜'와 '많이'라는 단어를 강조했다. 아무리 둔한 사람도 눈치챌 정도였는데, 지상도 마찬가지였다. 싸한 느낌이 들긴 했지만, 지상은 약국장이었던 진용이 인스타에 올렸던 사진을 떠올렸다.

'호텔 가서 잠도 자고 식사도 할 수 있어…….'

누군가에게는 그게 뭐지 싶을 수도 있는 일이었지만, 지상에게는 일종의 꿈이었다.

"아, 알았어."

지상은 수혁의 제안이 독이 든 성배라는 것을 알면서도 삼켰다.

"좋아. 그럼 들어갈까?"

그리고 용건을 끝낸 수혁은 손에 든 핸드폰을 들여다보며 그대로 몸을 일으켰다. 발신인은 안대훈. 보지 않아도 알 수 있었다. 안대훈 선에서도, 같이 당직을 서는 2년 차 선에서도 해결 안 되는 환자가 왔다는 걸.

원인이 없어? 배에 물이 차는데?

"아, 그럴까? 들어갈까?"

오랜만에 만난 사이임에도 불구하고 일찍 헤어지자는 말에 별 아쉬움을 남기지 않는 집단 중 대표적인 게 바로 레지던트들이었다. 일이 끝나지 않기 때문이었다. 수혁뿐 아니라, 다른 모든 이들도 그랬다. 잠시 일을 미뤄 두었을 뿐, 들어가면 해야 할 것들이 산더미같이 있었다.

"그래, 들어가자. 그럼."

비단 오늘 그 일을 할 생각이 없다고 해도 마찬가지였다. 20대 후반의 건강한 청년들이 8시도 안 된 시각에 하품을 늘어지게 하고 있었다. 오늘이야 어떻게 시간이 돼서 나왔지만, 어젠 새벽 2시에도 자고 3시에도 잔 몸이지 않은가. 쉴 수 있을 때 쉬지 않으면 남은 건 죽음뿐이었다. 그리 오래지 않은 레지던트 생활이지만, 이 정도의 가르침을 받기엔 너무하다 싶을 정도로 긴 혹독한 세월이었다.

"어, 대훈아."

수혁은 얼마 지나지 않아 병원 로비에 들어설 수 있었다. 그나마 동기들과 있을 땐 전화를 하지 않았는데, 오늘 백당일 동기를 배려하기 위함이었다. 어차피 소문이야 나겠지만, 그 소문의 근원이 수혁 자신이 되면 곤란했다.

[정말 로봇처럼 생각하고 행동하는군요.]

'시꺼, 인마. 다 너 맛있는 거 먹여 주려고 그러는 거야.'

[네, 오늘 먹은 곱창은……. 어휴.]

한숨이 나올 만한 맛은 아니었지만, 그렇다고 1인분 딱 채워서 먹고 싶은 맛도 아니었다. 수혁도 그랬지만 바루다는 어차피 한정되어 있는 수혁의 위장을 그런 맛으로 채우는 것을 혐오하는 편이었다.

'이따 맛난 거 먹을게. 그럼 됐지.'

[감사합니다, 수혁.]

수혁도 그걸 아주 잘 알고 있었고, 또 이걸 이용하면 바루다가 고분고분해진다는 것도 알고 있었다. 때문에 딜은 일사천리로 이루어졌다. 바루다와 협상을 마친 수혁은 대훈에게 전화를 걸었다.

"아, 네. 선생님!"

대훈은 꽤 당황한 목소리였다. 일단 수혁이 전화를 꽤 오래 끌고 다시 해 주었기 때문일 텐데, 조금 이상한 일이었다. 진짜 급한 환자였으면 다시 전화를 걸거나 문자라도 보냈을 테니.

"무슨 환자길래 그래?"

"그……. 제가 지난주에 봤던 환자인데요."

"지난주?"

이건 또 무슨 소리일까. 수혁은 엘리베이터에 오르며 질문을 이어 나갔다.

"지금 어딘데. 병동이 어디야."

"19층 서 병동이요."

"19층 서? VIP야?"

"그건 아닌데……. 일단 병실이 여기밖에 없어서요. 다행히 환자 어그리(동의)는 됐는데, 그래도 좀 부담이에요. 원래 6인실 계시던 분이거든요."

"음, 아무튼 지금 갈게. 가서 볼 수 있게 차트 열어 놔 줘."

"네, 선생님. 감사합니다."

수혁은 전화를 끊으면서 핸드폰에 표기된 시간을 확인했다. '8시 12분.'

외래고 뭐고 다 끝났을 시간 아닌가. 그런데 지난주에 본 환자가 이 시간에 입원을 했다. 어떻게 생각해도 좋은 징조는 아니었다.

[입원했을 당시 있었던 문제가 다시 발생한 모양인데요?]

'아마 그랬겠지. 음…….'

[6인실에 있던 환자를 특실로 받다니. 골치 좀 아프겠는데요.]

'그러니까. 이게……. 가격 차이가 좀 심해야지.'

6인실은 막말로 우리나라에 존재하는 그 어떤 숙박 시설보다 저렴하다고 보면 되었다. 가성비가 좋다, 뭐 이런 말이 아니라 정말 쌌다. 밥도 나오는데 하루 본인 부담금이 2만 원 선이지 않은가. 하지만 특실은 그 열 배, 아니 스무 배도 아득히 넘어가는 게 보통이었다. 특히 태화의료원의 특실은 정말 호텔방처럼 잘 꾸며져 있었기에 가격대가 아주 셌다. 환자가 부담해야 하는 금액이 2만 원에서 60만 원으로 올랐다. 화가 안 나면 그게 이상한 일이었다.

띵.

그때 엘리베이터가 멈추어 섰다.

"선생님!"

앞에는 대훈이 서 있었다. 고개를 돌려 보니, 아마도 백당직이었던 것으로 보이는 동기 하나가 어물거리다 사라졌다.

[원래 백당직한테 노티 의무가 있는 건 아니니까요.]

바루다는 수혁의 짜증을 풀어 주기 위해 그 동기를 대변했다. 아주 뻔한 놈이었다. 빨리 해결이 돼야 밥을 먹는다, 이 말 아니겠는가. 수혁은 머리 위에 나는 놈 같지만 이럴 땐 또 단순하기 짝이 없는 바루다를 떠올리며 피식 웃었다.

"어, 준비됐어?"

"네. 이쪽으로……."

"원래는 뭐로 입원했던 거야?"

"그…… 배가 불룩해지는 증상으로 입원했습니다."

"배가 불룩해져?"

"네, 여기."

대훈은 수혁이 말했던 것처럼 차트를 띄워 놓은 참이었다. 창을 확인한 수혁은 더 캐묻는 것을 고만두고 차트를 탐색하기 시작했다. 아무리 대훈이 똘똘한 1년 차라 해도, 말하는 걸 듣는 것보단 눈으로 훑는 게 더 빨랐기 때문이었다. 보다가 궁금한 점에 대해 선별적으로 묻는 게 훨씬 효과적일 터였다.

[여자 33세군요. 젊은데?]

'저번에 입원한 거 보니까……. 입원 10일 전부터 손이 저리고 찬물에 담그면 하얗게 질리는 증상도 있었네.'

[흠……. 손이 저리고 하얗게 질린다.]

딱 여기까지만 놓고 보면 떠오르는 질환명이 하나 있었다. 레이노드 신드롬(손가락, 발가락 혈관이 수축하여 끝이 창백해지거나 변색되는 질환). 하지만 그건 만성적인 질환이었다. 게다가 안대훈이 그래도 수혁에게 배운 게 거의 1년인데 이것도 못 맞힐까?

원인이 없어? 배에 물이 차는데?

'그럼 죽어야지.'

[맞아요. 이건 죽어야 해요.]

바루다도 감히 변호하지 못할 만한 일이었다. 수혁은 제발 아니길 바라며 스크롤을 굴렸다.

'내원 7일 전부터는 배가 불렀다. 오, 아닌가?'

[입원 당시 한 복부 초음파가 있네요. 잉?]

'왜 간경화야? 그 전에 아무 히스토리도 없는데. 이렇게 갑자기?'

[그……러니까요? 이상하네.]

간경화는 간에 생기는 질환 스테이지 중 끝자락에 있는 녀석이었다. 여기서 더 나쁜 게 생기려면 암 정도나 있으려나? 아니, 때에 따라선 둘이 별로 다른 게 없을 수도 있었다.

"전에 검사한 거에 따르면, 일단 바이럴 마커가 다 음성이었어요."

잠시 이상하게 보고 있으니, 뒤에 선 대훈이 부리나케 부연 설명을 해 왔다. 이에 대해선 입원 기록이 아니라 어디 다른 곳에 적혀 있는 모양이었다.

"바이럴 마커가 다 음성이야?"

"네."

"흐음……."

바이럴 마커란 이 사람이 B형 간염, C형 간염과 같은 만성 간염을 일으킬 수 있는 바이러스에 걸린 적이 있는지 확인하는 검사라고 보면 되었다. 그게 다 음성이라면, 적어도 간경화를 일으킨 원인 중 바이러스는 배제해도 좋았다.

"술을 좀 자시나?"

알코올성 간경화. 생각보다 우리나라에서는 차지하는 비중이 그렇게 크진 않은 질환이었다. 다른 나라에 비해 음주 습관이 건전해서일 리는 없으니, 그저 B형 간염이 너무 많았던 탓이었다. 게다가 남자도 아니라 여자였다. 최근 들어 여성들에게서도 알코올 문제가 슬슬 늘어나고 있다고는 하지만 아직은 드물었다. 수혁은 기대감이 거의 담기지 않은 목소리로 물었다.

"계속 아니라고 하다가……. 저희가 매일 물어보니까 매주 맥주 2, 3병씩 마셨다고는 하셨어요."

"어? 2, 3병? 아, 일주일에."

하루 맥주 2, 3병이라면 묻지도 따지지도 않고 알코올성으로 갔을 텐데, 일주일에 2, 3병이라면야 그냥 사회적 음주자이지 않은가. 수혁은 고개를 주억거리다 이내 다음 질문으로 넘어갔다.

"랩은 어때? 깨지진 않았어?"

"아뇨. 랩은…… 괜찮았습니다. 알부민도 정상이었고, 간 수치도 정상이고. CBC도 다 정상이고요."

"그래? 이상한 게 전혀 없었어?"

"빌리루빈(담즙 구성 성분, 상승 시 황달 증상)이 좀 뜨기는 했었어요."

"얼마."

"0.7?"

0.5mg/dL이 정상인데 0.7이라. 솔직히 별 의미 없는 수치라고 보면 되었다. 그런데 초음파상 간경화가 저렇게 보여? 이상했다.

"야……. 전에 입원했을 때, CT 안 찍었나. 혹시?"

"아, 찍었습니다."

"그래? 봐 봐."

"네."

CT를 봤더니 웬걸, 간경화 소견이 아주 명확하진 않았다. 있긴 있는데, 적어도 초음파에서 보였던 것처럼 심하진 않아 보였다.

[뭐여?]

'모르지, 나도.'

수혁은 고개를 갸웃거리며 처음 입원 기록에 있던 초음파 사진을 가리켰다.

"이거 뭐야. 우리 병원에서 한 거 아닌가?"

"아……. 네. 로컬에서."

"아, 해상도가 좀 낮았나?"

"아마 오류가 있었던 거로 보입니다. 다만 복수는 어마어마한 양으로 확인이 됐고, 환자 몸무게도 53kg에서 10kg이나 졌다고 진술했습니다."

"급격한 간 기능 이상이 있었던 것은 맞다 이거지? 근데 랩이 깨질 만큼 충분히 시간이 지난 건 아니었고……. 음."

대훈은 수혁의 말에 습관적으로 '네.'라고 하려다 입을 다물었다. 수혁이 이렇게 음이니 뭐니 하면서 고개를 주억거릴 땐 뭔가 생각에 잠길 때이기 때문이었다.

'30대 여자. 급격한 간 기능 이상에……. 레이노드 증세도 있고.'

[자가 면역 질환일까요?]

'자가 면역 간염이나 윌슨병(간에 구리가 축적되는 유전 질환) 등이 있겠지.'

[그걸 저번 입원했을 때 배제하지 않았을 거 같진 않은데.]

'아……. 이거 처음 입원하는 게 아니구나, 참.'

수혁이 워낙에 날아다녀서 그렇지, 태화의료원에 있는 다른 의사들이라고 해서 절대적으로 무능한 건 아니었다. 3차 의료 기관을 넘어 4차 의료 기관이지 않냐는 말이 공공연하게 돌 만큼이나 대단한 의사들이었다.

"혹시 윌슨이랑 자가 면역 간염은 검사했니?"

수혁은 확신을 가지고 물었다. 그 말에 대훈은 고개를 끄덕이며 답했다.

"네, 교수님이 해 보라고 하셨거든요."

"결과는?"

"음성이었어요. 아무것도 안 나왔습니다."

"류마티스 검사는 안 했나? 일단 레이노드 증세는 있었잖아."

"아⋯⋯. 네, 했는데 다 음성이었습니다."

호오. 다 꽝이라 이거지? 진단하는 입장에서 이것만큼 힘 빠지게 하는 경우가 또 있을까? 아마 대훈도 그랬겠지만 간 파트 교수님도 허탈했을 게 뻔했다. 하지만 그렇다고 진단명마저 붙이지 못했을까? 명색이 태화의료원 교수인데?

[그건 아니겠죠.]

'그렇지?'

머릿속에 떠오르는 진단명이 아예 없지는 않지 않은가.

"그럼 이디오패식(idiopathic, 특발성, 원인 불명) 레이노드 신드롬으로 보고 치료했나?"

해서 그 진단명을 말했더니, 안대훈이 흠칫 놀랐다. 그리고 곧 '역시 수혁 선배야.'라는 얼굴이 되어 고개를 끄덕였다. 어떻게 된 게 이제 겨우 2년 차 말인데 교수님처럼, 아니 더 빨리 판단을 내릴 수 있을까. 정말 괴물이라는 말이 실로 어울리는 인간이었다.

"네. 그렇게 보고 증상 조절에 들어갔습니다."

"엔세이드(비스테로이드 항염증제)?"

"네. 그리고 입원 4일째에, 별거 안 했는데 복수가 줄어들기도 했고⋯⋯. 환자가 술 얘기까지 했어요. 다른 원인은 찾을 수 없었기 때문에⋯⋯. 우선은 술 끊고 보기로 했습니다. 외래에서."

"근데 오늘 다시 왔군."

"네."

아마 술을 끊었는데도 더 안 좋아진 모양이었다. 어떻게 돼서 왔으려나. 수혁은 일단 더 차트 뒤지는 것은 의미가 없다고 판단했다.

"가 보자, 환자 어디 있지?"

"병실에요. 그…… 좀 심기가 불편해서 그런데. 사납게 대응할 수도 있어요."

"걱정 마. 내가 뭐 하루이틀 환자 보냐."

"죄송해서……."

"괜찮아, 인마. 일단 보고 치킨이나 먹자. 밥 못 먹었지?"

"아. 감사합니다."

수혁의 치킨 드립에 제일 격한 반응을 보인 건 수혁의 위장도 대훈도 아닌 바루다였다.

[뭐 이쁘다고 치킨을 삽니까! 우리 먹을 것도 없는데!]

'두 마리 시킬 거야.'

[어……. 그럼 맛 네 개 골라도 되냐? 반반 두 개로.]

'음……. 그러든지.'

[그럼 최선을 다해 보겠습니다. 환자에게 가시죠.]

수혁은 환자가 있는 병실로 가면서도 내내 원인에 대해 생각했다.

'술은 아니야. 매일도 아니고……. 주당 2, 3병으로는 그렇게 될 수는 없지.'

[윌슨병이 아닌 게 좀 충격이네요.]

'그러게. 보통 이럴 땐 윌슨병이던데.'

비록 수혁이 뭐 경험이 아주 많은 의사는 아니었지만, 그래도 '보통'이라든지, '대개'라든지 하는 단어를 쓸 정도는 된 참 아니던가.

'그래서 내과가 재밌는 거지.'

덕분에 의외의 상황을 접할 때가 간혹 생겼다. 다행인 점은 이게 충격으로 다가오는 게 아니라 재미로 느껴진다는 점이었다.

[벌써 맨날 다 맞히면 이상하긴 하죠. 의학은 방대하고 수혁은 아직 공부를 X도 안 했으니까.]

'시꺄…….'

물론 이럴 때마다 바루다의 갈굼이 뒤따르긴 했지만, 이 정도야 뭐 웃어넘길 수 있는 내공이 생긴 지도 한참 된 마당이었다.

"환자분, 아까 제가 말씀드렸던 이수혁 선생님 오셨습니다."

수혁이 병실 앞에서 시답잖은 생각을 하고 있는 동안 대훈은 안으로 조르르 들어갔다. 그러곤 수혁에 대해 이러쿵저러쿵 떠들어 대기 시작했다.

"벌써 학회 발표도 여러 번 하시고, 논문도 내신 우수한 선생님이세요. 도움이 될 겁니다."

아무래도 아직 교수가 된 건 아니라 뭔가 좀 자랑이 옹색한 느낌이었다. 하지만 일반인이 듣기엔 학회 발표나 논문이라는 단어가 상당히 그럴싸하지 않겠는가. 환자는 '흐음.' 하고는 고개를 끄덕였다.

"알겠어요."

"네, 선생님. 들어오시죠."

"음?"

다만 수혁이 아직 너무 어려 보이는 게 흠이었다. 학회니 뭐니 하는 소리를 늘어놓을 땐 그래도 중년의 의사를 떠올렸는데, 막상 들어온 건 대훈보다도 더 어려 보이는 사람이어서 환자는 조금 언짢은 얼굴이 되었다. 퇴원하고 일주일도 안 돼서 같은 증상으로 입원한 것도 짜증 나고, 또 6인실이 아니라 1인실에 입원한 것도 짜증 나는데 이런 애가 오다니. 그나마 대놓고 싫은 소리를 하지 않은 것은 대훈의 태도 때문이었다.

"선생님, 아까 말씀드린 환자분입니다. 원인 불명의 간 기능 이상 및 복수 증세로 입원했습니다."

말투도 공손하기 짝이 없는데, 자세는 더더욱 그러했다. 이러다 머리가 바닥에 닿는 거 아닌가 하는 생각이 들 지경이었다. 보통 비슷한 연배에서 저렇게까지 굽신거리던가? 응급실에 있을 때도 인턴이니, 레지던트니 하는 사람들을 봤지만 이 정도는 아니었던 거 같았다.

'모르긴 해도……. 생긴 것보다는 연배가 위인가 보다. 하긴…… 이 선생님은 머리가 좀 없잖아. 그래서 더 들어 보이는 편이지.'

환자는 곧 언짢은 기색을 풀고 수혁을 바라보았다.

"안녕하세요, 이수혁입니다."

"아, 네."

수혁은 그런 환자에게 영업 미소를 띠며 인사하는 동시에 환자의 안색을 살폈다.

[황달은 없군요.]

'복수는 꽤 많아. 입원 당시 찍은 CT 정도는 되겠어.'

[입원 당시 줄었다고 하던데 그만큼 다시 찼다고 봐야겠군요.]

호전된 이유도 모르고, 악화된 이유도 모르는 셈이었다. 그야말로 환장해 돌아가시겠다는 말이 절로 나오는 상황이라 할 수 있었다.

"환자분, 몇 가지 질문을 좀 드리겠습니다. 괜찮으시죠?"

"네."

계속 머릿속으로만 생각할 거면 굳이 환자를 찾아올 이유가 없지 않은가. 수혁은 질문을 하기 시작했다.

"혹시 퇴원하고 음주하신 적이 있나요? 기분 나빠하시진 않았으면 좋겠어요. 아주 중요한 절차라서요."

"아뇨, 안 마셨어요. 그리고 괜찮아요. 저도 빨리 낫고 싶거든요."

"네. 음, 금주했는데 안 좋아졌군요."

그렇다면 역시나 알코올에 의한 간 병변은 배제해야 할 터였다. 이게 꽤 정직한 질환이라 술을 먹으면 심해지고, 끊으면 좋아지는 게 보통이었다. 한 가지 질환을 배제하긴 했지만, 딱히 기쁘거나 하진 않았다. 어차피 가능성은 적은 질환이었으니까.

"퇴원 당시 몸무게 기억하시죠?"

"아……. 네. 그때 55kg이었어요."

"그게 바로 늘던가요?"

"아뇨, 53kg까지는 줄었었어요."

"거의 평상시 몸무게였네요?"

"네."

수혁은 고개를 주억거리면서 방금 본 입원 차트를 떠올렸다.

[지금은 다시 63kg입니다.]

'10kg이 늘었구만.'

사람이 제아무리 폭식을 한다고 해도 일주일도 안 되는 시간에 10kg을 살로 찌울 수는 없는 법이었다. 그 말은 곧 이번에 늘어난 10kg은 전부 복수라고 봐도 무방하다는 뜻이었다.

"이뇨제도 꾸준히 드셨는데, 이런 거죠?"

"네? 아……. 네. 아무튼, 처방받은 약은 계속 먹었어요."

"그렇군요."

도대체 뭘까. 수혁으로서는 꽤 오랜만에 느껴 보는 갑갑함이었다. 이걸 타개하려면 뭘 어떻게 해야 될까.

[CT를 다시 찍어 보죠.]

'CT를 뭐 하러 다시 찍어? 일주일 만에 얼마나 변한다고?'

그때 바루다가 의견을 개진해 왔다. 이미 찍었던 CT를 또 찍자니. 평소와는 달리 아주 혹할 만한 의견은 아니었다. 시큰둥한 반응을 보였더니, 이내 바루다는 거의 무슨 걸레짝 보는 듯한 눈빛을 보내왔다. 적반하장이 따로 없단 생각이 들 때쯤이 돼서야 다시 입을 열었다.

[제가 설마 같은 CT를 또 찍자고 하겠습니까?]

'그럼 뭔데. 내가 모르는 CT가 또 나왔냐?'

[어휴.]

그러곤 얼마 말을 섞지도 않고선 한숨을 쉬어 댔다. 슬슬 또 선 넘나 하는 생각마저 들었다. 그게 결국, '오늘 치킨은 없던 일로 하자.'가 되자 바루다도 급해졌다.

[아니, 이 양반이 왜 이래. 왜 이렇게 성질이 급해.]

'네가 빡치게 하잖아.'

[그렇다고 치킨으로 협박을 해요? 사람이 인성이 덜됐네?]

'너한테 내가 인성 운운하는 소리를 들어야겠냐? 그리고 우리 환자 앞에 있다. 아무리 가속해서 대화한다고 해도 이제 이상하게 여길 때쯤 됐어.'

아닌 게 아니라, 침묵이 벌써 5초를 넘어가고 있었다. 짧은 시간 아닌가 할 수도 있겠지만 한창 대화 중에, 그것도 의사와 환자의 대화 중에 발생하는 5초간의 정적은 꽤나 길었다.

"정말로 다 드신 거죠? 간혹 빼먹는 분도 계셔서."

"다 먹었다니까요?"

다행히 대훈은 간혹 수혁이 이런다는 걸 너무 잘 알고 있었기에 쓸데없는 얘기로 시간을 끌었다. 물론 대훈이 딱히 이쪽으로 전문적인 학위를 가지고 있거나 한 것은 아니었기에 어설프기 짝이 없는 시도일 뿐이었다. 이 애처로운 시간이 너무 오래가게 두어서는 안 된다는 뜻이었다.

'뭔데.'

[Liver dynamic CT는 안 찍었잖아요. 이미 알코올성 간 병변은 배제했으니……. 어떤 문제가 있는지 봐야죠.]

'아.'

Liver dynamic CT. 간이라는 장기가 가진 특성 때문에 존재하는 방식의 촬영 기법이었다. 총 세 개의 페이즈로 나뉘는데, 각각 동맥, 간문맥 그리고 지연 페이즈 이렇게 불렸다. 보통 동맥 페이즈에서는 동맥을 자세히 볼 수 있고, 지연 페이즈에서는 정맥을 자세히 볼 수 있었다. 그 외에도 일반적인 CT에 비해서는 얻을 수 있는 정보가 훨씬 많았다.

'그래, 그게……. 감별점을 줄 수 있겠네.'

[그렇죠? 뭐 판독이 좀 어려운 게 단점이기는 한데.]

아마 바루다의 말을 다른 내과 의사가 들었다면 어이가 없어서 웃었을 터였다. 복부 영상 검사는 그게 초음파가 됐건 CT가 됐건 MRI가 됐건 간에 다 어려웠기 때문이었다. 어지간히 숙달된 소화기내과 전문의가 아니고서는 쉬이 판독할 수가 없었다. 아니, 숙달된 소화기내과 전문의라 해도 영상의학과 전문의와의 토의가 아주 자주 필요했다.

'모르겠으면 김진실 교수님한테 여쭤보지, 뭐.'

[인맥이 있어 좋군요.]

다행히 수혁은 아는 사람이 좀 있는 편이었다. 그것도 아주 우수한 사람으로. 수혁은 자신 있게 말할 수 있었다.

"검사 하나만 더 해 봤으면 좋겠네요."

"검사요? 저번에 어지간한 건 다 했는데요?"

자신 있다고 해서 항상 환영받는 건 아니었다. 특히 꺼낸 것이 검사 더 해 보자는 말이면 그랬다.

"네, 그러시긴 한데. 그때보다는 지금 더 많은 정보가 있으니까요. 더욱 필요한 검사를 해 볼 수 있습니다."

"음……."

물론 수혁이 아주 다양한 환자들과 지지고 볶고를 많이 해 온 덕에 무난히 넘어갈 수 있었다.

"CT를 찍어 볼 거예요. 전에 찍은 거랑은 좀 다릅니다. 더 많은 정보를 얻을 수 있어요."

"음……."

"기록에 보면 찍는 당시에 별로 부작용은 없었던 거 같은데, 맞나요?"

"네, 뭐. 조금 뜨끈한 정도?"

"이것도 크게 다르진 않아요. 약간 검사 시간이 긴 게 단점인데. MRI처럼 길지는 않습니다. 대훈아, 언제 가능한지 알아볼래? 새벽에라도 가능하면 찍고 보자."

수혁은 아주 자연스럽게 대훈에게 지시를 내렸다. 대훈이야 바라던 바였기에 급하게 그의 지시에 따랐고, 환자는 '내가 한다고 했나?' 하면서도 그냥 그 모습을 지켜보았다. 한 치의 의심도 없이 움직이는 대훈을 보고 있자니, 어쩐지 될 거 같았다.

"오, 선생님! 한 20분 뒤에 내려보내라는데요? 빈다고."

"그래? 야, 그럼 이송 요원 부를 시간이 있나?"

"제가 인턴 쌤이랑 다녀오겠습니다!"

"아……. 그래, 그래. 그래라."

게다가 막 지금 찍을 수 있다고 기뻐 날뛰는 걸 본 후에는 '이러다 못 찍으면 어쩌지.' 하는 걱정마저 들었다.

"자, 환자분 갈게요."

"어……. 네. 감사합니다."

결국에는 감사하다는 말까지 나왔다.

"죄송합니다, 저는 다리가 이래서."

"아뇨, 아뇨. 괜찮습니다. 빨리 찍고 올게요!"

사과하는 수혁을 향해서는 상당히 열정적으로 손까지 내저어 주었다. 복수만 안 차 있었다면 자리를 박차고 일어나서 아니라고 했을지도 몰랐다. 그 모습을 보면서 바루다가 한마디 툭 꺼냈다.

[역시 세상에 나쁜 사람은 별로 없네요.]

'환자들이야 아파서 그렇지. 낫게만 해 주면 다 착해져.'

[뭐……. 아닌 경우도 있긴 하지만. 대개는 그랬죠.]

바루다는 병원 데이터를 쓱 훑으며 대꾸했다. 개중에는 '다 나았는데 왜 보험에서 커버 안 되는 치료를 했냐.'라고 하면서 담당 의사 명치를 후려 깐 환자에 관한 내용도 있었다. 듣기만 해서는 진짜 특이한 케이스 같겠지만, 의외로 왕왕 있는 일이었다. 태화의료원 전체로 범위를 넓히면 거의 매달 있었다.

'슬슬 영상 올라오네.'

20분 안에 오라더니, 내려가자마자 냅다 찍고 있는 모양이었다. 실시간으로 영상이 넘어오고 있었다. 옛날에는 이것도 한 세월 걸렸다고 하던데, 이현종이 원장 된 후로 돈 들여 망을 깔고 난 후에는 거의 몇 배는 빨라져 있었다.

[돈지랄의 기쁨이라고 할 수 있죠.]

평소에는 별로 체감이 안 나는데, 이럴 때는 확실히 도움이 되었다.

'일단 보기나 해. 일반 CT에서 안 보였던 게 보여야 되는데…….'

[우리 눈에 안 보여도 의미가 있을 수 있어요. 이건 영상 전문의가 필요할 수 있습니다.]

'그래도 일단 보라고, 혹시 모르잖아? 나 너 때문에 리뷰한 복부 CT가 벌써 수천 건이야.'

[하라고 할 땐 그렇게 싫다고 내빼더니. 보세요, 다 도움이 되죠?]

'찾아내면 그런 거로 하자. 근데 못 찾아내면 다 헛짓이니까 고만하고. 너 왜 답이 없냐?'

수혁은 이쯤 되면 뭐라 대꾸해야 할 녀석이 조용하니 좀 이상했다. 왜 답이 없는지 물어보는 순간 어지러운 느낌이 일었다. 누군가 뇌 기능의 일부를 더 훔쳐 가는 느낌. 그 누군가가 바루다인 것은 자명한 일이었다.

'너 설마…….'

[풀가동합니다. 제가 맞았다는 걸 증명합니다.]

"으."

이 자식이 어찌나 최선을 다하는지 수혁은 제대로 서 있기조차 힘들 지경이었다. 운동 기능을 유지하는 데 써야 할 뇌의 기능까지 다 가고 있다는 얘기였다. 이러다 덜컥 심장도 멈추면 어쩌나 하는 생각이 들 때쯤, 바루다가 입을 열었다.

[저도 불수의근까지 조작할 능력은 없습니다. 공부를 안 해서 그런가, 상상력의 방향이 삐뚤어지셨군요.]

'인마……. 갑자기 몸에 힘 안 들어가면 얼마나 무서운지 아냐?'

아마 수혁이 그냥 평범한 20대 청년이었다면 그렇게까지 겁을 먹진 않았을 터였다. 하지만 수혁은 의사였다. 그것도 심심하면 중증 환자들을 봐야 하는 대학 병원에서 근무하는 내과 의사. 어쩔 수 없이 뭔가 증상이 보이면 제일 심각한 질환을 가장 먼저 떠올릴 수밖에 없었다. 방금도 바루다를 의심하기 전까지는 풍을 떠올렸을 지경이었다.

[걱정하지 마십시오, 수혁. 어차피 수혁의 신체에 대해서라면 제가 매일 자가 검진하고 있으니까요.]

'그 말도 좀 소름 끼치거든?'

누군가 자신이 원하든 그렇지 않든 매일 깊숙한 곳까지 들여다보고 있다는 게 달갑다면 그게 더 큰일일 터였다. 다행히 수혁은 그 지경까지 망가진 상황은 아니었기에 짜증 섞인 얼굴로 고개를 가로저었다.

[거 일단 앉았으면 마우스 스크롤이라도 굴립시다. 그냥 아무 생각 없이 해도 좋으니까, 굴려요.]

바루다는 그런 수혁을 그냥 그대로 두지 않았다. 뭐라도 하라고 계속 채근했는데, 수혁으로서는 따르지 않을 도리가 없었다. 찍으라고 한 게 자신 아닌가. 엄밀히 말하면 바루다가 찍으라 했고 자신은 동의한 것에 불과하긴 했지만, 그걸 입으로 올린 건 자신이었다.

드르륵.

수혁은 일단 마우스를 굴렸다. 바루다가 말했던 것처럼 머리를 비워 두지는 않았다. Liver dynamic CT에서 뭐가 보여야만 하지 않겠는가. 그래야 굳이 이 야밤에 CT 찍으라고 환자를 내려보낸 보람이 있을 터였다.

'흐음…….'

[으음…….]

하지만 바루다나 수혁 모두 바로 뭔가를 찾아내진 못했다. 그저 무료한, 조금은 초조한 추임새만 늘어놓고 있을 따름이었다. 그러다 먼저 정적을 깬 것은 수혁이었다.

'아니, 잠깐. 여기…….'

수혁은 마우스로 간 전체를 빙빙 돌렸다.

[뭐요. 간이 커져 있다고? 그건 전에 찍은 거에서도 보이잖아요.]

'아니, 비장이랑 같이 커져 있는 거야 전에도 있었지.'

일명 '간비 종대(hepatosplenomegaly, 간과 비장이 비대해지는 것)'라고 하는 소견은 전부터 있었던 것이었다. 바루다는 심드렁했는데, 수혁은 그걸 말한 게 아니라며 고개를 세차게 저었다. 바루다가 여전히 뇌 기능을 많이 가져간 상황인 것을 감안하면 꽤 거친 반항이었다.

"또, 또 저런다."

"쉿. 너무 대놓고 보지 마. 난 좀 무섭더라."

"착한 거 같은데……. 저게 폭발 사고가 난 다음부터 저러는 거라며."

"똑똑하기도 하고, 원장님 아들이라지만. 저래서야 어디……."

남들이 볼 때는 그냥 정신 나가 보이는 도리질에 불과했지만, 바루다에게는 꽤나 의미 있는 반항일 수밖에 없다는 얘기였다.

[말해 봐요, 그럼.]

'자, 보라고. 지금 우리가 보고 있는 게 동맥 페이즈잖아. 응? 동맥기.'

[알죠.]

'간이 전반적으로 불균일한 침윤(infiltration)을 보이고 있잖아. 이거 아밀로이도시스(amyloidosis, 각종 조직에 특수한 단백질이 쌓이는 병)에서 이렇게 보이지 않나?'

[흐음. 아밀로이도시스라? 재밌는 의견인데.]

바루다가 보기에도, 불균일한 침윤은 꽤 명확했다. 그리고 이러한 특징을 보이는 질환 중 대표적인 것이 바로 아밀로이도시스였다. 단백질의 형성 과정에서 형태에 이상이 생겨 장기나 조직에 섬유질이 형성되는 질환이었고, 침범하는 장기 중 대표적인 것이 간이기도 했다. 하지만 바루다의 흥미는 그리 오래 가지 못했다.

[그렇다고 하기엔 비장은 또 깨끗한데요? 신장도 깨끗하고.]

'음……. 초기……라고 하면 어떨까?'

[아밀로이도시스 초기인데 간경화가 온다? 이거 새로운 이론이네.]

'비, 빈정거리지는 말고. 아닌 거 같으면 아닌 거 같다고 해.'

[상처받을까 봐 배려한 건데요. 틀린 사람한테 너 틀렸다고 하면 안 된다고 한 적이 있지 않습니까?]

'그……. 아니다. 됐다.'

분명 의료 목적으로 만들어진 인공지능이라고 들었는데, 대체 왜 말싸움을 잘하는 걸까. 나중에 기회가 되면 태화전자 개발진을 붙잡고 물어보고 싶었다. 가능하다면 멱살도 잡고.

[일단 내리죠? 다음 페이즈도 막 넘어오고 있는데?]

'알았어. 으음……. 아 씨, 대체 뭐지.'

아밀로이도시스를 생각해 낼 정도면 그래도 제법 고민한 건데, 말하자마자 결과를 부정하는 소견이 보이니 맥이 빠졌다. 가슴 한편에서는 정말 원인이 없는 거 아닌가 하는 불안감마저 번질 지경이었다. 바루다가 항상 경계하는 말이기도 했다.

[또 이러네, 이 양반. 이봐요. 툭 하면 원인 없는 간경화니 뭐니, 이러기 시작하면 내과 의사를 할 이유가 없다니까?]

'아니, 아주 잠깐 든 생각이야. 아주 잠깐.'

[그런 생각 할 시간에 영상을 보라고. 왜 포기를 하려고 해. 어릴 때 뭐 아주 큰 좌절이라도 겪으셨나? 아닌데? 이 몸이 데이터 검토해 봤을 때 그런 거 없었는데?]

'인마……. 네가 내 몸에만 들어와 봐서 그렇지. 고아라는 거 자체가 큰 고난이야.'

[그건…… 어.]

'곤란해지니까 딴청 피우는 것 좀 봐. 깡통 주제에 아주 나쁜 버릇…….'

[아니, 조용히 하라고요. 그리고 방금 전으로 돌려 봐요.]

수혁 정도나 분간할 수 있는 정도긴 했지만, 바루다는 아주 진지한 얼굴을 하고 있었다.

'뭔데.'

[자, 여기서부터 다시 스크롤 굴려 봐요.]

'이렇게?'

[네. 잘 보라고요. 여기…… 좀 이상하지 않아요?]

바루다는 수혁처럼 마우스를 빙빙 돌릴 수 있는 재주 따위는 없었다. 하지만 대신 비문증 비슷하게 수혁의 시야에서 뭔가를 빙빙 돌릴 수 있었다. 처음 이걸 봤을 땐 망막이 떨어져 나가는 중인 줄 알고 어찌나 놀랐던지. 하지만 지금은 그냥 레이저 포인터인데 몸에 내장된 정도라고 덤덤히 넘어갈 수 있게 된 지 오래였다.

'흐음……'

수혁은 바루다가 가리킨 곳, 즉 중간 정맥과 우간 정맥을 바라보았다. 처음엔 동맥 페이즈였으니 당연히 이쪽이 조영 증강되지 않는 것이 당연한 일이었다. 하지만 두 정맥은 무려 지연 페이즈에 이르기까지도 조영 증강이 되지 않았다. 이른바 오패시피케이션(opacification)이 되지 않는다는 뜻인데, 이게 시사하는 것은 단 하나였다.

'피가…… 피가 안 통하네? 이쪽으로?'

그 말은 곧 정맥이 막혔단 뜻이기도 했다. 피가 안 통하게 되었다는 말이나 다름없었다.

[그렇다고 딱히 순환 혈관이 있는 것도 아니고요.]

'어디 다시 봐 보자.'

[네. 보시죠.]

수혁은 여유를 되찾은 바루다가 뇌 기능을 대부분 돌려주는 것을 느껴 가며 처음부터 끝까지 스크롤을 돌렸다. 이게 일반

원인이 없어? 배에 물이 차는데?

CT가 아니다 보니 장수가 꽤 많았는데, 그럼에도 시간이 아주 오래 걸리진 않았다. 이미 커다란 문제는 찾은 후였고, 덕분에 순환 혈관의 유무만 보면 되었기 때문이었다. 그리고 둘은 순환 혈관을 전혀 찾을 수 없었다.

'없어. 이 사람 간은 혈액 순환이 안 돼, 지금.'

[왜 막힌 것 같습니까?]

바루다는 수혁의 말에 대꾸하는 대신 질문을 던졌다. 질문의 의도를 파악하지 못했다면 그 질문이 조금 뜬금없다고 여길 것이다. 그렇다면 우수한 내과 의사가 아닐 테다. 다행히 바루다의 기준에서도 썩 괜찮은 내과 의사에 들어가는 수혁은 대번에 그 의중을 눈치챘다.

'주변에 종양이 있지도 않고, 고름집이 있지도 않아. 뭐······. 암에 의해서 혈관에 침범이 생긴 것도 아니고. 이차적인 이유는 배제해야겠지.'

[그럼?]

'간정맥에 발생한 혈전에 의한 일차적 버드 키아리 신드롬 (Budd-Chiari syndrome, 간에서 혈액이 나가지 못해 간경변이 진행되는 것)이겠지.'

[오······ 많이 늘었군요, 수혁. Liver dynamic CT를 볼 수 있을뿐더러 버드 키아리 신드롬까지 떠올릴 줄 알고. 이 바루다, 오늘이 있기까지 얼마나 고생했던지······. 오늘은 정말 네 가지

맛 치킨 정도는 먹어 줘야겠습니다.]

'그……. 치킨은 사 줄 테니까. 일단 환자부터 좀 볼래?'

[더 볼 게 있나요? 이미 진단했는데.]

세상엔 난치병도 있고 불치병도 있었으니, 모든 질환의 치료가 가능한 것은 아니었다. 하지만 현대 의학의 발전으로 말미암아, 일단 진단만 되면 치료가 가능한 질환이 대부분인 것도 사실이었다. 다행히 버드 키아리 신드롬은 후자에 속하는 병이었다. 그러니 더 볼 게 없다는 바루다의 말도 일리가 있었다. 하지만 수혁은 고개를 다시 한번 저었다.

'아니. 우린 영상의학과 전문의가 아니잖아. 컨펌은 받아야지.'

[아…….]

김진실 교수에게 한번 묻자는 뜻이었다. 어떻게 들으면 순수해 보이는 말이었지만, 수혁과 벌써 꽤 오랜 세월 지내 온 바 있는 바루다는 진짜 의중을 단박에 눈치챌 수 있었다.

[이 양반. 이거 진단한 거 동네방네 소문낼 생각이죠?]

'그…… 어? 아니? 아닌데?'

[아니긴 뭐가 아니야. 생긴 건 순진하게 생겨 가지고서는 속이 이렇게 시커멓고.]

'이, 인마……. 속이 시커멓다니.'

[칭찬입니다, 칭찬. 사람이 이 정도 꿈은 있어야죠. 다른 것도 아닌 이 바루다를 품었는데요. 오히려 너무 순진하면 제가

원인이 없어? 배에 물이 차는데?

싫어요.]

 '음······.'

 이 자식에게 이런 말을 듣는 게 과연 기분이 좋아야 하는 일일까? 이런 의문이 아주 잠시 들었다. 하지만 그리 오래 지속하기는 어려웠다. 치킨 먹을 생각에 들뜬 건지, 아니면 수혁의 야망에 들뜬 건지 모르겠지만, 바루다가 쉴 새 없이 떠들었기 때문이었다.

 [그럼 일단 연락하시죠. 아, 그런데 김진실 교수님 오늘 당직입니까?]

 '당직이야. 아까 처방 내면서 확인했지.'

 [역시 속이 시커먼······.]

 '닥쳐······.'

 아무튼, 수혁은 전화기를 집어 들었다. 처음엔 개인 핸드폰으로 걸까 하다가, 이건 좀 선 넘는 느낌이 들어서 병동 전화기를 이용했다. 제아무리 같이 연구도 하는 사이고 친분이 있다고는 하지만 아무래도 좀 그렇지 않은가. 게다가 김진실 교수는 수혁에게야 친절했지만, 꽤 무서운 사람이란 소문이 돌았다. 원래 잘해 줄 때 잘하란 말도 있지 않던가.

 "네, 영상의학과 김진실입니다."

 그러길 잘했다고 만들어 주는 목소리였다. 뭐 아주 언짢은 일이 있었는지 낮게 깔려 있었는데 모르는 사이였다면 지금 끊었을 가능성이 컸을 터였다.

"어……. 네, 교수님. 저 내과 이수혁입니다. 통화 괜찮으신지요."

"아……. 수혁이. 뭐, 네. 괜찮아요. 아니, 너 괜찮다는 게 아니라! 넌 서 있어! 아, 미안해요. 하하. 여기 뭐 좀 일이 있어서. 별일은 아니고."

아무리 봐도 별일이 아닌 거 같진 않았지만, 이왕 건 김에 수혁은 빠르게 노티를 진행했다.

"Liver dynamic CT상 버드 키아리 신드롬이 의심되는 환자가 있습니다. 환자 번호는 2020052……."

"응? 버드 키아리? 다이내믹?"

"네."

"다시 불러 봐요. 바로 볼게요."

두 단어 다 내과 레지던트 입에서 나오기에는 좀 생소한 단어 아닌가. 김 교수는 '내가 영상의학과 3, 4년 차한테 노티를 받았나?' 하는 생각을 하며 컴퓨터를 두드렸다. 그러곤 허 하는 소리와 함께 고개를 내저었다.

'미쳤네…….'

"어……. 그래. 일단 당장 인터벤션(시술)할 필요는 없어 보이거든? 안티코아귤런트(anticoagulant, 항응고제) 써 보면 될 거 같아. 그래, 수혁아."

김진실 교수는 웃는 얼굴로 전화를 끊었지만, 계속 웃지는 못했다. 수혁의 노티 아닌 노티를 듣고 나니 머리가 복잡해진 탓이었다.

'레지던트가 Liver dynamic CT 찍을 생각을 단독으로 할 수 있던가?'

글쎄. 영상의학과와 상의하고서는 가능할 법도 했다. 다른 분과야 어떨지 몰라도, 이하언 교수를 분과장으로 무려 열 명도 넘는 우수한 교수진이 포진하고 있는 복부영상의학과는 임상과와 아주 활발히 커뮤니케이션하는 편이었으니까. 하지만 그걸 그냥 내과 레지던트가 단독으로 평가하고 또 판독까지 해? 말도 안 되는 일이었다.

"하아……."

김진실 교수는 심지어 그 판독이 정확하기 짝이 없었단 것을 떠올리며 한숨을 쉬었다. 그나마 치료 계획까지 완벽하게 수립할 수 있는 수준은 아니었다는 것이 그나마 수혁을 인간으로 생각할 수 있는 근거였다.

'누구는 자기 전문 분야 아닌 것도 전문과 뺨치게 잘하는데, 누구는…….'

생각할수록 열이 뻗쳤다. 같은 병원에서 수련받는 처지인데 왜 이렇게 다를까.

'요새 영상의학과는 1등만 오는 과 아니었나? 나는 1등이었는데.'

김진실 교수는 착잡한 마음으로 입을 열었다.

"이혜영 선생……."

김 교수는 누군가의 이름을 중얼거리며 뒤를 돌아보았다. 마치 사나운 맹수가 으르렁거리는 듯한 모양새였다. 그 모습에 이혜영 선생, 그러니까 영상의학과 레지던트 3년 차는 저도 모르게 뒤로 한 걸음 물러서며 마른침을 삼켰다.

'와, 개무섭다.'

화만 안 나게 하면 참 좋은 선생님이라더니, 왜 그런 말이 나도는지 알 거 같았다. 화가 나면 나쁜 선생님이었다.

"어디 보니?"

"네? 아니, 네. 죄송합니다."

"너 여기 왜 왔는지는 알고 있어?"

"그……."

이혜영은 서둘러 머리를 굴렸다. 빨리 오라고 해서 왔는데, 상대는 화만 내다가 전화를 받았다. 무슨 인격 바꾸는 스위치라도 있는 건지 전화할 땐 부드럽기 짝이 없었다. 심지어 '너 대단하다.'라든지, '커피라도 사 줄게.'와 같은 칭찬까지 해 댔다.

원인이 없어? 배에 물이 차는데?

'내가 뭘 잘못해서 왔을까.'

통화하는 와중에도 계속 생각했는데 잘 떠오르지 않았다. 그게 화난 얼굴을 마주한다고 해서 생각날 리가 없었다. 입을 다물고 묵묵히 있으니, 김진실 교수가 아주 거친 소리를 내며 키보드를 두들겼다. 솔직한 얘기로 자판을 치는 건지 때리는 건지 분간이 안 될 정도였다.

"이거 봐 봐."

얼마 후, 김 교수는 화면을 가리켰다.

"아."

이혜영은 입을 살짝 벌릴 수밖에 없었다. 지금 화면에 뜬 초음파 사진은 바로 오늘 자신이 찍은 것이었으니까.

'판독을 뭐라고 줬더라.'

기억하기로 오늘 본 사진 중 이상한 소견은 없었던 것 같으니, 아마 정상으로 줬을 것이다.

"이거 어떤 거 같아?"

하지만 교수가 이 야밤에 당직 레지던트를 불러다 정상 소견의 초음파를 뭐냐고 물을까?

'아 씨, 뭘 놓친 거지?'

이혜영은 눈을 동그랗게 떴지만 보이는 건 없었다. 부끄러운 얘기였지만, 이혜영은 3년 차치고 초음파 실력이 아주 모자란 편이었기 때문이었다. 그중에서도 특히 복부는 더했다. 이놈의 배는 장기도 많았거니와 윈도우를 어떻게 잡느냐에 따라 보이는 게 천차만별이었다.

"빨리 말 안 해? 네가 판독했잖아. 이제 곧 3년 차 되는 거 아니야?"

"그…… 정상으로 줬습니다."

"정상? 네 눈에는 이게 정상으로 보이니?"

정상이라는 말이 기어코 이혜영 입에서 나오자, 기가 찬다는 반응이 툭 튀어나왔다.

'저는 레지던트잖아요……. 가르쳐 줘야 알죠…….'

그게 좀 과하다 여겼는지 이혜영은 남몰래 입을 삐죽였다. 모르는 것에 불과했다면 김 교수도 이렇게까지 화내진 않았을 터였다. 김 교수가 화가 치솟은 데는 다른 이유가 있었다.

"이 환자 입원 환자지?"

"아, 네."

"어떤 거로 입원했는지는 알아?"

"어……."

보통 영상의학과 하면 환자를 안 보는 과라는 인식이 박혀 있었다. 자기 환자가 없는 건 맞는 말이었지만, 그렇다고 정말 환자를 안 보면 안 되었다. 그러면 지금 이혜영처럼 사고를 치게 되어 있었다.

"몰라? 차트 한 번 안 열어 보고 초음파 보겠다고 내렸어?"

원인이 없어? 배에 물이 차는데?

"그……."

"내가 다른 애들이 너 게으르다고 할 때 설마 했어. 다른 건 몰라도 영상의학과 의사가 게으른 게 말이 되니? 우리가 게으르면 환자가 죽는데, 그런 애가 어떻게 영상을 기어들어 와?"

김 교수는 할 말이 없다는 듯 고개를 푹 숙이고 있는 이혜영을 노려보다가 말을 이었다.

"이 환자 담낭 용종으로 입원한 환자야. 이번에 온 건 팔로업하러 온 거고. 전에 찍은 CT만 봐도 그건 알겠다. 너 설마 CT도 안 봤어?"

"죄송합니다."

"하……. 이혜영 선생. 그렇게 귀찮으면 초음파라도 잘 보든가. 지금 이게 제대로 된 윈도우니? 모르면 물어봐야 될 거 아냐. 귀찮아서 이렇게 괜찮다고 넘기면 임상과에서 우릴 어떻게 믿어. 지금도 거기 교수님이 아무리 봐도 이상하다고 나한테 연락 온 거 아니야."

김 교수는 한심하다는 듯 고개를 저어 가며 다른 영상을 띄웠다. 한눈에 봐도 영상 퀄리티가 달랐다. 이건 교과서적인 윈도우에서 제대로 찍힌 뷰였다.

"그쪽 교수님이 안 그랬으면 우리 이 환자 놓치는 거야. 더 커졌다고, 용종이! 당장 내일 들어갈 수술방 잡고 있다고. 알아? 네가 이 환자 죽일 뻔한 거야!"

"아······."

그제야 이혜영은 자기 잘못을 알 수 있었다. 담낭에 용종이 있는 환자였고, 그 용종의 크기 변화를 보기 위해 입원했을 줄이야. 그런 줄 알았다면 좀 자세히 들여다봤을 텐데. 후회와 자책이 희미하게 떠올랐다. 하지만 그것만으론 불충분하다고, 지금 이혜영을 마주하고 있는 김진실 교수가 판단했다.

'저거 저래 가지고 나가면 병원 개망신이지······.'

아니, 망신은 둘째 치고 환자가 죽을 게 뻔했다. 그런 일은 절대로 있어선 안 됐다. 전문의 자격증을 막 나눠 줄 수는 없는 노릇 아니겠는가. 싫어도 4년을 보내는 동안, 반드시 알아야 하는 것들은 모르려 해도 모를 수 없게 만들어야만 했다.

"이혜영 선생."

"네, 네."

"내일부터 복부 초음파 모든 세션 다 들어와."

"네······?"

"어차피 복부 파트 아니야? 이번 달. 맞지?"

김 교수의 말에 이혜영 얼굴이 대번에 굳어졌다. 초음파를 하기 싫은 것도 싫거니와, 이미 계획된 커리큘럼이 있기 때문이기도 했다.

"아······. 네. 근데 저 이하언 교수님이 판독······."

"이하언 교수님 얘기를 네가 왜 해? 분과장님한테는 내가 따로 말씀드릴 거야."

물론 곧 그 생각이 주제넘었단 것을 깨달을 수 있었다.

'아……. 하긴 김 교수님이…… 이하언 교수님 직계 제자지.'

레지던트 때부터 두각을 드러냈다고 하지 않던가. 그때 이미 콕 집어서 대학원 지도 학생으로 들이고, 논문도 같이 쓰고, 펠로우 자리도 태화의료원에서 딱 모자란 부분을 채워 줄 수 있는 병원으로 보내서 수련받게 하고는 돌아오자마자 전임으로 발령 내 버렸다. 지금 당장 실세라고 할 수는 없어도 곧 실세가 될 사람이었다.

"그리고 협진 초음파도 네가 다 해. 모르겠으면 위 연차 펠로우한테 물어봐. 여의치 않으면 나라도 부르고."

"아……."

"아?"

"아뇨, 그렇게 하겠습니다."

"그래. 너 내가 이번 일 하나 때문에만 하는 말 아닌 거 알고 있지? 그냥 우리 과에서만 얘기가 나오는 게 아니라, 임상과에서도 말이 나와. 너 협조 잘 안 한다고."

"그…….”

"변명할 필요 없어. 나는 그냥 보여 주면 돼. 네가 그런 애 아니라는 거. 알았어?"

"네, 네. 죄송합니다."

이혜영 선생이 신나게 털리는 동안 수혁은 지팡이를 짚고 의자에서 일어나고 있었다. 엘리베이터를 통해 환자가 올라왔기 때문이었다. 아무래도 일반적인 CT보다는 촬영 시간 자체가 길어서인지 홀가분해 보이는 얼굴은 아니었다.

'내가 뭐에 홀렸었나.'

천천히 라포르를 쌓은 후 처방받은 게 아니라 그냥 번갯불에 콩 구워 먹듯 찍어 버린 탓이기도 했지만 뭐가 어찌 되었건 간에 별 관계는 없었다. 뭐가 버드 키아리 신드롬을 일으켰는지 또 알아봐야겠지만, 당장 있는 문제는 알아냈으니까.

"환자분은 좀 어떠셨나요?"

그 당당함이 전달되어서일까. 아니면 아깐 미처 몰랐던 지팡이를 봐서일까. 환자는 미처 불만을 토로하진 못했다.

"그냥 좀……. 그렇게 힘들진 않았어요."

그저 어깨를 으쓱해 보일 뿐이었다. 대훈은 우선 수혁을 지나쳐 가기 위해 침대를 훅 몰았다. 설마하니 방금 찍은 CT에서 뭘 확인했을 거라곤 생각도 못 한 탓이었다.

"아, 잠깐만."

수혁은 그런 대훈의 앞에 지팡이를 짚었다.

"엇. 네, 선생님. 어떤……."

"CT 설명드려야지."

"아……. 벌써 보셨어요?"

"어. 너도 같이 들어. 영상 보면서."

"아, 네. 선생님."

수혁은 능숙하게 스테이션에 있는 탭 하나를 환자 쪽으로 돌렸다. 태화전자에서 설치한 거라는데, 꽤 쓸 만했다. 실제로 환자 중에 여기서 쓰는 걸 보고 산 사람도 있다고 했다.

[쓸데없는 생각은 하지 말고요. 치킨 네 가지 맛 언제 먹냐고.]

'알았어, 알았어.'

수혁은 바루다의 성화에 못 이겨 서둘러 CT 소견에 대해 설명했다. 환자뿐 아니라 대훈도 있었기 때문에 꽤나 자세했다. 그러면서도 명확했고 또 쉬운 단어로 이루어져 있어서 환자도 알아들을 수 있었다. 즉, 이제야 겨우 자기 간이 어떤 이유로 어떻게 망가졌는지 알게 되었단 뜻이었다.

"이게, 정맥이 막히면 간 전체에 저류(고이는 현상)가 생기면서 부어요. 그래서 간이 커졌던 거고……. 압력이 올라가니까 간으로 들어가는 혈관들도 붓게 된 거죠. 특히 동맥보다는 간문맥(장과 간 사이의 혈관)이 부으면서 복수가 생긴 거고요. 아마 입원했을 땐 이뇨제를 경구뿐 아니라 주사로도 써서 잠깐 좋아졌던 것 같아요. 이거 치료 중 하나가 이뇨제를 사용하는 거긴 하거든요. 핵심 치료는 아니지만."

수혁은 대훈과 환자 모두 고개를 끄덕이고 있다는 걸 확인하면서 말을 이어 나갔다.

"전에도 들어서 알고 계시겠지만 지금 간경화가 좀 있어요. 특히 여기 간 주변으로 해서 죽은 부분이 있는데……. 그래도 전체적으로 다 나빠진 건 아니에요. 치료가 되면 간 기능은 돌아올 가능성이 있습니다. 이게 생긴 지 그렇게 오래된 건 아닌 것으로 보이거든요."

"아……. 나아질 수 있는 거예요?"

"네, 그런데……."

"그런데요?"

이제 환자는 완전히 수혁에게 몰입하고 있었다. 전에 입원했을 때를 포함해서 지금처럼 명확하게 설명해 준 적이 없었기 때문이었다. 그 수혁의 입에서 '그런데'가 나왔을 때 긴장하게 된 것은 어찌 보면 당연한 일이었다.

"피가 응고하게 된 원인까지는 아직 몰라요. 여러 가지 원인 질환이 있을 수 있는데……."

"아……. 그걸 모르면 어떻게 되나요?"

"지금은 항응고제로 어찌어찌 뚫린다 해도, 또 생길 수가 있죠. 그리고 그 원인 질환 중에서도 위험한 것들이 있어서요. 뭐……. 몇 가지는 배제할 수 있기는 했는데."

"지금 알 수는 없나요?"

"지금은……."

환자의 말에 바루다가 발작했다.

원인이 없어? 배에 물이 차는데?

[그걸 알면 점쟁이지 의사인가. 빨리 치킨 먹읍시다. 어차피 어? 와파린(항응고제) 때릴 거잖아요.]

'잠깐만 있어 봐. 하나만 물어보자. 하나만.'

수혁은 그런 바루다를 달래며 입을 열었다.

"음……. 가능성이 크진 않은데. 혹시 최근에 경구 피임제를 먹기 시작한 일이 있나요?"

"엇."

혈종

환자는 이상한 소리를 내고는 병실 쪽을 가리켰다.

"안에 제 폰이 있는데, 혹시 가져와 주실 수 있나요?"

"네."

대훈은 그런 환자의 부탁에 즉각 응했다. 뭔가 막 답이 쏟아져 나오고 있는 상황 아니던가. 역시나 수혁에게 부탁하길 잘했단 생각이 드는 순간이었다. 지금이라면 뭐든 해 줄 수 있을 거 같았다.

'진짜 대단하다니까……!'

심지어 담당 교수님도 머리를 긁적이던 환자였거늘. 저번 입원 때 이 환자를 두고 토의했던 시간만 하더라도 어마어마했다. 소화기내과에서 자체적으로 시행하는 케이스 집담회에도 냈었는데, 그때도 우선은 차근차근 워크업하면서 원인을 보자는 게 결론이었다. 그런데 그걸 거의 보자마자 해결해? 제아무리 저번 입원 때 있었던 시행착오를 알고 있다고 해도 어마어마한 일이었다. 숫제 괴물이라고 해도 좋았다.

"여기 있습니다."

덕분에 대훈은 가슴 한편에 놓인 돌덩이 같던 부담을 확 덜어낼 수 있어서 그랬는지, 거의 나는 듯이 폰을 가지고 왔다.

"감사합니다, 선생님."

환자는 머리도 얼마 없는 사람에게 심부름을 시켰다는 죄책감을 느끼며 폰을 받았다. 아까까지만 해도 이 대머리가 뭔 짓을 하고 있든 별생각이 없었는데, 이제 나을 수도 있단 생각이 드니 여유가 생긴 탓이었다.

"음……."

아무튼, 환자는 폰을 받아 들자마자 달력을 켰다. 그러고도 좀 헷갈리는지 카카오톡 대화창도 켰다. 그렇게 한 5분에서 10분 정도를 들여다본 후에야 다시 입을 열었다.

"한 한 달 됐어요."

"한 달이라."

수혁은 한 달이라는 시간을 가늠해 보았다. 환자 증세가 생긴 것이 이제 2주가량 되었다고 할 수 있으니, 한 달 전부터 소인이 생겼다고 보는 것이 꽤 타당했다. 하지만 경구 피임제라는 약이 조금 마음에 걸렸다.

[워낙에 흔하게 쓰이는 약 아닙니까?]

'그렇다고 하더라.'

물론 수혁에게는 낯설기만 한 약이었다. 소꿉장난 비슷했던 연애 말고는, 연애를 단 한 번도 해 본 적이 없었으니까. 하지만 의학적으로는 제법 친숙했다. 이제 의사라면 반드시 알아야 할 만큼 많이 쓰는 약이 된 지 오래였다.

"이번이…… 처음인가요?"

"아……. 네. 그……. 네."

물어봤더니 처음이라는 답이 돌아왔다.

[맞나 본데요? 이게?]

'그런가 보다. 흐음……. 그럼 또 뭐 검사를 해 보긴 해야겠네.'

경구 피임제가 지금처럼 널리 쓰이게 된 것에는 여러 가지 이유가 있겠지만, 그중 하나는 점점 더 안전해져 왔기 때문인 것도 있었다. 즉 버드 키아리 신드롬 같은 걸 어지간해서는 일으키지 않는다는 얘기였다. 더 정확히 말하자면 유전적인 문제와 함께 경구 피임제가 복합적으로 작용해야만 했다. 절대로 일반적인 부작용은 아니었다.

"그럼 경구 피임제가 원인일 가능성이 아주 큽니다. 우선 중단하시는 게 좋겠어요."

"아……. 아, 네. 그게…… 원래 이럴 수 있나요?"

"아주 드물게 그럴 수 있습니다. 유전적인 소인이 있으면 가능한데요……. 걱정 마세요. 다른 이상과 연관되는 건 아니에요. 유전 질환인 것은 아닙니다."

"그렇군요. 아……. 이게, 이게 원인이구나."

환자는 고개를 끄덕이면서 무언가를 톡으로 보냈다. 아마도 남친에게 보낸 것 같았다.

[음, 방금 씁쓸한 감정을 느꼈는데 맞나요?]

'뭐, 뭐 인마.'

[구체적으로 풀자면 다들 연애하는데 나만 못 하네, 뭐 이런 거 아닙니까? 가만있자, 이거 수혁 데이터에서 본 적이 있는데?]

'내 데이터로 나 놀리지 마.'

수혁의 명령은 단호하고도 명확했다. 하지만 바루다는 귓등으로도 듣는 척을 하지 않았다. 녀석에게 수혁은 유일한 입출력자로서 아주 소중한 존재이긴 했지만, 그렇다고 복종의 대상은 아니었기 때문이었다.

[그래, 이거네. 훨훨 나는 저 꾀꼬리 암수 서로 다정한데, 외로울사 이 내 몸은 누구와 함께 돌아갈꼬. 황조가. 고구려 2대 유리왕이 지은 시가. 지금 수혁의 감정과 무척 유사한 것으로 보입니다.]

'하…….'

수혁은 이제 화도 나지 않았다. 그냥 어이가 없었다. 깡통 주제에 남의 마음을 이토록 정확하게 읽어 낼 줄이야.

'나도 연애하고 싶다.'

[음……. 그 의견은 기각합니다.]

'왜!'

[이제 겨우 레지던트 3년 차 올라가는 마당에 연애라뇨.]

'결혼한 동기도 있거든?'

[그 동기랑 수혁의 목표가 같습니까? 수혁은 이 바루다를 얻은 몸입니다. 세계 최고의 의사가 되어야 할 의무가 있습니다.]

'하.'

또 맞는 말이었다. 기껏 바루다까지 얻은 마당에 어영부영 지낼 수는 없는 노릇 아니겠는가.

"저, 선생님."

마음을 다잡고 있으니 대훈이 수혁을 불렀다. 그제야 수혁은 자신이 또 잠시 넋을 놓고 있었단 것을 깨달았다.

"어, 왜."

"그럼 와파린이랑 이뇨제 달고. 경구 피임제 끊으면서 경과 관찰하도록 할까요?"

"아……. 응. 그렇게 하자. 랩 팔로업하고. 초음파도 좀 보고. 딴 건 필요 없고, 간 크기가 줄어드는지만 보면 돼."

"네, 선생님. 그렇게 하겠습니다."

대훈은 고개를 꾸벅 숙이곤 처방을 내리러 스테이션으로 향했다. 수혁은 잠시 대훈의 뒷모습을 바라보다가 이내 환자에게 시선을 돌렸다. 환자는 이제 몸만 멀쩡했으면 오체투지라도 할 얼굴이 되어 있었다. 이러니저러니 해도 환자와 의사의 관계에서 라포르를 쌓는 최고의 방법은 정확한 진단과 치료라더니. 역시 옛말에 틀린 말이 없었다.

"환자분, 우선 처방했으니까 지켜보도록 할게요. 좋아질 겁니다, 이젠."

"감사합니다. 정말 감사해요."

"아뇨, 당연히 해야 할 일을 했을 뿐이에요."

그리고 수혁은 이럴 때 겸양의 말 한 스푼 정도 해 주는 게 보탬이 된다는 것도 알고 있었다. 괜히 내가 잘했네 어쩌네 하면 격만 떨어질 뿐이었다. 어떻게 아느냐 하면.

[그러게 그때 입 다물라니까.]

몇 번 해 봤기 때문이었다. 심지어 한번은 VOC(고객 관리 시스템)에도 올라왔다. 이수혁 선생님은 다 좋은데 입이 방정이라는 귀여운 내용이긴 했지만, 아무튼 VOC에 이름이 올라오는 건 그리 좋은 일은 아니었다.

"어유……. 해야 할 일이라뇨. 제가 진짜 너무 감사해서."

"하하. 일단 진단이 된 거지, 나은 건 아니니까요. 푹 쉬세요. 무리하시면 안 됩니다."

"네, 네. 감사합니다."

환자는 그 후로도 한 열 번인가 감사 인사를 건네 왔다. 수혁은 그저 껄껄 웃다가 당직 방으로 돌아오면 되었다.

▰▰▰▰▰

덜컥.

분명 4인 1실이었지만, 안에는 언제나처럼 아무도 없었다. 처음엔 그저 애들이 자길 불편해해서 그러나 보다 했는데, 알고 보니 그게 아니었다.

―너희 수혁이 방해하면 안 된다. 걔는 우리 병원의…… 아니지. 인류의 보물이야. 나보다…… 최소 나만큼 똑똑한 놈이거든. 눈치 있으면 딴 데서 자라. 알았냐?

이현종의 으름장이 있었다. 그렇지 않아도 원장 아들 아닌 연놈들은 서러워서 살겠냐는 말이 나도는 마당에 이루어진 조치라 부적절한 언사였다는 세간의 평가가 있긴 했지만, 이현종이 그런 거 신경 쓰는 사람이었던가.

―형, 아무리 그래도 당직 방 하나를 애한테 그냥 줘?

―그럼 네 방 줄래? 너보다 수혁이가 더 쓸모 있어.

―와……. 방금 그 말은 좀 상처가 되는데.

―그러게 왜 나서, 나서기를.

심지어 과장 된 명목으로 나선 신현태마저 말로 짓밟아 버린 바 있었다.

'덕분에 편하긴 한데.'

[왕따 된 거 같다고요? 오늘 봤잖아요? 아니라니까. 의국장이면 요즘 말로……. 인싸 아닙니까?]

'힘으로 인싸 되긴 싫은데.'

[배부른 소리 하지 마시고. 환자 리뷰나 하시죠. 내일 조태진 교수님 외래 백 아닙니까.]

'그렇지. 아니, 뭐 이 시기까지 백이냐 근데.'

[혈종이잖아요. 사고 나면 환자 죽어요. 환자 죽는 꼴 보고 싶어서 이러나.]

'그…….'

수혁은 '내가 살다 살다 깡통에게 인격적으로 공격을 받을 줄이야.' 하고 중얼거리면서 차트를 띄웠다. 내일 조태진 교수 외래에 예약된 환자 명단이 주르륵 떴다. 스크롤을 굴려야 할 만큼 명단이 길었다. 지나치단 생각이 들 수도 있었지만, 어쩌겠는가. 이곳이 태화의료원인 것을. 이제는 절대 왕좌를 내어 주긴 했지만, 그럼에도 국내 최고라는 말을 여전히 쓸 수 있는 곳이었다. 환자들은 어떻게든 이곳에서 치료받기 원했고 덕분에 외래는 날마다 인산인해였다.

'특이한 환자가 있나.'

[글쎄요. 조태진 교수도 워낙에 꼼꼼한 양반이라. 체크하긴

했을 텐데. 한번 보세요.]

'음…….'

조태진은 백도 뭣도 없이 그냥 실력으로 교수가 된 타입이었다. 말 그대로 우직하고 꼼꼼한 사람인 데다가 성실하기까지 해서 거의 매일 새로운 항암제 프로토콜을 익히고 있었다. 덕분에 환자 상태는 어지간하면 좋았다. 사실 1년 차만 외래 들어가고 어쩌고 해도 별문제가 없을 지경이었다. 여태까지도 그랬다. 그냥 조태진 교수가 환자를 어떻게 보고, 플랜을 어떻게 짜는지를 보러 들어가는 것이지, 1년 차 백을 봐주러 들어간다는 느낌은 전혀 없었다.

'이거 봐, 이거. 벌써 다 코멘트 남겨 놨네.'

[그러니까요. 어떨 때 보면 징그럽다니까요. 하루도 빼놓지 않고 어쩜 이래.]

지금도 그렇지 않은가. 조태진 교수는 퇴근 전에 이미 내일 볼 환자 차트 리뷰를 마쳐 둔 상황이었다. '혹시 1년 차가 한 거 아냐?' 하는 의심을 할 수도 있겠지만, 차트한 것만 봐도 1년 차와 교수는 다른 법이었다. 어지간한 환자들은 이미 얼굴을 보지 않고도 플랜이 서 있을 지경이었다.

'음.'

[왜요.]

'이 환자…….'

휙휙 넘기던 수혁이 갑자기 미간을 찌푸렸다. 뭔가 좀 이상한 기분이 들어서였다. 이상한 기분이라니. 깡통인 바루다에게는 근거로서의 가치가 없는 얘기였다.

[말해 보시죠.]

하지만 바루다는 그간에 쌓인 경험, 즉 축적한 데이터를 통해 배운 바 있었다. 수혁이 소위 촉이라 부르는 이 감각이 때론 자신의 근거 중심 의학을 보조하기도 한다는 것을. 바루다는 아주 진중한 얼굴로 수혁이 입을 열기를 기다렸다. 하지만 수혁은 바루다의 기대와는 달리 한참이나 침묵을 지킨 채 한 환자의 차트를 열고 들여다보고 있을 뿐이었다.

[뭔데요.]

[뭔데.]

[야.]

[귓구멍이 막혔…… 아니지, 난 중추신경에 대고 말하는 건데.]

[헐, 설마 측두엽이 나갔나.]

[시발 놈아.]

[진짠가?]

견디다 못한 바루다가 패드립을 칠 때까지도 수혁은 입을 다물고 있었다. 물론 일부러 그런 것은 아니었다. 차트만 보면 별거 아닌 환자임에도 불구하고, 수혁은 집중하고 있었다.

[아니……. 이 환자 그냥 간 전이된 환자잖아요. 대장암이었

다가. 딱 그렇게 쓰여 있구만, 뭘…….]

'잠깐 있어 봐.'

[이제야 입 여네? 난 뭐 풍이라도 왔나 해서 계속 점검했네.]

'그런 게 아니야. 이상하잖아. 대장암 걸리고 완치 판정을 받은 지가 벌써 7년째라고. 그런데 이제 와서 원발 병변도 아니고 간에 전이가 생겨?'

[간암 아닌가 하는 거예요? 그렇다고 하기엔 소견이 좀 다른데. 전이 소견이잖아요. 영상의학과 판독도 그렇게 박혀 있구만, 뭐.]

'간이 판독이잖아. 이거 코사인(cosign)이 안 되어 있어. 아직…… 응. 이혜영? 레지던트 사인만 들어가 있어. 얘 대충 본다고 소문난 애야.'

[그렇게 말하니까 좀 의심스럽긴 한데. 그래도 이게…….]

이혜영이라면 바루다의 데이터에도 나쁜 쪽으로 기록이 되어 있는 인물이었다.

[말리그(좋지 않은 소문의 당사자)라니까 이게 또 확 의심이 가네.]

'그렇지? 그러니까 좀 보라고.'

[근데 근거는 없죠, 막상?]

'응. 그게 문제야.'

[아니…… 뭔 짓이야, 이게. 치킨이나 먹지.]

'대훈이한테 시키라고 했잖아. 여기로 와서 같이 먹을 거야.

오래 안 걸리니까, 한번 보라고.'

[음……. 알겠습니다.]

아무리 그렇다 해도 바루다는 영 내키지 않는 기색이 역력했다. 세상에 의심하는 근거가 사진이 아니라, 판독한 의사의 평판이라니. 미친 거 아닌가 싶었지만, 바루다는 일단 얼마 있지 않아 먹게 될 치킨을 떠올리며 사진에 집중했다. 양념만 먹여 줘도 충분히 행복할 텐데, 간장에 마늘에 프라이드까지?

[미쳤다.]

'응? 뭐가 미쳐.'

[아니, 아닙니다. 음.]

'회로가 삭았나. 요새 좀 이상해, 너?'

[어떻게 그런 말을……. 이거 진짜 상처 되는 말인 거 알고 있죠?]

'울상 지을 정도냐?'

[누가 치매 걸렸다고 하면 좋아요?]

'아.'

수혁은 그제야 두 말이 바루다에게는 같은 의미를 가진다는 걸 깨달았다. 수혁은 한마디 사과를 한 후, CT 영상을 천천히 굴렸다. 그러다 멈춘 곳은 당연히 판독에 전이 또는 간암(Hepatocellular Carcinoma, HCC)이라고 쓰여 있던 부분이었다. 확실히 모양만 봐서는 그렇게 보이긴 했다.

[일단 경계가 너무 좋아요. 게다가 동맥 페이즈에서 확 조영 증강이 되고요.]

Liver dynamic CT까지 찍은 마당이었다. 암을 의심했으니 당연한 얘기긴 한데, 바루다의 말대로 HCC, 즉 간암을 의심할 수 있는 특징이었다. 여기에 대해서는 수혁도 전혀 반박할 생각이 없었다.

'나도 알아. 그렇게 보여, 확실히. 그래도 모르니까, MRI 보자.'
[음.]

수혁은 MRI를 켰다. 여기서도 간암에 준하는 소견을 보이고 있었다. 특히 T1 역상(in-opposed phase, 해부학적 구조 파악 영상)에서 그랬다.

[까맣네요.]

여기서 까맣게 보이는 건 지방 조직이라는 뜻이었다. 간암에도 지방 조직이 있기 때문에 이렇게 보일 수 있었다. 즉 MRI 소견 또한 간암을 시사한다는 말이었다. 바루다는 이제 슬슬 이 헛짓거리를 끝내기 원했다.

[동맥 페이즈에서 조영 증강을 보이고, 간문맥 및 지연 페이즈에서는 증강을 보이지 않아요. 워시 아웃(wash out) 된다, 이 말이죠. 이거 간암 특징이죠?]

'동의해. 100%.'

[MRI에서도 다른 소견 다 비슷하고, 지방 조직도 보여요. 이

것도 간암 특징이에요.]

'맞아, 그것도.'

수혁은 고개를 끄덕이면서 판독 노트가 남겨진 시간을 보았다. MRI는 아직 판독이 남겨져 있지 않았다. 조태진 교수 외래가 내일 오후이니, 아마 그즈음 판독이 내려올 모양이었다. 그러니까 지금 영상의학과에서 어떤 의견이라도 남겨 준 것은 CT뿐이었고, 그 시각은 오늘 밤이었다. 불과 5분 전에 남겨졌다는 말이었다. 딴생각을 하고 있으니 바루다가 따져 물었다. 치킨 맛이 어떨까 상상하기도 모자랄 시간에 쓸데없는 케이스로 시간을 뺏기고 있어서 그런지, 목소리가 조금 날카로워져 있었다.

[근데 뭐 때문에 이래요? 본인도 간암이라고 생각하고 있구만.]

하지만 수혁은 그런 바루다의 반응에도 별로 당황하지 않았다. 도리어 태연하기만 했다. 영상을 보면서, 또 바루다의 판독을 들으면서 아예 다른 진단명에 도달한 모양이었다.

'위치.'

[위치……?]

간에 있는데 위치가 마음에 걸린다는 게 뭔 개소리야? 바루다는 '남한테는 회로가 삭았니 어쨌니 하더니 설마 뇌세포가 망가져 버렸나?' 하는 걱정까지 일었다. 하지만 수혁의 이어지는 말을 듣고 난 후에는 판단을 달리할 수밖에 없었다.

'위치를 잘 봐. 부신이랑 딱 붙어 있잖아. 아드레노헤파틱 정션(adrenohepatic junction, 간과 부신의 접점)이라고. 이상하지 않냐? 하필 여기라는 게?'

 [어……. 그러고 보니, 좀 이상하긴 하네요.]

 딱 덩이 소견만 놓고 보면, CT며 MRI며 다 간암을 가리키고 있었으니 누가 보더라도 간암을 줄 수밖에 없는 모양새였다. 하지만 수혁의 말대로 위치를 고려하면, 다른 진단명 하나가 더 떠올라야 정상이었다.

 [설마 간 내부 부신피질 선종(Intrahepatic Adrenocortical Adenoma, IAA)인가?]

 '응, 나는 그거 아닐까 싶은데? 잘 봐. 환자는 B형 간염도 아니고, C형 간염도 아니야. 간암 리스크가 없다고.'

 [허……. 그렇네. 오, 그렇네, 진짜.]

 간 내부 부신피질 선종은 부신과 간이 접한 곳에서 발생하는 부신 기원의 선종을 말했다. 간암이 보이는 것과 아주 흡사한 소견을 보였는데, 일단 Liver dynamic CT에서 동맥 페이즈 조영 증강 및 간문맥, 지연 페이즈에서 워시 아웃을 보였다. 게다가 부신은 원래 지방 조직이 있는 곳이라 MRI T1 역상에서는 까맣게 보였다. 옛날부터 지금까지 수많은 의사에게 혼동을 준 질환이었다. 위치 빼고는 간암과 다를 게 없었기 때문에 베테랑 영상의학과 의사들조차 헷갈려 했다.

 질환명부터 떠올리지 않는 한에는 의심할 수조차 없다는 뜻이었다.

[확실히 특징이 같죠.]

'치료는 완전히 달라지지.'

[그렇죠. 이건 양성이니까.]

간 내부 부신피질 선종은 굳이 치료하지 않는 경우가 태반이었고, 그냥 더 커지지 않는지 경과 관찰하는 게 다일 때도 많았다. 즉 환자나 의사에게나 간암일 때와는 의미가 완전히 달라진다는 뜻이었다.

[의견을 어떻게 남기죠? 경과 관찰?]

'이것만 보이면 그렇게 하겠는데…….'

[잉. 또 뭐가 보여요?]

이미 수혁에게 기세가 꺾인 바루다는 설마하니 이 영상에서 수혁이 자신은 못 본 무언가를 봤나 눈에 띄게 긴장했다. 다른 부분이라면 그럴 수도 있었다. 예컨대 실제 환자를 두고 사용하는 시각이나, 청각, 촉각, 후각 등, 원래 수혁에게만 있던 감각을 바루다가 빌려 쓰며 하는 진단은 미숙할 수밖에 없지 않은가. 하지만 영상 판독은 달랐다. 이 분야는 심지어 바루다보다 훨씬 열등한 A.I.들조차 성과를 보이고 있는 분야였다.

'응? 보이긴 뭐가 보여. 이게 다지.'

[시발 놈이?]

'야, 욕했냐? 깡통이 사람한테 욕해? 반란이야?'

[아니, 놀랐다고요. 뭔 소리였어, 그럼.]

'이 환자 대장암 환자였잖아. 완치된 지 7년 됐다고 해도…….'

[아.]

의학에 있어서 절대 쓰지 말아야 하는 단어가 있다면 바로 '절대'였다. 보통 암 치료 후 재발의 징후가 보이지 않고 5년이 지나면 완치라고 판정하긴 하지만, 운이 나쁜 환자에서는 10년 뒤에도 재발하는 경우가 있지 않은가. 비록 이 환자에서 보이는 간의 덩이는 전이에서 보이는 소견과 조금 다르긴 하지만, 그렇다고 마냥 괜찮으니까 경과 관찰만 하자고 할 수는 없었다.

'조직 검사 정도는 해 봐야지.'

[또 김진실 교수한테 전화 겁니까?]

'어레인지하려면 그래야지, 뭐. 아니면 그냥 협진 의뢰만 넣을까? 사실 좀 민망하긴 한데.'

[그러죠. 하루에 두 번 이상은 그렇잖아요. 그쪽은 교수고, 또 바쁠 텐데.]

'하긴 그건 그렇다.'

바루다의 말이 맞는 것 같아, 수혁은 협진 의뢰만 넣기로 했다. 어차피 태화의료원 영상의학과 복부 파트는 그 명성에 걸맞게 맨파워가 있는 조직인 데다가, 또 이하언 교수 때문에라도 임상과 협조를 아주 잘하는 편이지 않은가. 아마 내일 외래에서 보내면 거의 당일에 해 줄 수 있을 터였다.

"선생님!"

때마침 안대훈이 문을 두드렸다. 벌써 한참 전부터 치킨 냄새가 난다 싶더니만, 두 마리를 들고 온 모양이었다.

[음?]

'왜?'

그런데 문을 열기 전 바루다가 아주 언짢은 표정을 지어 보였다. 그렇잖아도 방금 아주 중요한 토의를 한 참이라, 수혁은 혹시 무슨 오류라도 발견했나 싶어 행동을 멈추고 물었다. 밖에 대훈이 잠시 더 서 있어야 하겠지만, 그게 뭐 대수겠나. 이쪽 일이 훨씬 중요했다. 아니, 그렇다고 믿었다.

[한 명이 더 왔군요.]

'응……?'

[발걸음 소리가 뒤섞였잖아요. 크록스 신은 거 같고, 무게는 가볍고. 또 빈대 붙으러 왔나, 우하윤.]

'아니……. 내과 지망하는 인턴이 치킨 얻어먹으러 온 게 그렇게 열 낼 일이니?'

[수혁, 안타깝지만 이미 수혁은 우하윤의 친구 존에 들어갔어요. 아무리 치킨을 사 줘도 연인 관계는 안 된다고요.]

'내가 언제 그걸 바랐냐!'

[지금도.]

'흠.'

뼈 때리는 말이었지만, 맨날 맞는 거라 그런가 그렇게 타격이 있진 않았다. 다리를 절게 된 후에도 딱히 그 사실로 좌절한 적이 없지 않은가. 수혁은 원체 긍정적인 놈이었다.

'뭐, 아무튼 먹으라고 할게.'

[어휴, 호구.]

'어차피 내 돈도 아닌데, 뭐.'

[설마 이현종 원장 카드예요?]

'응.'

[남의 돈으로 생색내네?]

'그래서 먹지 말까?'

[아닙니다. 아니에요. 먹읍시다. 먹어요.]

바루다도 수혁의 영향을 받아서 그런가 예측을 밝은 쪽으로 돌리게 된 지 오래였다. 수혁은 사소한 방해를 지르밟고는 문을 열 수 있었다.

"아, 선생님. 안 계신 줄 알고 전화드리려고 했는데."

한참을 세워 뒀음에도 불구하고 대훈은 그저 웃었다. 매번 도움을 받는 관계이니 그럴 수밖에 없었다. 벌써 몇 번이나 죽다 살았는지 몰랐다.

"선배, 저도 왔어요."

하윤도 생글생글 웃으며 들어왔다. 불룩 튀어나온 가운 주머니는 거의 해져 있다시피 했다. 바쁘게 돌아다니다 이제 겨우 저녁 먹을 시간이 난 모양이었다. 다른 곳 돌다 온 것도 아니고, 내과라고 들은 바 있지 않은가. 여기서 '넌 안 사 줄 건데?' 이러는 건 사람 된 도리가 아니었다.

[어떻게 한번 해 보려고…….]

바루다는 동의하지 않았지만, 몸을 움직일 수 있는 건 수혁이었다.

"들어와, 들어와. 사실 둘이 두 마리 먹기는 부담이었거든."

"감사합니다."

"매번 얻어먹기만 하고."

"선배가 사는 게 당연하지. 대신 너네가 이런 거 가져오잖냐."

수혁은 종이컵 대신 준비된 소변 담는 컵을 받으며 웃었다. 더럽게 어떻게 거기다 먹나 싶겠지만, 병동 간호사들이나 레지던트 사이에서는 이게 국룰이었다. 오히려 소변이 흐르면 안 되니만큼 단단해서 더 좋았다. 사람에 따라서는 한 번 사용하고 버리는 게 아니라 계속 쓰는 놈도 있을 지경이었다.

"오, 콜라는 코카콜라네?"

"네, 선생님 펩시 싫어하시잖아요. 지하에서 따로 샀죠."

사실 코카콜라와 펩시를 구분 짓는 건 수혁이 아니라 바루다였지만, 뭐가 됐건 입에 넣는 건 수혁이지 않은가. 게다가 펩시를 마시면 바루다가 말 그대로 지랄할 때도 많았다. '위잉위잉'

이라든지, 아니면 CPR 방송 소리라든지, 뭐 그런 골 때리는 소리를 낸다 이 말이었다.

"잘했어. 먹자."

"네, 선생님. 잘 먹겠습니다!"

"감사합니다!"

이제 시각은 9시를 넘겨 가고 있었다. 심지어 야식도 아니고 그냥 저녁이지 않은가. 한동안 당직실에는 치킨 뜯는 소리 외에는 아무것도 들리지 않을 수밖에 없었다. 먹느라 바쁜 당직실이 비단 여기뿐만은 아니었다. 영상의학과 레지던트 당직실도 그러했다.

"아…… 뭐야, 뭔 이 시간에 협진이 들어와."

이혜영은 족발을 우물거리다 아까 수혁이 날린 협진을 확인했다. 가뜩이나 한바탕 깨져서 빡치는데, 협진이라니.

"뭐, 야밤에 와서 간 하라고?"

물론 간 조직 검사는 하다가 환자가 죽을 수도 있는 고난도 시술이었다. 이혜영 일은 아니란 뜻이었지만, 그래도 보조는 들어가야 했다. 김진실 교수가 모든 초음파를 들어가라고 하지 않았던가. 간 조직 검사 역시 초음파를 대고 하는 시술이었으니, 이것도 들어가야 할 것 같았다.

'에이……. 내일은 못 한다고 하자, 그냥…….'

병원은 안에 있는 모든 인원이 톱니바퀴처럼 최선을 다해 일해야 간신히 돌아가는 곳이었다. 오늘도 그랬다.

"선생님, 4호 환자분 퇴원할 때 소견서랑 진단서 원하신대요."

"어디 제출하시는데요?"

"보험 회사라고 들었어요."

"네. 알겠어요."

수혁이 비록 처방을 완벽하게 내는 편이라 사후에 들어가는 일이 거의 없긴 했지만, 당일 추가되는 일들까지 예측할 수는 없는 일이었다. 특히 입·퇴원이 많은 과일수록 더더욱 그러했다. 왜 암 환자를 보는 혈액종양내과에서 입·퇴원이 많나 하는 의문이 들겠지만, 만성 질환자라고 해서 계속 병원에 입원해만 있는 건 아니었다. 항암제 프로토콜 때문에 입원했다가 퇴원하는 것을 반복하는 환자들도 매우 많았다.

[이런 서류 작업은 지루하군요.]

'뭐 어쩌겠어. 다 필요한 일인데.'

[주치의만 벗어나도 안 하게 되는 거죠?]

'응, 근데 요새는 3년 차도 가끔 주치의를 보니까……. 결국, 전문의를 따야 완전히 자유로워지는 거지.'

[추세 보니까 딱히 그런 거 같지도 않던데.]

'음.'

수혁은 바루다의 말이 뭘 보고 나온 것인지 대번에 알아먹었다. 아마 얼마 전 의국 회의에서 나온 얘기를 토대로 하는 말일 터였다.

[이제 응급실 당직도 전문의가 선다는데요?]

'주 88시간 근무 때문에 그런다잖아.'

[수혁은 88시간 아니라 120시간도 넘게 일하는데?]

'법이 내후년부터 적용된다는데 그럼 어쩌냐.'

[흐음……. 법이라.]

바루다는 제법 의학적인 내용 말고도 다른 사회 현상에 대해 통달해 가고 있긴 했지만, 그래도 법이니 뭐니 하는 것들에 대해서는 낯설어하는 편이었다. 다행인 것은 바루다가 사회 현상에 대해 별 관심을 보이지 않는다는 점이었다. 만약 그랬다면 수혁은 법을 바루다에게 알려 주기 위해 머리 빠지게 공부해야 했을 게 뻔했다.

"다 됐어요."

"네, 선생님. 감사합니다."

"그럼 이제 다 된 거죠?"

"어…… 네. 근데 환자분들 딱 퇴원 임박해서 알려 주시는 분들도 있어서요. 혹시 생기면 전화드릴게요."

"알겠습니다."

수혁은 후다닥 서류 작업을 끝낸 후, 지팡이를 짚으며 몸을 일으켰다.

타닥.

"아, 선생님."

"응? 대훈이?"

"네. 선생님. 이거 드세요. 커피."

"아, 어. 고마워."

수혁은 스테이션에 비스듬하게 기댄 채로 방금 대훈이 건네 준 아이스아메리카노를 한 모금 마셨다.

[그래, 이거지.]

수혁도 제법 커피를 좋아하는 편이었지만, 진짜 환장하는 놈은 바루다였다.

[캬아.]

어떻게 된 놈이 매번 먹을 때마다 이런 추임새를 넣었다. 그렇다고 함부로 핀잔을 주면 안 되었다.

'고만해, 인마. 술 먹냐?'

[술? 술 같은 쓰레기하고 커피를 비교합니까? 커피는 모자란 수혁의 뇌 기능을 일시적이나마 향상시켜 주는 기능이 있는 신의 음료입니다. 저로 하여금…… 제 요람에 있던 때의 기분을 아주 잠시나마 느낄 수 있게 해 준다고요.]

'칭찬인지 욕인지 헷갈리는데, 커피만 마시면 내 뇌가 슈퍼컴

퓨터랑 비슷하다 이거야?'

[지랄 마십시오, 수혁.]

지랄이라. 이 자식 지금 지랄이라고 했지? 수혁은 따지고 보면 머리에 빌붙어서 사는 기생충 주제에 할 말 못 할 말 가리지 못하는 바루다에게 응징하고 싶었다.

"어어, 선생님. 이거 너무 찬 거 드셨나? 머리 아프세요?"

바루다가 있는 부위를 후려쳤으나 아픈 건 손과 머리뿐이었다.

[뭐 해요?]

'열받게 하니까 그렇지.'

[저만 하겠습니까. 슈퍼컴퓨터하고 수혁의 뇌를 비교하고 앉았는데.]

'하······.'

[아무튼, 커피나 계속 마시세요. 빨리. 애타게 하지 말고요.]

'망할 놈.'

하여간 바루다와 말 섞는 건 오래 할수록 손해였다. 수혁은 고개를 절레절레 저은 후, 방금 커피를 건네준 대훈을 돌아보았다.

"아, 어제 그 환자 상태 약간 좋아졌더라. 복수도 줄고."

"네. 오늘 초음파 팔로업해 보려고 협진도 넣어 놨습니다."

"어, 그래. 잘했네. 근데 여긴 웬일이야? 혈종 병동에?"

"달 바뀌었잖아요. 저 오늘부터 혈종 돌아요."

"아……. 그래? 그럼 어제 그 환자는 인계하나?"

"아뇨. 어차피 곧 퇴원할 것 같아서, 그냥 제가 데리고 있다가 보내려고요. 히스토리가 어렵기도 하고 인계하면 어려워할 거 같아요."

"뭐, 그게 좀 힘들어도 환자 생각하면 낫긴 하지."

수혁은 아까 회진 때 보았던 환자를 떠올렸다. 확실히 복수가 주니까 컨디션도 좋아져 있었다. 버드 키아리 증후군인 것도 알았고, 또 증후군을 일으킨 원인도 알아냈으니, 대훈이 방금 말한 것처럼 그리 오래 있지 않아 퇴원할 수 있을 터였다.

"그럼 이번에 누구 파트지?"

"조태진 교수님이요."

"아……. 네가 이따 외래 들어오는구나?"

"네."

"해 봤어? 외래 어시."

"아뇨, 조태진 교수님은 처음이에요."

"별로 긴장할 건 없어. 워낙에 꼼꼼한 데다가……."

혈액종양내과 교수의 특징 중 하나가 1년 차를 잘 신뢰하지 않는다는 점이었다. 조태진도 마냥 사람이 좋아 보이지만, 외래 어시 설 때 온전히 다 맡긴 사람은 동기 중 수혁이 유일했다. 다른 1년 차가 들어갈 때는 무조건 지금 수혁에게 요청했던 것처럼 백을 필요로 했다. 수혁은 굳이 그런 거까지 말할 필요는 없겠다 싶어 입을 다물었다가 이내 몸을 스테이션에서 떼었다.

"슬슬 내려가야겠다. 한 15분 전에 도착해서 한 번 더 차트 보는 게 좋아. 특히 영상의학과 판독 나왔는지 봐야 해."

"아……. 네."

"어차피 오늘 내가 같이 들어가니까 걱정 말라고. 백 봐줄게."

"네, 선생님. 감사합니다. 원래 쉬는 시간인데……."

"레지던트가 쉬는 시간이 어디 있냐. 연구하는 것도 데이터가 안 넘어와서 홀딩 중이야. 할 거 없어."

"어휴, 감사합니다."

대훈은 다시 한번 진심을 담아 고개를 숙였다. 말이야 이렇게 하지만, 위 연차가 지금처럼 마음 편하게 돕겠다고 하는 경우는 거의 없었기 때문이었다. 대훈이 특히 이뻐하는 후배이기 때문이기도 했지만, 오늘은 조금 다른 꿍꿍이도 있었다.

"아, 근데 대훈아."

"네."

"너 동기들이랑 잘 지내지?"

수혁은 외래로 가면서 이런저런 것을 묻기 시작했다. 대훈이야 수혁이 묻는 말이니 성심성의껏 대답하는 수밖에 없었다.

'이수혁 선생님이…… 환자 보는 거 말고 다른 얘기 하는 건 처음 보는데.'

조금 이상하다 싶기는 했지만, 뭐 어쩌겠는가. 상대가 존경해 마지않는 수혁인데. 입고 있는 팬티 사이즈를 물었더라도 알려 줬을 터였다. 아니, 어쩌면 당장 벗어서 줬을 수도 있었다. 대훈에게 수혁은 그런 존재였다.

"아, 네. 잘 지냅니다. 제가 인턴 때 인턴장이었어서……."

"맞네. 너 그랬지? 그럼 나 부탁 하나만 해도 되나?"

"네? 부탁이요? 네, 제가 도울 수 있는 일이라면 뭐든지……."

대훈은 진짜 뭐든지 다 할 생각이었다.

'머리털이라도 뽑으라면…… 아니, 아니다. 이것만 빼고…….'

수혁은 대훈이 잠시 자기 정수리 쪽에 손을 댔다가 황급히 떼는 것을 바라보다가 입을 열었다.

"별건 아니고. 내가 이제 의국장이 되거든."

"아! 축하드립니다! 역시, 저는 선생님이 되실 줄 알았습니다!"

"야, 야. 뭘 그렇게 큰 소리로 해. 환자들 다 본다. 누가 보면 교수라도 된 줄 알겠어."

"교수, 떼 놓은 당상 아닙니까!"

"이놈이 커피가 아니라 술을 마셨나. 목소리가 왜 이래."

"죄송합니다. 제가 너무 흥분해서."

바루다는 그런 대훈을 보며 역시 부하로 삼기 좋은 녀석이라는 말을 했다. 이제 부하니 뭐니 하는 시대는 지나간 지 오래라고 알려 줬지만, 바루다는 막무가내였다.

[신현태도 이현종 부하 아닙니까? 그런 관계로 만드십시오. 얼마나 좋습니까. 까라면 까고.]

내가 이현종이고 안대훈이 신현태라. 둘 다 어쩐지 오리지널 인물에 비해 조금 처지는 느낌이 있기는 했지만, 기분은 좋았다.

'오케이, 그럼 이놈은 내 부하다.'

[부하 삼으라고 했지, 이놈이라고 하라고 하진 않았는데.]

'시끄러워.'

수혁은 자신이 이현종이라 생각하고 말을 이었다. 바루다는 그런 수혁을 언짢아했지만, 뭐 어쩌겠는가. 어차피 몸을 움직일 수 있는 건 수혁인데.

"아무튼, 나 의국장 되는데 내가 사실 너네 동기 애들…… 1년 차 애들 잘 모르잖아. 공부시키다 도망간 애들은 지금도 나 불편해하고."

"그 자식들 제가 다 잡아 오겠습니다."

"아니, 그럴 건 아니고. 뭘 잡아 와. 추노하니?"

"추노할 일 있으면 그것도 시키십시오. 잡아 오겠습니다."

"어……."

추노. 도망간 노예란 뜻인데, '추노한다.'라는 말이 병원에서는 '도망간 레지던트를 잡으러 간다'라는 은어로 쓰였다. 대개 의국장이 맡아야 했는데, 그 방식은 사람마다 달랐다. 말 그대로 잡아 오는 사람도 있었고, 찾아가서 설득하는 사람도 있었다. 수혁은 둘 중 어느 것도 하기 싫었던 사람이라 대훈의 이 말이 기꺼웠다.

"좋네, 그건. 아무튼, 그냥 네가 애들 단속 좀 잘하고. 내가 너한테 말하면 전달하라고, 전체한테."

"알겠습니다. 선생님. 맡겨 주셔서 감사합니다."

"음, 그래."

수혁은 일을 시키는 데도 감사하다는 말만 연발하고 있는 대훈과 함께 외래 진료실 안으로 들어섰다. 아무래도 혈액종양내과 진료실이다 보니 많은 환자가 비니 모자를 쓰고 있었다. 제아무리 항암제 프로토콜이 좋아지고 있고, 또 표적 항암제니 뭐니 하는 신약들이 나오고 있긴 하지만, 그래도 머리가 빠지는 부작용만큼은 완전히 피할 수 없는 모양이었다.

'그래도 구토······하는 환자들은 확실히 줄었던데.'

여전히 미디어에서는 항암 치료만 했다 하면 토하는 것을 일종의 클리셰로 쓰고 있었다. 물론 암의 종류와 프로토콜에 따라 다르긴 하지만, 이미 현장에서는 어느 정도 극복한 지 오래였다.

"오늘 외래 처음 5명 정도는 호스피스 병동 환자들이거든? 진짜 친절하게 잘해야 된다."

수혁은 환자들을 둘러보다가, 대훈의 어깨를 두드려 주었다. 호스피스란 얘기를 들은 대훈은 결연한 얼굴이 되어 고개를 끄덕였다.

"네."

조태진이 얼마나 호스피스에 대해 신경 쓰는지 알고 있기 때문이었다. 암은 완치가 가능한 단계가 있고, 그렇지 않은 단계가 있지 않은가. 전자에 해당한다면 의사도 환자도 치료를 위해 전심전력을 다해야겠지만, 후자에 해당한다면 의사도 환자도 우선순위를 정해야 했다. 조태진은 대개 환자의 통증과 불편을 경감하는 방향을 택하는 편이었다. 삶의 마지막을 인간답게, 품위 있게 보낼 수 있도록 도와줘야 한다는 생각 때문이었다.

"자, 그럼 들어가서 차트 보자."

"네."

수혁은 그들 중 얼굴이 낯익은 사람들과 눈인사를 한 후, 진료실 안으로 들어갔다. 그러곤 오늘 볼 외래 환자 차트를 다시 한번 띄웠다.

"어제 다 봤으니까, 영상 결과 안 나온 사람들만 봐."

"아, 네."

"표시해 놨는데. 응, 그분. 응? 왜 협진을 안 본다고 하지?"

"바이옵시요? 어, 그러네요. 안 된다고 하네."

"이상한데. 지금 시간 있으니까, 네가 한번 가서 물어보고 올래?"

"아, 네. 그렇게 하겠습니다."

"안 된다고?"

"네. 그게……."

대훈은 땀을 닦으며 고개를 끄덕였다. 영상의학과 판독실은 본관에 있고 외래는 암센터에 있으니, 편도로도 1km에 가까운 거리였다. 그걸 15분 안에 다녀왔다는 건 제아무리 빠르게 뛰었다 해도 가서 문전박대당했다는 얘기밖에 안 됐다.

'이상한데?'

[김진실 교수님은 어지간하면 임상에 맞춰 주는 것으로 파악됩니다.]

바루다 또한 기이하게 여겼는지 데이터를 점검했다. 하지만 딱히 그럴 필요는 없었다. 불과 몇 주 만에 한 사람에 대한 평판이 드라마틱하게 바뀔 가능성은 없었으니까. 만약 그렇다면 아프다든지, 집안에 우환이 생겼다든지 무언가 다른 상황을 염두에 두어야 할 터였다.

"김진실 교수님은 만났어?"

"아…… 아뇨. 이혜영 선생님만…… 봤습니다."

"아, 또혜영이야?"

그렇다면 이해가 갔다. 지방대 출신이었는데, 당연하게도 1등 졸업이었다. 수혁이 들어올 때까지만 해도 태화의료원 경쟁자가 없다는 평을 들을 정도로 압도적인 병원이지 않았던가. 당시 치열한 경쟁을 뚫고 태화의료원 인턴으로 오려면 본교 졸업생이거나, 인서울 의대라면 10등 이내, 지방대는 거의 1, 2등은 해야만 했다.

[인턴 때는 에이스였다고 했죠?]

'톱이었어. 진짜 잘했어.'

[그리고 지금은 개판 치는군요.]

'뭔가…… 영상의학과 들어간 거로 커리어가 끝난 느낌이지.'

수혁은 오랜만에 인턴 동기를 떠올리다가 고개를 가로저었다. 그러곤 핸드폰을 집어 들었다가, 슬며시 다시 내려놓았다.

"어, 수혁이!"

조태진이 진료실에 들어서자마자 마치 UFC 선수라도 된 듯 달려들었기 때문이었다. 이게 정말 태클이었다면 나머지 다리 한 짝도 못 쓰게 되었으리란 확신이 드는 그런 기세였다.

"어어, 교수님."

조태진은 누차 말했듯 체격이 어마어마한 사람이었다. 그대로 수혁을 들어 올리는 바람에 수혁은 거의 무슨 깃발처럼 나부끼는 형국이 되고야 말았다. 어이가 없는 일이었.

'무슨 이산가족 상봉하냐.'

[그러게요. 지난달에도 몇 번이나 봐 놓고선.]

'그만큼…… 나 혈종 돌게 된 게 기분 좋으신 거겠지?'

[그렇다고 봅니다. 다른 교수들도 그러잖아요. 이렇게…….]

바루다의 말이 맞기는 했다. 조태진이나 신현태, 이현종처럼 노골적인 경우는 거의 없었지만, 대부분의 교수들은 수혁이 자신의 분과에 오는 것을 반겼다.

"너인 줄 알았으면 좀 대강 리뷰할걸. 하하하."

"으어."

"아프냐? 미안. 너무 좋아서, 하하. 저번 달에 고생했거든. 아, 황선우 그 자식 그거."

"아……. 마지막 달에 교수님 파트 돌고 간 거예요?"

"그래. 원래도 개판 치던 놈이 막판이라고 작정하고 치는데……. 와……. 내가 불안해서 퇴근을 못 하겠더라니까."

내과 전문의라는 게 얼마나 되기 힘든 것인지 알 만한 사람은 다 알 터였다. 비록 동네 내과 의원만 가 본 사람들은 맨날 기본적인 처방만 내리는 것 같은 그 사람이 뭐가 그리 대단할까 싶기도 하겠지만, 제대로 된 설비만 갖춰 주면 지금도 중환자실 날아다니면서 몇 사람 목숨쯤은 멱살 잡아 이승으로 끌고 올 수 있는 사람들이었다. 우리나라 의료 체계가 대형 재난 식의 질환들, 그러니까 신종 감염병에 유난히 강한 것이 바로 이 때문이었다. 다른 나라들보다 압도적으로 많으면서도 질은 오히려 더 좋은 전문의들의 존재. 그런 전문의가 되려면 3, 4년간의 수련뿐 아니라 시험도 쳐야만 했다. 내과는 그중에서도 시험이 어려운 축에 속했다.

'공부 들어가기 전에 개판 쳤구나.'

[전형적이죠. 어차피 혈액종양내과 펠로우 할 생각도 없을 테니까요.]

어영부영 있다가는 떨어진단 얘기였다. 수련만 받고 전문의가 되지 못한다면 얼마나 억울하겠는가. 때문에 3년 차들, 즉 시험 볼 연차가 되면 11월쯤엔 일에서 손을 떼고 공부하러 들어가기 마련이었다. 유종의 미라는 단어를 아는 사람들도 있지만 그렇지 못한 애들도 있는 법이었다. 벌써 작년에 군의관으로 들어간 김진용이 그랬고, 이번엔 황선우가 그랬다.

"어후, 아무튼, 너 왔으니까 안심이다."

조태진은 지난달 생각을 하면 지금도 아찔해지는지, 고개를 절레절레 저었다. 그러다 또다시 수혁의 어깨를 쥐고 흔들고 볼을 꼬집고 여러 차례 세리머니를 하고 나서야 의자에 털썩 앉았다.

"아, 1년 차…… 안대훈인가?"

"네, 교수님!"

"그래, 주치의지? 잘 부탁해. 모르는 거 있으면 수혁이한테 물어보고. 그래도 안 되면…… 안 될 리가 없겠네. 수혁이한테 물어봐."

"네, 교수님!"

그제야 대훈을 발견한 조태진은 몇 마디 격려의 말인지, 아니면 결국, 수혁의 자랑인지 모를 말을 하곤 뒤를 향해 고개를 크게 끄덕였다.

"시작할게요."

몇 년을 손발 맞춰 온 직원이 그것을 신호로 외래 문을 열었다. 아직 진짜 시작 시각이 되진 않았지만, 직원도 환자도 이런 조태진이 익숙했다. 이 사람은 대학 병원 혈액종양내과 교수로서 자질이 매우 뛰어난 사람이지 않은가. 뭐가 되었건 준비가 됐는데 암 환자들을 더 기다리게 할 필요는 없지 않냐는 게 지론이었다.

"아이고, 김용수 환자분."

"네, 교수님. 잘 지내셨어요."

"그 말은 제가 해야죠. 잘 지내셨어요?"

"아이구, 덕분에 좋아요. 밥도 잘 먹고. 하하."

"제가 말했잖아요. 아들이 아니라 손주 결혼식까지 볼 수 있을 거라고."

그리고 조태진은 기본적으로 친절하고 또 친근했다.

"하하. 그래서 좀 어때요?"

"아주 좋아요. 재발 없고요. 깨끗해요."

"하이고. 다행이네. 어휴, 그 말 들어야 소화가 되는 거 같다니까."

"이제…… 한 번만 더 오시면 더 안 봐도 되겠어요, 우리."

"섭섭한데."

"졸업하는 거예요, 졸업. 다음번에 오실 때, 사진이나 찍어요, 완치 기념으로."

한 가지 단점이 있다면, 1년 차가 옆에서 차팅하기가 더럽게 어렵다는 점이었다. 다른 교수들은 좀 불친절하거나 사무적인 느낌이 들지언정, 딱 플랜을 얘기해 주는 편인 데 반해 조태진은 환자에게만 집중하기 때문이었다. 보통 이러고 나면 환자가 나가고 나서야 차팅이 되기 때문에 1년 차만 들어와 있으면 외래는 한없이 지연되기 마련이었다.

"6개월 뒤로 잡고, CT 예약해 놔. 혈액 검사도 해 두고."

"아, 네."

지금은 수혁이 있어 다행이었다. 태진이 말하지 않은 것들을 죄다 대훈에게 알려 주고 있었다. 덕분에 외래는 지연 없이 아니, 오히려 빠르게 진행될 수 있었다. 게다가 환자들 상태도 대부분 좋아서 조태진은 기분이 좋았다.

"수혁이가 온 걸 암들도 아나. 죄다 머리 숙였네. 어? 오늘 재발 환자 하나도 없어. 정말 좋다."

조태진은 허허 웃고 나서 다음 환자를 불렀다.

[수혁, 그 환자입니다.]

그 순간 바루다가 진중한 어조로 말을 걸어왔다. 수혁 또한 이름을 정확히 기억하고 있었기 때문에 고개를 끄덕일 수 있었다.

"아."

조태진도 마찬가지였던 모양이었다. 재발이나, 새로운 2차 암이 의심되기에 아무래도 그럴 수밖에 없을 터였다. 의사들 대부분이 그러하듯 뭐가 얹힌 느낌이 들었을 게 뻔했다.

"선생님……."

환자도 비슷한 예감을 하고 있는지 표정이 좋지 못했다. 원래 대장암 치료받은 지 5년이 지나 조태진을 졸업했다가, 로컬에서 받은 건강 검진에서 이상이 있다고 해서 CT를 찍고 오는 길이었다. 여기서 표정이 좋으면 그게 더 이상한 일이었다.

"하……."

조태진은 잠시 CT를 다시 한번 보고는 한숨을 쉬었다. 동맥기에서 조영 증강이 되었다가 지연기에서는 싹 씻겨 나가는, 경계가 좋은 덩이.

'간암이지, 이건…….'

누가 봐도 HCC였다. 심지어 영상의학과에서도 판독을 그렇게 준 모양이었다. 처음 보는 교수 사인이 들어가 있긴 하지만, 그걸 의심해야 할 만큼 태화의료원이 녹록한 곳은 아니었다.

"그…… 환자분."

"교수님…… 저 어떡해요."

"그……."

조태진은 차마 웃는 낯으로 환자를 대하지 못했다. 벌써 환자가 울먹이고 있는데 어찌 그럴 수 있을까. 잠시 더 망설이고 있으려는데, 누군가 그의 어깨를 두드렸다. 1년 차일 리는 없었다. 조태진이 사람 좋다는 게 사실이기는 하지만, 모든 1년 차에게 그런 것은 아니었다. 대부분 병원에서 1년 차는 아직 사람이 되지 못한 무언가였고, 태화라고 해서 다르진 않았다.

"수혁이야?"

"네, 교수님."

"왜…… 그래? 환자분 들어오셨는데."

"잠시만…… 이 환자분 관련해서 드릴 말씀이 있어서요."

"어……."

이게 만약 수혁이 아니라 다른 사람이었다면, 아마도 진료실을 나가야만 했을 터였다. 조태진은 레지던트 때부터 환자 사랑이 각별한 사람이었고, 지금은 더했다. 환자와 의사 사이의 신성한 의식이었기에, 누구라도 '진료'를 방해해서는 안 됐다.

'미쳤나.'

때문에 직원의 얼굴이 순식간에 경직되었다. 학창 시절 보디빌딩부에 있었다던 조태진이 한번 성질내면 정말 무섭기 때문이었다.

"환자분, 잠시만 요 앞에서 기다려 주실 수 있나요? 상의 좀 하고 말씀드릴게요."

"응?"

"부탁드립니다. 소영 씨, 부탁해요."

"어……. 네."

하지만 상대가 수혁이라면 바보처럼 미소가 나오는 게 조태진이기도 했다.

'우리 수혁이가 설마 아무것도 아닌 일로 진료를 중단시키겠어?'

어차피 수혁이가 벌어 준 시간 아닌가. 맨날 지연으로 속 터진다는 소리 나오는 게 본인 외래인데, 지금은 도리어 예약 시각보다 10분인가 일찍 들어오고 있었다. 사상 초유의 일이라 해도 좋을 만큼 드문 일이었다.

탁.

문이 닫히자마자, 조태진은 언제나처럼 자애로운 미소를 지은 채 수혁을 향해 완전히 몸을 돌렸다. 오랜 시간 함께해 온, 심지어 남친 인사까지 시켜 줄 정도로 친한 사원마저 질투심이 느껴질 만큼 따뜻한 얼굴이었다. 아마 친아들이 와도 질투심을 느낄 터였다.

"우리 수혁아."

"네, 교수님."

"환자분…… 뭐가 이상한 거야?"

"지금 간암으로 생각하시죠? 전이보다는."

"응? 그렇지. 아무래도…… 대장암에서 전이되었다고 보기엔 모양이 많이 다르지."

게다가 조태진은 본인 치료에 자부심도 있는 사람이었다. 완치 판정을 본인이 내렸는데 재발을, 그것도 전이의 형태라고 진단했을 거 같진 않았다.

"네, 저도 그랬습니다. 간암…… HCC로 생각했는데, 위치가 좀 걸려서요."

"위치?"

"네. 부신하고 완전히 연해 있지 않습니까? MRI T1 역상에서 까맣게 보이는 게 좀 지나쳐 보이기도 하고요."

"T1 역상? 지방 조직이 지나치다는 말이지, 지금?"

"네."

"흐음."

조태진은 저도 모르게 턱 밑을 쓸었다. 외래 보기 직전에 예의 차리겠답시고 민 수염이 벌써 까슬하게 자라 있었다.

'지방 조직이 많고 부신하고 연했다…….'

이 비슷한 얘기를 어디서 본 것 같았다. 교과서는 당연히 아니었다. 그렇게까지 흔한 상황이었다면 몰랐을 리 없었으니.

'케이스 리포트에서 봤나? 아니면 학회?'

아무튼, 어디선가 들은 거 같기는 한데 불명확했다. 레지던트와 대화 중에 몰라서 말문이 막히다니. 창피할 만한 일이었지만, 우리 수혁이한테는 아니었다.

'걘 불세출의 천재야!'

이미 태화대학교 개교 이래 최고 천재 소리를 듣는 이현종이 인정한 사람 아닌가.

"뭐 같은데?"

모르겠다는 생각이 들자마자 그냥 물었다. 교수가, 그것도 조태진같이 학회 활동 열심히 하는 똑똑한 교수가 이러면 좀 당황할 법도 하건만, 수혁은 그러지 않았다.

"간 내부 부신피질 선종이요."

"아하."

조태진도 역시 교수는 교수라 대번에 뭔 질환인지 기억해 낼 수 있었다. 이게 맞다면 울상을 지을 필요도 없었다. 그냥 경과 관찰만 하면 되니까. 조직 검사면 충분하단 뜻이었다.

"그럼 조직 검사…… 아, 협진 냈구나? 어? 근데 안 했네?"

"그게, 오늘 어렵다고 해서요."

"야, 그런 게 어디 있어. 이 환자 지금 얼마나 불안한데. 빨리 털어야지. 누군데, 오늘 연락 담당."

"그…… 이혜영……."

"또혜영? 일단 전화기 줘 봐."

"영상의학과 3년 차 이혜영입니다."

곧 무미건조한 목소리가 스피커폰을 통해 들려왔다. 안대훈 전화로 해서 그런가 평소보다도 더 쌀쌀맞은 느낌이었다.

"아, 이혜영 선생? 지금 복부 협진 담당인가요?"

"응? 네, 그런데요? 누구세요?"

하지만 자연스러운 하대가 나가자 조금은 조심스러워졌다. 싸가지가 있고 없고를 떠나서 병원에서 생존하려면, 레지던트로서 이 정도 눈치는 있어야만 했다.

"혈액종양내과 조태진 교수예요."

"아, 네. 교수님. 제가 협진 담당입니다."

"외래 환자 중에 리버 바이옵시 협진 나간 환자 하나 있는데, 혹시 확인했나요? 협진 일자가…… 어제로 되어 있네요."

조태진은 '이놈이 혈액종양내과로 와 주면 얼마나 도움이 될까?' 하는 생각을 하며 수혁이 미리 협진을 내 놨다는 사실에 윙크를 찡긋하면서 말을 이었다. 모르긴 해도 연구로 가든, 임상으로 가든 살릴 환자가 적지 않을 터였다.

"아……."

이혜영은 눈알과 머리를 동시에 굴렸다. 리버 바이옵시라는 게 하루에도 수십 개씩 나는 흔한 협진은 아니지 않은가. 태화의료원이 비록 간 이식 공장이라는 말이 있을 만큼 간 파트 수술이 활발한 곳이라 해도 보고도 잊을 정도는 아니었다.

'뭉개 보려고 했는데…….'

뭉개도 될까? 안 될 거 같았다. 상대가 레지던트면 몰라도, 교수는 안 되었다. 이쪽은 다이렉트로 윗분들에게 전화를 걸 수 있는 힘이 있었으니까. 그렇게 되면 자신이 귀찮아서 틀어막았다는 걸 걸릴 게 뻔했다.

"지금 확인했습니다."

받아 주기로 했다. 아까 거절했던 사실만 뭉개기로 결정한 것이다.

"어, 씨."

마주 보고 거절당했던 안대훈이야 발작했지만.

"쉬, 조용."

수혁이 막았다. 누가 뭐래도 교수가 통화 중이지 않은가. 잡소리가 섞이면 모양새가 좋지 않았다.

"그래요, 그럼 가능한가요? 오늘 되면 입원장 내서 바로 검사하고 내일쯤 퇴원시키고 싶은데."

"제가 확인하고 다시 연락드리겠습니다, 교수님."

"그래요. 되도록 빨리 부탁드려요. 환자분이 기다리고 있어서."

"네."

이혜영은 한숨인지 대답인지 헷갈리는 말로 통화를 끊고는 자리에서 일어섰다. 그러곤 레지던트 판독실보다 조금 안쪽에 위치한 복부 영상 판독실 문을 두드렸다.

"어, 들어와."

두 번째쯤 두드렸을 때 목소리가 들려왔다. 김진실 교수였다. 어제 당직이었음에도 불구하고 쉬지 않고 일하고 있었다. 최근 간암 관련 논문을 진행 중이라고 하더니, 만만치 않은 모양이었다. 평소보다 낮아진 목소리엔 피로감이 잔뜩 서려 있었다.

"저, 교수님."

"어, 왜."

"혈액종양내과 쪽에서 당일…… 아니, 어제 협진이 왔는데요."

"어제? 어떤? 밤에 났나? 없었던 거 같은데."

"네, 밤에 났습니다. 리버 바이옵시를 해 달라는데요. 외래 환자라 빨리 연락 달라고 했습니다."

"리버 바이옵시? 등록 번호 줘 봐."

"네. 여기."

"흠."

김진실 교수는 우선 환자 차트부터 보고는 영상을 띄웠다. 아직 외래에서 작성한 차트는 입력을 누르지 않아 뭘 의심하고 있는지는 알 수 없었다. 다만 이전에 대장암이 있었단 것만 알 수 있을 따름이었다.

"음…… 음?"

김진실 교수는 스크롤을 굴리다 고개를 갸웃거렸다. 이혜영도 새로 온 교수도 간암, 즉 HCC를 준 그 덩이가 있는 부위가 보였을 때였다.

"아, 이거 해 달라는 거구나?"

"네, 그거요."

누가 이걸 잡아냈을까 싶어서 재밌단 생각이 들었는데, 이혜영 반응을 보니 왜 조직 검사를 해 달라는 말이 나왔는지 전혀 모르는 거 같았다.

'모를 수 있지.'

모를 수 있는데, 도리어 영상에 있어서는 비전문가라 할 수 있는 내과 쪽에서 먼저 잡았다는 게 걸렸다. 이런 건 자존심 문제라고 봐야 하지 않을까. 김 교수는 힌트를 좀 주기로 했다.

"혜영아, 너 이거 내과에서 왜 지금 당장 해 달라고 하는 거 같아?"

물론 그 엄하다는 이하언 교수에게 사사받은 사람답게 막 알려 주진 않고, 자기가 배운 대로 질문을 던졌다. 문제가 있다면 이혜영은 김진실처럼 우수하지도, 열심히 하지도 않는다는 점이었다.

"어……. 내과는 원래 좀 그렇지 않나요? 맨날 협진 내면서 고마워하진 않고."

"응?"

이혜영은 그저 일이 많아지면 짜증이 나는 사람일 뿐이었다.

어떻게 보면 또 맞는 말이기도 했다. 내과는 임상과 중에서 제일 덩치가 큰 만큼 제일 많은 환자를 보지 않던가. 영상의학과는 서비스 파트이니만큼 임상과에서 이것저것 문의할 게 많은 과였고, 그중에서도 복부 영상 파트는 비전문과에서 어설프게 손대도 될 만큼 만만한 파트가 아니었다. 심지어 같은 영상의학과 쪽에서도 이쪽 판독은 꺼릴 정도로 어려웠다.

'그래도…… 이런 말을 교수 앞에서 할 건 아니지 않나.'

김 교수는 당황스러운 마음을 숨긴 채, 얼마 전 아주 긴밀한 사이의 지인이 했던 말을 떠올리며 다시 물었다.

'화낼 만한 일이라고 다 화내면 안 돼, 그때 참아야 착한 사람인 거야.'

어쩌나 맞는 말이던지, 좌우명으로 삼아야겠다는 생각까지 들었다.

"아니, 그게 아니고. 이혜영 선생. 이거 딱 봐도 HCC 같잖아. 근데 왜 해 달라고 했는지 궁금하지 않아? 뭔가 감별 질환이 있다고 생각하지 않았을까?"

애써 차분해 보이려고 꾹꾹 눌러 담은 목소리였다. 그제야 혜영도 뭔가 이상하단 걸 깨달았다.

'아……. 이게 뭐가 있긴 한가 본데.'

이혜영은 정신을 차리고 영상을 다시 바라보았다. 그래도 태화의료원 영상을 들어온 재원이고 또 영상의학과에서 무려 2

년 가까이 수련받은 몸 아니던가. 비록 복부가 좀 어려운 파트이긴 해도, 내과도 확인한 이상한 걸 놓치지 않을 자신이 있었다.

'어디……. 동맥기에서 조영 증강되고, 정맥기, 지연기에서는 나가고. 응?'

하지만 아무리 봐도 HCC라는 확신만 들 뿐이었다. HCC 아니냔 말을 하고 싶었는데, 김 교수의 얼굴은 아무리 봐도 다른 말을 기대하고 있는 듯했다. 아니, 시간이 오래 지체될수록 실망하고 있었다.

"음, 모르겠니?"

"그…….."

"그래, 모를 수 있어. 사실 너무 드문 케이스거든, 이게. 의심하기가 쉽지 않지."

김진실 교수도 죽자고 공부하고 또 공부하고 환자 케이스를 봤으니까 알고 있는 거지, 그렇지 않았다면 제아무리 복부영상의학과 교수라 해도 쉬이 떠올릴 수는 없었을 터였다. 이혜영이 무식한 것도 맞지만 타박할 일은 아니란 얘기였다. 그런데 어떻게 내과는 이걸 의심하고 협진 요청을 냈을까?

'혹시 이혜영 말처럼 뭘 의심한 게 아니라 그냥 성질이 급해서 낸 건가?'

궁금해진 김 교수는 급기야 외래로 전화를 걸었다.

"네, 조태진 교수님 외래입니다."

어차피 답변 올 때까지는 외래 홀드였기에 사원이 바로 받았다.

"아, 바꿔 드릴게요."

그리고 사원은 영상의학과 김진실 교수가 건 전화라는 걸 말해 주며 곧 조 교수에게 전화를 전달해 주었다.

"어, 김 교수님."

"네, 조태진 교수님. 이번에 협진 내신 케이스요."

"네네."

"그거 혹시 HCC 말고 다른 거 의심하시는 건가요?"

"아…… 네, 그…… IAA요. 간 내부 부신 선종."

"오."

설마설마했는데 내과에서 이걸 잡아낼 줄이야. 이런 일이 반복되어 일어난다면 영상의학과의 존속마저 위태로울 수 있었다. 사상 최대의 위기가 A.I.의 대두라고 생각했는데, 이제 보니 임상과의 독립이라는 생각지도 못했던 변수가 있었다.

"아, 이거 근데 제가 의심한 게 아니에요."

한편 조태진은 김진실 교수의 목소리에서 당황스러움을 읽어 낼 수 있었다. 이현종이었다면 당연하다는 듯 시치미를 떼었겠지만, 조태진은 우직한 사람이었다.

"네? 그럼 누가…….."

"누구긴 누굽니까, 우리 수혁이지."

"아……."

"어, 저는 안 되고. 수혁이가 알아낸 건 납득해요? 이거 상처 되는데."

"아니, 그런 뜻이 아니라."

"아닙니다, 아니에요. 우리 수혁이가 국보급 인재죠. 어때요, 가능성이 커 보입니까?"

조태진은 실로 기분이 좋다는 듯 껄껄 웃었다. 레지던트와 경쟁 상대로 취급되는 것도 기분이 나쁠 거 같은데, 심지어 어떤 면에 있어서는 아득히 추월당하고 있는 주제에도 조태진은 웃었다. 조태진이 욕심이 없거나, 혹은 바보 같은 사람이라 그런 건 당연히 아니었다. 그냥 그가 제일 존경해 마지않는 선배 둘이 그러고 있으니까 자연스레 변해 버렸다.

"네, 높아 보여요. 조직 검사하기는 해 봐야겠지만요. 근데 이게 위치가 아주 좋지는 않거든요? 약간 어려울 수 있어서 외래에서도 위험성을 설명해 주세요. 여기서도 할게요."

"네, 물론이죠. 해 주신다는데 동의서는 받아야죠. 그럼 언제 보낼까요?"

"랩 보니까 출혈 경향이 있진 않아서 바로 가능해요. 인터벤션실로 보내 주시면 알아서 어레인지할게요."

"네, 감사합니다. 그, 기프티콘이라도 쏠게요."

"아, 아뇨. 아뇨. 괜찮아요."

김 교수는 정말 진심으로 사양했다. 이럴 때 커피 한 잔 받으면 당장 기분은 좋겠지만, 두고두고 짐이 될 수 있기 때문이었다. 비슷한 연차에 소아 파트에 있는 교수 하나는 이런 거 차단 못 했다가 주말에도 커피 한 잔이면 판독해 주는 맘씨 좋은 사람으로 소문이 나 있었다.

"네, 그럼 부탁합니다. 감사해요."

조태진도 질척이는 타입은 아니었기에 금세 전화를 끊고 환자를 다시 불러들였다. 나쁜 것일 가능성도 있지만, 아닐 가능성이 훨씬 크니 확인하는 차원에서 검사하자는 말을 하기 위해서였다. 중간중간 시술의 위험성도 얘기했지만 이미 환자의 귀에는 잘 들리지 않는 모양이었다.

"암이 아닐 수도 있다고요?"

"네네. 그런데 검사가 좀……."

"암이 아닐 수도 있다, 이거죠?"

"네, 그런데 검사가 좀……."

"암이 아니라고요?"

"아니, 그건 아니고……."

꼼짝없이 재발이나 간암인 줄 알고 왔다가 교수 입에서 아닐 수도 있다는 말을 들었으니, 어찌 흥분되지 않을 수 있겠는가. 조태진 또한 덩달아 기뻤지만, 의사인지라 본분을 다하기 위해 애썼다.

"휴."

그 환자에 시간을 쓴 탓에 외래는 지연이었다. 오후 5시까지만 예약이 되어 있었지만, 끝난 것은 6시가 다 되었다. 맘 같아서는 이쁜 짓 한 녀석들 밥이라도 사 주고 싶었지만, 시간이 없었다.

"아, 오늘 콘퍼런스 있지?"

"네. 교수님. 이현종 교수님, 신현태 교수님, 장덕수 교수……."

대학 병원이라는 곳이 그렇지 않은가. 온전히 쉬는 날이 있으면 뭔가 있는데 빵꾸 내고 있을 공산이 컸다. 조태진은 안대훈이 그래도 일 잘하는 1년 차답게 콘퍼런스 참석 인원을 줄줄 주워섬기는 것을 듣다가 고개를 갸웃거렸다.

"잠깐, 잠깐. 이현종 교수님이 와?"

"네."

"이상하네?"

귀찮은 거 싫어하는 양반이지 않은가. 원래도 과 행사 안 오다가 원장이 된 이후로는 원장으로서의 일이 너무 바쁘단 핑계로 문턱도 넘지 않은 지 오래였다.

"오늘 케이스 뭐지?"

그런데 이현종이 온다는 건, 그가 관심을 가질 만큼 더럽게 어려운 케이스가 있다는 얘기였다.

"신현태 교수님이 낸 케이스라고만 알고 있습니다."

"오, 야. 빨리 가자."

"네?"

"원장님이 과장님 쥐 잡듯이 태우겠다. 이런 구경 어디 가서도 못 해."

뭐여 이게

 매주 수요일 PM 6:30. 태화의료원 내과 의국원들이 한자리에 모이는 시간이었다. '모든'이라는 단어를 쓰지 못하는 건 아무래도 다들 너무 바빠서였다. 시간이 있으면 반드시 와야 한다는 강제성을 띠고 있긴 했지만, 대학 병원에서 있으면서 시간이 있기란 참 어려운 일이었다.

〈바이옵시 잘됐고, 환자 병실로 올려 보내겠습니다.〉

조태진은 강당으로 가던 도중 김진실 교수에게 문자를 받았다.

"안대훈 선생, 환자 입원했다니까 이따 가서 상태 확인해."

"네, 교수님."

"수혁이가 백도 좀 봐주고."

"네, 교수님. 걱정 마세요."

그는 우선 레지던트들에게 지시를 내린 후 감사하다는 답장을 했다. 강당은 외래와 같은 암센터에 있어서 거리가 그리 멀지 않았다. 딱 보내기 버튼을 누르자마자 강당 앞에 설 수 있었다.

"도시락 가지고 들어가세요."

입구에는 비서진들이 샌드위치를 나누어 주고 있었다. 콘퍼런스할 시간도 있고 밥 먹을 시간도 있는 사람은 거의 없지 않겠는가. 둘을 한꺼번에 처리했으면 좋겠다는 어느 한 선배 교수의 고언에 따라 유구히 내려오고 있는 전통이었다.

"고마워요."

"감사합니다."

"이름 쓰고 들어가세요."

"아, 네."

이런 콘퍼런스에 참가하는 것도 다 나중에 전문의 시험을 보기 위해 필요한 절차였다. 한때는 1년 차가 3, 4년 차들 이름 쭉 적고 가짜로 사인하기도 했다는데, 요새는 어려웠다. 게다가 지금은 이현종이 도깨비 같은 얼굴을 하고 서 있었다.

"빨리 들어가, 빨리. 오늘 케이스 어려워 보인다고 몇 번 말했냐."

사인하는 놈이 진짜 그놈이 맞나 살피곤 우물쭈물하고 있는 레지던트들마다 등짝에 스매싱을 날렸다. 평생 해 본 운동이라곤 골프밖에 없는 양반이라고 무시했다간 큰코다쳤다.

"으억."

"헉."

필드에 나갔다 하면 싱글을 날리는 위인이지 않은가. 쇼트 게임이 강해서가 아니라 드라이브 샷 때문이었다. 한 방이 있었다.

"오, 우리 수혁이."

하지만 수혁 앞에서는 그저 함박웃음을 지을 따름이었다.

"천천히 가라, 천천히. 예끼 이놈들 길 비켜라, 이놈들아! 우리 수혁이 들어가게 비켜, 인마!"

심지어 길잡이를 자청하기까지 했다. 그 바람에 어중간한 위치에 서 있던 이들은 옆으로 밀려 넘어질 뻔하기까지 했다.

"나 참……."

"아들 사랑 지극한 거 보소."

"서럽다, 서러워."

여기저기서 불만이 터져 나왔지만, 그런 걸 신경 쓸 위인이 아니지 않은가.

"자, 여기 앉아."

"네? 여긴 너무 앞자리……."

"너보다 똑똑한 놈 오면 비켜 줘. 근데 없잖아. 그냥 앉아."

"어……."

"앉아, 인마. 오늘 케이스 장난 아니라니까. 보다가 어? 저놈

저거 실수한 거 보이면 야유하라고. 좀 알려 주고."

이현종이 저놈이라면서 가리킨 건 다름 아닌 신현태였다. 신현태 과장은 그런 이현종을 보고는, 어제 있었던 일을 떠올리며 고개를 절레절레 흔들었다.

'내가 미쳤지…… 진짜…….'

왜 찾아갔을까. 왜 굳이 가서 모르겠다고 했을까. 그냥 혼자 좀 뒤져 보거나, 펠로우 통해서 넌지시 물을걸.

'흠. 흐으음.'

신현태는 어제 거의 열흘 동안 고민하다 찾아간 케이스를 보자마자 이현종이 보였던 표정을 똑똑히 기억할 수 있었다. 처음 보는 것도 아니니 그럴 수밖에 없었다.

'분명히 알고 있어. 알고 있는데 안 알려 주네?'

많은 사람 앞에서 토의하다 보면 알게 되지 않겠냐고 하면서, 오늘 케이스 발표를 해 보라는 말만 했을 뿐이었다. 그 말은 곧 여기서 좀 까겠단 뜻이었다.

'형……. 왜 그래, 정말. 나 과장이야.'

몇 번인가 하소연을 해 봤지만 별 소용은 없었다. 어차피 다 모를 거니까 부끄러울 일은 없을 거라는 말만 들었다.

"자, 자. 시작한다."

이현종은 수혁의 바로 옆에 앉고서는 앞을 가리켰다. 아까부터 고개를 푹 숙이고 있는 신현태가 눈에 들어왔다.

"흠."

물론 발표를 신현태가 직접 하는 건 아니었다. 명색이 과장인데 어떻게 그럴 수 있겠는가. 이현종도 그런 것까지 원하진 않았다. 놀리는 건 개인적으로 해도 충분했다.

"안녕하십니까, 내과 2년 차 유지상입니다."

총알받이는 약국장이 내정된, 조금은 얍삽한 유지상이었다. 얼굴은 그렇게 좋지 않았다. 바로 어제 달 바꿈 했는데, 바로 이런 폭탄 같은 케이스 발표를 맡게 되었으니 당연했다.

"호흡 곤란 및 발열을 주소로 내원한 51세 여자 환자입니다."

호흡 곤란과 발열. 이 두 단어를 듣자마자 강당 안에 있던 모든 내과 의사는 폐렴을 떠올렸다. 그러니 감염내과인 신현태 과장이 받지 않았을까?

"환자는 7년 전 승모판막 폐쇄 부전증(mitral regurgitation)에 대해 승모판 치환술을 시행받았습니다."

하지만 승모판 치환술이라는 말이 나오자, 한 가지 질환을 추가할 수밖에 없었다.

'심내막염인가?'

[가능성은 있겠습니다만…… 이현종이 올리라고 한 케이스 아닙니까? 쉽진 않을 겁니다.]

'아, 하긴.'

[그래도 가능성이 크니 문제 리스트에 추가하겠습니다.]

승모판이란 좌심방과 좌심실 사이에 있는 판막으로, 심실로 넘어간 피가 다시 심방으로 넘어오지 않게 해 주는 기관을 말했다. 폐쇄 부전이라는 건 그 기능이 망가진 것을 뜻했고, 치환을 했다는 건 망가진 걸 제거하고 대신 인공 판막을 끼워 넣었다는 얘기였다. 문제는 이렇게 인공 판막을 끼워 넣으면, 기술이 이렇게나 발달한 지금도 진짜 판막과는 달리 혈액 응고나 세균 증식이 일어난다는 점이었다. 때문에 일반인에게는 극히 드문 심내막염을 이러한 환자에서는 반드시 감별해 주어야만 했다.

"환자 이후 문제없이 지내다가, 2년 전 심실 빈맥(ventricular tachycardia)이 있어 의식 소실이 있었고, 이에 대해 심장 박동 조절 장치(intracardiac defibrillator) 삽입하였습니다. 이후 NYHA Ⅱ(심장 기능 상실 중증도 타입 2)로 생활하다가 내원 7일 전부터 Ⅲ로 악화된 상황입니다."

"음."

여기서 심실 빈맥에 심장 박동 조절 장치까지 나올 줄이야. 게다가 원래도 계단을 오르내리거나 할 때 숨이 찬 수준의 심장 기능 상실이 있던 환자 아니던가. 이게 Ⅲ가 되었다는 건 이제 가만히 있어도 괴로운 수준이 되었다는 뜻이었다.

'종합 병원이네, 환자가.'

[이현종이 괜히 골랐을 리가 없죠.]

'여기까지만 듣고서는 전혀 모르겠지?'

[음…….]

바루다는 기계 주제에 자존심을 부리느라 망설였다. 하지만 결국, 고개를 끄덕이고야 말았다.

[네, 전혀.]

'이현종 교수님은 아는 거 같은데.'

[저도 탑재되어 있지 않는데 어떻게 이럴 수 있을까요?]

'뒤에 나오는 정보로 유추한 거 아닐까?'

[그러길 빕니다. 제가 수혁의 CPU에 적응해 버린 게 아니길 바라요.]

'새꺄, 너는 꼭 항상 마지막을.'

수혁은 바루다의 시비에 고개를 가로저었다.

'아, 내가 뭐 잘못했나?'

하필 맨 앞자리다 보니 유지상의 눈에 그게 너무 잘 보였다. 그냥 보통 동기면 폰을 보나, 하고 넘어가겠지만 이건 수혁 아니던가.

'하……. 미치겠네.'

유지상은 바짝 긴장한 채 말을 이어 나갔다.

"복용 중인 약물로는 디곡신(강심제), 와파린(항응고제), 스피로놀락톤(이뇨제), 아미오다론(부정맥 치료제), 데노파민(심부전 및 폐부종 치료제)이 있습니다."

물론 수혁은 유지상의 태도나 말투에는 쥐뿔도 관심이 없었다. 다만 갑자기 좀 목소리가 떨려서 왜 저러나 했을 따름이었다.

[약물 기록하겠습니다.]

'응, 근데 뭐…… 환자 상태 봐서는 다 먹어야 하는 약물을 먹어야 하는 용량으로 먹고 있네.'

[네, 적어도 약물에서 실수가 있는 건 아닙니다.]

'있어도…… 증상이 저렇게 나타나긴 쉽지 않지. 발열이 있잖아.'

[네.]

마침 지상은 환자의 내원 당시 활력 징후를 띄워 놓고 있었다. 혈압 및 심장 박동수는 정상이었으나 체온이 37.8도였다. 딱 발열의 기준에 걸리는 온도였다.

"환자 증상은 기침이 있었으나, 가래는 전혀 없었습니다. 전신 쇠약감 및 피로감을 호소했고, 흉통, 심계 항진(비정상적인 두근거림), 기좌 호흡(누웠을 때의 호흡 곤란)은 없었습니다."

꽤 많은 얘기를 듣고 있었으나 여전히 아리송하기만 했다. 반면 옆에 있는 이현종은 푸근한 미소를 짓고 있었다. 그러고 앞을 보고 있었으면 기분이 훨씬 나았을 텐데, 이현종은 수혁을 보고 있었다. 마치 '넌 알지?'라고 묻는 듯했다.

'미치겠네?'

[미치면 안 됩니다. 수혁은 바루다의 유일한 입출력자입니다.]

'아니, 그럼 좀 뭐라도 해 봐.'

[어…….]

'뭐 생각나는 거 있어?'

[아뇨. 개뿔도 없습니다. 일단 랩이라도 좀 보고 채근하죠. 이현종이 설마 점쟁이 빤쓰 입은 것도 아닌데 여기까지만 보고 알았겠습니까?]

'하긴, 그렇겠……지?'

어디 소설이나 만화에 나오는 것처럼 환자 얼굴만 보고 병명을 맞히는 건 말도 안 되는 일이라고 보면 되었다. 예전에야 아무리 뛰어난 의사라 해 봐야 워낙 아는 질환이 한정적이라 가능했을 수도 있었을 터였다. 당연히 지금 와서 보면 틀린 게 태반일 테고. 하지만 지금은 우선 교과서 두께만 해도 세 배가 넘게 늘어난 시대 아닌가. 수혁은 옛날 해리슨 교과서를 보고 '저건 뭔 노트가 영어로 되어 있나.' 했을 지경이었다.

"내원 당시 시행한 랩과 엑스레이는 다음과 같습니다."

바루다의 기대대로 곧 검사 소견이 주르륵 떴다. 그렇지 않아도 맨 앞에 있던 탓에 작은 글씨도 다 보였다. 게다가 수혁은 바루다의 도움을 통해 아주 빠르게 읽을 수 있었다.

'빈혈 있고.'

[심부전 환자에서 드물지 않죠. 당연한 거 읊지 마세요.]

'어……. 미안.'

바루다는 꽤나 까칠해져 있었다. 잘 모르겠으니 당연한 일이었다. 원래 모르는 거 자꾸 물어보는 거만큼 사람 빡치게 하는 일도 드물지 않은가.

'블리딩 타임(피가 멈출 때까지의 시간)도 늘어나 있네. 약 먹고 있으니까 그럴 거고.'

[혈뇨가 있네요. 흠, 정말 심내막염인가?]

'그걸 신현태 교수님이 놓칠까?'

[이상한 일이죠, 그러면?]

'동맥혈 성분 검사에서 산소 포화도가 떨어지네. 뭐, 심부전이니까.'

[아…… 엑스레이, 엑스레이를 보세요.]

원래 랩 결과는 일일이 다 읊는 게 아니었다. 특별한 것만 언급해 주고 넘어가는 게 국룰이었다. 그렇지 않으면 성질 급한 교수들이 가만히 있지 않았다. 유지상도 서둘러 넘겨 버렸다.

'승모판 링이 있네. 심장 박동 조절 장치는 잘 있는데. 우심실, 우심방 그리고 관상 정맥동 통해서 좌심실에 페이싱 리드(유도선) 들어가 있잖아. 맞지?'

[네. 누가 시술했는지 잘했네. 엑스레이로도 다 알겠네요.]

'심장 전체적으로 커져 있고, 좌심방도 커져 있고. 이거야 뭐 원래 질환이 그러니까.'

[폐가 전체적으로 하얘져 있네요. 폐렴이라면 세균보다는 바

이러스일까요?]

'흠……. 네 말대로 그럴 거 같아. 근데 심내막염 가능성도 있는데.'

[둘이 같이 왔을 수도 있죠. 워낙 상태가 안 좋으니까.]

'아, 그런가.'

환자는 말 그대로 종합 병원급 환자였다. 무슨 일이 벌어져도 이상하지 않을 거 같다고 해야 할까. 문제가 있다면 아직도 그 무슨 일이 뭔지 모르겠다는 점이었다.

'뭐냐, 대체.'

[이현종이 여기서 알아차린 건 아니길 바랍니다…….]

바이러스에 의한 폐렴, 아니면 심내막염. 또는 아직 모를 제3의 원인 질환. 바루다와 수혁은 세 가지 가능성을 두고 유지상을 바라보았다. 고민에 빠져 있었기 때문에 표정은 그리 좋지 못했다.

'왜 그러니……. 내가 뭐 잘못했니.'

지상은 그런 수혁을 보며 또다시 긴장했다.

"어…….."

"버벅대지 말고 빨리하지. 아직도 입원 안 했어, 환자."

하지만 이현종이 워낙에 다그치는 통에 머뭇거릴 새도 없었다. 솔직히 내내 떠들다가 한 2, 3초 머뭇거린 거치고는 제법 날이 서 있었다. 억울하단 생각이 들긴 했지만, 상대가 이현종인데 어쩌겠는가. 콘퍼런스에 잘 안 와서 그렇지, 한번 오면 피바람이 불게 만드는 그런 인간이었다.

"그…… 네. 입원 시점에서 문제 목록은 승모판 폐쇄 부전에 대한 판막 치환술. 심부전, 심장 박동 조절 장치 삽입, 항응고제 복용 중, 최근에 나빠진 호흡 곤란, 발열, 양측 폐의 음영 증가, 호흡성 알칼리증(이산화탄소 과다 배출)과 동반된 저산소증, 혈뇨입니다."

워낙에 어려운 환자다 보니 문제 목록만 해도 한가득이었다. 저렇게 많이 써 놨는데도 놓친 부분이 좀 있을 지경이었다.

[청진 소견에 대해선 언급하지 않았군요.]

'뭐…… 심장 잡음이랑 호흡 시에 폐 파열음 같은 게 있겠지. 몰라서 말 안 했겠어, 설마.'

[저번에 환자 던지는 솜씨 보니까 별로 아는 게 없어 보여서요.]

'음…….'

수혁이 동기에 대한 변호를 할까 말까 하는 사이, 지상이 계속 말을 이었다.

"처음엔 심내막염과 심부전에 의한 폐부종, 폐렴으로 어세스를 잡았습니다. 진단 플랜은 심초음파 및 혈액 배양 검사, 객담 배양 검사 및 혈액 검사를 정했고…… 치료 플랜으로는 원래 먹던 약에 이뇨제를 더하기로 했습니다. 항생제는 세프트리악손에 아지트로마이신을 투여했습니다. 아, 엑스레이는 계속 추적했습니다."

여기까지는 수혁이나 바루다가 생각한 것과 크게 엇나가지 않았다. 그 말은 곧 신현태는 역시나 어려운 환자임에도 불구하고 당황하지 않고 침착하게 대응했다는 말이었다.

[항생제를 좀 세게 갔네요. 감염내과답지 않게.]

'상태가 너무 안 좋잖아. 여기서 더 나빠지면 어떡해.'

[하긴…… 저라도 경험적으로 때려 부었을 거 같긴 합니다.]

지상은 부리나케 슬라이드를 넘겼다. 입원 일자가 워낙에 길어서 보여 줄 게 너무 많았다. 대학 병원 의사들은 제아무리 재미난 케이스라도 발표가 20분을 넘어가기 시작하면 짜증 내기 마련이지 않은가. 다들 바쁜 시간, 심지어 밥 먹을 시간도 아껴서 맛도 없는 샌드위치 씹고 있는 마당에 시간 끄는 건 도리가 아니었다. 3년 차를 앞둔 시점이라 이 정도 눈치는 있었다.

"입원 3일째, 환자는 입원 당시보다 더 심한 증상을 호소했습니다. 활력 징후 자체는 별로 변화가 없었고…… 객담 배양 검사에서는 아무것도 자란 게 없거나, 피부 상재균만 나왔습니다. 혈액 배양 검사에서도 나온 것은 없었습니다."

이 시점에서 자란 게 없다고 당황하거나 그럴 필요는 없었다. 원래 균이라는 게 배양이 되려면 일주일 이상이 필요한 법이었으니까. 하지만 약을 쓰고 있는데도 증상이 나빠진 건 좀 잘 봐야 한다는 사인이었다. 수혁이나 바루다만의 생각은 아니었는지, 청중 대다수 역시 '뭐야, 대체.'라고 중얼거리며 자세를 바로 했다.

"백혈구가 이니셜(초기)에 비해 올라갔습니다. CRP는 13.6으로 상승했으며 동맥혈 배양 검사는 계속해서 호흡성 알칼리증 소견을 보였습니다. 엑스레이는……."

엑스레이 소견 자체는 별 변화를 보이지 않았다. 그걸 확인한 후에는 몸을 조금 앞으로 기울였던 이들 대부분이 뒤로 다시 기댔다. 항생제라는 게, 쓴다고 바로 좋아지는 건 아니지 않은가. 악화 소견이 명확하지 않다면 좋아지고 있는 과정 중에 있을 수도 있었다. 과학자들이 이런 말 하는 게 적절치 않을 수도 있겠지만, 사람 몸이라는 게 신비했기 때문이었다.

"입원 7일째, 여전히 배양 검사에서는 나오는 게 없었습니다. 증상 호전은 없었으나 악화도 없어서 약은 유지했습니다."

"입원 8일째, 활력 징후 변화 없고, 증상도 변화 없었습니다. 배양 검사에서 나오는 건 없었고 CRP는 8.28로 약간 감소하는 양상을 보였습니다만…… 엑스레이에서 병변이 번지는 소견을 보였습니다."

하지만 7일째를 넘을 때까지 지지부진한 모습을 보고 있자니 다시 이상하단 생각이 들었다. 세프트리악손과 아지트로마이신이라는 항생제가 항생제계의 최강자 수준은 아니더라도 지역 사회 폐렴 정도는 충분히 치료할 수 있어야 하기 때문이었다. 게다가 감염내과에서 바로 받은 환자답게 항생제를 쓰기 전에 배양 검사를 나갔는데, 나오는 게 없는 것도 좀 이상했다.

'항생제가 너무 안 듣네. 역시 바이러스에 의한 폐렴일까?'

[그렇다고 하기엔 경과가 느립니다. 환자 나이를 고려했을 때 지금쯤이면 결판이 났어야 해요.]

'하긴 지지부진하지? 그럼 뭔가 특이한 세균인가?'

[모르겠습니다.]

신현태도 비슷한 고민을 했던 모양이었다. 배양 검사를 죄다 다시 나갔고, 항생제도 교체했다. 무려 피페라실린, 타조박탐에 시프로플록사신을 조합하는 방식이었다. 이거면 거의 균 입장에서는 융단 폭격을 받고 있는 셈이었다.

"입원 14일째……. 여전히 환자는 증상 변화 없으며 랩 변화도 거의 없습니다. 배양 검사 또한 모두 음성으로 자란 것은 없습니다."

그럼에도 환자 상태는 변화가 없었다.

"이것은 어제 찍은 엑스레이입니다."

아니, 더 나빠져 있었다. 병변의 범위가 늘어나 있었다.

"흐음."

그때 옆에 있던 이현종이 턱 밑을 쓸며 고개를 끄덕였다. 신현태가 어제 바로 저 엑스레이를 가지고 찾아온 까닭이었다. 솔직히 기저 질환으로 심장 문제가 있긴 하지만 현 증상은 이현종하곤 전혀 상관없는데도 그랬다. 아마 신현태가 알고 있는 사람 중 최고의 내과 의사가 바로 이 이현종이었기 때문이었으리라.

"나는 여기서 맞혔는데."

그리고 이현종은 신현태의 기대를 저버리지 않았다. 몇 분 고민하는가 싶더니 음흉하게 웃으며 케이스에 내라고 했다. 환자는 무조건 멀쩡히 퇴원하게 될 테니 걱정하지 말라는 말도 하면서였다.

"우리 수혁이도 맞히겠지?"

이현종은 수혁도 자신과 같은 수준이기를 바라며 수혁을 바라보았다. 아마 의학 말고 다른 분야로도 생각이 조금이라도 미치는 사람이라면 이게 말도 안 되는 일이란 걸 알았을 터였다. 이미 일가를 이룬 자신과 아직 전문의도 못 딴 햇병아리를 어떻게 같은 선상에 둘 수 있을까.

"음. 지금 알 듯 말 듯 합니다."

"옳거니. 그래. 좋아."

하지만 수혁이나 바루나 1년 차 때부터 지나치다 싶을 정도의 기대를 받아 온 몸 아니던가. 그냥 내실 없는 기대가 아니라 능력도 있었고, 그러다 보니 자연히 오기가 났다.

'우선 저 엑스레이, 엑스레이 소견이 수상해. 왜 자꾸 번져?'

[번진다…….]

'그래, 번지잖…… 응? 잠깐만.'

[하엽에서 시작해서 위로 계속 올라가는군요. 시간순으로 나열해 보면 이렇습니다.]

수혁은 바루다의 데이터화를 이용해 엑스레이를 입원 당시부터 입원 후 14일까지 쭉 나열했다. 그러자 변화가 확연히 보였다.

'약 쓰는 거에 전혀 영향을 받지 않았어. 그냥 올라가기만 해.'

[그것만 이상한 게 아니라, 양측이 똑같이 번졌군요.]

'항생제에 전혀 영향을 받지 않고 진행했어. 그것도 양측이 똑같이.'

[바이러스도 양측을 침범하는 경우가 많긴 하지만 이렇게까지 대칭적이진 않죠.]

'그래, 이건…… 이거 감염이 아니야. 원인이 감염이 아니었어.'

바이러스건 뭐건 아무튼, 감염이라면 항생제에 어떤 반응을 보여야 하는 게 정상이었다. 환자의 면역이 아예 없는 상황이라면야 얘기가 달라지겠지만, 만약 그랬다면 이미 환자는 이 세상 사람이 아니어야만 했다. 조금 쇠약하긴 하지만 정상 면역 체계를 가진 사람이 이렇게 마이 웨이로 나빠지기만 한다는 건 감염이 원인이 아니란 뜻이었다. 그렇다면 뭘까. 원인이 뭘까.

'환자 증상이…… 뭐였지.'

[숨찬 증세입니다. NYHA 클래스 II에서 III로 악화된 채 내

원했습니다.]

'NYHA…….'

New York Heart Association, 심장 기능 상실을 분류하는 기준이었다. 굳이 이걸 쓴 이유는 다름 아닌 환자의 기저 질환 때문일 터.

'이게 정말 심장하고 관련이 있는 거야?'

[네? 질문의 의도를 파악하기 어렵습니다. 더 명확하게 말해 줄 것을 요청합니다.]

본격적인 진단 모드에 들어간 바루다는 평소보다 딱딱한 어투로 대꾸했다. 수혁의 뇌를 전부 진단에 쏟아붓기 위함이었다. 이럴 때마다 조금은 어색했지만, 수혁은 능숙하게 대화를 이어 나갔다.

'보통 우리가 숨차다고 하면 호흡기계 질환을 의심하잖아.'

[그렇죠.]

'이 환자는 심장에 기저 질환이 있어서 NYHA 분류를 쓴 거지…… 실은 폐가 문제였던 거지.'

[폐만?]

'그래. 잘 봐. 심장 초음파 한 거나 엑스레이상이나 심장은 변하는 게 아예 없어. 혈압하고 심장 박동수도 그렇고. 적어도 삽입한 심장 박동 조절기는 정상 작동 중이라고. 위치도 좋고.'

[그렇군요. 동의합니다. 환자의 중점 문제를 심장에서 폐로

조정합니다.]

바루다는 수혁의 요청에 따라 현재 환자의 폐 질환 양상을 보일 수 있는 질환을 쭉 정리했다. 발열이 같이 들어가 있었기에 아무래도 폐렴이 대부분을 차지했다. 수혁은 거기서 항생제에 영향을 받을 만한 모든 것들을 제했다. 그러자 아주 적은 수의 진단명만 남았다.

[자가 면역 질환? 베게너는…… 가능성이야 있겠지만, 이렇게 갑자기 나타날 확률은 0.1%도 되지 않습니다.]

'엑스레이 소견도 달라. 베게너는 폐 입구 부분에 림프구 종대가 관찰돼야 하잖아. 게다가 다른 기관엔 전혀 침범하지 않고 폐만 이렇게 빨리 침범하는 베게너는 없어.'

[그럼 무엇을 가장 의심하십니까. 데이터베이스상 가능성이 1%를 넘어가는 질환은 없습니다.]

이럴 땐 진단자의 감을 믿어야 했다. 촉이라고도 불리는, 아직은 바루다가 이해할 수 없는 영역에 있는 힘. 수혁은 그것을 이용해 머릿속에 산발적으로 떨어져 있던 진단명 하나를 집어 들었다.

[약물 유도성 폐 질환(drug-induced lung injury)……?]

바루다가 의심했던 질환은 아니었다. 하지만 수혁은 거의 확신하고 있었다. 그리고 그 눈빛은 고스란히 옆에 있던 이현종에게 읽혔다.

"여기, 여기 수혁이가 할 말 있다는데!"

동시에 이현종은 수혁의 손을 잡아끌어 올렸다. 아주 신이 난 얼굴이었다. 그제야 신현태는 왜 이현종이 굳이 자기 케이스를 콘퍼런스에 올렸는지 알 수 있었다.

'형…… 우리 수혁이 의국장 시켜 주려고…… 주목받게 해 주려고 그러는 거구나.'

그런 거라면 굴욕쯤이야 얼마든지 오케이였다. 신현태는 그제야 겨우 웃을 수 있었다.

"그래……. 수혁이 일어나서 질문해 봐."

신현태는 옆에 놓여 있던 마이크를 집어 들며 자리에서 천천히 일어났다. 아까처럼 우거지 죽상을 하고 있지만은 않았다. 오히려 엷은 미소까지 띠고 있었다. 이현종의 꿍꿍이를 알아낸 덕이었다.

"어……. 네, 교수님."

반면 수혁은 아주 개운한 얼굴을 하고 있진 못했다.

'뭐냐, 그래서. 뭐 같아?'

[아직…… 아직 시간이 필요합니다. 정보가 조금 부족해요.]

'이런 망할.'

[일단 질문하면서 시간 끌어요. 수혁, 그런 거 전문이지 않습니까?]

'흠.'

아직 완벽한 답을 찾지 못했기 때문이었다. 하지만 수혁은 방금 바루다가 말한 것처럼 시간 끌기의 달인이 되어 있었다. 그것도 아주 그럴싸하게 끌 수 있는 달인이었다.

"레지던트 2년 차 이수혁입니다. 발표 잘 들었습니다, 몇 가지 질문드려도 괜찮을까요?"

우선 시작은 정석적이었다. 모든 질문자들이 이렇게 시작하지 않던가. 심지어 칠성병원 안국태 교수도 시작은 이랬다.

'하…… 수혁아…….'

지상의 얼굴은 점차 썩어 들어 가기만 했다. 이 인간이 얼마나 날카로운 질문을 했었는지 떠올리면 떠올릴수록 그랬다. 그 대상이 위 연차이거나, 다른 병원 사람들일 땐 통쾌하기까지 했는데, 정작 본인이 되니 착잡하기 그지없었다. 아군일 때는 더없이 든든하던 놈일수록 적이 되면 무서운 법이라더니, 수혁이 딱 그쪽이었다.

'질문하면 안 괜찮다고 하고 싶다.'

강한 유혹이 일었지만, 명색이 곧 3년 차가 될 몸 아닌가. 의학적으로 틀린 얘기를 할 수 있을지언정, 말도 안 되는 짓을 벌여서는 안 되었다.

"네, 이수혁 선생님. 질문 주시죠."

"네, 우선…… 환자의 증상 말입니다. 호흡 곤란."

"네네."

지상은 같은 연차의 질문임에도 불구하고 쩔쩔맸다. 심지어 아직 딱히 질문다운 질문이 나온 것도 아닌데 그랬다. 하지만 적어도 이 자리에 있는 사람 중에선 어느 누구도 지상이 이상하다 생각하지 않았다.

'그럴 만도 하지…….'

'쟤가 1년 차 3월에 안국태 개박살 낸 애지?'

'아, 쟤가 걔야? 나 군대 가서 못 봤네, 그걸.'

'대박이야. 그 후로도…… 와, 진짜 도장 깨기 수준이었지.'

이미 태화의료원 내에서 전설이 되어 가고 있었기 때문이었다. 지상은 마른침을 하염없이 꼴깍꼴깍 삼켰다. 수혁은 그런 지상을 보면서 입을 열었다.

"환자의 숨찬 수준을 묘사할 때 어떤 말을 쓰셨죠?"

"네?"

"NYHA type Ⅱ에서 Ⅲ로 진행했다고 하지 않으셨나요?"

"아, 아. 네."

지상은 숫제 교수님 대하듯 굽신거렸다. 수혁은 그런 지상을 보며 조금 안쓰럽긴 했지만, 어느새 자신의 손을 꼭 부여잡은 채 기대의 눈빛을 보내고 있는 이현종 때문에 어쩔 수 없다 생각했다.

'운이 나쁜 거야, 네가.'

하필이면 이현종이 눈독 들인 그 케이스를 발표하다니, 이 무슨 불운이란 말인가.

"그 말은 환자의 주된 문제가 심장이라고 판단했다는 것인데, 그 근거는 무엇인가요?"

결심을 내린 수혁은 첫 번째 질문을 던졌다.

"옳거니."

그 말을 들은 이현종이 고개를 크게 끄덕였다. 바로 어제 자신이 신현태에게 제일 먼저 했던 질문과 같았기 때문이었다. 가슴 한편엔 벌써 이 사랑스러운 제자이자, 대외적인 아들이 자신의 수준에 근접했다는 것이 조금 서늘하게 느껴지긴 했지만, 아무튼 간에 뿌듯한 건 뿌듯한 것이었다. 이 녀석은 과연 천재였다. 그냥 어중간한 애들한테 으레 붙여 주는 천재가 아니라, 정말로 하늘이 내린 재능이다 이 말이었다.

"어……."

신현태도 꽤 놀란 얼굴을 하고 있었다.

'그 양반이 했던 말을 고대로 하네.'

그걸 듣고서야 알지 않았던가. 기저 질환에 사로잡혀서 진짜 문제가 뭔지 모르고 있었단 사실을. 하지만 지상은 그저 얼빠진 표정만 지을 따름이었다.

'심장…… 심장 아냐?'

'심장이 아니면 뭐야.' 이런 생각만 들 뿐이었다.

"질문받는 사람 어디 갔어. 주치의가 못 받으면 교수라도 해야지."

 그때 이현종이 다리를 꼬며 외쳤다. 나이도 적잖은 사람이 목청이 아주 좋았다. 마이크도 필요 없었다.

 '이 형은 어? 이럴 때만 신나지, 아주.'

 남 갈굴 때랑 내기 골프 이길 때, 순 요럴 때만 신나서 소리를 질러 댔다.

 '어휴.'

 그렇다고 신현태가 이런 말을 입에 올리기는 좀 뭐하지 않은가. 태생이 더 점잖은 사람이었고, 또 무던한 사람이었다. 게다가 지금은 과장이라는 직함의 무게까지 얹고 있었다. 물론 이현종은 그보다 배는 더 무거워야 할 원장임에도 저리 경거망동하고 있긴 했지만, 어쩌겠는가. 저래도 될 만큼 실력이 있는 사람인데.

 "네, 심장에 기저 질환이 있어서…… 우선은 심장에 초점을 두고 검사와 치료를 진행했습니다. 다만 이뇨제 외에 항생제를 쓴 것은 증상의 오리진이 폐일 가능성도 염두에 둔 것이었습니다. 답변이 되었나요?"

 "네, 감사합니다."

 "또 질문이 있을 거 같은데, 이건 우리 유지상 선생이 받죠. 발표자는 유지상 선생이니까요."

 "네, 교수님."

수혁은 신현태의 푸근한 미소에 다소 안도감을 느끼면서 다시 지상을 바라보았다.

"웃."

지상은 자신이 마이크를 쥐고 있다는 것도 잊은 채 신음을 흘렸다. 마치 뱀을 앞에 둔 쥐 새끼라도 된 기분이었다.

'이게 고작 첫 질문이었구나.'

지상은 수혁의 질문 스타일을…… 그러니까 이현종에게 고대로 배운 스타일을 떠올렸다. 한 방에 날리는 게 아니라 빌드업을 통해 파멸의 늪으로 이끄는 그런 스타일이었다.

"그럼 다시 질문드리겠습니다. 폐도 염두에 두신 거죠? 항생제를 쓴 것은."

"어……. 네."

두려워하고 있는 사이, 수혁이 재차 질문을 날렸다. 심상치 않은 느낌에 다른 내과 의사들도 등을 등받이에서 뗐다. 뭔가 있을 거 같은 기분이었다.

"그런데 엑스레이가 입원 첫날부터 어제 찍은 것까지…… 쭉 나빠지지 않았습니까? 아니, 표현을 달리할게요. 병변이 진행했어요. 그렇죠?"

"어……. 네."

"광범위 항생제를 사용했고, 기간이나 용량도 적절히 썼는데도 그렇습니다."

"그…… 네."

"항생제는 왜 쓴 건가요?"

"어."

아주 단순한 질문인데 답하기가 쉽지 않았다. 어찌 보면 추궁당하는 느낌마저 들었다.

'이 자식이. 동기끼리 너무하네?'

기분이 나빴지만, 어쩌겠는가. 질문이 들어왔는데. 이 자리는 사적인 자리가 아니라 공적인 자리였다. 게다가 이현종이 눈에 불을 켜고 자신을 바라보고 있었다. 이번에도 공이 신현태 과장에게 넘어가게 둘 수는 없었다.

"그…… 폐렴을 생각하고 썼습니다."

게다가 이번에는 정답을 알고 있었다. 사실 학생한테 물어봐도 알 만한 대답 아니겠는가. 열나고, 엑스레이 지저분해서 항생제를 쓰고 있는데, 원인이 뭐 같냐. 여기서 답 못 하면 어디 가서 의학도라는 말을 꺼내면 안 될 거란 생각도 들었다. 유지상은 아까보다는 조금 의기양양한 얼굴이 되었는데, 마주한 수혁의 얼굴이 좀 이상했다. 마치 '네가 그럴 줄 알았다.' 하는 표정 같았다.

"그래요? 지금도 그런가요?"

아니나 다를까, 연쇄 질문이 단 1초도 지체하지 않고 튀어나왔다. 아까보다 좀 더 의미심장해 보이는 질문이었다.

'지금도? 어…… 지금은 아닌가?'

약이 좀 심하게 안 듣고 있기는 했다. 그래서 바이러스성 폐렴인가 하는 생각이 들기도 했는데, 바이러스인데 폐가 이 모양이 됐다면 벌써 중환자실에 가야 했을 거라는 신현태 교수 말에 따르면 가능성이 떨어졌다. 듣고 보니 그렇긴 했다. 바이러스가 세균보다 작다고 무시하는 놈은 의사가 아닐 터였다. 대개의 경우 효과적인 약이 없는 만큼, 숙주의 면역력이 약할 땐 바이러스보다 무서운 놈도 없었다.

"어떤가요? 지금도 폐렴을 의심해야 하는 상황인가요?"

우물쭈물하고 있으니, 수혁이 한 번 더 물어 왔다. 다행히 이번에는 표정을 이리저리 바꿔 주면서였는데, 대강의 힌트를 주려는 듯했다.

'아니라고…… 아니라고 하라는 거 맞지?'

'맞지, 수혁아!'라고 외치고 싶었지만, 지상은 정말 간신히 참았다. 그러곤 고개를 저었다. 처음엔 아주 살짝이었는데, 그걸 본 수혁이 슬며시 끄덕여 준 덕에 나중엔 세차게 저어 댈 수 있었다.

"아뇨, 아닙니다. 지금은 폐렴 말고 다른 가능성을 생각해 봐야 하는 시점입니다."

"어떤 가능성이 있고, 그 근거는 무엇인가요?"

"어……."

하지만 당당해졌던 자신감은 급격히 쪼그라들었다. 단답형이면 어떻게 계속 힌트를 받아다 네, 아니오를 반복해 볼 수 있을 텐데.

'너무 열렸다, 질문이…… 수혁아…….'

이런 종류의 질문에는 도저히 답하기가 어려웠다. 다행히 질문 수준이 지상의 그것을 훨씬 넘어갔다고 생각하는 게 지상뿐만은 아니었다. 다른 이들도 그렇게 생각했고, 특히 신현태가 그랬다. 그가 보기에 지상은 나쁜 전공의도 아니었지만, 그렇다고 우수한 전공의도 아니었다. 평범한 전공의가 자신도 몰랐던 것을 알 거란 기대를 할 정도로 정신머리가 없는 사람은 아니었다.

"어, 그건 내가 하지."

문제가 있다면 신현태도 정확히 뭐가 원인인지 아직 모른다는 점이었다. 이현종이 어제 변죽만 잔뜩 울려 놓은 채 자신을 내보냈기 때문이었다. 알아서 콘퍼런스 시간 동안 고쳐 주겠다는 말을 한 게 힌트라면 힌트일 따름이었다.

'원인만 알면 치료가 바로 된다는 건데.'

그게 시바, 대체 뭘까. 신현태는 속으론 욕을 씨불이면서, 하지만 겉으론 온화한 미소를 지은 채 말을 이었다.

"근거가 있다면…… 항생제 사용과 무관하게 진행하는 엑스레이 소견이겠지. 심장…… 심장이 원인이라고 계속 보기엔 무리가 있어서, 폐 쪽을 중점적으로 생각하자면 그래."

"감사합니다. 그럼 원인은 뭐가 있을까요? 자가 면역?"

"음."

자가 면역이라. 좋은 옵션이었다. 하지만 걸리는 게 있었다.

'분명 콘퍼런스 동안 고쳐 준다고 했어.'

현종이 형이, 저 인간이 아주 인간적으로 좋은 사람은 아니지만, 의학적으로 틀린 얘기 하는 사람은 또 아니지 않은가. 결정적인 힌트라고 봐야 했다. 그렇다면 자가 면역은 제해도 좋았다. 이놈의 자가 면역 질환들은 보통 치료가 더럽게 어려웠으니까. 원인을 감별하는 것도 중요하지만, 대개 그냥 그게 시작에 불과한 경우가 많았다. 입을 열지 않고 있으니, 수혁이 방금 바루다에게 마침내 들은 결론을 떠올리며 입을 열었다.

[아미오다론, 아미오다론이 약제 유발성 폐 질환을 일으킬 수 있습니다. 양상도 똑같아요. 양측 폐를 균일하게 침범하면서 영상의학적 소견에 비해 양호한 임상 소견. 최근 증량했다면, 100%입니다.]

"약물에 의한 폐 손상은 가능성이 없겠습니까? 가령 아미오다론 같은?"

"와우!"

그 순간 옆에 있던 이현종이 껄껄 웃으며 박수를 쳤다. 기립 박수였다. 어느새 일어서 있었다. 그냥 치기만 한 게 아니라,

뒤도 돌아보고 옆도 보고 했기 때문에 주변에 있던 다른 이들도 반강제로 일어나서 어색한 환호성을 질러 가며 박수를 쳐야 했다.

"와아……."

"아미오다론……."

신현태는 수혁에게 들은, 친숙하기만 한 약 이름을 되뇌었다. 세상에 아미오다론이라니. 어찌나 유명한 약인지 굳이 내과 의사가 아니더라도 익숙할 지경이었다. 하지만 '아미오다론 유발성 폐 손상'이라는 질환명도 익숙한 사람은 많지 않을 터였다. 이건 심지어 내과 의사라 하더라도 그럴 수 있었다. 수련 환경에 따라서는 아예 단 한 번도 경험해 보지 못할 수도 있을 정도로 드물었으니까.

'그래…… 아미오다론이…… 폐 손상을 일으킬 수 있지.'

하지만 신현태는 태화의료원 내과 과장이었다. 비록 세부 분과가 호흡기나 순환기는 아니었지만, 그럼에도 이 질환명을 처음 접해 보는 건 아니었다. 애초에 이런 콘퍼런스를 왜 열겠는가. 모든 것을 직접 경험할 수는 없는 노릇이니, 간접적으로 체험하고 또 배우라는 취지에서 여는 것일 터였다.

'엑스레이상 경과도 맞아. 아미오다론은 단 한 번도 끊은 적이 없었으니까……. 계속 악화됐겠지. 그것도 양측이 균일하게. 약에는 전혀 반응을 보이지 않고. 허.'

진단명이 없을 땐 그야말로 오리무중이더니, 진단명을 듣자마자 모든 증상들과 모든 단서들이 단 한 가지 진단명을 가리키고 있었다는 걸 깨달을 수 있었다. 이게 만약 자기 케이스가 아니었다면, 그러니까 이현종처럼 저기 마음 편히 서서 박수 치고 있는 입장이었다면 '바로 이게 내과 하는 맛이지.' 하며 껄껄 웃었을 터였다. 하지만 지금 신현태는 단상 위에 서 있었다.

'고맙다, 수혁아.'

수혁이 우연히 이 약물 이름을 흘렸을까. 신현태에게 받아먹으라고 준 것이 분명했다. 다른 레지던트나, 심지어 펠로우라 해도 이런 생각을 하기 어려웠겠지만, 상대는 수혁이지 않은가. 저 똑똑하면서 기특한 녀석은 충분히 이게 가능한 놈이었다.

"음, 아미오다론 인듀스드 렁 인저리(아미오다론 유도성 폐 질환)일 가능성이 있죠. 환자 문진을 통해 혹 아미오다론을 최근 증량했는지 확인하고 해당 사항이 있다면 투약 중단 후 스테로이드를 쓰는 게 좋겠습니다."

"네, 제 의견과 같습니다. 제 질문은 이것으로 끝입니다."

"음."

신현태는 여전히 간간이 울리는 박수를 받으며 자리에 앉는 수혁을 보며 허허 웃었다. 설마하니 이걸 케이스만 보고 답을 알아낼 줄이야. 이거 하나 가지고 수혁이 자신보다 뛰어난 의사가 됐다고 할 수는 없겠지만, 그래도 어마어마한 성장을 거

듭하고 있음은 확실한 일이었다. 수혁이 신현태 나이가 되면 어떤 모습을 하고 있을까. 아마 이현종이라 해도 감히 상상하기 어려울 게 뻔했다.

"야, 수혁이가 착하지?"

콘퍼런스 자리엔 꽤나 많은 교수가 와 있었음에도, 감히 수혁 뒤로 손을 드는 이는 아무도 없었다. 우선 신현태에게 시비 터는 모양새가 되는 걸 두려워했고, 또 수혁보다 더 의미 있는 질문이나 코멘트를 하는 것도 불가능했기 때문이었다. 콘퍼런스는 순식간에 종료됐다.

"착하지, 그럼. 형보다 훨씬 낫지."

신현태는 콘퍼런스가 끝나자마자 어깨동무를 건 채 실실 웃기 시작한 이현종을 저만치 밀어냈다. 체격 차이가 꽤 있어서 뒤로 훅 하고 밀려났지만, 이현종은 여전히 실실거리며 주말 스터디 운운하기 시작했다.

"우리 현태, 멀었다. 멀었어. 형한테 좀 배워. 어떻게 다시 주말 스터디 할래?"

신현태로서는 어처구니가 없는 일이었다. 세상에 주말 스터디라니. 레지던트들이 자발적으로 모여서 공부하는 시간을 일컫는 말 아니던가. 그 단어를 입에 올린 것 자체가 10년도 넘은 것 같았다.

"와……. 이거 하나 몰랐다고. 그리고 나도 오늘 CT 찍을 생각이었어. HRCT. 그럼 보이긴 했을걸? 어차피 찍어야 되잖아."

"뭐 GGO(혼탁) 패턴 보려고? 그야 그렇긴 하지만 나는 안 보고도 맞혔는데? 내가 너 차기 원장감으로 보고 올린다고 했는데 실력 차이 이거 어쩔 거야."

"와……. 형 나, 와. 나 이번에 내가 진짜 이런 말 내 입으로 하기 싫은데."

"뭐, 우리 현태 뭐. 아미오다론 모르는 현태, 뭐."

벌써 새로운 별명까지 지어 버린 모양이었다. 기억력이 나쁜 양반이라면 모르겠는데, 이현종은 20년 전 있었던 시시콜콜한 일까지 죄다 잊지 않는 인간이었다. 그게 이현종의 인생에는 보탬이 되었을지 몰라도, 신현태 인생에는 아니었다. 아마 이번에도 크게 다르지 않을 거라 생각하면서, 신현태는 자못 진중한 얼굴을 하고서 말을 이었다.

"나 이번에 감염내과학회에서 연구자상 받아. 알죠? 이거 받기 어려운 상인 거. 내가 정문현 제쳤다, 이번에."

"어? 문현이 죽었어? 그래서 네가 받나?"

"이 양반이 진짜 돌았나. 걔가 죽기는 왜 죽어. 얼마나 건강한데. 얼마 전에 이제야 결혼할 생각 들었다고 여자 소개시켜 달라고 했다니까."

"문현이 50 넘지 않았나?"

"나보다 두 살 어리니까 넘어도 꽤 넘었지."

"그럼 돌았나……? 그래서 네가 받나?"

신현태는 하마터면 주먹으로 원장이자 5년 선배인 이현종의 얼굴을 후려칠 뻔했다. 어찌 된 인간이 의학보다 깐족거리는 게 더 빨리 느는 느낌이었다.

"아, 교수님. 어려운 케이스 보게 해 주셔서 감사합니다."

험악해지는 분위기를 풀어 준 것은 역시나 수혁이었다.

[잘한다. 그래요, 이렇게 아부하라고. 그래야 교수 되지. 펠로우 없이 한번 되어 봅시다.]

예전에는 이런 수혁을 보면 어지간히 지랄했을 바루다였지만, 이미 세태와의 야합을 마친 지도 오래지 않은가. 이젠 놀리기는커녕 응원하고 있었다. 펠로우 없이 교수라니. 그럴 만한 이슈이긴 했다. 적어도 20년 전에나 가능했던 일이었으니까.

"어, 어. 아니야, 수혁아. 야, 너 대단하더라. 그거 어떻게 알았냐."

"우연히 최근에 공부한 것 중에 그게 있었어요."

"우연은 무슨. 모르면 안 되는 거지. 내과 의사가."

"형은 좀 닥칠래요? 나 슬슬 열받는데."

"어……. 야, 주먹은 풀고 얘기하자. 나 원장이야. 이현종, 네 선배."

"그래, 아니까. 이제 그만하시라고. 알죠? 나 힘 좋은 거."

신현태는 푸근한 인상과 관계없이 단단한 체격으로도 유명한 위인이었다. 조태진처럼 태산 같은 느낌이야 들지 않았지만, 솔직히 이현종 정도는 뭉개 버릴 체격이었다.

"어, 그래도 나 너무 놀리고 싶은데."

"아 그럼 사람 좀 없을 때 하라고. 하다못해 수혁이 없을 때."

"참기 어려워. 알잖아, 너도."

"하아……."

물론 이현종이 그런 데 굴할 위인은 아니었다. 예전 수혁처럼 칼로 찌를 위험이 느껴진다면 또 모를까. 신현태는 인격자이지 않은가. 절대, 정말 절대라는 단어를 써도 좋을 만큼 신현태가 자신을 칠 가능성은 없다고 굳게 믿었다. 그리고 그 믿음은 슬프게도 언제나 보답했다.

"에이, 밥이나 먹으러 가요."

"그래. 그…… 저기 삼성역 사거리에 기가 막힌 식당 있던데. 거기 백으로 예약했거든. 거기 가자. 수혁아 너도 가자."

"네? 저는……."

수혁은 망설이면서 조태진 쪽을 바라보았다. 안대훈과 얘기 중이었는데, 아마 병동 환자에 대해 토의하고 있는 듯했다. 이현종은 하잘것없단 표정을 지으며 손을 가로저었다.

"원장이랑 과장이랑 먹으러 가는데 누가 뭐라고 해. 이것도 일이야, 일."

듣고 보니 맞는 말이긴 했다. 내과에서 보면 최고 실세 둘이랑 나가는 길 아닌가. 누가 막으면 그게 미친 짓이었다.

"아, 맞아."

수혁이 따라나서려는데 신현태가 발걸음을 멈추었다. 의학에 관한 관심이나 남 놀리는 거, 골프 말고 또 하나 좋아하는 걸 뽑으라면 주저 없이 식도락을 뽑는 이현종은 짜증이 났다. 겨우겨우, 진짜 한 달 전에 예약해야 되는 식당을 환자 백으로 어렵게 예약했는데 자꾸 딴지를 거니 당연한 일이었다. 하지만 신현태도 제법 고집이 있는 인물이지 않은가. 게다가 환자가 끼어 있으면 그 고집이 배가 되었다.

"나 병동 갔다 가야지. 오늘 콘퍼런스 낸 환자…… 처방도 내야 되고."

"아, 그거."

이현종도 환자 생각은 끔찍하게 하는 양반이었다. 오죽하면 이현종이 진짜 개빡치는 걸 보고 싶으면 환자 개판으로 보라는 족보도 돌까. 하지만 이현종은 이번에도 하잘것없다는 표정으로 손을 내저었다.

"콘퍼런스 시작하기 전에 펠로우한테 다 전달했어. 처방은 내가 직접 냈고."

"뭐라고요? 벌써 냈다고?"

"그럼. CT도 찍었어. 이거 봐."

"와……. 이 형 그럼 진짜 콘퍼런스 나 까려고 한 거야?"

"뭘 까, 까기는. 수혁이가 못 맞혔으면 깠겠지. 근데 맞혀서 안 깠잖아. 잘 넘어갔구만, 뭘."

"와……. 오늘 가는 식당 맛없기만 해, 아주. 이제 형이랑 골프 안 쳐."

"너 그 말, 올해만 벌써 열 번 넘게 한 거 아냐?"

"이번에는 진짜야."

신현태는 말을 그렇게 하면서도 발걸음은 주차장을 향했다. 아무래도 과장이다 보니 자리도 좋은 곳을 배정받았는데, 레지던트들은 병원도 아니고 멀리 떨어진 장례식장 주차장마저도 가위바위보로 선점해야 하는 것에 비하면 지나치다 싶을 정도로 입구 근처였다.

[다리가 불편한 수혁으로서는 출세해야 할 이유가 하나 더 생겼군요?]

'일단 차부터 사고 말해야지.'

[면허도 없지 않습니까? 동기 분석을 해 본 결과, 없는 사람은 수혁뿐이더군요. 있는 면허라고는 의사 면허 한 장.]

'시, 시비 털지 마.'

수혁은 투덜거리며 차 뒷좌석에 탔다. 과장이 운전한다는데 빨리 타기라도 해야 하지 않겠는가. 그와는 달리 이현종은 한마디를 하고서야 차에 올랐다.

"야, 이거 병원엔 안 끌고 오는 차 아냐? 뭔 벤틀리를 끌고 왔어. 원장 자리 탐나니까 이제 티 내려고? 금수저에 장가도 잘 간 거?"

"아니, 뭔 소리야. 차 고장 나서 수리 맡겼어요."

"국산 차는 잘 고장 난다 이거냐?"

"말이 왜 그쪽으로 튀어. 그냥 고장 나서 집에 있던 거 몰고 왔다고."

"집에 있던 게 벤틀리라니. 원장 해서 뭐 해. 나도 연구 설렁설렁 하고 장가나 잘 갈걸."

"형, 형은……."

신현태는 형은 연구 안 하고 연애에 매진했어도 노총각일 가능성이 크다는 말을 하려다 참았다. 이현종을 위해서는 아니었다. 생각해 보니까 뒷자리에 그 비슷한 처지에 있는 녀석이 멀뚱히 타 있었기 때문이었다.

'조태진 통해서 들었는데…….'

지금은 그렇지 않다지만, 처음엔 우하윤에게 대시도 좀 하고 그랬던 모양이었다. 다행히 우하윤은 그걸 그렇게 받아들이지도 않았을뿐더러 대수롭지 않게 여기고 있긴 한 거 같은데. 방식을 듣고 나자마자 딱 감이 왔다. 아, 얘는 어쩌면 지금까지 그랬던 것처럼 앞으로도 인생에 이성이 끼어들 여지가 적겠구나.

'정 안되는 거 같으면 내가 코치하지, 뭐.'

신현태는 그런 생각을 하면서 입을 다물고 운전석에 올랐다.

당연히 이현종은 기분이 그리 좋지 못했다.

"형은 뭐 인마. 너 뭐라고 하려고 했어."

"응? 내가 뭘요."

"너…… 형, 형은, 하고 말았잖아. 엄청 안쓰러운 얼굴이었어, 아까?"

"기억 안 나는데. 내가 이래서 연구를 못하나."

"이 자식, 이거."

"치지 마요. 안쓰러워. 옛날에는 형이 때리면 그래도 아팠는데 이제 안 아프거든. 왜 그렇게 늙었어."

"이 새끼……."

본격적으로

 도착한 곳은 삼성역 근처 대한은행 VIP 전용 PB가 있는 건물이었다. 밖에선 아무리 봐도 식당 이름 비슷한 것도 보이지 않았다. 사실 애초에 아까 이현종이 말해 준 이름도 식당 같아 보이진 않았다.
 "모서리우가 뭐야, 대체. 없잖아요. 형, 여기 맞아? 아까 내가 늙었다고 해서 삐진 거야?"
 신현태는 차에서 머리만 뺀 채 이리저리 두리번거렸다. 그래 봐야 보이는 건 없었다. 그저 은행만 보일 뿐이었다.
 "없는…… 억, 왜 당겨?"
 "쪽팔리게 이러지 말자. 처음 오는 사람 같잖아."
 "난 처음 왔어. 어? 설마 형은 와 본 적 있어?"

"있지."

"헐. 나 두고 혼자?"

"우리 둘이 사귀냐? 왜 그런 눈으로 봐. 상처받은 눈 하지 마. 야, 진짜 후비고 싶어. 그만 봐."

이현종은 고개를 절레절레 가로저었다. 그사이 건물 근처에 서성이던 관리인이 천천히 다가왔다. 경비원 차림이 아니라 정장을 입고 있었는데, 그래서 신현태는 처음엔 관리인인 줄도 몰랐다.

"어떻게 오셨어요?"

낮고 중후한 목소리. 신현태는 잠시 당황했다. 어떻게 왔더라? 식당 이름이 이상하니 벌써 가물가물하지 않은가.

"어휴, 이…… 어휴."

이현종은 그런 신현태에게 속으로 욕을 주워섬기곤 대신 나섰다.

"모서리우. 모서리우 왔어요."

"아……. 네. 키 주시면 주차하겠습니다."

"오."

신현태는 발레파킹이 된다는 사실에 놀라움을 표했다. 그게 촌놈으로 보일까 걱정된 이현종은 옆구리를 푹 찔렀다. 그래 봐야 별 소용이 있진 않았다. 이제 이현종의 손가락은 신현태의 두꺼운 옆구리에 손상을 주기엔 너무 얇았으니까. 게다가 그럴 필요도 없었다.

'와……. 벤틀리 플라잉스퍼…… 여기서 일하면 가끔 본다고 듣기는 했는데…….'

타고 온 차가 워낙에 고가의 차량 아닌가. 관리인은 이미 차량에 정신이 팔린 지 오래였다.

[흐음. 이게 하차감이라는 것인가.]

그뿐만 아니라 길 가던 다른 이들도 한 번쯤은 시선을 주었다. 이제 강남에서는 벤츠도 소나타란 말이 나올 정도로 흔해진 마당이지만, 여전히 벤틀리는 희소성이 있지 않은가. 사채를 쓰건 뭘 하건 살 수 없는 가격의 차이기 때문이었다. 게다가 플라잉스퍼는 그중에서도 윗급. 주목받는 건 당연했다.

'그렇네, 이게 하차감이네. 요새는 이게 제일 중요하다던데.'

[승차감이야 거기서 거기죠. 이건 얼마나 하죠?]

'데이터 정리 안 해 놨어?'

[가뜩이나 할당된 뇌 용량도 작은데 어떻게 차 가격까지 합니까? 그랬으면 좋겠어요?]

'아니…….'

맞는 말이긴 한데, 꼭 이렇게 싸가지 없이 말해야 하는 걸까. 수혁은 그러면서도 핸드폰을 들어 차량 가격을 검색했다.

'시바, 4억이 넘어?'

[수혁 월급을 100번 타도 못 사는군요.]

'그렇게 말하니까 진짜 멀어 보이네.'

[어허, 먼지 묻지 않게 하세요. 천천히 닫고. 저당 잡힌 몸에 매인 기계가 되고 싶진 않군요.]

예전 같았으면 4억이 아니라 40억이라 해도 별말 없었을 텐데, 이미 자본주의에 찌든 지 오래인 바루다는 행여나 저 귀하신 차에 누가 될까 수혁을 조심시켰다. 그사이 이현종은 문을 쾅 소리 나게 닫고는 건물 안쪽으로 걸어 들어갔다.

"부숴라, 부숴."

신현태의 불만을 뒤로하고서였다.

[차 가격을 알아서 그런가 구시렁거리는 모습도 어쩐지 있어 보이는군요.]

'그러게. 지금까지 보던 중 제일 멋지네.'

[조태진 교수님 차보다 이게 더 비싸죠?]

'비교도 안 되지.'

[이게 과장과 평교수의 격의 차이인가.]

'아……. 그건…….'

대학 병원 과장이라고 해서 다 벤틀리를 탈 수 있는 건 아니지 않은가. 수혁이 알기로 다른 과 과장님들 중에서 외제 차 타는 사람은 드물었다. 사람들 생각과는 달리 대학 병원 의사들은 돈 보고 하는 게 아니었으니까.

"아, 빨리 와. 늦었어."

"알았어요. 알았어. 아니 뭐, 수술 잡았어? 식당 가는데 왜 이렇게 호들갑이에요. 우리 수혁이 다리도 불편한데. 수혁아, 괜찮냐?"

"야, 그렇게 말하면 내가 너무 나쁜 놈 같잖아. 미안하다, 수혁아. 내가 미안해."

"그러니까 왜 이렇게 서두르냐고."

"하이엔드급 식당은 식당이 갑이야, 이놈아. 돈 내는 놈이 아니라. 명품 몰라? 안 사 봤어?"

"사 보긴…… 사 보긴 했죠."

부잣집에 태어나 진짜 부잣집에 장가를 갔음에도, 신현태는 기본적으로 소박한 인간이었다. 본인 의사로 명품을 사 본 적은 정말 단 한 번도 없었는데, 최근 장인이 더 높은 자리로 영전하면서 취임식에 참가하게 된 일 때문에 백화점에 갔다. 세상에 돈을 쥐여 준다는데도 물건이 없어서 못 살 줄이야. 심지어 줄까지 서서 들어가야만 했다. 우리나라에 돈 많은 사람이 이토록 많은지 그날 처음 알았다.

"원래 이런 건 공급자가 갑이야. 내 진료 같은 개념이지."

"잘 나가다 좀 이상해지는데. 형은 진료 거부권도 없잖아. 돈 내면 다 보지. 그리 큰돈 드는 것도 아니고. 형이나 나나 외래 진료 수가 같은 거 몰라요?"

"예약이 돼야 보지, 인마! 액수가 중하니? 내 진료 보기가 얼마나 어려운데. 명품 진료야, 명품."

"네네. 알았어요. 알았어. 근데 오늘 왜 이렇게 흥분…… 어."

엘리베이터는 어느새 아까 관리인이 말했던 옥상에 닿은 참이었다. 문이 열리자마자 신현태는 고개를 갸웃거렸다. 앞에 서 있는 사람 중 눈에 익은 사람이 하나 있었기 때문이었다.

"어……?"

"오, 신 과장님? 전에 최 사장님 취임식에서 뵀었죠? 반갑습니다."

말은 이렇게 하지만, 취임식에서만 본 건 아니었다.

'이 사람 분명히…… 김다현 이사 측근이었는데. 남지연 부장……이었나?'

놀라고만 있는 신현태와는 달리 이현종은 껄껄 웃으며 그와 악수를 나눴다.

"남 이사님. 반가워요. 어째 더 젊어지셨어?"

"하하, 원. 별말씀을요. 원장님, 여기 어쩐 일이세요."

"약속 있어서 왔죠. 종종 옵니다. 아는 사람 만날 줄은 몰랐네."

"저도 그렇습니다."

평소 이현종의 모습이 아니었다. 철저한 태화의료원의 원장 그 자체였다. 신현태는 그제야 이 자리가 우연히 만들어진 게 아니란 것을 깨달았다.

'이 형……. 진짜 수혁이를 위해서라면 물불 안 가리는구나.'

남지연. 원래 전자 부장으로 있다가 김다현 이사와 김범준 부사장 입김으로 태화생명 이사로 날아온 인물이지 않은가. 그냥 날아오기만 한 게 아니라 서 이사를 날려 버리면서 온 참이었다. 지금은 실세 중의 실세라고 보면 되었다. 아직 이현종 임기가 남아 있긴 했지만, 차기 원장 및 신임 교원 임용에 대한 캐스팅 보트를 쥐고 있는 사람이었다. 그런 사람이 이런 프라이빗한, 밖에 이름도 안 쓰여 있는 식당에 왔는데 우연히 마주쳐? 이걸 우연이라고 생각한다면 그건 바보였다.

"하하, 남지연 이사님. 신현태 과장입니다. 일전에 태화전자 연구 용역 건으로 뵀죠?"

생각을 갈무리한 신현태는, 역시나 이현종처럼 사무적인 태도로 손을 내밀었다. 평소 이현종이나 수혁 앞에서 보여 주던 모습과는 천지 차이였다. 물론 남지연에게는 익숙한 모습이었다. 소위 비즈니스 관계로 만나는, 어른들의 세계에서는 이 정도 선은 지켜 줘야만 했다.

"네. 맞아요. 그때 처음 뵀죠."

"김다현 이사님은 잘 지내십니까?"

"그럼요. 하하. 잘 지내죠. 근데…… 저쪽 분은?"

남지연 이사는 뒤에 서 있는 수혁을 가리켰다. 물론 수저 잘 물고 태어난 친구들은 여기서 더 어릴 때 생일 파티도 하긴 하지만, 암만 봐도 이런 자리에 오기엔 지나치게 어려 보이는 친구였다.

'글쎄……. 내 눈엔 그렇게 보이진 않는데.'

그렇게 자란 사람은 어떻게 해도 티가 나는 법이었다. 딱히 무례하다거나 건방져 보인다는 게 아니었다. 워낙 김범준 부사장의 심복으로 살아온 남지연은 뭐라 꼭 집어 말할 수 없는 느낌을 인지하고 있었다.

"아, 이 친구가 바로 이수혁입니다. 제가 여러 번 말씀드렸는데."

"이수혁?"

이현종의 말에 남지연은 다시 한번 고개를 갸웃거렸다. 분명 들은 기억은 있었다. 이거 자체가 이상한 일이었다. 아무것도 아닌 20대 청년을 기억하고 있다니. 당장 산적한 과제 중 굵직한 것들만 해도 장난 아니지 않은가. 기업 지분 지배 구조와 같은 전체 계열사에 속한 일부터 해서 태화생명 체질 개선과 같은 지금 속한 회사에 관한 일까지.

"네, 제 아들인데…… 지금 레지던트 3년 차 됩니다. 저번 연구 용역 계획서를 낸 장본인이기도 하고요. 김다현 이사님도 이 친…… 제 아들이 치료했죠."

'형…….'

신현태는 감히 이사 앞에서도 거짓부렁을 늘어놓고 있는 이현종을 바라보았다. 하마터면 눈물을 훔칠 뻔했다. 태화가 어떤 기업인데 그 앞에서 거짓말을 한단 말인가. 어지간한 국가 기관보다도 정보 수집에 능하단 말이 도는 게 태화그룹이었다.

'그보다……. 형 진짜 원장으로 끝낼 거야?'

이미 석좌 교수까지 받은 몸이라 계속 병원에 있을 거면 있을 수도 있겠지만, 사실 이현종은 형이라 불러도 되나 싶을 정도로 세계 의학사에 한 획을 그은 사람이지 않은가. 영미권 사람이었으면 벌써 노벨 의학상 받았어도 이상할 게 없다는 말까지 나돌 지경이었다. 그게 그냥 태화에서만 하는 얘기가 아니라 국제심장학회에서도 심심하면 나왔다. 욕심 조금만 더 부리면 정계 진출도 꿈은 아니란 얘기였다. 근데 본인 입으로 없는 혼외 자식을 만들고 다닐 줄이야.

"아, 아! 그 이수혁 선생이군요. 이거, 실례가 많았습니다. 남지연입니다."

"네, 이사님. 이수혁입니다. 반갑습니다."

"하하, 이거 미리 인사를 드렸어야 되는데, 죄송합니다."

김범준, 김다현 부녀의 대를 이어 심복 노릇을 하고 있는 남지연은 수혁의 손을 꽉 잡은 채 흔들었다. 그러곤 이현종을 향해 고개를 돌렸다.

"아드님이시라고요. 소문이 사실이었군요? 서류상으로는 가족이 없다고 되어 있었는데."

"하하. 뭐…… 어쩌다 보니."

"이렇게 훌륭한 아드님이신데요, 뭐. 그럼 이렇게 세 분 식사 하러 오신 건가요? 자리는……?"

"안내받아 봐야 압니다. 기다리게 하네요."

"여기가 그렇죠, 뭐. 그래도 일단 안으로 들어가서부터는 접객부터 맛, 음식을 대하는 태도까지 전부 최고 아니겠습니까."

"하하, 그렇죠."

사실 여기 이름이 모서리인지 뭔지 헷갈리기는 이현종도 마찬가지였다. 딱 한 번 와 본 게 다인데, 그럼에도 익숙한 척 모르쇠를 치고 있었다. 아까 정해 둔 설정을 지키기 위해서였다.

"이현종 님? 안으로 모시겠습니다."

그렇게 잠시 더 서 있으니, 직원이 이현종과 신현태, 그리고 수혁을 데리고 안으로 들어갔다. 바깥도 으리으리하더니 안은 더했다. 커다란 샹들리에에 금고를 형상화한 건지 뭔지 모르겠지만 화려한 벽 장식들까지.

"이쪽에 앉으시면 됩니다."

배정된 자리는 공교롭게도 남지연 이사 옆이었다. 이현종은 아직 비어 있는 그의 옆자리를 힐끔 보고는 다시 한번 인사를 했다. 신현태에게 속삭인 것은 그다음이었다.

"오늘 여기 태화생명 이사장…… 그러니까, 김병준 사장 온다. 몰랐는데, 가끔 온다네?"

"허……. 그럼?"

"뭐 하고 있어, 자리 옆으로 가. 수혁이 저쪽으로 앉혀. 눈도장 찍어야지."

"아, 알겠어요."

///////

얼마 후, 김병준 사장이 가게 안으로 들어왔다. 칠성생명과 국내 보험사 서열 1, 2위를 엎치락뒤치락하는 회사의 경영인이라는 걸 감안하면 수행원이 열 명은 더 있어야 할 것 같았는데, 김병준 사장은 혼자였다.

'흠, 김병준…….'

신현태는 아는 얼굴이었다. 그 또한 다른 실세의 아들이자 사위이지 않은가. 따로 가족 모임에서 본 적도 있었다. 태화랜드가 괜히 1년에 한 번 쉬겠는가. 임직원이 아니라 임원들과 그들 자녀를 위한 행사 때문이었다.

"어, 미안. 차가 밀려서 늦었네."

김병준은 코트를 벗으며 남지연을 향해 입을 열었다. 남지연은 부리나케 일어나 그의 코트를 받아 직원에게 건넸다. 딱히 그럴 필요는 없지만, 그냥 알아서 기는 것이었다.

"저도 금방 왔습니다."

"하하, 자네는 늘 그러더라. 이것도 받아."

"이건……?"

"김범준 부사장님이 와인 보내 주셨어. 엄청 좋은 거래."

"아……. 네네."

와인이라는 말에 이현종이 슬쩍 병을 들여다보았다. 술에 조예가 아주 깊은 사람은 아니었지만, 지위가 지위다 보니 흘짝거린 와인만 수십 병은 족히 넘어갔다. 그것도 꽤나 가격이 있는 것들뿐이었는데, 그중에 지금 김병준 사장이 들고 있는 것만큼 비싼 와인은 없었다.

"로마네 콩티야. 셰프님이 이건 콜키지도 안 받겠다더라. 이거랑 마리아주가 맞으면 영광이라고."

"아하, 이게 그 유명한…… 로마네 콩티군요."

로마네 콩티는 빈 병만도 팔 수 있는 그런 와인이었다. 몇천 원에 파냐가 아니었다. 단위가 달랐다. 병만 수십만 원을 호가했다. 안에 든 와인은 빈티지에 따라 달랐지만, 보통 천만 원은 우습게 넘었다.

"음."

그렇다 보니 이현종마저 잠시 자신의 본분을 잊고 병을 바라보았다. 김병준 사장은 또 누가 이렇게 이 와인의 진가를 알아보나 해서 뒤를 돌아보았고, 그 주인공이 다름 아닌 이현종이라는 사실에 놀랐다.

"이, 이현종 원장님?"

지위만 놓고 보면 반말을 해도 어색하지 않을 터였다. 태화의료원은 태화생명에서 100% 자본금을 출자해서 만든 비영리 법인이었으니까. 이를테면 태화생명이 번 돈으로 굴러가고 있다고 해도 과언이 아니란 말이었다. 물론 하다 보니 본래 취지와는 다르게 쥐어짜고 또 쥐어짜고 흑자 또는 최소한의 적자 경영으로 만들어 놓긴 했지만, 상하 관계가 명확한 조직이었다.

"어, 네. 사장님. 하하."

하지만 김병준 사장은 불세출의 기인이라 할 수 있는 이현종에게 꼬박꼬박 존대를 해 왔다. 어떻게 버는 돈만으로 사람을 평가할 수 있겠는가. 적어도 태화생명 사장을 하면서 병원 일에 관심을 품게 된 후로는 도저히 그럴 수가 없었다. 그가 볼 때 이현종은 아무리 경영에서 개판을 친다 해도 존경받아 마땅한 사람이었다.

'뭐 그래도 좀만 더 열심히 흑자 내 주면 좋겠지만.'

그런 얘기를 공적인 자리도 아닌 파인 다이닝 레스토랑에서 꺼낼 만큼 정신 나간 사람은 아니었다.

"네, 하하. 여기서 이렇게……. 바로 옆자리에서 뵈니까 더 반갑네요. 원장님."

"네. 허허. 이거 참. 이런 우연이."

반면 이현종은 좀 민망했다. 그렇게 회의 좀 오라고 해도 안 가고 튀기 일쑤였는데, 이렇게 사적인 자리에까지 쫓아오게 될 줄은 꿈에도 몰랐기 때문이었다. 자식 이기는 부모 없다더니. 그게 가짜 자식이라고 해도 마찬가지인 모양이었다. 이현종은 수혁에게 잠시 눈길을 주고는 다시 김병준 사장을 바라보았다. 그사이 김병준 사장은 코트를 맡기고 자리에 앉았다. 바로 수혁의 옆옆자리였다.

"저희 아들놈 얘기 들으셨죠. 얘가 이수혁이라고 제 아들입니다, 하하."

이현종은 그런 수혁의 어깨를 툭툭 두드렸다.

[이 양반 오늘 좀 이상한데.]

바루다는 그런 이현종을 보며 고개를 갸웃거렸고, 아무래도 깡통보다는 인간 사회에 밝은 이수혁은 고마움을 눌러 담으며 고개를 끄덕였다.

'괜히 그러시겠냐, 인마.'

수혁은 바루다에게 핀잔을 날린 후, 입을 열었다.

"안녕하십니까, 이수혁입니다."

"오, 오……. 아, 이 친구가 그…… 그 이수혁이군요."

김병준 사장은 수혁을 바라보다가, 이내 그때 얘기 나왔던 그 친구가 맞냐는 눈을 하고 남지연 쪽으로 고개를 돌렸다. 눈치 빠른 남지연 이사는 허허 웃었다.

"일전에 전자 김다현 이사님 진단하고, 치료해 주신 선생님이죠. 얼마 전엔 전자 용역 연구도 맡아서 하기 시작했다고 들었습니다."

"그래요, 진짜……. 이렇게 보니까 아직 어린데 대단하네요. 자랑스러우시겠습니다."

"뭐, 제 아들이라 그런지 똑똑합니다. 하하."

"내과면…… 어느 분과를 선택하실지?"

김병준은 의사는 아니었다. 하지만 워낙에 회의에서 이것저것 듣다 보니 대학 병원이 어떻게 돌아가는지는 대강 알게 된 지 오래였다. 모르긴 해도 어지간한 의대생들보단 잘 알 터였다.

"그건 뭐 아직 모르겠는데. 뭘 해도 지금 당장 교수를 시켜 줘도 좋을 정도로 잘합니다, 이놈이."

이현종은 마침 질문 잘했다는 얼굴로 잽싸게 대꾸해 왔다.

'형, 너무 노골적인 거 아냐?'

신현태는 살짝 부끄러움을 느꼈지만, 정작 당사자인 이현종은 당당하기만 했다. 다행히 김병준은 사회생활 내공도 뛰어난 데다가, 이현종의 사람 됨됨이를 아주 잘 알고 있어서 그저 조금 놀랄 뿐, 이상하게 여기진 않았다.

'자존심……. 진짜 대단하던데.'

김병준 사장은 이현종 원장 취임 이후 있었던 2번의 신규 임용 회의를 떠올렸다. 보통 신규 임용은 병원 측에서 50명을 부르면 이사회에서 절반을 자르는 식으로 이루어지기 마련이었다. 병원은 의사가 많으면 많을수록 좋지만, 이사회에서는 비용을 생각해야 하기 때문이었다. 하지만 이현종이 취임한 이후에는 양상이 딱 그 정반대가 되었다. 제발 더 뽑으라는 말에도 이현종은 바보를 교수로 뽑을 수는 없다며 고개를 저었다.

'근데 이수혁이라는 친구는 교수 시켜야 된다고 하네. 레지던트인데.'

실력이 정말 대단해서 그러는 건지, 아니면 아들 사랑이 대단한 건지 알 수 없었다. 그때, 뒤에 꿰다 놓은 보릿자루처럼 밀려나 있던 신현태가 병원에서와는 달리 아주 진중한 얼굴을 하고서 입을 열었다.

"안녕하세요, 김병준 사장님. 저 신현태입니다."

"오, 오! 어디서 봤나 했더니, 신 과장님이셨구나. 얼마 전 최 사장님 취임식에서 봤죠?"

"네. 하하. 아버님하고도 따로 보셨다고요?"

"어어, 그렇죠. 신 이사님하고도 봤죠. 이번에 무선 이어폰 그거 신 이사님 아이디어였다고 하던데. 참 대단해요. 저도 아주 잘 쓰고 있습니다."

김병준 사장은 껄껄 웃으면서 태화 임원들은 쓰든 안 쓰든 가지고 다니는 은하수 폰을 슬쩍 내보였다. 일종의 충성 서약 같은 것이라고 보면 되었다. 태화 계열 전체가 이걸로만 소통이 가능한 앱들로 채워져 있었으니, 사실 업무를 위해서도 필수적이긴 했다. 심지어 수술실에서 아이폰은 안 터진다는 괴담도 있었는데, 몇몇 레지던트들이 확인해 본 결과 사실이었다는 말이 있었다.

"제가 전해 드릴게요. 좋아하시겠네요."

아무튼, 신현태는 사람 좋은, 예의 그 보살 같은 미소를 지으며 말을 이었다. 보고 있으면 덩달아 기분이 좋아지는 그런 미소였다.

"죄송해요, 저희 원장님이 좀 팔불출이라."

"아뇨, 아뇨. 죄송할 건 없죠. 하하. 자식 자랑이야, 뭐. 늘 하고 싶은 거 아니겠어요?"

"근데 사실 저도 어디 가면 얘 자랑하고 싶어서 입이 근질근질하긴 합니다."

"오……. 그래요?"

과도한 자랑에서 다른 방향으로 화제를 전환하려나 했는데, 이제 보니 그런 시늉만 하고 다시 급발진이었다. 김병준은 이제 정말로 호기심 어린 얼굴이 되었다. 이현종이나 신현태나 어디 가서 쓸데없는 소리 할 만큼 시간 많은 사람은 아니지 않은가.

'대체 얘가 어떻길래 이래?'

신현태는 김병준 사장의 얼굴에 관심이 도는 것을 확인한 후, 아까부터 망설이던 멘트를 꺼냈다. 교수 된 입장에서 정말이지 자존심을 내려놓는, 그런 말이었다.

"어유, 말도 마세요. 오늘 콘퍼런스에서는 제가 모르는 걸 애가 맞혔다니까요?"

"네? 에이……. 그럴 수가 있겠습니까?"

믿기지 않는 말이었다. 수혁은 원래도 어리지만, 심지어 나이보다도 더 어려 보여서 어떻게 봐도 애송이였기 때문이었다. 그에 반해 신현태는 생긴 것도 그렇고 학회 내 위치도 상당한 사람이었다. 둘을 비교하려는 건 실례라 여겨질 지경이었다.

"아아, 진짜예요. 진짜로 그랬어요."

그리고 제대로 된 동료라면 설령 그런 일이 있다 해도 눈감아 주는 게 예의일 터였다. 하지만 이현종은 그런 사람이 아니었다. 아마 수혁을 밀어주러 나온 자리가 아니라 정말 우연히 만난 자리라 해도 이랬을 터였다.

"어, 진짜로요?"

"네. 그렇다니까요."

"흐음……. 어떻게…… 흐으음……."

김병준은 다시 수혁을 바라보았다. 아무리 봐도 평범한 20대 후반의 청년이었다. 그런데 원장에 과장까지 쌍으로 끼고돌면서 띄워 주고 있었다. 심지어 이렇게 비싼, 1인분에 25만 원짜리 식당에까지 데려와서.

'아들…… 아니잖아?'

게다가 김병준은 이현종이 아들이 없다는 걸 알고 있었다. 태화가 어떤 기업인데 병원 원장이 혼외자가 있다는 사실을 검증도 안 해 보겠는가. 그 결과 본인 입으로 그런 말을 하고 있는 건 맞는데, 실은 아니라는 걸 알아낸 지 오래였다. 굳이 그걸 남들에게 말하지 않았을 뿐이었다.

'뭐 둘이 누굴 죽였는데, 얘만 알고 있다거나 그런 건 아니겠지?'

둘이 그럴 사람은 아니지 않은가. 게다가 설령 그렇다 해도 아들을 왜 사칭한단 말인가. 그것도 이수혁이라는 친구가 아니라 원장이 직접. 실력이 레지던트급을 아득히 뛰어넘었다고 봐야 했다. 머리로는 그렇게 이해가 가는데, 그래도 가슴으로 납득이 되진 않았다. 아무리 난다 긴다 하는 애들 뽑아서 굴려 봐야 신입은 신입이지 않은가.

'아니, 지 입으로 그랬잖아?'

게다가 이현종이 그런 적도 있었다. 아무리 뛰어난 1년 차도 2년 차 못 이긴다고.

"어이구, 우리 보물 이거."

그 사이 이현종은 수혁의 볼을 꼬집으며 계속 주접을 떨었다. 김병준을 비롯한 계열사 주요 임원들은 이미 수혁이 아들이 아니란 걸 알고 있다는 건 꿈에도 모른 채였다. 효과가 아주 없지는 않았다. 명색이 원장이라는 사람이 체면을 잃고 이러고 있는데 아무 소용이 없다면 그것도 좀 슬픈 일 아니겠는가.

"그…… 그럼 벌써 미국은 다녀왔나요?"

두 어른, 그러니까 현직 원장과 아마도 차기 원장이 유력한 양반 둘이 야단법석인데 뭐라도 던져 주긴 해야겠단 생각이 든 김병준 사장이 입을 열었다. 그러자 둘은 또 한바탕 난리를 피웠다.

"그럼요. 거기 가서도 어유, 말도 마요. 화이자에 초청을 받았다니까? 저는 얼마나 잘하면 그러나 상상도 안 가요, 어휴."

"그러니까. 병원에서도 뭐 전설이 왔네, 어쩌네. 어유, 내가 다 부끄러워서. 하하."

김병준은 이제 제발 이 지랄을 끝내고 먹기나 했으면 좋겠다는 생각을 하며 말을 이었다.

"이번에 태화가 두바이에 병원 짓는 거 알고 계시죠?"

"어……."

"그러니까 회의 좀 들어오세요, 원장님."

"그, 미안합니다."

"아무튼, 정식으로 오픈 전에 왕족들…… 와서 진료를 본대요. 알죠? 걔네 왕족 많은 거. 다음 주 중으로 공문 보내서 지원받으려고 했는데…… 거기 한번 보내 보면 어때요? 메인은 말고, 서브로."

"어이구, 좋죠. 좋죠!"

쉽게 확신하지 마

[맛이 아주 좋더군요.]

바루다는 상당히 흡족했는지, 오래된 팝송까지 흥얼거렸다. 흥얼거린다기보다는 수혁의 머릿속에 재생한다는 표현이 옳을 정도로 선명한 음악 그 자체였는데, 수혁으로서는 딱히 거슬리진 않았다. 어차피 바루다가 아는 노래는 전부 수혁이 들어 본 노래뿐이지 않은가. 취향이랄 것도 없는 놈이라, 수혁이 제일 많이 듣는 노래가 흘러나올 수밖에 없었다. 이를테면 청력 손상 걱정도 없고, 배터리 걱정도 없는 오디오 하나를 늘 품고 다닌다고 보면 되었다.

'응, 좋더라. 특히…… 난 솥밥이 좋았어. 곰탕도 녹진하니……. 아주 좋더라.'

[고기도 좋더군요. 뭔 장난질을 쳤는지는 몰라도, 맛이…….]

'생각해 보면 당연히 맛이 있어야 되는 거 아니냐? 가격이 얼만데.'

[인당 25만 원. 그거 한 열 번 먹으면 수혁 월급이 살살 녹겠군요.]

'자꾸…… 자꾸 그런 식으로 어두운 현실 느껴지게 할래?'

[어둡지는 않죠. 국내 평균보다 수혁의 월급이 더 높습니다.]

'시급으로 하면?'

[시급은…… 계산하겠습니다. 8,000원 정도 되는군요. 소수점은 의미 없으니 제했습니다.]

'아주 낮진 않네, 그래도.'

선배들 얘기 들어 보면 그땐 짜장면 하나 먹기도 힘들었다고 하던데. 아무래도 주당 근무 시간이 100시간가량으로 내려오면서 많이 나아진 모양이었다. 그렇다 해도 딱히 위안이 되거나 하진 않았다. 지금도 집이 아닌 병원에 누워 있었으니까.

[이런 시간은 근무 시간에서 빼고 있는 거 아닙니까?]

'어쩌겠어. 나도 3년 차 되면 나가서 공부해야 되는데. 그 시간 미리 당겨서 일하는 거지.'

[노동부에 찌르면 어떻게 됩니까?]

'일단 교수 못 되고, 내과 전문의도 될 수 있을까 말까 같은데.'

[입 다무셔야겠네요.]

'어……. 그렇지. 그렇긴 한데.'

기계면 누구보다 원칙주의자여야 하는 거 아닌가. 어쩌다 이 깡통이 이렇게 세태와 야합하게 됐을까. 너무 세속적인 본인 때문인가 싶어서 입을 다물고 있었으나, 바루다는 그러지 않았다. 녀석은 아까 이현종과 김병준 사장이 나누었던 대화를 복기하고 있었다.

[내년 초 두바이에 가겠군요. 태화생명 사장단도 가는 일정이니, 미국 연수 따위랑은 차원이 다른 사건입니다.]

'어…… 그렇더라. 병원 짓는지도 몰랐네.'

[그쪽은 보험이 없는 데다가, K-의료가 요새 전 세계적으로 각광받고 있으니 부르는 게 값이겠지요. 특히 간 이식은 대한민국이 최고 아닙니까.]

'음, 그렇지.'

원래는 태화가 최고였는데, 최근 박국진이 10억씩 주고 빼가 버린 인재들 때문에 칠성이 가파르게 역전하고 있었다. 아선 또한 미래그룹에서 미래 먹거리 운운하면서 거액을 투자받으면서 왕좌에 올랐다는 말은 둘 다 굳이 입에 올리지 않았다. 누구나 알면서 동시에 가슴 아픈 얘기는 안 하는 게 답이었다.

[그쪽 현지에서 바로 할 수 있게 되면 경쟁력이 있겠죠. 태화생명으로서는 당연한 투자입니다.]

'그 짓 하느라 본진 경쟁력 날아가는데?'

[그런 건 원장 되면 걱정하시고. 우리가 당면한 과제는 어떻게 가서 사장단에게 어필해서 빨리 교수가 되느냐입니다. 펠로우 할 생각 없죠?]

'생각이 없진 않지. 한 명도 안 하고 교수 된 사람이 없는데.'

[그 사람들은 제가 없었으니까요.]

'그건……'

재수 없는 발언이었지만, 맞는 말이기도 했다. 처음엔 이 자식이 있어서 귀찮기만 하고 힘들었지만, 이젠 바루다가 있는데 최고의 의사가 되지 못하는 게 일종의 죄악 같았다. 어찌 보면 그날 사고당한 게 행운 아닐까 하는 생각까지 들 지경이었다.

'어떻게 어필을 해, 근데.'

[잘해야죠.]

'잘하잖아? 잘했고. 그러니까 오늘 밥도 사 주셨지.'

[이거론 안 됩니다. 수혁이 말했듯, 펠로우 과정을 건너뛰고 교수가 되는 건 특혜예요. 이 병원이 이현종 병원이라면 가능하겠지만, 이현종도 결국은 계약직이에요. 주인에게 잘 보여야 합니다.]

'그…… 그 말이 좀…….'

[왜요? 이 병원이 의사들 겁니까?]

'태화…… 그룹 거지.'

[그러니까요. 주인에게 어필해야죠.]

계속 맞는 말인데, 딱히 기분이 좋진 않았다. 의사들은 피고용인이면서 딱히 그렇게 생각지 않는 경향이 있었기 때문이었다. 이게 어찌 보면 참 건방진 생각인데, 다들 그렇다 보니 이상하단 생각도 하지 못했다. 바루다는 기계다 보니 훨씬 객관적으로 상황을 볼 수 있을 뿐이었다.

'어떻게…… 어필하는데?'

그리고 수혁은 이런 바루다를 존중하는 편이었다. 100에 99는 맞으니 어쩔 수가 없었다. 하지만 오늘은 그러면 안 되었다. 최소한 잠이라도 제대로 자려면, 그랬으면 안 됐다.

[공부해야죠.]

'뭘 또 공부야, 결론이!'

[중동 지역에 호발하는 질환에 대해 아는 거 있습니까?]

화를 내면 어쩌겠는가. 별로 소용이 없는데.

[모르죠? 제가 다 데이터 검색해 보고 하는 말이에요. 없어요, 아는 게.]

원래 팩트로 조지는 놈이 제일 무섭고 짜증 나는 법이었다. 그리고 바루다는 그 팩트로 중무장하고 있었다.

'없긴…… 없긴 왜 없어…….'

[없는데요? 텅텅 비었어.]

'텅 비었다니. 내가 얼마나…… 얼마나…….'

[수혁은 아직 국내용이에요.]

'미국에선 통했잖아!'

[연수생 신분으로는 통했죠. 거기 난다 긴다 하는 교수들하고 정면 승부 가능합니까?]

'으음.'

입이 쉬이 떨어지지 않았다. 교수들하고 정면 승부라. 솔직히 태화엔 이제 수혁이 넘어섰다고 생각할 만한 교수들도 드문드문 보이긴 했다. 하지만 세계적인 레벨로 평가받는 교수들은 어려웠다. 미국은 그런 교수들이 여기보다도 많은 곳이었다.

[물론 미국 데이터는 그때 좀 가져오긴 했습니다. 왓슨을 통해서. 좀 나을 거예요. 하지만 중동은…… 자신 없군요.]

'자신이 없어? 네가?'

[더 자세히 말하면 수혁을 데리고 어필할 자신이 없습니다.]

'쓸데없이 자세하네, 이놈이.'

[원하는 줄 알았는데요.]

'이런 걸 원하는 놈이 어디 있어!'

[아무튼, 공부하시죠. 중동 지역 질환. 새로운 영역이다 보니 오랜만에 설레는군요.]

'하아.'

공부라. 누군가 이런 말을 하긴 했다. 공부는 평생 하는 거라고. 근데 그 말을 한 사람이라고 정말 평생 했을까? 이렇게 죽을 것처럼 열심히? 수혁은 아마 아니었을 거라고 확신했다.

[띠띠띠띠띠.]

'아, 딴생각한 거 아니라고!'

[수혁의 뇌 기능 양상을 분석한 결과 쓸데없는 부분에 에너지가 쓰이고 있습니다. 속일 생각은 마십시오.]

'이런 망할. 원래 이런 기능은 없었잖아?'

[수혁만 진화하나요? 저도 진화합니다.]

'그 말은 좀 무서운데…….'

[스카이넷 떠올렸죠? 그런 생각은 하지 마세요. 노땅 소리 듣습니다. 요새 누가 터미네이터 본다고.]

'하아…….'

사람은 이렇게 한숨과 눈물 섞인 공부를 평생 해서는 안 됐다. 그랬다간 우울증에 빨리 죽고 말 터였다.

[잘하셨습니다. 이렇게 차근차근 준비하죠.]

말은 그렇게 했지만, 수혁도 이제 바루다 못지않게 욕심이 쌓인 마당 아니던가. 어떻게 어떻게 꾸역꾸역 끝내긴 했다. 매일 할 생각이 들 때마다 한숨이 나오긴 했지만, 끝내고야 말았다.

'이제 자야지.'

[잠깐만요.]

'왜 또.'

[입원 환자 리뷰 안 합니까?]

'다 했잖아. 내가 그런 거 빼먹는 거 봤냐?'

[이제 치프 대행입니다. 모든 환자를 봐야죠. 안대훈, 전적으로 믿을 수 있습니까?]

'음…….'

친한 녀석인 데다가 자신을 곧잘 따르기까지 하는 놈이라 잘 했으면 싶었지만, 수혁은 사적인 감정을 공적인 일로까지 끌고 오는 사람이 아니었다.

'보자. 어떤 환자 있는지. 다른 애들 환자들도 좀 봐야지?'

[당연하죠. 조태진 교수 환자 말고도 보시죠.]

'알았어. 오래…… 걸릴 일은 아니니까.'

[그럼요. 제가 있으니까요.]

깐족거릴 때는 머리에서 떼 버리고 싶은 녀석이지만, 대부분의 경우에는 든든한 것이 바루다였다. 수혁은 바루다를 믿어 의심치 않으면서 차트를 하나하나 까 보았다. 대부분은 아니, 절대다수의 차트에서 문제를 확인하기 어려웠다. 명색이 태화 의료원 아니던가. 1년 차는 좀 못하더라도 백 보는 2년 차나 펠로우, 교수는 최고 수준이었다.

'흐음.'

그렇다고 아무것도 안 걸리는 건 또 아니었다.

[흐음.]

수혁은 바루다의 반응에 이게 단지 자신의 촉만은 아니란 것을 확신하고는 차트를 더욱 유심히 들여다보았다. 그냥 내용만

보면 사실 별다를 거 없어 보이긴 했다. 검진에서 위암이 발견
됐고, 이에 대해 더 자세한 검사를 하기 위해 입원한 72세 남자
환자. 이미 검사는 꽤 진행되어 있었다.

'CT상 뼈에 전이가 있네.'

[한두 개가 아닌데요? 다발성 골 전이입니다.]

위암과 같은 고형암에서 전이가 있다는 것은 당연히 좋은 징
조가 아니었다. 말기에 해당하게 되는데, 이 환자는 그 전이가
한두 개가 아니었다. 주로 뼈에 분포해 있었는데 아직 증상은
없는 모양이었다. 그 어디에서도 통증에 관한 기술을 찾아보긴
어려웠다. 간혹 1년 차들은 이런 걸 빼먹기도 하기에 간호 기록
도 뒤져 봤지만 마찬가지였다.

[투약 기록도 없습니다. 환자는 통증을 호소하지 않았을 가
능성이 매우 큽니다.]

'아, 통증 사정했네. 2점이야. 골 통증이라고 보긴 어렵지.'

[이상……하군요.]

'그렇지? 이 정도로 전이가 있는데 통증이 없다니.'

암은 아프지 않다는 것이 일반적인 통념일 테지만, 그건 조
기암일 때 얘기였다. 진행하고 나면 사실 암만큼 사람을 아프
게 하는 질환도 드물었다. 물론 노인 인구에서는 증상이 비특
이적으로 나타나기도 하지만, 그래도 이상한 것은 이상한 것이
었다. 의사는 이러한 것을 그냥 '그런가 보다.' 하고 넘어가서는

안 되었다. 아주 작은 단서가 의외로 큰 결과로 이어질 수도 있었으니까.

[PET CT 띄워 보시죠.]

'안 그래도 띄우고 있어. 얘가 요새 좀 느려.'

[바꿔 달라고 하세요. 기계는 때가 되면…… 음. 아닙니다. 아끼고 사랑해야죠. 고쳐서 씁시다.]

'정체성에 혼란 오냐?'

[시끄러워요. 빨리…… 음. 뭐야 이거.]

'딴청 피우긴…… 음. 임파선에 무슨 전이가 이렇게 많이 됐어? 원발 병변이 어떻길래 이러지?'

[어마어마하게 큰가 본데요? 뭐, 가능한 얘기입니다. 아직 노인 인구에서는 검진이 대중화되지 않았으니까요.]

대한민국은 엄청나게 빠른 속도로 발전한 나라 중 하나 아닌가. 복지도 그만큼 빠르게 좋아져 왔는데, 문제는 사람들이 그 변화를 따라가지 못한다는 점이었다. 그중에서도 노인은 일차적으로 소외되어 온 편이었다. 때문에 암이 천천히 자라는 노인에게서 진행 암이 발견되는 비율은 오히려 젊은 사람보다 높았다. 수혁과 바루다는 각자 엄청나게 커다란 종양을 상상하며 환자 내시경 소견을 띄웠다. 처음부터 위가 나오진 않았다. 당연하게도 식도 사진이 먼저 놓여 있었다.

'아이구, 식도는 관리 잘하셨네. 소식했나? 뭐 역류 소견도 전

혀 없어.'

[그러니까요. 내려 봐요. 일단.]

'알았어. 음.'

[음.]

그렇게 쭉쭉 내리면 위가 나오기 마련이었다. 이 환자는 전이암 환자니까 위보다도 암이 보여야 정상이었다. 하지만 둘이 확인한 것은 조기 위암 병변이었다.

'작은데?'

[이상……하네요?]

'왜 이렇게 작아?'

[이 정도 위암에서 전이……?]

/////

[띠띠띠띠띠.]

수혁은 이제는 익숙해져 버린 바루다의 알람 소리를 듣고 일어났다. 마냥 익숙해지기엔 너무 거슬리는 소리였기에, 바루다도 조금은 조정해 준 덕이었다.

"음."

수혁은 몸을 일으킨 후에도 잠시 머리를 부여잡은 채 있었다. 어제 중동 지역 공부한답시고 좀 늦게 잤더니 피로가 밀려

온 탓이었다.

[엄살입니다, 수혁.]

물론 바루다는 수혁을 마냥 그렇게 두지 않았다.

'엄살이라니, 힘들다고. 너도 다 느껴지지 않냐?'

[느껴지니까 하는 얘기죠. 순수 수면 시간이 무려 5시간 반이었습니다.]

'보통 6시간보다 적게 자면 피곤해하거든?'

[후후.]

'웃어? 웃었어?'

기계가 웃다니. 웃음소리가 소름 끼치는 것과는 별개로 소름이 돋았다. 물론 언젠가 들었던 웃음소리를 그저 재생하는 것에 불과하겠지만, 이렇게 적재적소에 틀어 놓을 수 있다는 것이 어쩐지 싫었다. 불쾌한 골짜기, 뭐 이런 생각마저 들 지경이었다.

[제가 수혁을 허투루 조련시킨 줄 아십니까.]

바루다는 수혁이 찜찜해하거나 말거나 말을 이었다. 아까는 웃더니, 이번엔 조련이라. 헛웃음이 터져 나왔다.

[일주일에 하루이틀 정도는 5시간 미만으로 자도 괜찮습니다. 정 힘들면 조태진 교수한테 말해요. 그럼 재워 줄걸요? 100% 확률로 그럴 겁니다.]

'교수님이 그런 특혜를 왜 줘.'

[아닐 거라고 생각해요? 그 조태진이?]

'음……'

사실 조태진뿐만 아니라 이현종, 신현태 모두 그럴 거 같았다. 모두 팔불출이라는 말이 실로 아깝지 않을 정도로 수혁을 싸고돌았으니까.

[아무튼, 일어나십시오. 사고 치기 전에.]

'아……. 그래, 그 환자…… 아무래도 좀 이상하지.'

[유지상이 백 보고 있는 고형암 파트입니다. 유지상이 잡아낼 리가 없죠.]

'교수님은?'

[언젠가는 잡아내겠지만, 수혁만큼 빠르진 못할 겁니다. 조태진이라면 모르겠는데, 다른 혈액종양내과 교수들이 모두 다 저보다 뛰어나진 못하죠.]

'그래, 뭐…… 내 이름도 좀 껴 줘.'

[굳이 원한다면 끼워 드리겠습니다. 바루다를 탑재한 수혁 정도로 표현하면 되겠습니까?]

'에이.'

수혁은 고개를 절레절레 흔들며 몸을 일으켰다. 기분이 나쁘긴 하지만 어쩌겠는가. 맞는 말인데. 수혁 본체도 꽤 뛰어나긴 했지만, 아직 바루다가 없으면 뛰어난 레지던트 수준을 넘어서긴 어려웠다. 교수 레벨과 경쟁하려면 아니, 교수 레벨을 넘어서려면 바루다의 도움이 필수적이었다.

"탁.

"탁.

수혁은 부리나케 머리만 감고는 지팡이를 든 채 당직실을 빠져나왔다. 문제의 환자가 입원해 있는 병동은 당연히 암센터에 있었다. 수혁은 보통 본관에서 서식하고 있었기에 이동에만도 시간이 꽤 걸렸다. 거리 자체도 멀지만, 수혁의 걸음걸이가 느리기 때문이기도 했다.

"어, 수혁아."

그리고 특이하기도 해서 본관에서 암센터까지 이어지는 긴 복도를 지나는 사람이라면 누구라도 수혁을 알아보고, 동시에 따라잡을 수 있었다. 뒤를 돌아보니 이번에 따라온 이는 다름 아닌 조태진이었다.

"아, 교수님. 벌써…… 오셨어요?"

"이번에 학회에서 교육 이사 맡았잖아. 학회 일이 만만치가 않다, 이거."

"아……. 그럼 이번 전공의 수료 강좌 교수님이 맡으신 거예요?"

"그렇지, 뭐. 너야 신경 안 써도 돼. 너 레벨에서 들을 만한 강의는 없어. 그냥 대출해, 대출. 시간 낭비야, 너한테는."

세상에 어떤 교수가 제자에게 대출이나 하라는 말을 할까 싶었지만, 조태진은 진심이었다. 처음 수혁에게 도움을 조금이라도 줄 생각으로 짜 간 강의표를 보고 학회장님이 한 말을 떠올리면, 지금도 식은땀이 줄줄 흘렀다.

─미쳤어? 대상이 무슨 혈액종양내과 펠로우 2년 차야? 아니지, 2년 차도 몰라 이런 건!

그 말에 우리 수혁이 다 안다고 했을 땐 명패를 집어 든 학회장을 마주해야만 했다.

─미친놈이? 그래, 너네 어? 우수한 애 들어온 거 알아. 우리는 이번 연차 농사 쪽박이고. 그 말이 듣고 싶냐? 그래서 이래?

진심으로 화가 났는지, 가발이 흔들린다는 거도 모르는 것 같았다. 거기서 뭘 더 어떤 말을 한단 말인가. 그저 죄송하다고 하고 나온 후, 전년도까지 교육 이사를 했던 선배의 도움을 받아 다른 프로그램을 짜 가야만 했다. 아직 아카데믹한 성향이 그대로 남아 있는 조태진으로서는 너무 기본적인 게 아닌가 하는 생각만 들었지만, 학회장은 좋아했다.

─그래, 이게 딱이야. 전문의가 되는 거지, 혈액종양내과 세부 전문의 되는 거 아니잖아. 모르면 안 되는 걸 가르치는 게 목적이라고. 최신 지견을 줄줄 꿰게 하려는 게 아니라.

모르면 안 되는 거라.

'우리 수혁이는 그런 건 다 알고 있지.'

조태진은 다시 한번 고개를 크게 끄덕이고는 말을 이었다.

"정말이야. 오지 마."

"아……. 네. 근데 그거 안 들으면……."

"뭐, 전공의 연수 평점? 내가 대출할게. 너 같은 애가 전문의 못 되면 대체 누가 전문의가 되니. 지금 전문의 자격증 받은 사람들도 태반이 반납해야 될걸."

"그…… 감사합니다."

수혁에게는 절대 나쁜 제안이 아니었다. 연수 강좌라는 게 태반이 시간 낭비로 느껴질 정도의 실력과 데이터는 갖추고 있었으니까. 이번만큼은 바루다도 동의했다.

[역시 조태진은 알아서 이쁜 짓을 하는군요.]

'야……. 교수님한테 말버릇이 그게 뭐냐…….'

[미운 짓 한다고 해요, 그럼?]

'말을 말자…….'

조태진은 감사하다고 말하다 말고 또 어딘가를 아주 잠시 쳐다보고 있는 수혁을 보며 후후 웃었다.

'신기가 있는 건지 뭔지 모르겠지만, 앞으로 계속 의사만 해 줘라…….'

안 그러면 너무 슬플 것 같았다. 태화의료원이 아니라 대한민국 아니, 전 세계의 손실일 터였다.

"아, 너 아침 먹을래? 내가 이거 또 기가 막히게 싸거든?"

조태진은 어두운 미래 따위는 보기도 싫다는 듯 손사래를 치고는 김밥을 건네주었다. 말이 김밥이지, 너무 두꺼워서 한입에 베어 물기도 힘들게 생긴 음식이었다.

"어……. 이거 안에 든 게…….."

"한우야. 한우 김밥이다."

"와……. 대박이네요. 진짜 맛있는데요?"

"그렇지? 이렇게 맛있는데 와이프는 싫어한다니까."

'그냥 굽는 거보다는 맛이 없어서 그런 거 아닐까요?'라는 말을 수혁과 바루다는 애써 삼켰다. 다행히 둘 다 교수 말에 토를 다는 건 예의가 아니란 사실을 잘 알고 있기에 그리 어렵진 않았다. 그렇게 엘리베이터에 탄 수혁은 10층을 눌렀다. 당연히 같은 층으로 갈 줄 알았던 조태진이 자기도 모르는 자기 환자가 있나 생각하며 고개를 갸웃거렸다.

"10층은 왜 가니? 거기 내 환자 있어?"

평소 환자 보기를 금같이 하라는 말을 하던 사람이기에 긴장한 기색이 역력했다. 설마 내가 학회 일이 바빠졌다고 환자 보는 걸 등한시하게 됐나. 어릴 때 욕하던 교수들처럼 됐나. 별의별 생각이 다 들었다.

"아, 아뇨. 그건 아닙니다."

"휴. 놀랐네. 근데 왜 가?"

"아……."

수혁은 이걸 말해야 하나 말아야 하나, 잠시 고민에 빠졌다.

반면 바루다는 아주 확고하고 또 단호했다.

[말해야죠. 어떻게든 어필합시다. 조태진이야 원장단도 아니고 기껏해야 부교수지만, 그래도 수혁 교수 되는 데 한 손가락이라도 보탤 수는 있을 겁니다.]

이유가 좀 구차하긴 했지만, 수혁도 바루다 못지않게 어필하는 거 좋아하는 인간이지 않은가.

"그쪽에 위암 환자…… 말기라고 생각하고 워크업 중인 환자가 한 분 있는데요. 어제 입원 차트 리뷰하다 보니까 좀 이상해서요."

"입원 차트 리뷰를…… 왜 다른 담당 환자까지 해?"

"그래야 경험도 쌓이고 공부도 되니까요."

"어이구, 우리 수혁이. 넌 역시……."

조태진은 수혁을 번쩍 안아 들고는 어화둥둥을 시전했다. 마음 같아서는 한 세 번 정도 하려고 했는데, 그렇게까진 하지 못했다. 3층에 엘리베이터가 멈춰 서더니, 두 명이 올라탔기 때문이었다. 아주 익숙한 얼굴이었다.

"너 뭐 하니?"

"야, 수혁이 어지럽겠다. 내려놔."

이현종과 신현태였다. 얼굴이 보송보송한 것이 방금 씻고 온 것이 분명했다.

[새벽에 둘이 지하 연습장 들르고 와서 사람 없는 3층 교수

탈의실에서 씻고 온다더니, 헛소문이 아니었군요.]

그러곤 바로 암센터에 있는 자기 환자를 보고 본관으로 가는 모양이었다.

"아, 아니. 너무 이쁜 짓을 해서."

조태진은 예상외의 핀잔에 일단 수혁을 살며시 내려놓았다. 이현종과 신현태는 동시에 고개를 절레절레 흔들었다.

"얘 이쁜 짓 하는 게 하루이틀 일이냐?"

"그러니까. 그리고 수혁이가 이쁜 짓을 해야만 안아 줄 사람이야? 나쁜 짓 해도, 어? 난 열 번은 안아 줄 용의가 있어."

"아니, 형. 열 번은 좀……."

"뭐, 뭐! 내 아들인데."

"아니, 아들……."

"뭐, 틀려? 어이구, 내 새끼."

그러곤 삐뚤어진 애정을 과시했다. 그사이 엘리베이터는 쉬지 않고 10층으로 직행했는데, 수혁이 내리자 왜인지는 몰라도 다 같이 우르르 따라 내렸다.

"그…… 여기 환자 계셔요?"

"아니."

"근데 왜……."

"네가 있으니까."

멜로드라마에서나 나올 법한 대사를 치면서였다. 이 중에서는 그나마 정상인 신현태가 난색을 표하며 이현종의 주책을 말렸다.

"형, 연애해? 왜 이래."

"난 진짜 얘 있어서 내린 건데. 넌 그럼 왜 내렸어. 11층 무균실 가는 거 아냐?"

"그……."

"자기도 수혁이 때문에 내려 놓고 내숭은. 근데 여기 왜 왔냐? 조태진이 이제 환자 많아져서 남의 병동에도 입원시키나?"

이현종은 최근 신진 4차 의료 기관들에 좀 밀리는 태화의료원을 설마 조태진이 먹여 살리나 하는 얼굴로 물었다. 조태진은 여기서 자신 있게 고개를 끄덕일까 하다가 이내 고개를 가로저었다.

"아뇨, 수혁이가 글쎄 혈액종양내과 환자 전체 병동 차트 리뷰를 하다가 이상한 환자를 발견했다지 뭡니까. 그래서 온 거예요. 아까 안아 준 것도 그거고."

"아니, 그런 기특한 일을 했는데 그 정도로 끝냈어? 미쳤어? 야, 현태야."

"왜 형……. 눈이 왜 그래. 형 요새 좀 이상해."

"헹가래 한번 가자."

"아니……. 형, 힘도 약한 사람이. 놓친다, 그러다?"

"야, 나 드라이브 몰라? 잘 휘둘러, 인마."

"골프채랑 수혁이랑 같냐고……."

신현태는 투덜대면서도, 동시에 병동을 오가는 환자들 및 간호사들, 보호자들의 눈치를 보면서도 위치를 잡긴 잡았다. 수혁은 이현종의 기행에 이미 반쯤 포기한 지 오래라 온몸에 힘을 빼고 기다렸다.

"이야, 우리 수혁이 대박이다!"

이현종은 말한 건 지키는 사람이라 정말 병동 스테이션에서 헹가래를 쳤다.

"뭔 일이래."

"몰라, 뭐 상이라도 탔나."

뭣 모르는 보호자들은 심지어 박수까지 쳐 주었다. 그렇게 네다섯 번이나 천장에 살짝 부딪히고 내려온 수혁은 지팡이를 다시 짚었다. 그러곤 자신을 호기심 어린 눈으로 바라보고 있는 세 교수를 마주했다.

"어떤 환자이길래 그래?"

"이렇게 직접 오는 거 보니까 어? 장난 아닌 거 아냐?"

"빨리 말해 봐."

그 뒤로는 유지상이 '왜 저렇게 거물들이 모여 있지?' 하며 어슬렁거리며 다가오고 있었다. 그 이유가 자기 환자라는 건 꿈에도 몰랐다.

[이 양반들은 참 한결같아서 좋네요. 기계 같아.]

바루다의 추임새와 함께였다. 다행한 일은 바루다의 목소리는 이들에게 닿지 않는다는 점이었다. 그럼에도 수혁은 잠시 움찔했다가 제대로 된 목소리를 낼 수 있었다. 그 간극이 조금 어색했지만, 이 자리에 모인 이들은 모두 감내했다.

'우리 수혁이…… 신기 있어, 확실히.'

조태진은 신 중에서도 미신을 믿었고.

'나중에 문제 되기 시작하면 내가 반드시 오진승 선생님한테 연결시켜 줄게…….'

신현태는 정신건강의학과의 역량을 믿었다.

"어떤 케이스야?"

이현종이야 그런 사소한 일 따위에는 전혀 관심이 없는 사람인지라 알아차리지도 못했다.

"환자분 나이는…… 72세입니다. 차트 띄우면서 대강 설명드릴게요."

"어어. 그래."

"이놈의 거는 왜 이렇게 느리냐? 과장 뭐 해?"

"누르자마자 되는 게 어디 있어요? 그리고 병동 예산은 원장 일이거든?"

참으로 와자지껄한 브리핑이라 할 수 있었다. 다른 레지던트가 환자 노티하는 광경이었다면 '이 새끼 뭐 잘못한 거 없나?' 하고 매의 눈을 하고 있을 양반들인데, 지금은 그저 소풍 나온 애들 같았다. 지상은 그 무리를 살짝 피해 자리를 잡았다.

'부럽다……. 넌 병원이 참 편하겠구나…….'

아침 댓바람부터 그냥 교수도 아니고 과장에 원장까지 대동한 채로 웃고 떠들고 있다니. 심지어 손에는 큼지막한 김밥도 하나씩 쥐고 있지 않은가. 지상이 알기로 저건 조태진이 매일 싸 가지고 다닌다는 조태진표 시그니처 김밥이었다.

'교수님이 김밥을 싸다 바치는 레지던트가 있다니.'

〈세상에 이런 일이〉에 나와야 하지 않을까? 이따위 생각이 자꾸만 드는 바람에, 본의 아니게 대화에 귀를 기울이게 되었다.

"본원 검진센터에서 시행한 위내시경상 위암이 발견되었고, 워크업 위해서 입원하였습니다. 현재 CT, PET CT 검사를 진행한 상황입니다."

"으음."

예전 같았으면 아마 쓸데없는 질문들이 벌써 튀어나왔을 터였다. 위암이 검진에서 발견되어 입원했다면 그냥 일반적인 케이스 아니냐 어쩌냐 하면서. 하지만 지금은 그저 추임새만 있을 뿐 조용했다. 특히 이현종은 이보다 더 경청하는 모습을 또 볼 수 있을까 싶을 정도로 집중하고 있었다.

'형……. 회의 때도 이렇게 하면 이사장님이 이뻐할 텐데.'

신현태만 아주 잠시 조금은 나무라는 투로 이현종을 바라보았다. 그렇다고 티를 내지는 않아, 수혁은 곧장 환자의 CT를 띄우며 말을 이을 수 있었다.

"보시면 CT상 다발성 골 전이가 확인됩니다."

"어……. 그렇네."

CT를 보자마자 조태진이 고개를 끄덕였다. 까만 점이 알알이 들어박힌 뼈들이 눈에 들어왔기 때문이었다. 원인 질환에 따라 실제 양상이 조금 다를 수는 있겠지만, 암을 의심하는 상황에서 저건 명백한 전이였다.

"그리고 여기 보시면 목에도 임파선 전이가 있습니다. 다른 위치에도 좀 있고요."

"아……. 그렇네. 쇄골하 레벨에 있네. 전이가 엄청난데? 조직 검사는 됐어?"

쇄골하 쪽의 경부 임파선 전이는 위암에서 드물지 않게 관찰되는 소견이었다. 다만 다른 임파선 전이는 좀 이상하다 싶을 정도로 과했다. 골 전이는 더 이상했다. 위암에서는 어지간히 진행하지 않는 이상 골 전이까지는 보이지 않기 때문이었다. 물론 노인 인구에서는 의료 서비스 접근이 아무래도 중장년층보다 떨어져서 심하게 진행된 후 오는 경우도 있긴 하지만, 만약 그랬다면 검진이 아니라 다른 목적으로 이루어진 내시경에서 발견되었을 터였다.

"네, 조직 검사 결과 인환세포 암(signet ring cell cancer) 소견 보였습니다."

쉽게 확신하지 마

"특별히 드문 케이스는 아닌데. 크기는 어땠지?"

"내시경 사진 띄우고 설명드리겠습니다."

"어, 그래. 그러고 보니까 내시경도 안 봤네."

주로 떠드는 이는 아무래도 조태진이었다. 신현태는 사실 암을 본 지 오래돼서 구경꾼 심정으로 앉아 있을 따름이었다. 항암제나 암 자체의 영향 때문에 면역이 억제된 상황에서 발생할 수 있는 감염병을 말해 보라고 한다면야 모두의 입을 다물게 하고 한 시간도 넘게 떠들 수 있겠지만, 암 자체는 많이 까먹은 상황이라고 보면 되었다.

'흐음…….'

반면 이현종은 음흉한 미소만 짓고 있을 따름이었다. 그 또한 신현태처럼 암 환자를 직접 보진 않았다. 아니, 아예 심장이라는 장기 자체가 암과는 조금 동떨어진 기관이긴 했지만, 그럼에도 케이스는 계속해서 들여다보고 있지 않던가. 골프고 미식이고 다 떠나서 제일 좋아하는 취미가 어려운 케이스 진단하기였다.

'그냥 위암은 절대 아닐 것 같은데.'

머릿속에 벌써 떠오르는 상황이 몇 있었다. 이게 그중 하나일지, 아니면 아예 다른 상황일지가 궁금했다.

"내시경 사진을 보면, 육안으로 보았을 때 약 1.5cm가량 되는 표면 함몰형 덩이가 위각(활처럼 굽은 위 안쪽 부분)에 위치합니다."

"작네? 조기 위암이잖아? 대강…… EGC IIc 정도 되어 보이는데."

"네. 내시경상에서는 그렇게 판단했습니다. 실제로 당시에는 추후 ESD도 고려했습니다."

ESD란, 내시경 점막하 절제술(Endoscopic Submucosal Dissection)을 의미했다. 이현종이 속한 순환기내과에서 시행하고 있는 관상동맥 스텐트 삽입술이 그랬던 것처럼 조기 위암에 대해 수술 없이 내시경으로 시술할 수 있다는 장점을 이용해 아주 빠르게 일반 외과 영역을 침탈하고 있었다.

"흐음……. 근데 CT에서는 저렇게 나왔다라. PET도 그렇고. 전이가…… 조기 위암 사이즈에서 너무 많네. 환자 나이랑 성별이 뭐라고?"

"남자 72세입니다."

"남자 72세. 남자 72세……."

조태진은 몇 번인가 환자 신상을 중얼거렸다.

'저거 설마 내 환자 얘기인가?'

그 목소리가 꽤 컸기에 지상 또한 똑똑히 들을 수 있었다. 검진 결과 위암이 나왔고, CT에서 골 전이가 있는 남자 72세 환자가 이 병원에 지금 또 있을까? 입원 병상이 무슨 만 개씩 있는 것도 아니고, 말도 안 되는 일이라고 보면 되었다.

'야, 수혁아……. 이상하면 나한테 얘기하지…….'

이걸 왜 여기서 공개 처형하고 있니. 어제는 나한테 그러더니. 원망하는 마음이 스멀스멀 올라왔다. 사실 수혁은 그냥 얼굴이나 볼 생각으로 왔는데, 반강제적으로 발표하게 된 상황이라는 건 꿈에도 떠올릴 수 없었다. 미리 준비한 것이 아니라고 하기엔 발표가 너무도 유려했으니까.

"그럼 전립선암이 동반된 거 아닌가?"

지상이 머리를 쥐어뜯기 시작한 사이, 조태진이 입을 열었다.

"오, 그래!"

그런 조태진을 보면서 신현태는 무릎을 탁 쳤다. 그럴싸하지 않은가. 전립선암 동반이라니. 어차피 노인 인구에선 모르고 앓다 가는 경우도 많은 게 전립선암이라 그랬다.

'글쎄…… 본 스캔을 봐야 더 확실하겠지만…….'

반면 이현종은 고개를 갸웃거렸다. 그가 볼 때 전립선암의 골 전이라고 하기엔 조금 이상해 보이는 부분이 있었다. 그리고 수혁은 그런 이현종의 고민을 읽기라도 한 듯, 본 스캔 사진을 띄웠다.

"다수의 골 전이를 평가하기 위해 본 스캔을 찍었습니다. 결과 골 형성성 병변(osteoblastic lesion)이 주를 이루었습니다. 이는 위암이나 전립선암에서 모두 흔히 나타나는 골 용해성 병변(osteolytic lesion) 소견은 아닙니다."

"어……."

"그리고 전립선암의 표지자인 PSA도 정상이었습니다."

"아, 그럼…… 그럼 그냥 위암인가?"

수혁이 제시한 자료에 조태진은 빠르게 꼬리를 말았다. 신현태는 아까 나댄 것을 후회하며 그런 조태진 뒤로 숨다시피 했다.

'이제 암 얘기 나오면 그냥 존나 가만히 있어야겠다…….'

"지금까지 담당 교수님과 주치의 판단은 그렇습니다. 다만……."

"네가 볼 땐 아닌 거 같다, 이거지?"

"네."

"음."

조태진은 감히 교수 판단을 두고 아니라니, 건방지네 마네 하는 소리 따위는 입에 담지도 머릿속에 떠올리지도 않았다.

'뭐지?'

그저 고민할 따름이었다. 우리 수혁이가 그냥 저럴 리는 없으니까. 둘 중에 틀렸다면 그건 나일 테니까. 고작 레지던트를 상대로 이런 생각이 든다면 은퇴를 고려해야 되나 하는 생각이 들어야 정상일 텐데, 이상하게 조태진은 웃음만 나왔다.

'내 심장이 고장 났나…….'

그래도 괜찮을 것 같았다. 옆에 이현종이 있지 않은가. 어지간히 고장 난 거 아니면 고쳐 줄 터였다. 조태진이 쓸데없는 고민에 빠진 동안 수혁은 계속해서 입을 놀렸다.

"지금 환자 치료 계획은 전이가 동반된 위암에 준하여 세워져 있습니다. 나이를 고려해서 호스피스…… 즉, 완치 목적의 치료가 아닌 완화 치료까지 생각하고 있는 것으로 보입니다."

"말기 위암이면 그럴 수 있지. 수술적 절제는 계획에서 빠질 테니까. 아, 나 또 떠드네. 왜 이러니, 정말. 너무 집중했나 봐."

신현태는 저도 모르게 주절거리다가 입을 틀어막았다. 입이 방정인 경우가 거의 없는 사람인데 이상하게 수혁만 있으면 이랬다.

"하지만 이게 조기 위암일 가능성을 반드시 염두에 두어야 합니다. 전립선암은 아닌 것으로 나왔지만, 여전히 다른 질환이 동반되었을 가능성이 큽니다."

"그래, 그래야지. 계속해 봐."

내내 조용히 있던 이현종이 침묵을 깬 것은 바로 이때였다. 역시나 조기 위암과 다른 질환이 같이 있다는 말이 나오자마자였다. 그는 일견 푸근해 보이는 미소까지 짓고 있었다.

[설마 이현종이 우리와 같은 답을 벌써 도출한 걸까요?]

'그럼 진짜 괴물인데.'

[괴물 맞습니다, 이현종은.]

'그래도…… 내가 이거…… 이거 의심하려고 어제 본 논문이 몇 개인데?'

[이현종 취미가 논문 보는 거잖아요. 평생을 그리 살았으니,

아직 따라잡으려면 멀었죠.]

'하……. 미쳤네.'

수혁은 그 미소에 잠깐 흔들렸지만, 일단 준비한 말을 잇기는 했다.

"조기 위암은 그대로 두고, 뼈와 임파선 병변에 더 집중해 보았습니다. 그렇게 하고 MRI를 보니까, 전체 척추뼈와 양측 골반뼈에서 이질적 신호 세기(heterogeneous signal intensity)가 관찰되었습니다. 골수 질환이나, 활발히 조혈 작용이 일어나는 곳에서 보이는 소견이죠."

"그래, 그래서?"

"혹시 하는 마음에 뼈에서 검사한 조직 검사 슬라이드를 봤는데……. 리포트는 악성 세포는 발견되지 않았다더군요. 실망했지만 그때 내과에서 제공한 임상 정보는 극히 제한적이라는 것을 떠올리고 제가 다시 리뷰했습니다."

"뭘 의심하면서 리뷰한 거지?"

이현종은 어느새 일어나 있었다. 아주 확신에 찬 눈동자는 아니었지만, 가늘게 떨리지도 않았다. 아마 두어 개 정도의 진단명을 두고 고민하고 있는 모양이었다. 수혁은 그중에 반드시 이 진단명이 있을 거라 확신하며 입을 열었다.

"여포성 림프종(follicular lymphoma)입니다."

여포성 림프종. 이름 어디에도 '암'이라는 단어는 없지만, 엄연한 암이었다. 그럼에도 수혁이 당당하면서 또 어렴풋이 뿌듯한 표정을 지을 수 있는 건 여포성 림프종의 특성 덕이었다.

"72세에 여포성 림프종이라면……."

이현종은 자신이 생각하던 질환 중 하나가 맞았는지 흐뭇한 미소를 짓고 있었다. 당연한 얘기지만, 마냥 웃기만 하진 않았다. 벌써 몇 분 전부터 이 질환을 떠올리고 있었던 만큼 할 얘기도 많았다.

"사실상 증상만 없으면 딱히 치료할 필요는 없지."

암이라고 다 엄청 빨리 자라는 건 아니지 않은가. 아주, 아주 느리게 자라는 녀석들도 있었다. 그리고 여포성 림프종은 그중 대표 격인 녀석이었다. 젊은 나이에 걸렸다면야 당연히 치료를 고려해야겠지만, 노인에서는 그냥 경과 관찰만 하는 경우도 많았다.

"네. 그럼 조기 위암에 관해서만 치료 계획을 수립하면 됩니다. 이건 제때만 치료하면 기대 여명을 거의 자연 수명으로 늘릴 수 있어요."

"그렇지. 아까 내시경 다시 띄워 봐."

"네."

이현종은 연신 고개를 끄덕이며 내시경 화면을 들여다보았다. 다시 봐도 1.5cm가량의 조기 위암이었다. 이 정도면 최근엔 진짜 내시경으로도 떼어 낼 수 있었다. 정확한 계획을 세우자면 내시경 하 초음파를 봐서 침윤 깊이를 보긴 해야겠지만, 설령 내시경으로 하지 못하더라도 부분 절제술 정도의 수술만 시행하면 될 일이었다. 현대 의학은 비약적으로 발전해 왔고, 대한민국에서 위암 수술은 거의 외과 의사들의 기본기 같은 개념이 되어 온지라 예후도 어느 정도는 예상 가능했다.

"근데 병리과 슬라이드를 너 혼자 리뷰한 거야?"

"아……. 네. 아직은요. 차트 결과만 보고 한 거라 부정확할 수 있습니다. 우선 주치의랑 얘기해서 병리과에 슬라이드 리뷰 의뢰해 보려고 합니다."

"그래, 그래야지. 확실히 네 말대로 이런 임상 정보 추가되면 판독 결과가 달라질 가능성이 커."

이현종은 역시 우리 수혁이는 뛰어나기만 한 게 아니라 신중하기까지 하다며 껄껄 웃었다. 그러곤 임상과에서 제대로 된, 그리고 풍부한 정보를 병리과나 영상의학과에 전달하는 것이 얼마나 중요한지에 대해 떠들었다. 대상이 레지던트였다면 다들 '네'라고 했겠지만, 아쉽게도 이 자리에 앉아 있는 건 과장 하나와 부교수 하나였다.

"형, 나도 알지. 그건. 우리 진단검사의학과랑 얼마나 자주 미팅하는데."

"원장님……. 저 혈종이에요. 저희는 노상 영상, 병리랑 보죠."

둘은 누가 먼저랄 것도 없이 고개를 저어 가며 개겼다. 신현태야 과장이기도 하고 또 몇 년 차이도 안 나니 그럴 수 있다 칠 수 있다지만, 조태진 이놈은 학번도 헷갈릴 정도로 아랫놈 아닌가?

'이게 다 현태 이놈이 개겨서 배우는 거야……. 어휴…….'

내가 과장일 때는 안 이랬는데. 나는 정말 선배들한테 잘했는데. 이현종은 자기 선배들이 들으면 바로 작고할 거 같은 생각을 하며 입을 열었다.

"과장 됐다고 원장 말 무시하냐?"

"무시한다는 게 아니라, 당연한 얘기를 하니까 그러지……."

"너 인마…… 어? 누가 엿듣고 있었네. 야, 야. 뒤에 봐. 누가 우리 말 다 엿듣고 있었어!"

"응?"

그러던 이현종 눈에 누군가 들어왔다. 그렇지 않아도 플랜이 바뀌는 기분이 들어 귀를 기울이고 있던 유지상이었다.

"어어."

따지고 보면 잘못한 것도 없는데 아무 쓸데없이 긴장됐다. 원장이 손가락질하고 있는 데다가, 교수가 둘이나 더 뒤를 돌아보고 있으니 어찌 보면 당연한 일이었다.

"뭐야. 너, 뭐야."

이현종은 거기에 그치지 않고 성큼성큼 다가갔다. 원장이기 전에 내과 교수고, 그렇다면 이제 곧 3년 차가 될 레지던트들 얼굴 정도는 알아야 정상이겠지만, 아쉽게도 이현종은 가르치는 걸 좋아하는 데 반해 얼굴 기억하는 데는 딱히 관심이 없었다. 어지간히 잘하거나, 못하지 않는 이상엔 어렴풋이도 기억 못 했다. 그 정도가 어찌나 심한지, 심지어 학회에서 만난 태화 출신 타 병원 교수들 인사도 본의 아니게 씹을 때가 있을 지경이었다.

"아니……. 아니, 전……."

"너 설마 칠성에서 보낸 프락치냐?"

그러니 동기들 사이에도 존재감이 없는 유지상을 기억할 리는 만무했는데, 그렇다고 프락치 운운하는 건 좀 아니었다. 아무리 요새 칠성하고 아선에서 잘 키운 주니어들 빼 가고 있다곤 하지만, 걔들이 설마하니 이 이른 아침에 병동 스테이션에 프락치를 심어 두겠는가. 다 학회 통해서 누가 잘하고, 누가 못하는지 전해 듣고 있을 텐데.

"아니, 형. 프락치라니. 얘 2년 차야……."

"2년 차? 2년이나 있었다고?"

"그래, 수혁이 동기야."

"근데 왜 내가 몰라."

"그건……."

'그건 형 잘못 아냐?'라는 말을 참으로 하고 싶었다. 하지만 신현태는 역시나 인격자이니만큼 참았다. 원장 체면 좀 살려 줘야 하지 않겠는가. 이미 프락치 운운한 시점에서 망한 거 같긴 했지만, 그래도 노력은 해 보기로 했다.

"아무튼…… 유지상 선생 맞지? 혈종 돌아?"

"아, 네. 과장님."

"이른 아침부터 회진 준비한다고 고생이 많네, 허허."

"아닙니다, 과장님. 환자가 있으면 최선을 다해 봐야 한다고 생각합니다."

유지상은 연신 수혁 쪽을 바라보며 말을 이었다. 제발 지금까지 논의한 환자가 자기 환자란 말만은 하지 말아 달라는 뜻이었다. 그걸 알게 되면 도대체 이 괴팍한 원장이 무슨 소리를 할지 알 수 없지 않은가. 프락치라는 소리야 억울하다고 하고 넘어갈 수 있겠지만, 바보, 멍청이 소리가 나오면 아주 틀린 말도 아닌 거 같아서 정말 상처가 될 것 같았다.

"어이구, 기특하네."

"아뇨……. 그럼 저는 환자 보러 가 보겠습니다."

"그래, 그래."

해서 재빨리 자리를 뜨려는데, 이현종이 그를 불렀다.

"잠깐. 유지상이라고?"

"아, 네. 원장님."

"이 환자, 네 환자지?"

"네?"

"멍한 표정 짓지 말고. 아까 엄청 진지하게 엿듣고 있던 거 다 봤어, 인마."

"아……."

신현태가 제자한테 인마가 뭐냐고 뭐라고 했지만, 이현종은 아랑곳하지 않았다. 애초에 그런 걸 신경 쓰는 사람이었다면 지금처럼 기인이라는 소문도 안 났을 터였다. 그저 자기 하고픈 말을 이어 나갈 뿐이었다.

"너 저번 달 이어서 도는 거지?"

"네, 원장님."

"그럼 이 환자 처음부터 본 거네?"

"아……. 네, 그렇습니다."

"흠."

이현종은 아주 진지한 얼굴을 하고는 컴퓨터 화면을 돌아보았다. 방금 전까지 얘기한 환자는 이제 입원한 지 벌써 열흘이 넘어가고 있었다. 무의미한 기간이라고 깎아내릴 생각은 없었다. 그래도 이거저거 시도한 흔적은 있었으니까. 본 스캔도 해 보고, PSA도 내 보고, 조직 검사도 해 보고. 어찌 되었건 여러 가지 가능성을 두기는 했다는 뜻이었다. 하지만 그게 이 녀석이 한 걸까? 그건 아닌 듯했다.

"유지상 선생. 이리로 와 봐."

"어……. 네."

"아……. 나, 이거야 원. 자식이 말이야."

부르는 투가 어디 시장 뒷골목 깡패 형들 같았다. 이건 좀 아니지 않나 싶어서 조태진이 나서려 했는데, 의외로 신현태가 막았다.

"쉿."

"네? 아니, 원장님 사고 치실 거 같은데……."

"사고? 아냐, 아냐. 현종이 형 태어나서 아랫사람 친 적은 없어."

윗사람을 친 적은 있었는데, 그 윗사람이 더 아랫사람을 때렸기 때문이었다. 신현태가 이현종에게 절대 충성하는 이유 중 하나이기도 했다. 아직도 그때 생각만 하면 두들겨 맞았던 엉덩이가 아파 오기도 하고, 그야말로 발광하듯 미쳐 날뛰던 이현종이 눈에 선해 오기도 했다.

"그리고 현종이 형 눈 봐라. 진지하잖아. 의학 얘기 할 거란 뜻이야. 저 형이 저래 봬도 잘 가르쳐."

"아……. 하긴."

"그러니까 그냥 들어. 아마 수혁이한테도 들을 만한 얘기일 거야."

"네, 형. 아니, 과장님."

신현태까지 무게를 잡자 조태진도 덩달아 진지한 얼굴이 되었다. 간호사들이 보기엔 다 웃기는 장면일 뿐이긴 했다. 언제는 뜬금없이 헹가래를 치더니, 이제 와서 저러고 있어? 물론 원장 앞에서 그런 티를 낼 간 큰 사람은 없었다. 덕분에 이현종은 아까 그 톤을 유지한 채 입을 열 수 있었다.

"너 차트한 것 좀 봐. 단 한 번이라도…… 담당 교수가 왜 이런 처방을 내는지 고민한 적 있어?"

"그……."

유지상은 정곡을 찔린 기분이었다. 루틴하고는 다르다는 것 정도는 알고 있었다. 보통 조기 위암이 오면 내시경이 됐건, 복강경이 됐건, 개복이 됐건, 어찌 됐건 절제하고 경과 관찰이지 않은가. 반대로 진행 암인 경우엔 그에 맞춰 항암 치료 스케줄을 잡아 주었다. 하지만 이 환자의 경우에는 이것저것 안 하던 검사를 꽤 했던 참이었다.

'너무 바빴어…….'

조금만 더 여유가 있었다면 고민해 볼 수도 있었을 텐데. 이런 생각을 하는 순간 이현종이 말을 이었다.

"바쁜 거 알아. 나도 레지던트 해 봤고, 지금도 바빠. 근데…… 너 의사잖아."

"네……."

"의사가 왜 바쁘니? 환자 보느라 바쁜 거 아냐? 루틴하고 달라졌으면 왜 이러나 고민을 해야지. 뭐 했어?"

"그……."

"뭐. 태화의료원 교수님이니까, 그분이 하는 건 다 맞겠지. 이런 거야? 그런 거야?"

"아……."

이번에도 정곡을 찔린 유지상은 아예 고개를 숙였다. 실제로 '에이, 교수님이 알아서 하겠지, 뭐.' 이러고 있었던 탓이었다. 대부분 그렇기도 했다. 하지만 100% 그럴까? 아쉽게도 의학은 그렇게 만만한 영역이 아니었다.

"너도 2년 차 말이잖아. 치프고. 곧 전문의야. 고민해야지. 이 케이스는 특히 고민할 만한 케이스잖아. 위암이라고 확신할 수도, 그렇다고 아니라고 확신할 수도 없는 케이스 아니야?"

"네……."

일반적으로 개같은 케이스라고 볼 수 있었다. 이도 저도 아닌 거 같다가, 또 동시에 이것도 저것도 가능할 거 같으니까. 하지만 이현종은 바로 이런 케이스가 내과 의사가, 그중에서도 훌륭한 내과 의사가 필요한 이유라 믿었다. 지금도 그렇지 않은가. 만약 이 환자를 계획했던 것처럼 완화 치료만 하면 어떻게 될까. 10년 이상도 건강하게 너끈히 살 사람이 불과 1, 2년 안에 고통 속에 죽게 될 것이 뻔했다.

"쉽게 확신하지 마. 의사는 그러면 안 돼. 맨날 보는 케이스라도 의심해야 해. 초보 의사면 더욱 그래야지. 경험이 부족하잖아?"

"네, 원장님."

이현종은 여전히 진지한 눈을 한 채 유지상을 내려다보고 있었다.

"내가 정말 이런 얘기 안 하려고 하는데."

그러다 어느새 함박웃음을 지은 채 수혁을 바라보았다.

"우리 수혁이 좀 봐라. 솔직히 너랑 실력이 비교가 되니? 어? 쟨 벌써 논문도 쓰고, 케이스 리포트는 수도 없이 하고. 지금 펀딩받아서 연구도 하는데……."

"어, 형. 애 기죽이지 마요."

"넌 가만히 있어, 인마. 어? 수혁이는 끊임없이 의심한다고. 이게 이상한 건지, 아니면 괜찮은 건지. 그래서 저렇게 잘하는 거야. 물론…… 물론 네가 의심한다고 수혁이가 되는 건 아냐! 그건 내가 확신해. 너도 확신해야 하고. 그래도 좀 나아져."

"형……. 자꾸 선 넘는 거 같아……."

"아무튼, 의심하라고. 쉽게 확신하지 말고. 우리 수혁이처럼!"

A.I. 닥터 5

1판 1쇄 발행 2025년 5월 15일

지 은 이 한산이가
펴 낸 이 김재문

총괄책임 진호범
편   집 김동진 정초희
디 자 인 최재원
펴 낸 곳 출판그룹 상상
출판등록 2010년 5월 27일 제2010-000116호
주   소 (06646) 서울시 서초구 반포대로28길 42, 6층
전자우편 story@sangsang21.com
블 로 그 blog.naver.com/sangsangbookclub
페이스북 facebook.com/sangsangbookclub
인스타그램 @sangsangbookclub
대표전화 02-588-4589 | 팩스 02-588-3589

ISBN 979-11-91197-48-8 (04810)
      979-11-91197-43-3 (세트)

· 이 책의 판권은 지은이와 출판그룹 상상에 있습니다.
· 웹소설『A.I. 닥터』의 서비스 운영 주체는 (주)작가컴퍼니입니다.
· 이 책 내용의 일부 또는 전부를 재사용하려면 사전에 동의를 받아야 합니다.
· 잘못된 책은 바꾸어 드립니다.